HEYNE

Ein vollständiges Verzeichnis aller
im HEYNE VERLAG erschienenen Romane aus
der aventurischen Spielewelt
finden Sie am Schluss des Bandes.

Das Schwarze Auge

THOMAS PLISCHKE

FUCHSFÄHRTEN

Zweiundsiebzigster Roman
aus der
aventurischen Spielewelt

begründet von
ULRICH KIESOW

Originalausgabe

WILHELM HEYNE VERLAG
MÜNCHEN

HEYNE SCIENCE FICTION & FANTASY
Band 06/6072

Umwelthinweis:
Dieses Buch wurde auf chlor- und säurefreiem Papier gedruckt.

Originalausgabe 09/2003
Redaktion: Angela Kuepper

Der Wilhelm Heyne Verlag ist ein Verlag der Ullstein Heyne List GmbH & Co. KG
http://www.heyne.de
Printed in Germany 2003
Umschlagbild: Thomas von Kummant
Umschlaggestaltung: Nele Schütz Design, München
Satz: Schaber Satz- und Datentechnik, Wels
Druck und Bindung: Elsnerdruck, Berlin

ISBN 3-453-86166-3

Für den grimmigen Dachs
in seinem weit verzweigten Bau

Inhalt

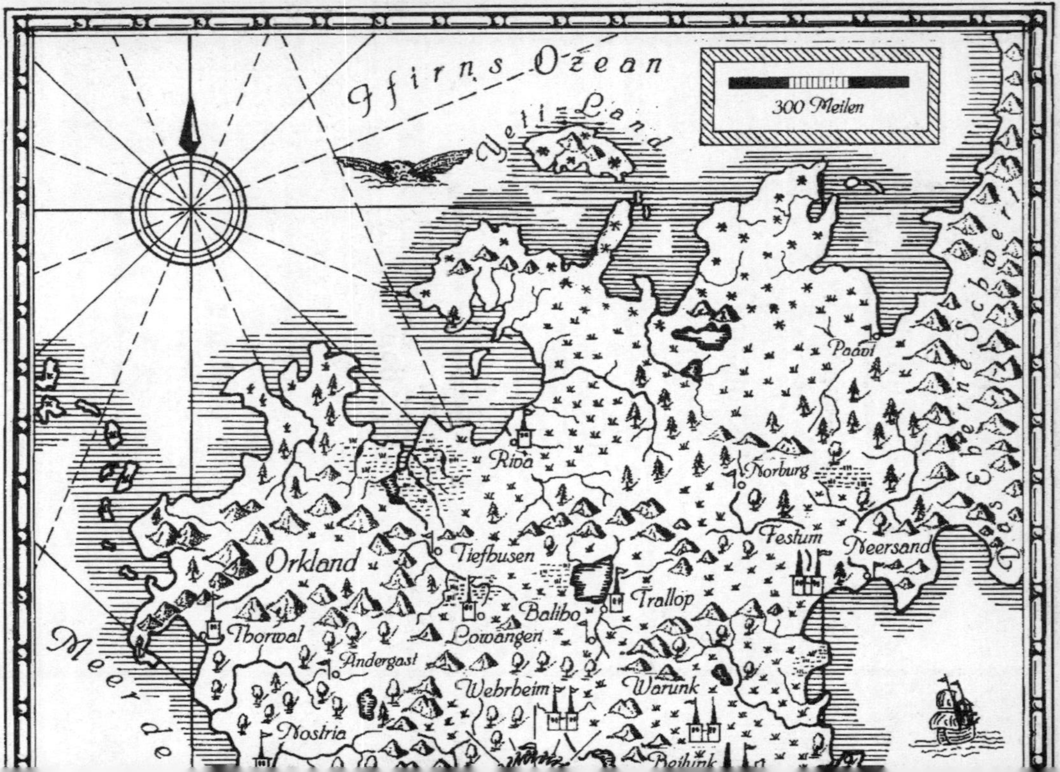

Ifirns Ozean
Yeti-Land
300 Meilen
Paavi
Riva
Norburg
Festum
Neersand
Orkland
Tiefhusen
Trallop
Balibo
Thorwal
Lowangen
Andergast
Wehrheim
Warunk
Nostria
Meer de

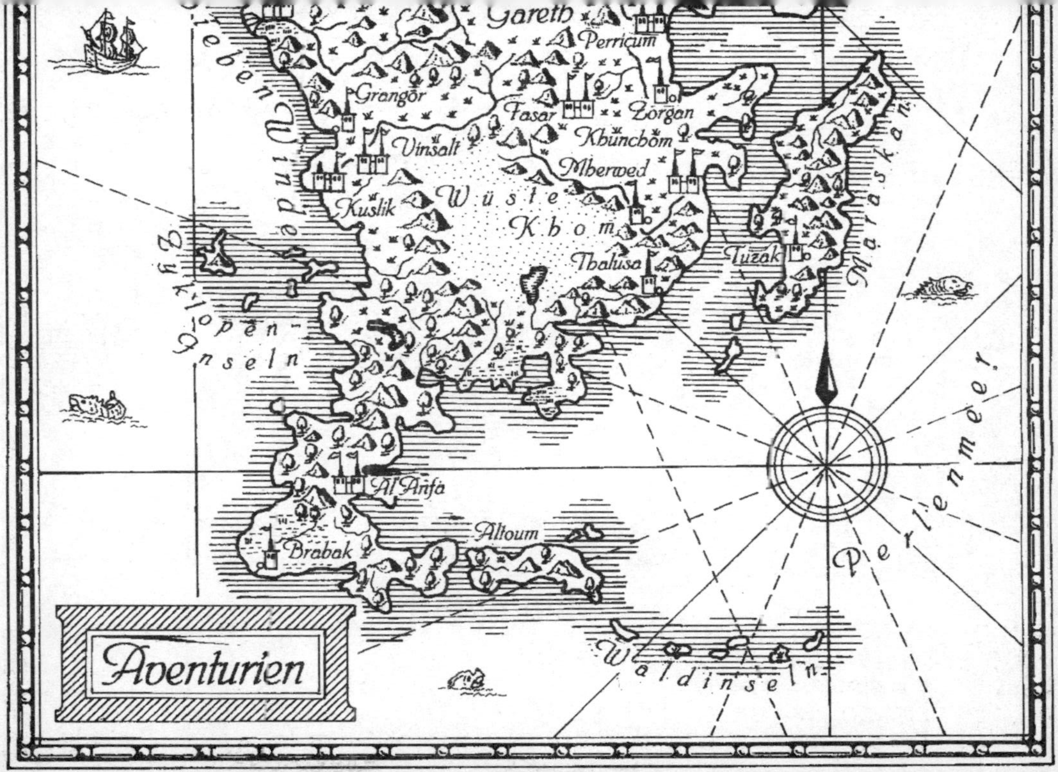
Aventurien
Gareth
Perricum
Grangor
Fasar
Zorgan
Khunchom
Vinsalt
Mherwed
Kuslik
Wüste Khom
Thalusa
Tuzak
Maraskan
Zyklopen-Inseln
Al'Anfa
Altoum
Brabak
Perlenmeer
Waldinseln

Beute

Kapitel 1

Ihr wollt also wirklich wissen, wie das alles so gekommen ist, mit unserer Familie, dem aufregenden Leben, der unbändigen Unrast und fast schon quälenden Wissbegierde? Ihr zwei seid ganz schön neugierig, das will ich wohl meinen. Aber es liegt euch im Blut, nicht wahr? Da könnt ihr einfach nicht aus eurer Haut. Schon eure Eltern, und selbstredend eure Großeltern, pflegten ihre Nasen in vielerlei Dinge zu stecken, die anderen, so genannten anständigen Leuten oft ausgesprochen seltsam vorkamen. Dann tuschelten sie hinter vorgehaltener Hand über uns und fragten sich flüsternd, was die absonderlichen Munters wohl wieder im Schilde führen mochten.

Ich kenne euch gut, sehr gut sogar. Ich weiß ganz genau, was in euren kleinen, scheinbar unschuldigen Köpfen vorgeht. Ich kenne eure Träume und Wünsche. Manchmal, wenn an einem beschaulichen Frühlingstag eine sanfte Brise aufkommt, dann glaubt ihr, ihr könntet weit, weit entfernte Orte im kühlen Wind schmecken. Ist es nicht so? Und wenn ihr jemandem begegnet, dessen Aussehen oder Kleidung euch irgendwie merkwürdig anmutet, dann fragt ihr euch doch auch, woher der Fremde wohl gekommen sein mag, und wünscht euch, eure kurzen Beine möchten euch nur einmal dorthin tragen, wo einst die Wiege des Fremden stand. Das ist gut so. Das ist sogar sehr gut so. Es zeigt unbestreitbar, aus welchem Holz ihr geschnitzt seid. Nämlich aus dem richtigen – aus meinem. Aus gutem starkem Munterholz. Es wäre ja auch wirklich zu bedauerlich – ja, fast schon eine Schande –, wäre mein Blut ausgerechnet bei euch nicht durchgeschlagen.

Wohlan, dann setzt euch zu mir, meine Kleinen. Nur zu. Ein bisschen näher ans Feuer, denn mich fröstelt. Besonders an Abenden wie diesem. Ja, leg dich ruhig hier vor die prasselnden Flammen auf den warmen Pelz ... und du, mit der frechen Nase deiner Mutter, zieh dir doch den Schemel herüber. Macht es euch gemütlich. Die Geschichte, die ich euch erzählen will, ist nicht gerade kurz, und wehe, ihr schlaft mir mittendrin ein! Ich kann es nicht leiden, wenn die Leute vor Müdigkeit gähnen und ich nur mehr in fahle Gesichter blicke. Fragt ruhig eure Eltern, wie ungehalten und aufbrausend euer alter Großvater werden kann, wenn er glaubt, seine Zuhörerschaft langweile sich!

Dieses Mal steckte ich wirklich bis zum Hals in dampfendem Bockmist. Es bestand keinerlei Möglichkeit, mich selbst mit einem beherzten Ruck am Schopf aus dieser Schweinerei herauszuziehen. Schlimmer noch, ich hatte mir die Suppe auch noch selbst eingebrockt. Und nun konnte ich nichts anderes mehr tun, als Wasser – oder vielmehr Bockmist – zu treten und darauf zu hoffen, dass ich nicht noch tiefer einsänke, um schließlich ganz unterzugehen.

Das Wassertreten sah so aus, dass ich wie vom wilden Affen gebissen durch die Gassen Alt-Gareths hetzte, verfolgt von den wütenden Rufen dreier recht angetrunkener und ebenso zwielichtiger Gesellen, die bis vor wenigen Augenblicken noch gemeinsam mit mir in einer der zahllosen verrufenen Tavernen die Karten gedroschen hatten. Seit Menschengedenken erscheinen junge Männer mit unverschämtem Glück im Spiel – wie ich – angeheiterten Tavernenbesuchern, die sich zu einem kleinen Spielchen einladen lassen und dann auf die Verliererstraße geraten, ein wenig – nun, nennen wir es einmal ›verdächtig‹. Es hätte mich also nicht weiter verwundern sollen, dass mein Gegenüber, eine gar hässliche Frau mit glasigem Blick und weinschwangerem

Atem, unvermittelt aufsprang und mich mit schwerer Zunge und gelallten Ausfälligkeiten des Falschspiels bezichtigte. Wie nicht anders zu erwarten, stimmten ihre beiden tumben Begleiter, zwei grobschlächtige Kerle mit Händen wie Bratpfannen, sogleich in ihre völlig haltlosen, unverschämten Vorwürfe ein. Da mir klar war, dass jegliche Unschuldsbeteuerungen meinerseits nur auf taube Ohren stoßen würden, klaubte ich also rasch die Geldstücke zusammen, die vor mir auf dem Tisch lagen, wünschte meinen aufbrausenden Mitspielern noch einen schönen Abend und bahnte mir einen Weg durch die laute Schar der anderen Gäste in Richtung Tavernenausgang. Dabei hatte der Abend doch wirklich recht viel versprechend begonnen, und ich war schon guter Hoffnung gewesen, hier ausreichend bare Münze erspielen zu können, um zumindest einen kleinen Teil meiner nicht ganz unbeträchtlichen Spielschulden bei anderen berüchtigten Zockern meiner schönen Heimatstadt begleichen zu können.

Mein übereilter Aufbruch trug anscheinend maßgeblich zu einer schlagartigen Ernüchterung meiner drei Mitspieler bei, die sich flugs an meine Fersen hefteten. Und so nahm die wilde Hatz, in der ich mich mit einem Male wieder fand, ihren Lauf. Ich fürchtete – wohl nicht ganz unbegründet – um Leib und Leben und vergeudete kaum einen Gedanken darauf, wohin mich meine kopflose Flucht führen mochte. Den schweren Tritt der festen Stiefel und die wüsten Unflätigkeiten meiner aufgebrachten Verfolger im Ohr, wandte ich mich mal nach rechts, dann wieder nach links. Hier ein schneller Haken, da ein mutiger Satz über einen Zaun oder ein Mäuerchen, quer über diesen verlassenen Hinterhof, geschwind durch jene enge Gasse. Die angetrunkenen Bluthunde auf meiner Spur erwiesen sich als ausgesprochen hartnäckig und ausdauernd. Nichts schien sie von meiner Fährte abbringen zu können. Wie Firuns

Wilde Jagd waren sie hinter mir her, bereit, mich in winzige blutige Stücke zu reißen, sollten sie meiner habhaft werden. Das Herz schlug mir bis zum Halse, und ein leichtes, aber dennoch unangenehmes Stechen in meiner Seite verriet mir, dass der überaus rasche Schritt, den ich eingangs vorgelegt hatte, sich schon bald auf grausame Weise rächen würde. Ich bildete mir zwar gern ein, den Abstand zwischen mir und den drei Rabauken ein wenig vergrößert zu haben, doch um ehrlich zu sein, fiel mir im Dunkel der schwülen Nacht eine genauere Einschätzung meiner Lage reichlich schwer.

Ab und an warf ich einen gehetzten Blick über die Schulter, aber immer, wenn ich glaubte, nun die entscheidenden Schritte getan zu haben, die mich vor einer kräftigen Abreibung (oder gar einem Raubmord) errettet hätten, polterten die drei um genau jene Ecke, die ich gerade auf meiner atemlosen Flucht hinter mir gelassen hatte. Ich bin felsenfest davon überzeugt, dass ich meine Verfolger letzten Endes abgeschüttelt hätte, wenn ich nicht auf einem tückischen Haufen Kot ausgeglitten wäre. (*Meine Stiefel – das ist doch bestimmt Gift für das Leder!*, schoss es mir durch den Kopf, als ob verschmiertes Schuhwerk in meiner Lage von Belang gewesen wäre.) So landete ich der Länge nach schwungvoll im Gassenstaub, rappelte mich eilig auf und raste flugs nach rechts in eine Sackgasse hinein. Jawohl, bei allen Zwölfen, in eine vermaledeite Sackgasse. Und diese endete nicht einmal an einem mannshohen Bretterzaun, über den man auf die Schnelle irgendwie hätte hinwegsetzen können. Nein, es musste wohl die Seitenwand irgendeines Gebäudes gewesen sein, gut fünf Schritt hoch, unüberwindbar, das Ende meiner Flucht.

Mit einem Aufschrei sprang ich dennoch an ihr in die Höhe und versuchte verzweifelt, den Rand eines Holzbalkens zu ergreifen, der weit über mir aus dem groben Mauerwerk ragte. Aber meine kotverschmierten

Stiefel rutschten an den Steinen ab, und ich sank jämmerlich am Fuß der hohen Mauer zu Boden. Bei meinem zweiten Versuch spürte ich plötzlich, wie mich etwas fest am Kragen packte und mich hinunterriss, sodass ich unsanft auf dem Rücken zu liegen kam, hilflos wie ein Käfer, der grausamen Kindern in die Hände gefallen ist.

Rasch traten die zwei Kerle auf meine ausgestreckten Arme, während sich das Weib mit ihrem strähnigen Haar über mich beugte. Ihre weit aus den Höhlen hervorquellenden Augen funkelten bösartig, als sie mir heftig keuchend und mit gerecktem speichelnassem Kinn ein vollkommen überflüssiges »Haben wir dich also doch noch gekriegt, Bürschchen!« entgegenspie.

Ich nahm all meinen verbliebenen Mut zusammen und versuchte, möglichst gefasst und verbindlich zu klingen, als ich ihr antwortete: »Schöne Dame, lasst uns doch diese ärgerliche Angelegenheit angehen, wie es sich für besonnene Menschen unseres Standes geziemt! Es besteht nicht der geringste Anlass, sich zu vergessen und zu vorschnellen Taten hinreißen zu lassen, die sämtlichen Beteiligten niemals zum Vorteil gereichen würden.« Dazu schenkte ich ihr das bezauberndste Lächeln, das mir in meiner misslichen Lage gelingen wollte.

Sie grunzte wie ein Schwein, obschon es mir nach längerer Betrachtung wahrscheinlicher vorkommt, dass sie wohl eher ein verächtliches Lachen ausstieß. »Und wie stellst du dir das vor, du Hund? Was steckt hinter deinem leeren Geschwätz?«, keifte sie, und der widerwärtige Gestank, der mir faulig-heiß aus ihrem von Zahnstummeln gesäumten Schlund entgegenwallte, raubte mir fast den Atem.

Ich räusperte mich. Solange die Basiliskenfrau – wahrlich, man hätte bei ihrem Anblick durchaus zu Stein erstarren können – noch ansatzweise zu einer wie auch immer gearteten Unterhaltung bereit war, bestand eine Möglichkeit für mich, mit heiler Haut aus dieser höchst unerfreulichen Zwickmühle herauszukommen. »Nun, zunächst einmal sollten Eure zauberhaften Begleiter die Füße von meinen Armen nehmen, damit ich mich erheben und auf angemessene Weise um Verzeihung für die übereilte Beendigung unseres Spielvergnügens bitten könnte. Zweifelsohne habe ich damit nämlich gegen die Gepflogenheiten des Anstands verstoßen und es an Höflichkeit gegenüber meinen ehrenwerten Mitspielern mangeln lassen. Nach meinem Kniefall, mit dem ich um Eure Vergebung zu ersuchen gedenke, könnten wir uns in ein kleines, gemütliches Gasthaus aufmachen, wo ich der reizenden Dame – und ihrer Begleitung selbstverständlich auch – jeden kulinarischen Herzenswunsch erfüllen möchte, wenn Ihr nur so gütig und großzügig wäret, mir die Gelegenheit dazu zu gewähren. Ganz gleich, was Euch auch an Spezereien in den Sinn kommen mag, ich werde dafür ohne Murren und Klagen aufkommen. Glaubt mir, da wird sicherlich weitaus mehr für Euch herausspringen als nur die lächerlichen paar Taler, die Ihr zuvor im Spiel mit mir verloren habt!«

»*Verloren*? Verloren sagst du? Du dreister Bastard! Betrogen hast du uns, du aufgeblasener Schwätzer«, kreischte sie schrill, packte mich am Kragen und schüttelte mich wie ein dürres Bündel Reisig. »Du dreckiger Hund hast uns über den Tisch ziehen wollen! Niemand hat so viel Glück! Niemand! Das kann nicht mit rechten Dingen zugegangen sein! In meinem ganzen Leben habe ich nicht so viel an einem Abend verloren! Ach, was rede ich – verloren! Nun hat er mich schon so weit, dass ich es selbst sage!«

Dann ließ sie von mir ab, sprang auf, fuhr sich wütend durch das struppige Haar und stampfte zur nächsten Ecke zurück, wo sie kurz suchend nach links und dann nach rechts blickte. Das triumphierende Grinsen auf ihrem Gesicht, als sie sich mir wieder zuwandte, sollte nichts Gutes verheißen.

»Verloren … Pah! Verloren! Was für eine maßlose Dreistigkeit! Sperr die Lauscher auf, denn ich werde dir jetzt mal sagen, Bürschchen, wie wir diese Sache angehen werden! Hier ist weit und breit keine Stadtgarde zu sehen. Und auch ansonsten keine Menschenseele. Wir sind ganz unter uns. Niemand wird uns stören. Wir können mit dir tun und lassen, was immer wir wollen. Und mein Einfallsreichtum ist Legende!«

Sie beugte sich wieder zu mir herunter und zauberte ein kleines Messer unter ihrem Gürtel hervor, dessen Klinge im Gegensatz zu ihrem eigenen Erscheinungsbild erstaunlich gepflegt wirkte. »Hübsch bist du, Bürschchen! Das muss man dir wirklich lassen! Aber wir werden sehen, wie viele unbedarfte Frauen du noch übers Ohr hauen wirst, wenn du erst mal keine Nase mehr hast! Und wenn die erst ab ist, überlege ich mir, was als Nächstes dran ist!«

Ihre beiden Begleiter, die bis dahin vollkommen stumm geblieben waren, begrüßten diese hasserfüllte Ankündigung mit glucksendem Gelächter. Ich erinnerte mich, dass der eine einen gewaltigen Unterbiss aufwies und im Antlitz des anderen ein Erker von Nase prangte, deren Größe einem Troll gut zu Gesicht gestanden hätte. *Schön,* dachte ich bei mir, als meine Peinigerin ihr Messer Fingerbreit um Fingerbreit näher an mein schweißbenetztes Gesicht führte. *Zumindest haben Unterbiss und Langnase ihren Spaß dabei!*

Gerade als ich mich in Gedanken von meiner Nase verabschieden wollte, verschwand der Kopf der Frau jedoch schlagartig aus meinem Gesichtsfeld. An ihrer Stelle konnte ich nun eine hünenhafte Schattengestalt erkennen, welche das garstige Weib an den strähnigen Haaren gepackt hatte und es unwirsch zur Seite schleuderte, sodass es mit einem satten Schmatzen an die

Hauswand zu meiner Rechten prallte. Die Frau schrie auf und presste sich die Hand auf die Nase, aus der auch schon lustig das Blut sprudelte.

Endlich stiegen auch Langnase und Unterbiss von meinen schmerzenden Handgelenken herunter und wandten sich dem unbekannten Angreifer zu, den sie offenbar für weitaus gefährlicher hielten als jenen jungen Gecken, den sie zuvor nahezu kampflos bezwungen hatten. Um mich zumindest ein klein wenig nützlich zu machen, klammerte ich mich jedoch an Langnases Bein und brachte ihn mit einiger Anstrengung tatsächlich aus dem Gleichgewicht. Aus den Augenwinkeln sah ich, wie der Hüne Unterbiss einen gewaltigen Fausthieb gegen das weit vorspringende Kinn versetzte, woraufhin dieser ein paar Schritte zurücktaumelte und sich letztlich an jener Mauer wieder fing, die noch vor wenigen Augenblicken mein Schicksal besiegelt zu haben schien. Derweil robbte ich Langnases massigen Leib entlang, bis ich seine Ohren zu fassen bekam, hob seinen Kopf ruckartig an und ließ sein Gesicht dann so fest ich nur konnte auf den Gassenboden donnern. Rondra hätte sich gewiss voller Entsetzen von diesem unwürdigen Schauspiel abgewandt, aber wenn einen die Furcht um das eigene Leben fest in den Klauen hält, kämpft man selten wie eine Löwin, sondern eher wie ein Frettchen.

Die Frau mit dem Messer versuchte indes, in den Rücken des Hünen zu gelangen, um ihm einen hinterhältigen Stich zu versetzen. Dieser allerdings war schon mit einem mächtigen Satz bei Unterbiss angelangt, packte den Kerl an den feisten Oberarmen und hielt ihn wie einen Schild schützend vor sich.

Währenddessen musste ich zu meinem Bedauern feststellen, dass meine redlichen Bemühungen, meinem Freund Langnase Herr zu werden, kaum die gewünschte Wirkung zeigten. Obwohl ich rittlings auf ihm saß, war er durchaus noch fähig, sich zu erheben, was er nun auch umgehend tat. Ich schlang ihm die Beine um die Hüften und die Arme um seinen dicken sehnigen Hals, in der Absicht, ihm die Luft abzuschnüren oder ihn zumindest wieder zu Fall zu bringen. Langnase machte zwei tapsige Schritte nach vorn und warf sich dann mit voller Wucht gegen die Wand hinter uns, um mich daran zu zerquetschen. Mir schwanden fast die Sinne, als mein Hinterkopf auf schmerzhafteste Weise Bekanntschaft mit den kantigen Mauersteinen machte. Einen weiteren Aufprall dieser Heftigkeit hätte ich gewiss nicht unbeschadet überstanden. Mit dem Mut der Verzweiflung biss ich Langnase in den haarigen Nacken und trieb gleichzeitig meine Fersen mit aller Kraft, die ich nur aufbringen konnte, in sein Gekröse. Sein jämmerliches Aufheulen spornte mich weiter an – meine Hände wanderten eilends von seinem Hals zum Gesicht, wo ich versuchte, meine Fingerspitzen tief in seine Augenhöhlen zu treiben. Zornerfüllt schüttelte er sich so heftig, dass ich von seinem Rücken heruntergeschleudert wurde und mit einer Strähne seines Haars zwischen den Zähnen hart auf dem Steiß landete. Meinen Lippen entfuhr ein leiser Aufschrei.

Auf allen vieren kroch ich ein Stückchen zurück, um mir ein besseres Bild von der derzeitigen Lage machen zu können. Langnase stolperte umher wie ein Tanzbär, den linken Unterarm fest gegen die malträtierten Augen gepresst, während er mit der rechten Faust nach mir, seinem nun unsichtbaren Gegner, zum Schlag ausholte. Unterbiss konnte ich zunächst nirgends ausmachen, bis ich seinen reglosen Körper entdeckte, der zur Linken des Hünen am Boden lag. Der große dunkle Fleck an der Mauer über Unterbiss verriet mir, dass der Hüne ihn einem Rammbock gleich mit dem Kopf voran gegen das unnachgiebige Mauerwerk gestoßen haben musste. Verzweifelt versuchte derweil das Weib mit dem Messer, meinen Retter mit Finten und angedeuteten Stichen in Schach zu halten.

Tastend suchte ich auf dem Boden der Gasse nach irgendeinem Gegenstand, der mir als Waffe dienen konnte. Glücklicherweise war das Fundament des Hauses zu meiner Linken so feucht und brüchig, dass die Finger meiner umherhuschenden Hand einen Stein fanden, der mir geeignet erschien, um damit gegen Langnase vorzugehen und ihn endgültig außer Gefecht zu setzen. Ich wartete, bis sein blindes Tun ihn in meine Reichweite gebracht hatte, sprang auf, holte aus und schlug ihm den Stein mit voller Wucht gegen den Schädel. Ein Ekel erregendes Knirschen hallte durch die schmale Gasse, woraufhin Langnase umkippte, ohne auch nur den geringsten Mucks von sich zu geben.

Der geheimnisvolle Hüne musste beobachtet haben, wie ich Langnase niederstreckte, denn nun rief er seiner Gegnerin spöttisch zu: »Wirf dein Piekerchen weg und schau zu, dass du Land gewinnst, du dumme Gans, sonst schlag ich dir auch noch den hohlen Schädel ein!«

Das tiefe, dumpfe Grollen in seiner Stimme verriet mir nun endlich auch, wer denn mein Retter war.

»Lasse!«, fuhr es aus mir heraus. »Lasse, du bist es! Allen Zwölfen sei Dank!«

Als die Messerstecherin meine Worte vernahm, wich sie erst zögernd zwei, drei Schritte vor Lasse zurück und nahm dann Beine in die Hand, nicht ohne mir zum Abschied ein »Wir sprechen uns noch, Bürschchen!« zuzuzischen.

»Man darf dich doch wirklich nicht den kürzesten Wimpernschlag aus den Augen lassen, Meister Severin! Da will man nur in aller Ruhe sein Wasser abschlagen, und kaum kommt man zurück, hast du auch schon den schlimmsten Ärger am Hals. Was wäre wohl mit dir geschehen, wenn ich dich nicht rechtzeitig gefunden hätte?

Aus welcher stinkenden Gosse hätte ich deinen geschundenen Leib wohl zerren müssen?« Der Vorwurf in Lasses Stimme war unüberhörbar.

»Wie kommst du denn hierher, Lasse?«, erkundigte ich mich so gelassen, wie es mein pochendes Herz eben zuließ.

»Dein Onkel zahlt gutes Geld, Meister Severin, und zwar nicht nur dafür, dass ich seine Waren vor Strauchdieben schütze. Er klimpert auch mit dem Beutel, wenn es darum geht, ein Auge auf seinen umtriebigen Lieblingsneffen zu werfen.« Er lachte höhnisch. »Und er tut nur allzu gut daran, wie ich sehe.«

»Onkel Berengar lässt mich verfolgen?«, fragte ich voller Unglauben (und auch mit einem Anflug von Zorn darüber, wie ein kleines Kind behandelt zu werden). »Ich bin ein gestandener Mann von beinahe fünfundzwanzig Götterläufen, und er verdingt einen seiner Söldner als Amme für mich?«

Ich klopfte mir mürrisch knurrend den Gassenstaub aus den Kleidern. »Das glaube ich einfach nicht. Das ist doch wohl die Höhe! Wofür hält Onkel Berengar mich eigentlich? Ich kann sehr wohl auf mich selbst aufpassen ... meistens jedenfalls.«

Lasse legte seinen an einen Baumstamm gemahnenden Arm um meine Schultern, eine Geste, die gewiss bedrohlich auf mich gewirkt hätte, wenn ich den Thorwaler nicht so gut gekannt hätte.

»Siehst du, Meister Severin, und eben für die Fälle, bei denen dich das Glück im Stich lässt, gibt es mich. Während du auf dem Seil tanzt, stehe ich darunter, bereit, dich jederzeit aufzufangen. Ich gebe dir mal einen gut gemeinten Rat von Mann zu Mann: Du solltest unbedingt vorsichtiger werden, wenn du mit Betrunkenen spielst. Der Wein benebelt ihr Denken und macht sie reizbar wie tollwütige Hunde. Und wenn dann ein ausgemachter Glückspilz wie du daherkommt, der Runde um Runde gewinnt, bis sie fast daran sind, Haus und Hof an ihn zu verlieren, dann ...«

»Wie lange folgst du mir denn schon?«, fiel ich ihm barsch ins Wort.

»Nun ja, seit du das Haus verlassen hast, um genau zu sein«, räumte der Hüne anstandslos ein. »Heute Abend, meine ich. Ansonsten ist es deinem aufmerksamen Onkel schon vor ein paar Monden in den Sinn gekommen, dass es kein schlechter Einfall wäre, jemanden zu deinem Schutz abzustellen. Nur für den Fall der Fälle. Ich muss wirklich sagen, dass du gehörig rumkommst, Meister Severin. Ich glaube fast, du hast schon mehr Schänken und Hurenhäuser von innen gesehen als so mancher weit gereiste Seemann in seinem ganzen Leben.«

»Onkel Berengar misstraut mir«, murmelte ich. »Und das nur, weil er mich für einen ausgemachten Taugenichts hält.«

»Nein, das siehst du falsch, Meister Severin. Dein Onkel liebt dich. Das weißt du auch. Du bist wie ein Sohn für ihn. Ach was, du *bist* sein Sohn, sein Stammhalter. Und er macht sich deinetwegen bisweilen große Sorgen, so wie sich jeder Vater um den Sohn sorgt. Und deshalb bin ich dir gefolgt.«

»Wie auch immer ... Ich möchte nicht länger darüber reden. Es ist mir im Grunde auch gleich, wie Onkel Berengar über mich denkt.« Ich wischte meine schmutzigen Stiefel an Langnases Hosen ab. »Glaubst du ... glaubst du, ich habe ihn umgebracht, Lasse?«

»Ach was, so ein Holzkopf kann einiges an Schlägen aushalten. Und so kräftig bist du nun auch wieder nicht, dass du Männer mit einem Streich erschlägst«, lachte Lasse. »Und jetzt lass uns gehen, Meister Severin, und unseren Sieg über diese Raufbolde ordentlich begießen! Das haben wir uns redlich verdient!«

Er zog mich ein Stück die Gasse hinunter und hielt

dann inne. »Aber eigentlich, eigentlich ist es bei uns Thorwalern Sitte, dass wir uns auf den Rücken unserer geschlagenen Gegner erleichtern.«

Das Licht des Madamals und der Sterne reichte gerade aus, um Lasses dreifarbigen Bart – rote, schwarze und weiße Büschel gaben sich um seinen Mund ein buntes Stelldichein – und eine hochgezogene Augenbraue auf der mir zugewandten Gesichtshälfte erkennen zu können.

Er musste die Bestürzung gesehen haben, die mir ins Gesicht geschrieben stand, denn plötzlich lachte er, umarmte mich herzlich und grollte: »Nur ein Ulk, Junge, nur ein Ulk!«

Kapitel 2

Wenn mich auch nur die leiseste Ahnung beschlichen hätte, dass der dampfende Bockmist, in dem ich steckte, um vieles tiefer war, als ein kurzes Geplänkel mit einem gewalttätigen Haufen angetrunkener und vom Spielglück verlassener Tunichtgute hätte vermuten lassen, wäre mein nächtlicher Zug durch Gareths Schänken und Tavernen zusammen mit Lasse, meinem tapferen Retter in der Not, um einiges kürzer ausgefallen. Demzufolge wäre gewiss auch mein Rausch weniger heftig, mein Schlaf weniger tief und mein Kater weniger quälend geraten. Doch wie hätte ich auch wissen können, dass der stinkende, blubbernde Pfuhl, der mich schon bald zu verschlingen drohte, so abgrundtief, ja geradezu bodenlos war, dass selbst Lasses starker Arm nicht ausreichen sollte, meinen Kopf zu retten? Und wie hätte ich vorhersehen sollen, dass das unbeschwerte Leben eines sorglosen Tagträumers, wie ich es bisher geführt hatte, mit einem Schlag vorüber sein sollte?

Es bedarf einiger Erklärung, weshalb ein junger Mann, wie ich damals einer gewesen bin, seine jugendliche Tatkraft und Unbändigkeit mit süßem, beizeiten ausschweifendem Nichtstun in Gestalt von Saufgelagen, Zockerei und einem gelegentlichen Techtelmechtel vergeudete, anstatt sinnvolleren, anständigen Beschäftigungen nachzugehen – Brautschau oder Hausbau beispielsweise.

Meiner Ansicht nach begann die Zeit, in der meine Familie ungemein schweren Prüfungen ausgesetzt war, bereits mit dem spurlosen Verschwinden meiner Eltern, als ich gerade einmal sieben oder acht Götterläufe zählte. Die Munters waren schon damals weit über die Stadtmauern Gareths hinaus für ihre grenzenlose Neugierde und ihren ausgeprägten Entdeckerdrang bekannt. Auch ihr feiner Geschäftssinn hatte ihnen hohes Ansehen und nicht ganz unbedeutenden Reichtum eingebracht, ein kleines Vermögen gar, das sie nur allzu gern durch Aufsehen erregende Einfälle und gewagte Spekulationen zu mehren suchten. Wie hätten meine armen Eltern da ihrem vorbestimmten Schicksal entrinnen können, als sie zu den sagenumwobenen Inseln im weitgehend unerforschten Südmeer aufbrachen, um nach unbekannten, kostbaren Handelsgütern wie wohlschmeckenden Gewürzen und feinsten Tuchen zu suchen, die man im Mittelreich noch nie zuvor gesehen hatte? Sie erlagen den Verlockungen unbestätigter, aber umso hartnäckigerer Gerüchte über ganze Städte aus purem Gold und über Edelsteine, so groß wie Hühnereier, gaben ihren kleinen Buben zusammen mit seiner Großmutter in die Obhut des älteren Bruders meines Vaters, sagten ihrer Familie Lebwohl, stiegen erst in irgendeine Kutsche, dann in irgendeinem Hafen auf irgendein Schiff und segelten auf Nimmerwiedersehen in die aufgehende Praiosscheibe hinein. So einfach war das. Aus einer Reise, die lediglich einen einzigen Götterlauf hätte dauern sollen, wurden zwei, dann drei, dann vier und fünf Götterläufe, und schließlich begriffen die Daheimgebliebenen, dass sie ihre lieben Verwandten wohl nie wieder in die Arme würden schließen können. Ihre Gesichter verblassten in der kindlichen Erinnerung ihres Sohnes immer mehr, bis sie, Schemen gleich, nur noch in seltenen Träumen für ihn zu erhaschen waren.

Natürlich setzte der gute Onkel des Jungen alles daran, diesem ansonsten ein sorgenfreies, unbekümmertes Leben zu ermöglichen, auf dass es ihm an nichts mangelte. Holzschwerter, Schaukelpferde, allerlei erlesene Speisen, die besten und liebsten Ammen, die gütigsten und nachsichtigsten Hauslehrer, all dies und vieles mehr sollten den Schmerz seiner zarten Seele ob des schweren Verlustes lindern.

Oftmals beobachtete der Onkel seinen spielenden Neffen mit wehmütigem Blick, und heute weiß ich, dass er sich immer wieder die gleiche, brennende Frage stellte – nämlich, ob es nicht besser gewesen wäre, hätte er seinen wagemutigen Bruder zurückgehalten und jene schicksalhafte Reise in den unbekannten Süden selbst unternommen. Auf seine Rückkehr hätte schließlich kein Sohn sehnsüchtig gewartet.

Aber mein Onkel Berengar war ein weiser, vernünftiger Mann – und ein Kaufmann durch und durch. Er wusste genau, dass er seinen eigenen Kummer verwinden musste, um die Geschäfte – und damit den Reichtum – der Familie nicht zu gefährden. Also tat er das, was alle Munters vor ihm getan hatten und auch sicherlich alle Munters nach mir tun werden, wenn sie das Gefühl verspüren, von anderen dringend gebraucht zu werden: Er sammelte seine Kraft und arbeitete erfolgreich an der Mehrung des Munterschen Familienvermögens, unbeirrbar an der Überzeugung festhaltend, dass sich sein unablässiger Einsatz über kurz oder lang schon auszahlen würde.

Ich erinnere mich noch ganz genau, von welch großem Stolz er erfüllt war, als ihm ein befreundeter Magier schließlich eröffnete, sein geliebter Brudersohn Severin verfüge sicherlich über ein gewisses Talent in der Anwendung der arkanen Künste. O ja, Onkel Berengar war so furchtbar stolz, dass es ihm schier die Brust sprengen wollte.

»Er erscheint mir zwar nicht gerade wie ein Wunderkind, und mit seinen dreizehn Götterläufen ist er überdies schon recht alt, aber ich glaube dennoch, dass es noch nicht zu spät für ihn ist, wenn er die richtige, gewissenhafte Ausbildung erfährt, Berengar«, brummelte der seltsame alte Mann mit dem wirren Bart, der wallenden Robe, dem wilden Blick und den langen Fingernägeln, der mich eher ängstigte, als dass er mir Respekt oder Bewunderung einflößte. Mir kam er wie ein gieriger Raubvogel vor, dessen scharfe schwarze Krallen kurz davor waren, eine scheue kleine Maus zu umfangen und sie mit sich fort in seinen Horst zu tragen, um sie dort genüsslichst zu verspeisen.

Bald darauf sollten sich diese Klauen tatsächlich um mich schließen, und er entführte mich in seinen Horst, fort von dem vertrauten Haus, in dem ich ein kleiner, verhätschelter Prinz gewesen war, fort von meinen lieb gewonnenen Spielkameraden, den Söhnen und Töchtern anderer einflussreicher Garether Kaufmannsfamilien, fort vom warmen Schoß meines sanftmütigen Onkels Berengar, auf dem ich gebannt so vielen aufregenden Geschichten von fremden Ländern und großen Schlachten gelauscht hatte. Meine Großmutter steckte mich in meine galantesten Gewänder, raunte mir ein gestrenges »Mach uns ja keine Schande« zu und schob mich in die Kutsche, die mich an jenen finsteren, einsamen Ort bringen sollte, den ich schon bald aus tiefstem Herzen zu hassen lernte: die Akademie der Magischen Rüstung zu Gareth.

Ich hege keinerlei angenehme Erinnerungen an meine zwei oder drei Götterläufe an besagter Akademie, umgeben von staubigen Folianten, geplagt von absonderlichen älteren Herrschaften, zusammengepfercht mit bleichgesichtigen, trotz aller Leibesübungen irgendwie leicht kränklich wirkenden Heranwachsenden und widerlichem eingelegtem Getier.

Die riesigen Bücher – in zumeist unergründlichem Bosparano verfasst, der toten Sprache des noch um einiges toteren Alten Reiches – langweilten mich; sie waren schwer zu lesen, ihr verwirrender Inhalt war noch schwerer zu verstehen, und darüber hinaus waren sie trotz ihres immensen Gewichts mit äußerster Behutsamkeit zu handhaben. »Hast du dir auch gründlich die Hände gewaschen, Eleve Severin?« – »Fahr nicht so fest mit dem Finger die Zeilen entlang, Eleve Severin!« – »Blättere nicht so ungestüm um, Eleve Severin!« – »Ist das denn wirklich so schwierig zu begreifen, Eleve Severin?«

Die Lehrer – oder vielmehr Magister, wie die vertrockneten Bücherwürmer sich selbst zu nennen pflegten – langweilten mich unsäglich. Sie waren streng gegenüber sich selbst, noch strenger gegenüber ihren Zöglingen und außerdem scheinbar stets darauf bedacht, mir etwas einzubläuen, das mich nicht wirklich zu fesseln vermochte – wenn sie mich nicht gerade zu erniedrigenden Arbeiten wie dem Fegen des Akademiehofes verdonnerten oder mich zu unsinnigen Leibesübungen wie zwanzig Liegestützen am Stück zwangen. »Pass auf, Eleve Severin!« – »Träum nicht so viel vor dich hin, Eleve Severin!« – »Schneller, Eleve Severin!« – »Warte, nicht *so* schnell, Eleve Severin!« – »Fühlst du denn nicht den Fluss der Macht um dich herum, Eleve Severin?«

Die anderen Eleven – von denen viele die Nasen höher trugen, als es Not getan hätte – waren mir zu strebsam; und sie waren noch hochmütiger, als sie strebsam waren, und weinten sogleich, wenn man sie einmal spielerisch knuffte, abgesehen davon, dass viele von den rund zwei Dutzend besserwisserischen Weicheiern an dem fast schon militärischen Drill, der an der Akademie der Magischen Rüstung zu Gareth herrschte, schier verzweifelten. »Hast du dir schon die neue Formel angesehen, Severin?« – »Ich werde einmal Hofmagier sein, wenn du als bettelarmer Gaukler durch die Lande ziehst, Severin!« – »Wenn du nicht so stinkend faul wärst, könnte ich vielleicht dein Freund sein, Severin!« – »Du musst mir gehorchen, weil mein Vater von blauem Blut und dein Onkel nur ein einfacher Krämer ist, Severin!« – »Wenn du mich noch einmal anfasst, verrat ich es meinem Mentoren, Severin!«

Das Getier schließlich, von dem ich zuvor erzählt hatte, löste einen wohl verständlichen Ekel in mir aus, wie es so tot und so kalt in seinen gläsernen Urnen vor sich hin schwabbelte.

Die Akademie der Magischen Rüstung zu Gareth war ein Ort, an dem es keinen Platz für jenes unbeschwerte Leben gab, das ich bislang gekannt und geliebt hatte – keinem verzogenen Bengel gefällt es, plötzlich in ein Gefangenenlager gesteckt zu werden, in dem sechzehn bis an die Zähne bewaffnete Krieger verhindern sollen, dass sich einer der Schüler unerlaubt davonstiehlt. Meine Fortschritte, was das Studium anging, blieben bestenfalls kläglich, mein Eifer wurde nicht geweckt, und so war es denn auch wenig überraschend, dass ich meine Aufmerksamkeit rasch anderen Dingen widmete. Heute bin ich der Auffassung, dass es allein die Freigiebigkeit Onkel Berengars war, die dafür sorgte, dass die Magister bei so mancher Prüfung beide Augen zudrückten, selbst wenn meine Leistungen die Bezeichnung ungenügend mehr als verdient hatten.

So oft es mir möglich war, schlich ich mich des Nachts an den Wachen vorbei, um in schäbigen Kaschemmen mein Taschengeld zu versaufen und zu verhuren. Es dauerte nicht lange, bis mein Bedarf meine Mittel bei weitem überstieg, und das trotz der äußerst großzügigen Zuwendungen, die mir Onkel Berengar bei seinen wöchentlichen Besuchen zukommen ließ. Bei diesen Treffen tat ich stets so, als könnte ich mir ums Verrecken nichts Schöneres vorstellen, als an der Akademie in den arkanen Künsten unterwiesen zu werden, denn ich wollte Onkel Berengar keinesfalls enttäuschen. Damals war ich mir nämlich todsicher, dass es ihm das Herz bräche, sollte ich meine Lehrzeit nicht zu einem erfolgreichen Abschluss bringen.

Um meine wilden Ausschweifungen weiterführen zu können, wandte ich mich letzten Endes einer Betätigung zu, die sich zu einer der größten Leidenschaften meines gesamten Lebens entwickeln sollte: dem Glücksspiel. Meine ersten zögerlichen Schritte in diese Richtung waren von in unbedarfter Einfältigkeit begründeten Niederlagen, anschließenden Zornesausbrüchen und darauf folgenden Rauswürfen aus so mancher Taverne begleitet. Dennoch ist jede Erfahrung an sich lehrreich, und so lernte ich schnell, dass mein wahres Talent zweifelsohne beim Kartenspiel lag. ›Gareth brennt‹ und andere Würfelspiele kamen mir weniger entgegen, denn die Würfel fallen nun einmal, wie sie fallen – vorausgesetzt, sie wurden zuvor nicht auf unerlaubte Weise präpariert. Die gnädigeren Karten hingegen eröffnen einem geschickten Spieler eine wahre Flut an ungeahnten Möglichkeiten. Zwar war ich schon damals nicht sonderlich gut darin – und bin es auch heute noch nicht –, darauf zu achten, welche Karten bereits ausgespielt wurden, und so entsprechende Rückschlüsse dahingehend zu ziehen, wie es um meine Siegeschancen bestellt war, aber ich bemerkte bald, dass ich auf den Gesichtern meiner Mitspieler durchaus ablesen konnte, wie gut das Blatt wohl sein mochte, das sie gerade in der Hand hielten. Es waren eher unauffällige Anzeichen; da gab es Leute, die große Augen machten, andere verzogen den Mund, und wieder andere kratzten sich an der Nase oder nahmen hastig einen Schluck Wein aus ihrem Becher. Wenn man wie ich gelernt hat, auf diese kleinen Dinge zu achten, kann man im Gesicht seines Gegenübers lesen wie in einem Buch. Mir jedenfalls fiel dies leichter, als in den alten Schwarten der Akademie zu lesen, und meine Geldnöte wurden zusehends geringer. Ich will keineswegs sagen, dass ich immer gewonnen hätte – ganz im Gegenteil –, aber meine Gewinne reichten aus, um meine mannigfaltigsten Triebe zu befriedigen, Triebe, die den angesehenen Damen und Herren Magister der Akademie der Magischen Rüstung zu Gareth sicherlich die Schames- oder auch Zornesröte ins Gesicht getrieben hätten. Eine ganze Weile lebte ich des Nachts wie Phex persönlich in Gareth, während ich mich tagsüber in den ehrwürdigen Hallen der Akademie langsam, aber sicher zu Tode langweilte.

Doch ehe Borons Bote Golgari mich zu guter Letzt auf sanften Schwingen aus jener Folterkammer entführen konnte, welche die Magister ganz unschuldig Studierstube nannten, begegnete ich *ihr* – der ersten großen Liebe meines Lebens. Ich wusste, dass es Liebe sein musste, denn zu dieser Zeit hatte ich schon des Öfteren einem Freudenmädchen beigewohnt, in dessen Armen ich meinen öden Akademiealltag zu vergessen suchte, und bei keinem dieser Mädchen hatte ich im Nachhinein mehr verspürt als Erleichterung und eine auf levthangefällige Weise gelöste Anspannung zwischen den Beinen. Bei der jungen Frau indes, von der ich nun berichten werde, war alles ganz anders.

Ich kann ihren Namen an dieser Stelle nicht nennen, zum einen, da sie heute die Gattin eines bedeutenden Garether Bürgers ist, zum anderen, um die Totenruhe ihres Vaters nicht zu stören, der auf höchst bemerkenswerte Weise in unsere kleine Romanze verstrickt war. Doch will ich euch nicht vorenthalten, dass ihr ebenmäßiges Antlitz von unvergleichlichem Liebreiz war, der mir den Schlaf raubte, ihr glockenhelles Lachen mich bis in meine Träume begleitete, ihr weiches, duftendes Haar der Mantel war, mit dem ich mein kaltes Herz zu wärmen gedachte, und ihr üppiger Busen, ihr Busen … aber ich schweife ab.

Lange Zeit warb ich um ihre Zuneigung, wie es törichte, verliebte junge Männer nun einmal so zu tun pflegen, schrieb ihr peinliche Gedichte in holprigen Versen, stellte ihr unermüdlich nach wie ein Anhänger der Rahja, dem der Tharf die Sinne benebelt hat, legte aus Gärten gestohlene Blumen auf die Schwelle ihres Hauses und tat derlei irre, süße Dinge mehr. Und endlich, endlich erhörte sie mein Flehen und traf sich so manches Mal mit mir, an verborgenen Orten und verschwiegenen Plätzen, wo wir lachten und tanzten und redeten, bis der Morgen graute und wir voneinander lassen mussten.

Im Taumel unserer Verliebtheit wurden wir unvorsichtiger und unvorsichtiger – damals redeten wir uns ein, unsere Liebe wüchse und wüchse und damit auch unser Mut, es mit jeglichem Unbill aufzunehmen, das uns das Schicksal zuteilen könnte. In unserer Tollkühnheit gingen wir dann eines Abends so weit, uns gar in ihrem Schlafgemach zu treffen. Sie hatte mir für diese Gelegenheit eine Leiter hinter dem Haus bereitgestellt, um das Fenster zu ihrem Gemach im ersten Stockwerk erreichen zu können. Und just, als ich gerade die Leiter erklommen hatte und unsere brennenden Lippen sich in einem ersten Kuss fanden, wurde jäh die Tür aufgerissen, und ihr Vater stand mit hochrotem Kopf vor uns, wilde Flüche ausstoßend und gänzlich außer sich, mich einen Strauchdieb und Schänder seiner zarten, unschuldigen Tochter heißend.

Nun war ihr werter Herr Vater nicht gerade irgendwer, wie ich zuvor schon angedeutet habe. Nein, ihr Vater war einer der fähigsten und berühmtesten Lehrmeister an eben jener Akademie, die zu meinem Gefängnis geworden war. Und ich, den er nur als nichtsnutzigen, faulen Gesellen kannte, den allein der Einfluss seines Oheims an die Akademie der Magischen Rüstung zu Gareth gebracht hatte, stand im Begriff, seiner entzückenden Tochter die Unschuld zu rauben.

Sein Blick verfinsterte sich, er tobte, wütete, schrie,

fuchtelte wild mit den Armen, dass die weiten Ärmel seiner Robe, die er sogar im eigenen Hause trug, schlackerten wie Lumpenpuppen, zog sich an dem krausen Bart, raufte sich die schütteren Haare und spie unablässig ekle Verwünschungen aus.

Da bekam ich es so mit der Angst zu tun, dass ich zum allerersten Mal in meinem Leben einen Zauber so durchführte, wie man es jahrelang von mir erwartet hatte. Meine anderen Lehrmeister wären sicher von einem gewissen Stolz erfüllt gewesen, hätte ich den Spruch vor ihren Augen unter den strengen Vorkehrungen gesprochen, die an der Akademie getroffen wurden, um zu verhindern, dass Unbeteiligte durch den Zauber Schaden nahmen. Scheltet mich ruhig einen verblendeten Narren, so unüberlegt gehandelt zu haben, aber ihr werdet mich schon verstehen, wenn euch das Herz erst einmal so tief in die Hose gerutscht ist, dass ihr glaubt, es werde fortan für immer in eurem Hintern schlagen.

So streckte ich die Hand aus, deutete mit Zeige- und Mittelfinger auf den zeternden Zauberer und stieß ein lupenrein artikuliertes »Blitz dich find, werde blind!« aus. Nun glaubt ja nicht, ein gleißender Strahl grellen Lichts sei aus meinen Fingerspitzen in die Augen des Tobenden gefahren. Der Blitz, der durch diesen Zauber entsteht, ist nämlich allein für den von dem Spruch Betroffenen zu sehen, sodass ich nicht wissen konnte, ob mein Zauber denn überhaupt die beabsichtigte Wirkung getätigt hatte. Lediglich ein leichter, flüchtiger Schmerz, so als ob ich spielerisch an den Haaren gezupft würde, verriet mir, dass ich zumindest versucht haben musste, tatsächlich einen Zauber zu wirken.

Der Vater meiner Holden hielt kurz in seinem lauten Treiben inne, machte ein verdutztes Gesicht wie eine Kuh, wenn es donnert, und schwankte ein paar Schritte zurück.

Ich fürchtete schon, ich hätte ihn getötet – eine vollkommen abwegige Vorstellung –, da verfinsterte sich seine Miene erneut, und er schrie lauthals, sodass es die ganze Stadt gehört haben muss: »Du ungezogener Hund! Hast du wirklich gedacht, dein schwächlicher Schabernack könne einen wahren Meister der Mysterien erschüttern, du anmaßender Trottel? Wofür hältst du dich, es zu wagen, das, was meinesgleichen dir beibrachte, nun gegen mich zu verwenden? Was erdreistest du dich? Hüte dich vor dem schrecklichen Zorn deiner Oberen, du Wurm, der über dich kommen und dich in Stücke reißen wird! Dieses Mal bist du zu weit gegangen, Munter! Ich werde dich lehren, die Sittsamkeit meines Töchterchens zu gefährden, du räudiger Köter!«

Der Rest meiner unglücklichen Eskapade ist schnell erzählt. Der erboste Vater packte mich am Ohr, zerrte mich in den finsteren Keller des Hauses hinab und schloss mich dort ein. Kaum zwei Stunden später hatte ich mich vor dem Rest der Lehrerschaft sowie Onkel Berengar für mein ungeheuerliches, in der Geschichte der Akademie angeblich beispielloses Fehlverhalten zu verantworten. Während die Magister mir die düstersten Blicke zuwarfen und meinen Fehltritt aufs Schärfste rügten, hatte ich nur Augen für Onkel Berengar. Ich hatte erwartet, eine Welt bräche für ihn zusammen, sollte je geschehen, was nun eingetreten war. Er aber saß einfach nur da, musterte mich eingehend von oben bis unten und schien den Worten der versammelten Zauberwirker nicht sonderlich viel Aufmerksamkeit zu schenken. Und irgendwann schließlich vermeinte ich gar den Anflug eines verschmitzten Lächelns über seine Lippen huschen zu sehen.

Onkel Berengar erhob sich, setzte eine ernste Miene auf und sprach: »Nun, Ihr werten Damen und Herren, ohne das ungebührliche Betragen meines Brudersohnes verteidigen zu wollen – zweifelsohne ein Vergehen, das nicht ungesühnt bleiben darf –, so denke ich dennoch, dass dieser bedauerliche Vorfall bewiesen hat, dass der junge Severin in Euren Hallen des Wissens offensichtlich fehl am Platze ist. Ich bin der festen Ansicht, niemand aus Eurem erlauchten Kreise wird mir da widersprechen wollen. Mein Neffe soll nicht länger Eure Geduld über Gebühr auf die Probe stellen müssen.«

»Ganz recht, Meister Munter, ganz recht« und »Hört, hört« murmelten die Magister.

»Und eben aus diesem Grunde hielte ich es für das Beste, wenn mein Brudersohn Severin die Akademie umgehend verließe. Die Sache duldet keinerlei Aufschub. Da sind wir doch gewiss einer Meinung. Nur so werden wir ausreichend Sorge tragen können, einen ähnlichen Vorfall in Zukunft zu verhindern. Selbstredend werde ich Euch für die Unannehmlichkeiten, die Severin Euch bereitet haben mag, durch eine gönnerhafte Spende zu entschädigen wissen. Meine Großzügigkeit ist Euch ja alles andere als unbekannt. Denkt nur an die Täfelung der großen Halle oder die feinen Stoffe, mit denen ich Eure Sänften ausschlagen ließ ... Es soll Euer Schaden nicht sein, meinen Neffen ziehen zu lassen. Dessen könnt Ihr Euch gewiss sein.«

Er klopfte mit der flachen Hand auf die pralle Geldbörse an seinem Gürtel. Als es darin ordentlich klimperte, schienen die Magister nachdenklich zu werden.

»Womöglich habt Ihr Recht, Meister Severin«, hob der besorgte Vater meiner Liebschaft an, wenngleich der Ton in seiner Stimme immer noch recht mürrisch war. »Aber leider ist es mit einer Geldspende nicht getan, so wie Ihr Euch das vorstellen mögt. Wir wissen Euer Angebot durchaus zu würdigen – aber dennoch gilt es auch die langfristigen Folgen jener schwer wiegenden Entscheidung zu bedenken, vor der wir hier alle stehen. Ließen wir Euren Neffen nun ziehen, so triebe er alsbald als ein abtrünniger Dilettant in der Kaiserstadt sein Unwesen. Ein undenkbarer Zustand! Käme je ans Licht, dass wir unsere Ehrenpflicht gegenüber Kaiser und Reich so sträflich vernachlässigt haben, wäre der gute Ruf unserer Akademie auf ewig ruiniert. Die jahrhundertelange gewissenhafte Arbeit all jener, die uns in unseren Ämtern vorausgegangen sind, darf unmöglich aufs Spiel gesetzt werden, nur um Eurem Neffen einen peinlichen Prozess zu ersparen. Die Treue unserem Kaiser gegenüber verbietet es uns, Nachsicht walten zu lassen. Ich sage es noch einmal in aller Deutlichkeit: Ein abtrünniger Dilettant, der aus den Reihen unserer Eleven stammt, kann und darf nicht auf das Mittelreich losgelassen werden. Punktum.«

Onkel Berengar kam zu mir herüber und warf einen gründlichen Blick in meine rechte Handfläche.

Ein Hauch von Spott schwang in seiner Stimme, als er sich wieder der Lehrerschaft zuwandte. »Soweit ich sehen kann, trägt mein Brudersohn jenes Zeichen, das ihn als vollwertigen Anwender der magischen Künste ausweist, noch nicht auf seiner Hand, und nach allem, was mir von Euch immer wieder zugetragen wurde, ist er auch noch weit davon entfernt, da sein Fleiß, sein Einsatzwille und nicht zuletzt auch seine Begabung Euren Ansprüchen lange nicht genügen. Klagtet Ihr nicht allzu oft, er brächte nicht einmal die grundlegendsten Regeln und die einfachsten Zauber zustande, so sehr Ihr Euch auch mühtet, ihm das nötige Verständnis zu vermitteln? Hieltet Ihr mich nicht beständig an, strenger mit der Vergabe von Geldmitteln an ihn zu sein, auf dass er sein Hauptaugenmerk auf sein Studium richte, dessen Abschluss ohnehin in weiter Ferne läge? Ihr wagtet es nicht, mir unverblümt einzugestehen, dass es sich bei meinem Neffen um einen Stümper handelt, was die Ausübung der magischen Künste angeht. Offensichtlich aber ist er genau dies: ein Stümper, der keine Fortschritte macht und sich als unbelehrbar erweist. Und nun frage ich Euch: Wie will er da sein Unwesen treiben? Und wo Ihr gerade vom guten Ruf Eures ehrwürdigen Hauses spracht, so stellt sich mir die Frage, welch schlechtes Licht wohl auf Eure Akademie fiele, sollte je an die Öffentlichkeit gelangen, dass es hier Usus zu sein scheint, die Kinder reicher Eltern als Eleven aufzunehmen, obwohl diese nicht die erforderliche Begabung mitbringen, ihr Studium erfolgreich zu Ende zu führen – vorausgesetzt natürlich, die reichen Eltern sind gern bereit, die – verzeiht – horrenden Kosten für eine solche Ausbildung zu zahlen. Wäret Ihr Kaufleute, so hieße man Euch Betrüger, wenn ich mich nicht irre. Ich scheue nicht vor einem Prozess zurück – und genauso wenig tut dies mein Neffe –, aber ich rate Euch, mein großzügiges Angebot anzunehmen und die Sache ansonsten auf sich beruhen zu lassen.«

Damit war die ganze Angelegenheit gegessen. Onkel Berengar verstand nicht allzu viel von Zauberei, aber das, was er wusste, reichte aus, um zu begreifen, dass aus mir niemals mehr als das werden würde, was ich damals schon war – einer jener Menschen, deren Talent zwar vorhanden, aber nicht so ausgeprägt war, dass ich es damit wirklich zu etwas bringen würde. Und auf das magische Siegel, das mir zum Abschluss meiner Ausbildung mit zauberkräftiger Tinte in die Handfläche gestempelt worden wäre, war ich ohnehin nie besonders erpicht gewesen.

So endete zum einen meine eher unrühmliche Zeit an der Akademie der Magischen Rüstung zu Gareth, zum anderen leider aber auch die Beziehung zu jenem hinreißenden Geschöpf, für das ich so entbrannt war.

Zu Hause erwarteten mich und Onkel Berengar das hämische Gespött meiner Großmutter, das von »Ich habe es dir doch von Anfang an gesagt, dass es einmal so mit ihm enden wird, Berengar!« über »Was sollen nun bloß die Leute von uns denken?« bis hin zu »Was hat ein Holzkopf wie der auch schon an der Akademie zu suchen?« reichte. Fortan stand für meine Großmutter unverrückbar fest, dass es sich bei mir um das berühmte schwarze Schaf handeln musste, das wohl in jeder Familie vorkommt. Sie drängte Onkel Berengar, aus einer anderen reichen Familie eine geeignete Frau für mich zu suchen, damit ich wenigstens durch meine Hochzeit einen vernünftigen Beitrag zur Wahrung und Mehrung des Munterschen Vermögens leistete. Obwohl sie ihm mit derlei wirrem Gefasel nahezu unablässig in den Ohren lag, scherte sich Onkel Berengar keinen Deut um ihr Geschwätz. Gelegentlich, wenn sie mit ihrer Beharrlichkeit sein Gemüt in Wallung brachte, entgegnete er: »Der Junge muss sich nur die Hörner abstoßen! Das ist nichts Ungewöhnliches und im Grunde auch nichts Schlimmes. Er ist unsicher und sucht noch seinen Platz im Gefüge der Welt. Ging es nicht jedem von uns einmal so? Und das heißt noch lange nicht, dass aus ihm nichts werden kann. Wäre deine Sorge auch nur im Geringsten begründet, so hätte ich dem Jungen schon längst die Ohren lang gezogen und er müsste sich die Finger in meinen Lagerhallen blutig schuften. Du wirst noch an meine Worte denken: Ehe er dreißig Götterläufe zählt, wird er meine Geschäfte übernehmen. So wahr ich hier stehe.«

Zugegeben, das Vertrauen, das Onkel Berengar in mich setzte, schien lange Zeit in keinster Weise gerechtfertigt. Frei von den Fesseln und Zwängen der Akademie der Magischen Rüstung zu Gareth, frönte ich die nächsten Götterläufe all jenen Leidenschaften und Lastern, die meine dröge Zeit als Eleve in mir geweckt hatte. Ich soff wie ein Loch, besprang wie ein immergeiler Bock Hure um Hure und verspielte in wenigen Jahren mehr, als es ein vernünftiger Mensch in seinem ganzen Leben je tun sollte. Ab und an begleitete ich Onkel Berengar aus irgendeiner Laune heraus zu wichtigen Geschäftsverhandlungen oder warf seinem Schreiber Kerion einen Blick über die Schulter, wenn er die Abrechnungsbücher führte, aber all dies geschah nur dann, wenn ich glaubte, nichts Besseres zu tun zu haben, was höchst selten der Fall war.

So hat sich denn in meiner Erinnerung ein Schleier aus billigem Wein, käuflichen Frauen und abgegriffenen Karten über all jene Götterläufe gelegt. Allein das ständige Nörgeln meiner Großmutter wird sicherlich unvergessen bleiben, das mich häufig bis in meine Träume verfolgte, wenn ich meinen Rausch ausschlief.

Und auch an jenem Morgen, an dessen Vorabend mich Lasse aus der hochpeinlichen Lage gerettet hatte, meine lange Munternase an ein paar trunkene Versager zu verlieren, die meiner zuvor wochenlangen Pechsträhne ein Ende bereitet hatten, und wir anschließend um die Häuser gezogen waren, um unseren Sieg gebührend zu feiern, lag ich noch schlummernd in den Federn, als die Praiosscheibe schon längst am Himmel stand und meine Großmutter ihre nie enden wollende Tirade bezüglich meines zum Scheitern verurteilten Werdeganges erneut anstimmte. Zumindest war es ihre krächzende Stimme, die mich weckte und mich meinen schweren Kopf fester in die Kissen meiner Schlafstatt pressen ließ.

Es brauchte eine ganze Weile, bis mir auffiel, dass sie an diesem Sommermorgen nicht nörgelte, sondern bitterlich weinte und jammerte. »Berengar, Berengar, warum hast du uns verlassen?«, schluchzte sie immer wieder, und ihre herzerweichende Klage riss mich endgültig aus dem Schlaf. Ich streifte flugs Hemd und Hose über und nahm barfuß die Stufen hinab in die Halle des Hauses, wo meine Großmutter vor der geschlossenen Eingangstür auf die Knie niedergesunken war, das graue Haar nicht streng im Dutt, sondern zerzaust wie nach einem Herbststurm, den Saum ihres langen Kleides umklammernd, die eingefallenen, faltigen Wangen nass von einem Strom von Tränen, der sich aus ihren geschlossenen Augen ergoss.

»Muttchen«, fragte ich sie fassungslos, während ich näher an sie herantrat und ihr zögernd die Hand auf die knochige Schulter legte, »warum weinst du denn nur so? Du bist ja ganz aufgelöst. Sag, was ist geschehen, dass du dich so grämst?«

Da umklammerte sie meine Beine, legte das nasse Gesicht an meinen Schenkel und seufzte: »Das sieht dir ähnlich, Junge! So kann es nur einem Taugenichts wie dir ergehen! Selbst den Tod deines Ziehvaters zu verschlafen!« Die Worte waren hart, aber frei von jedem Vorwurf.

»Was?«, flüsterte ich. »Onkel Berengar?« Mir war, als schnürte mir ein Henkersstrick die Kehle zu, und mir pochte und rauschte das Blut im Kopf, als müsste er mir jeden Augenblick zerspringen.

»Golgari, der Sendbote des Boron, hat ihn heute Nacht geholt, bei der Arbeit in seinem Schreibzimmer. Vornüber gesunken auf den Tisch, die Hände auf den Leib gedrückt, die leeren Augen auf die Tür gerichtet. So habe ich ihn vorgefunden«, wisperte sie atemlos. »Gerade eben haben sie ihn hinausgetragen. Stocksteif wie ein Brett. Ich habe nach dir gerufen, immer wieder, bis mir der Hals ganz rau war, aber du hast mich nicht gehört.«

Ich fasste sie unter den Armen und zog sie mühelos auf die Beine. »Wo ist er?«

»Sie haben ihn gerade geholt. Hörst du mir denn nie zu?«

Ich schob sie beiseite, riss die Tür auf und trat vor unser Haus, wo mich wie zum Hohn der strahlende Schein der Praiosscheibe empfing. Ich rannte durch unseren kleinen Vorgarten auf die Straße hinaus.

Und das Letzte, was ich an diesem Tag von Onkel Berengar sah, war sein Leichnam auf einer Bahre, die von vier schwarz gewandeten Borongeweihten soeben um die nächste Ecke getragen wurde.

Ich wollte rufen, sie warten heißen ... aber mir versagte die Stimme. Ich wollte ihnen nachlaufen, aber meine Beine versagten mir den Dienst. Ich wollte weinen, aber ich hatte keine Tränen. Ich war leer.

Wie ein wandelnder Toter wankte ich zurück ins Haus, schloss mich im Weinkeller ein, und irgendwann, nachdem meine Großmutter aufgehört hatte, an die Tür zu hämmern, und ich so viel getrunken hatte, dass ich mich erbrach, begriff ich zweierlei Dinge:

Zum einen war der Mann, der mir all die Jahre ein Vater gewesen war und vielleicht sogar ein besserer Vater, als es mein eigener je hätte sein können, der Mann, der mich trotz oder auch gerade wegen meiner Fehler bedingungslos geliebt hatte, der Mann, dem ich in einem entlegenen Winkel meines Denkens meinen Wert hatte beweisen wollen, um ihm all das in mich gesetzte Vertrauen zurückzuzahlen – dieser Mann war fort, und er würde nie mehr in dieses Haus, nie mehr in mein Leben zurückkehren.

Zum anderen hatte mich der Tod dieses geliebten Menschen zu einem reichen Mann gemacht, zum Erben des Munterschen Vermögens, mit all den Pflichten, die ein solches Vermächtnis für gewöhnlich mit sich bringt. Und erst meine Zweifel, ob ich es je schaffen könnte, dieser Verantwortung gerecht zu werden, ließen mich endlich, endlich weinen.

Kapitel 3

Ich vermag beim besten Willen nicht zu sagen, wie lange ich im Weinkeller in der Lache meines eigenen Erbrochenen gelegen hatte, bis mein Rausch so weit abgeklungen war, dass der Ekel vor dem sauren Gestank in der niedrigen Kammer ausreichte, mich den Kopf heben und auf den Rücken rollen zu lassen. Eine Weile lag ich einfach nur reglos da, mit den klebrigen Resten meines Mageninhalts im Gesicht, und lauschte wie gebannt dem Schlag meines wehen Herzens, der schmerzhaft dröhnend in den scheinbar unermesslichen Weiten meines Schädels widerhallte. Bilder zogen vor meinen geschlossenen Augen vorüber, Erinnerungen an meinen Onkel, an meine Eltern, an meine Großmutter, an meine Freunde, an die vergangene Nacht …

Schließlich rieb ich mir die steifen Glieder und beschloss, nach oben in jene unerbittlich grausame Welt zurückzukehren, die nichts für mich bereitzuhalten schien als den immerwährenden Verlust lieber Menschen. Aber dort droben wartete immerhin eine Waschschüssel in meinem Zimmer und sicherlich auch ein frisches Hemd sowie ein weiches Bett, das dem harten, fest gestampften Boden, auf dem ich die letzten Stunden in Besinnungslosigkeit verbracht hatte, bei weitem vorzuziehen war.

Ich zog mich an der Tür zum Weinkeller mühsam in die Höhe, strich mir das wirre, verklebte Haar aus dem Gesicht, spuckte einige Male gründlich aus, um den widerlichen Geschmack in meinem Rachen loszuwerden, säuberte mich notdürftig mit einem Zipfel meines Hemdes, öffnete mit zittrigen Fingern die Tür und machte mich mit wackligen Knien daran, die Treppe hinauf ins Erdgeschoss in Angriff zu nehmen.

In der großen Halle unseres Hauses angekommen, dämmerte mir infolge der fest geschlossenen Läden vor den Fenstern, dass bereits die nächste Nacht angebrochen sein musste. Bis auf den silbrigen Lichtstreif des Madamals, der sich durch Ritzen und Spalten seinen Weg gebahnt hatte, lag das Haus vollkommen im Dunkeln, fast, als trauerte es ebenfalls um seinen verschiedenen Herrn.

Ich wankte schwerfällig in die Küche, riss mir einen Fetzen trockenen Brotes von einem kleinen, runden Laib ab, der auf dem erkalteten Ofen vergessen worden war, und kaute lustlos darauf herum, während ich mich an den Aufstieg ins Obergeschoss machte.

Ein kaum merkliches Rascheln von Papier zu meiner Rechten ließ mich stutzen. Ich runzelte verwundert die Stirn. Sollte Onkel Berengar denn so spät noch in seiner Schreibstube arbeiten? Bei diesem Gedanken blieb mir der letzte Bissen Brot fast im Halse stecken. Mein Onkel war tot, und doch hatte ich gerade ein Geräusch vernommen, das ich wie kaum ein anderes mit seiner geschäftigen Strebsamkeit verband. War sein ruheloser Geist in unser Haus zurückgekehrt, um eine Arbeit zu Ende zu führen, aus der ihn der schweigsame Boron so unvermittelt gerissen hatte?

Sogleich schalt ich mich stumm einen abergläubischen Narren. Das war ganz gewiss nicht mein Onkel, der da in der Schreibstube zugange war, sondern wohl vielmehr ein unverschämter Eindringling, der die späte Stunde genutzt hatte, um bei uns sein Unwesen zu treiben. Und es war nun an mir, dem einzigen Mann im Hause, dem finsteren Treiben dieses schamlosen Gauners ein Ende zu bereiten.

Ein Bächlein eisigen Schweißes rann mir den Rücken entlang. Wie schon in der Nacht zuvor, fand ich mich unbewaffnet in einer ausgesprochen heiklen Lage wieder. Wollte ich dem Unbekannten die Stirn bieten, der mit Sicherheit eine Waffe bei sich trug, wenn er denn etwas von dem Metier eines Schurken verstand, so war auch ich genötigt, mich umgehend zu bewaffnen. Vor dem Weg in mein Schlafgemach, um rasch den Dolch zu holen, den ich unter meinem Bett versteckt hatte, oder gar hinab in die Küche, um mich mit einem Beil oder einem Schürhaken zu wappnen, schreckte ich zurück, denn was würde wohl geschehen, wenn der Eindringling mich auf eben einem dieser Wege ertappen sollte, noch ehe es mir gelungen wäre, etwas zu finden, mit dem ich Leib, Leben und Besitz angemessen verteidigen konnte?

So ließ ich denn den Blick über meine nächste Umgebung schweifen, und – siehe da! – sprang mir alsdann eine große, dickwandige Vase auf einem Kommödchen ins Auge, in der ein paar Blumen aus unserem Garten traurig die verwelkten Köpfe hängen ließen. Auf Zehenspitzen huschte ich hinüber, griff das Gefäß mit beiden Händen und lugte vorsichtig durch den Spalt der angelehnten Tür in die Schreibstube meines verstorbenen Onkels.

Das heillose Durcheinander aus auf dem Boden und dem wuchtigen Tisch verstreuten Unterlagen hatte ich erwartet, denn Onkel Berengar war zeit seines Lebens kein Mann gewesen, der übermäßigen Wert auf Ordnung gelegt hatte. Es hatte immer den Anschein gehabt, als fände er sich gut zurecht, ganz gleich, wie oft meine Großmutter oder sein Schreiber Kerion prophezeit hatten, eines Tages werde er ein Schriftstück, von dem Wohl und Wehe seines gesamten Unternehmens abhinge, derart verlegen, dass er es nie wieder fände.

Der Eindringling jedoch entsprach so gar nicht dem Bild, das meine ausgeprägte Vorstellungskraft in meinen Geist gezaubert hatte: Da war kein riesiger, breitschultriger, ungeschlachter Kerl am Werk, sondern ein dürres Männchen, das mir wohl kaum bis zur Schulter reichte. Es war ganz in eng anliegendes Schwarz gewandet und eifrig bemüht, neugierig unter und zwischen den Papierbergen herumzustöbern und hier und da einen hastigen Blick in eine der vielen Schatullen und Kistchen zu werfen, wobei es mir den Rücken zuwandte – ein glücklicher Umstand, den ich zu meinem Vorteil zu nutzen gedachte.

Ich hielt den Atem an und schob die Tür sachte so weit auf, dass ich mit der Vase vor der Brust hindurchzuschlüpfen vermochte. Eine weit geöffnete Fensterlade verriet mir, auf welchem Weg der ungeladene Besucher sich Zugang verschafft hatte. Das merkwürdige Männchen schien mich nicht zu bemerken, weshalb ich die Vase hoch über den Kopf hob, um sie ihm von hinten über den Schädel zu ziehen.

Gerade, als ich sie hinabsausen lassen wollte, drehte sich der Kerl um und raunte: »Stell das weg, ehe du es zu Bruch gehen lässt, Junge! Und mach nicht solch einen Lärm, sonst wirst du nur deine arme Großmutter wecken!«

In meiner Überraschung verharrte ich in der Angriffshaltung und starrte den Einbrecher an, wobei mir das Maul offen stand wie ein Scheunentor. Mund und Nase hatte er ebenso wie sein Haar unter einem Tuch verborgen, sodass ich allein seine funkelnden Augen erkennen konnte, als er seine Aufforderung mit gehobener Stimme wiederholte. »Ach, pfeif doch auf die Alte. Ich habe dir gesagt, du sollst die Vase wegstellen, Junge.«

Ich fasste mir ein Herz und blaffte: »Schaff dich fort aus diesem Haus, du Strolch, wenn dir dein Leben lieb ist!«

Das Männchen keckerte wie ein Wiesel. »Du willst mich mit einer Vase erschlagen, Junge? Das kann unmöglich dein Ernst sein.«

»Warum nicht? Du wärst nicht der erste Strauchdieb, dem ich den Schädel einschlage!«, entgegnete ich mit trotzig vorgeschobenem Kinn.

»Ach? Dann hast du also so deine Erfahrung im Umgang mit ungebetenen Gästen wie mir, ja? Und du bist auch ein wahrer Meister, wenn es darum geht, gar trefflich eine Vase als Waffe zu führen?« Die offen zur Schau getragene Belustigung in seiner Stimme verwirrte mich zunehmend, je länger er sprach. »Wie gut, dass du noch mehr kannst, als dich ohne Sinn und Verstand zu besaufen! Du stinkst nämlich wie eine ganze Schänke, mein Junge. So sehr, dass ich dich schon gerochen habe, bevor ich dich überhaupt hätte hören können! Und nach allem, was mir über dich erzählt wurde, frönst du nicht nur dem Wein, sondern bist auch ansonsten ein, nun ja, sinnenfroher Mensch. Oder sollte ich vielleicht besser sagen, dass man dich bisweilen schon ein wenig maßlos genannt hat? Und zwar in jeder Hinsicht.«

»Ich warne dich noch ein letztes Mal: Verlasse sofort dieses Haus, sonst vergesse ich mich!«

Da warf das Männchen den Kopf in den Nacken und lachte schallend. »Dein Onkel hatte Recht, Junge! Du bist wahrlich ein Dickschädel!«

Meine Stimme schwankte. »Du sprichst von meinem Onkel? Was hast du mit ihm zu schaffen? Weißt du nicht, dass er letzte Nacht von dem Gott des Todes geholt wurde, seinen gerechten Lohn zu empfangen?«

»Ach, Junge, genau deswegen bin ich doch hier. Man könnte sagen, ich bin ein Freund der Familie.« Der Fremde hatte einen sanften, traurigen Ton angeschlagen. »Dein Onkel war ein großer Mann, der mir viel bedeutete und mit dem mich vieles verband. Es gibt Bande, die stärker sein können als die des Blutes.« Er stockte.

»Und jetzt stell endlich diese vermaledeite Vase hin, damit wir uns wie vernünftige Männer unterhalten können!«

Da mir die Vase ohnehin langsam zu schwer wurde, wie ich sie so hoch über den Kopf hielt, kam ich seiner freundlichen Aufforderung nach, nicht ohne einen vorsichtigen Schritt rückwärts in Richtung Tür zu machen. »Unterhalten willst du dich also, fremder Eindringling? Dann zeig mir dein Gesicht, denn ich schaue denen, mit denen ich mich unterhalte, gern ins Antlitz. Oder scheust du davor zurück, da du mich belügen wolltest, um dir mit einem Ammenmärchen mein Vertrauen zu erschleichen?«

Der kleine Mann zog sich einen Schemel heran und setzte sich. »Zwar magst du es wohl für leeres Geschwätz halten, Junge, aber es ist besser für dich – und besser für mich, das will ich nicht verhehlen –, wenn du mein Gesicht nicht kennst. Ich will dir nichts Böses, aber ich kann nicht ausschließen, dass es dort draußen andere gibt, denen du ein Dorn im Auge bist. Und sollten sie dich je zu fassen kriegen, so wirst du mir dankbar dafür sein, mein Antlitz nicht geschaut zu haben. Du wirst dich damit begnügen müssen, mir in die Augen zu blicken, um meine Redlichkeit auf die Probe zu stellen.«

Dies tat ich dann auch, und eine Weile blickten wir einander schweigend tief in die Augen.

»Gut, gut«, sagte ich schließlich kopfnickend. »Vorerst will ich dir Glauben schenken, dass du ein Freund bist, denn hättest du gelogen, hätten es mir deine Augen verraten –obgleich es mir schwer fällt, mir vorzustellen, weshalb ein Freund der Familie mitten in der Nacht in unser Haus eindringen sollte, um überall herumzuschnüffeln wie ein gewöhnlicher Dieb. Es sei denn, es handelt sich um einen *ehemaligen* Freund der Familie, der aus guten Gründen von den aufrechten Munters verstoßen wurde.« Ich setzte mich ihm gegenüber auf den gepolsterten Stuhl, auf dem Onkel Berengar immer Platz genommen hatte, wenn er Kerion Verträge und Briefe diktiert hatte.

»Zunächst einmal hatte ich nicht vor, überall herumzuschnüffeln, mein Junge, sondern lediglich in diesem Zimmer, und außerdem kann ich dir ruhigen Gewissens versichern, dass ich euch nichts stehlen wollte, was für dich oder deine Großmutter von Wert sein könnte.« Der Mann in Schwarz unterstrich seine Rede mit beschwichtigenden Gesten. Seine Finger waren ungewöhnlich lang und dünn, viel länger, als man sie bei einem Menschen seiner Statur erwartet hätte. Ich ertappte mich dabei, wie ich versuchte, seine Fingerglieder zu zählen, während er fortfuhr. »Ich werde mich jetzt erheben und hinüber zu der Wand dort hinter dir gehen, um dir etwas zu zeigen, was du noch nie zuvor gesehen hast. Natürlich nur, wenn du nichts dagegen hast. Wenn du die Wand ansiehst, wirst du die schmale Nische zwischen den zwei Schränken erkennen, die dort stehen. Ich werde die Schränke weiter auseinander rücken und die Nische wird breiter werden – aber nicht nur das. Es wird auch etwas zum Vorschein kommen, was du nie geahnt hättest. Das ist kein Versuch, dich zu täuschen, keine Ausrede, um zu flüchten – so etwas habe ich nicht nötig. Ich denke, es ist an der Zeit, dass du erfährst, wer dein Onkel wirklich war.«

Ich musterte den Fremden eingehend, während er sprach, und sah keinen Grund, ihn nicht in die Tat umsetzen zu lassen, was er angekündigt hatte.

Er stand auf und ging hinüber zur Wand hinter mir. Ich drehte mich um, als er gerade vor die Nische getreten war. Er schob die Schränke auseinander, was ihm sehr viel leichter fiel, als es ihr Gewicht hätte erlauben sollen. Später sollte ich erfahren, dass ihm ein ausgeklügeltes Netzwerk von Flaschenzügen, Rollen und Schienen hinter, an und in den Schränken sowie in der Wand gestattete, die Nische so mühelos zu verbreitern. Es verschlug mir den Atem, als ich gewahr wurde, dass in der Nische selbst das scheinbar so feste Mauerwerk wie von Geisterhand zur Seite glitt, um eine geheime Kammer dahinter zu offenbaren. In eben dieser Kammer war es so stockfinster, dass von meinem schwarz gekleideten Besucher, der nun in ihrem Eingang stand, lediglich das Weiß der Augäpfel zu sehen war.

»Was ist das?«, fragte ich ihn.

»Tritt ein und sieh selbst!«, forderte er mich mit einem einladenden Winken auf.

»Ich werde ein Licht brauchen …«, setzte ich an, aber der Fremde winkte nur ein weiteres Mal, und aus der Art und Weise, wie seine Augen schnell von links nach rechts und wieder nach links huschten, schloss ich, dass er den Kopf schüttelte.

»Das wirst du nicht, mein Junge. Vertrau mir, das wirst du nicht.«

Ich erhob mich und setzte schlafwandlerisch einen Fuß vor den anderen, bis ich unmittelbar neben dem merkwürdigen Fremden stand. Meine Neugierde war geweckt, und ich vergaß jede Bedrohung, die in der Finsternis auf mich hätte lauern können, wenn ich mich hinsichtlich der Aufrichtigkeit meines geheimnisvollen Besuchers von Grund auf getäuscht hätte.

Und so trat ich denn in die Kammer ein, deren Existenz mein Onkel Berengar seiner nichts ahnenden Familie nie offenbart hatte.

Meine Augen gewöhnten sich nur langsam an das Dunkel, und plötzlich überkam mich ein Gefühl, als stünde ich nicht länger im Innern eines Hauses, sondern unter freiem Himmel, denn über mir glitzerten und strahlten die Sterne.

»Wunderschön, oder nicht?« Der Fremde musste lautlos an mir vorbeigegangen sein, denn seine Stimme erklang tiefer aus dem Dunkel. »Man könnte fast meinen, es seien die echten Sterne, so als hätte mein Herr sie soeben gestohlen.« Nach diesen Worten erhellte auf einen Schlag das fahle Licht des Madamals die Kammer, die gut vier Schritt lang und ebenso breit war. Mein Besucher stand an ihrem anderen Ende vor einem kleinen Schrein, auf dem eine goldene Schüssel mit Blüten des Blauhimmelsterns – ein Gewürz, von dem ich damals schon gehört, es aber nie selbst gekostet hatte – unter einem prächtig gefertigten Abbild eines gewaltigen Fuchskopfes stand. Die Wände der wundersamen Kammer waren gesäumt von Regalen aus edlen Hölzern, von denen aus uns unzählige Statuetten und Figürchen von Füchsen, Schleichkatzen und auch einigen Greifvögeln mit kalten Augen zu mustern schienen. In ihren Fängen und Klauen trugen die vom Licht des Madamals umflorten Tiere Geschmeide und Kleinodien – Ringe, Ketten, Reife, Kronen und andere Schmuckstücke von einer bezaubernden, entrückten Schönheit, wie ich sie auf Dere nicht für möglich gehalten hätte. In meinem ganzen Leben hatte ich noch nichts erblickt, was wertvoller, erhabener und beeindruckender gewesen wäre als dieser Raum voller Schätze, der dennoch von einer ergreifenden Aura echter Hingabe und aufrichtiger Opferbereitschaft durchdrungen war, die mir fast die Tränen in die Augen trieb.

»Das ist … das ist … ein … ein …«, stammelte ich.

»Ein Schrein«, half mir mein Besucher auf die Sprünge, »ein Schrein zu Ehren meines Herrn, der auch der Herr deines Onkels war.« Er ließ die Kordel los, mit der er die Blenden geöffnet hatte, die dem Licht des Madamals gestatteten, den Schrein zu erleuchten.

»Phex«, flüsterte ich, einer plötzlichen Erkenntnis nachgebend.

»Ganz recht.« Mein Besucher legte die Hände auf meine Schultern. »Ein Schrein zu Ehren Phexens. Dein Onkel führte ein sehr phexgefälliges Leben, musst du wissen. Sieh dich nur um, aber gib Acht, dass dir keine Motte in den Mund flattert, so weit wie du ihn aufgerissen hast.«

Ich drehte mich einmal um die eigene Achse. »Sind das Türkise? Ist das alles echt? Was sind das für Tiere? Hat sie Onkel Berengar von seinen Reisen mitgebracht?«, plapperte ich, woraufhin mein Besucher ein leises Kichern nicht unterdrücken konnte.

»So viele Fragen, Junge, so viele Fragen auf einmal. Ja, es sind Türkise. Der größte Teil davon ist echt. Und ja, dein Onkel hat das alles im Lauf der Jahre zusammengetragen«, erklärte er mir geduldig.

»Aber warum hat er nie davon gesprochen? Es ist doch keine Schande, Phex zu dienen, dem Gott der Händler und Diebe, wenn man doch selbst ein Händler ist«, wunderte ich mich.

»Es ist alles andere als eine Schande, das ist wahr, aber Phex sieht es gern, wenn manche seiner Gläubigen es nicht allzu offen zur Schau stellen, wem sie dienen. Das eröffnet neue, ungeahnte Möglichkeiten, verstehst du?«, erläuterte mir mein Besucher. »Wenn dein Gegenüber nicht genau weiß, welchem der Zwölfe du am meisten anhängst, wird es schwieriger für ihn, dich einzuschätzen. Außerdem hast du doch schon selbst gesagt, dass dein Onkel ein Händler war. Damit wussten all jene, die nicht auf den Kopf gefallen waren, ohnehin schon, wie es um seine Frömmigkeit bestellt war. Aber nur die wenigsten wussten, wie wichtig er für uns war.«

»Für euch? Wen meinst du?«, wollte ich wissen.

»Nun sei doch nicht so begriffsstutzig, Junge. Schau mich an. Ich bin ein Dieb. Diebe und Händler, die glühendsten Eiferer, wenn es um die Verehrung Phexens geht«, brummelte mein Besucher tadelnd. »Nicht alle Mitglieder unserer Kirche sind so auf Öffentlichkeit bedacht wie die, die für jedermann als Diener Phexens zu erkennen sind. Oft sind es aber gerade jene, die im Verborgenen phexgefällig handeln, welche man mit wichtigen Aufgaben betraut. Menschen wie dein verstorbener Onkel.«

Ich rümpfte die Nase. »Sprich nicht ständig in Rätseln mit mir! Welche Aufgabe denn? War er ein Geweihter?«

»Nein, nein, das war er nicht.« Mein Besucher schloss die Blenden, sodass die Kammer wieder in Finsternis versank, und ging an mir vorbei, zurück in die Schreibstube, wo er sich auf seinen Schemel setzte.

»Jetzt sag schon! Welche Aufgabe?«, quengelte ich, während ich ihm folgte.

»Verschließ den Schrein«, murmelte er gedankenversunken, als wöge er in Gedanken ab, ob er mich auch in dieses Geheimnis einweihen durfte. Ich schob die Schränke zurück an ihren alten Platz; der Eingang zum Schrein schloss sich, und die Nische schrumpfte, woraufhin nichts mehr erahnen ließ, was hinter der Wand verborgen lag.

»Setz dich!«, hieß mich mein Besucher, kratzte sich kurz am Kopf, atmete tief durch und antwortete endlich auf mein Drängen. »Dein Onkel erhielt die Aufgabe, einen wichtigen Talisman unserer Kirche an einem sicheren Ort zu verwahren. Ich bin davon überzeugt, dass er ihn in seinem Schrein versteckt hatte, aber nun ist der Talisman fort – verschwunden.«

»Woher willst du das wissen? Du hast doch noch gar nicht gesucht!«, empörte ich mich.

»Junge, was glaubst du, was ich wohl getan habe, während du deinen Rausch ausgeschlafen hast? Natürlich habe ich den Talisman gesucht. Und ich habe ihn nicht gefunden.« Er stand auf, lief hinüber zum Fenster, atmete erneut schwer und wandte sich wieder zu mir um, wobei er sich am Fensterrahmen abstützte. »Und da ich deinen Onkel Berengar gut gekannt habe, weiß ich, dass er besagten Talisman mit seinem Leben geschützt hätte. Lass dir das einmal genau durch den Kopf gehen, mein Junge.«

Ich ließ mich matt auf den gepolsterten Stuhl fallen. »Was soll das denn nun schon wieder heißen? Vielleicht hat er euren Talisman überhaupt nicht hier im Haus versteckt, sondern ihn im Garten vergraben oder ihn in eines seiner vielen Lagerhäuser gebracht. Das könnte doch auch sein, oder nicht? Ich halte das keinesfalls für abwegig.«

»Du bist nicht nur ein Dickschädel, du bist ein ausgemachter Esel, wenn du wirklich glaubst, was du gerade eben von dir gegeben hast, Junge«, fauchte mein Besucher zornig. »Ein Talisman ist von einem der Zwölfe berührt. Ein heiliger Gegenstand. So etwas Einzigartiges verbuddelt man nicht einfach irgendwo, so wie ein Hund einen Knochen verscharrt. Man behält es stets in seiner Nähe, weil man dadurch auch dem Gott ein Stückchen näher kommt. Aber was versuche ich das alles einem Grünschnabel zu erklären, der nicht einmal weiß, wann man mit dem Saufen aufhören sollte, wenn man sich nicht von oben bis unten voll kotzen will? Selbst dann nicht, wenn irgendjemand gerade dafür gesorgt hat, dass man mit einem Mal zu einem reichen Mann wird! Phex zum Gruß!«

Er schüttelte noch einmal verächtlich den Kopf und ließ sich dann plötzlich nach hinten aus dem Fenster fallen. Überrascht sprang ich auf, eilte zum Fenster, schaute hinaus und sah – nichts. Mein nächtlicher Besucher war so spurlos verschwunden, als hätten ihn die Schatten mit Haut und Haaren verschlungen.

Ich vermag nicht genau zu sagen, wie lange ich so am Fenster stand, bis mir dämmerte, welche Eröffnung ich nicht hatte begreifen wollen, bis ich verstand, was den Zorn des klein gewachsenen Phexdieners geweckt hatte. Als es dann aber so weit war, nagte ein Zweifel an mir, der nicht ohne weiteres verstummen wollte. War es wirklich denkbar, dass Onkel Berengar nicht eines natürlichen Todes gestorben war, sondern irgendjemand ihn ermordet hatte, um an jenen Talisman zu gelangen, von dem mein Besucher gesprochen hatte? In dieser Nacht fand ich keine Antwort auf die Frage, aber bereits in der darauf folgenden sollte sich erweisen, ob der Fremde die Wahrheit gesprochen hatte.

Kapitel 4

Den gesamten darauf folgenden Morgen verbrachte ich damit, mir den immer noch weinschweren Kopf darüber zu zerbrechen, wie ich dem ungeheuerlichen Verdacht, den mein nächtlicher Besucher durch seine nebulösen Anspielungen in mir gesät hatte, auf sinnvolle Art und Weise nachgehen könnte. Denn selbst wenn das Männchen die Wahrheit gesprochen haben sollte – und Onkel Berengar tatsächlich dieses ominösen Talismans wegen vom Leben zum Tode befördert worden war –, blieb die Frage, wie ich es beweisen sollte.

Das stumme, anklagende Gesicht meiner in Trauer erstarrten Großmutter außer Acht lassend, die verloren in der Küche saß und unablässig das tränenfeuchte Taschentuch zwischen den knorrigen Fingern knetete, lief ich wie ein aufgescheuchtes Huhn im ganzen Haus auf der Suche nach möglichen Spuren eines hinterhältigen Attentats auf Onkel Berengar umher. Aber da war nichts, rein gar nichts, was mir irgendwie auffällig erscheinen mochte – keine schlammigen Fußabdrücke, keine Kratzspuren an der Tür, kein fremdes Haar. Es kam mir nicht ein einziges Mal in den Sinn, dass mein Auge unter Umständen für ein solches Unterfangen einfach zu ungeschult sein könnte. In meinem jugendlichen Tatendrang war ich mir vollkommen sicher, dass ich jeden noch so kleinen Hinweis hätte entdecken müssen, wenn es denn einen solchen gegeben hätte.

Einen bedeutsamen Schluss hatte ich alsbald gezogen:

Da kein Tropfen Blut im Arbeitszimmer meines Onkels Berengar zu finden war, ging ich davon aus, dass es lediglich zwei mögliche Arten gegeben hatte, ihn zu ermorden – entweder mit Gift oder mittels Zauberei. Jegliche Verletzungen hätten nämlich den pflichtbewussten Borongeweihten zwangsläufig auffallen müssen, die meinen verstorbenen Onkel fortgeschafft hatten. Die Annahme, zu der ich gelangt war, würde sich aber nur dann zweifelsfrei bestätigen lassen, wenn es mir gelänge, den Leichnam meines Onkels einer näheren Untersuchung zu unterziehen. Und dafür würde ich Hilfe brauchen – fachkundige Hilfe.

Um die Mittagszeit verließ ich das Haus und machte mich auf, meinem alten Freund Quin einen Besuch abzustatten. Mein Sinnieren über Magie und Gifte hatte meine Gedanken zielsicher in seine Richtung gelenkt. Quin Zumbel war einer der wenigen Lichtblicke in meinem ansonsten eher tristen Leben an der Akademie der Magischen Rüstung zu Gareth gewesen. Heute kann ich sagen, dass wir Freunde werden mussten, weil wir ein ähnliches Schicksal teilten. Auch Quin wurde vom Standesdünkel seiner Familie förmlich an die Akademie getrieben, ohne dass sein magisches Talent seine Aufnahme bei näherer Betrachtung irgendwie gerechtfertigt hätte. Aber wo es einem Kind an der nötigen Begabung mangelt, Zugang zu den Hallen der Akademie zu finden, da öffnen ihm bisweilen die glänzenden Dukaten seiner Eltern Tür und Tor. Und da es sich bei Quins Vater um einen alteingesessenen Medicus von Rang und Namen handelte, stellte die Finanzierung der magischen Laufbahn seines Stammhalters kein allzu großes Problem dar. Der alte Zumbel schenkte den Wünschen Quins, der in die Fußstapfen seines Vaters treten wollte, keinerlei Gehör – schließlich hatte die Familie Zumbel ja schon einen angesehenen Heiler vorzuweisen, da fehlte nur noch ein Magier, um den guten Ruf der Familie weiterhin zu mehren. Folglich erging es Quin wie mir selbst: Vom einen auf den anderen Tag fand er sich in einem Leben wieder, das er weder frei gewählt hatte, noch sonderlich schätzte. Um genau zu sein, hasste Quin die Akademie der Magischen Rüstung zu Gareth fast ebenso sehr wie ich es tat. Wie gesagt, unsere Wege mussten sich einfach kreuzen. Ich schloss recht schnell Freundschaft mit dem schlaksigen, flachsblonden, bleichen Jungen, nicht nur, weil seine zahllosen Geschichten über den menschlichen Körper und die ungewöhnlichen Krankheiten, die ihn befallen konnten, mir so manch angenehmes Schaudern über den Rücken jagten, sondern auch, weil auf Quins Bereitschaft, mich bei nächtlichen Exkursionen oder gelegentlichen Streichen zu decken, stets uneingeschränkt Verlass war. In einem Punkt allerdings unterschieden wir uns grundlegend: Wo ich durch ungebührliches Betragen und eine gewisse Aufsässigkeit gegen mein tristes Los aufbegehrte, arbeitete Quin mit der strategischen Finesse eines schlachtenerprobten Feldherrn daran, aufgrund mangelhafter Leistungen von der Akademie verwiesen zu werden. Wo ich mich der Ausbildung in ihrer Gesamtheit zu entziehen versuchte, war Quin stets körperlich bei sämtlichen Lehrstunden anwesend, wenngleich sein Geist hierbei an anderen Orten weilte. Dieses Verhalten versetzte seine Mentoren in eine zunehmend peinlichere Lage: Trotz ihrer verzweifelten Anstrengungen perlten ihre Lehrsätze an Quin ab wie Blut an einer gut gepflegten Klinge, sodass sie sich schließlich gezwungen sahen, dem alten Zumbel reinen Wein einzuschenken. Zu ihrem großen Bedauern – und das Bedauern war tatsächlich groß, da die Zumbelschen Dukaten dringend benötigt wurden – würde Quin nie das Gildensiegel erhalten. Und so verließ Quin Zumbel die Akademie der Magischen Rüstung zu Gareth noch vor meinem eher unehrenhaften

Ausscheiden. Während sein Vater mit grummeligem Gesicht die ausschweifenden Entschuldigungen der Akademieoberen über sich ergehen lassen musste, weshalb es letzten Endes das Beste für alle Beteiligten wäre, Quin zurück in die Obhut seiner Familie zu geben, blinzelte Quin mir zu und raunte: »Wir sehen uns draußen, in der Freiheit!« Und wir sahen uns draußen, in der Freiheit. Quin schlug den Weg ein, den er sich immer gewünscht hatte – und mittlerweile, so versicherte Quin mir, hätte sein Vater seinen Gram ob der gescheiterten Magierlaufbahn seines Sohnes verhältnismäßig gut verwunden und ihm bisweilen sogar gezeigt, dass er insgeheim stolz auf seine Entscheidung war. Ab und an zogen der junge Medicus und ich gemeinsam um die Häuser, denn Quins mit großem erzählerischem Talent vorgetragene Schauergeschichten blieben so unterhaltsam wie eh und je.

Nun hoffte ich inständig, dass Quins Fertigkeiten als Heilkundiger mir von Nutzen sein konnten, auch wenn es in diesem Fall nicht darum ging, ein Leben zu retten, sondern vielmehr darum, herauszufinden, wer dem Leben meines Onkels Berengar ein jähes Ende gesetzt hatte – und wie der kaltblütige Mörder seine verderbliche Tat bewerkstelligt hatte.

Mein Weg zum Haus der Zumbels führte mich aus meiner unmittelbaren Nachbarschaft hinaus in einen anderen Teil Alt-Gareths, weg von den mit stattlichen Patrizierhäusern der Handelsfamilien gesäumten Alleen und Prachtstraßen und hinein in engere, verwinkeltere Straßen und Gässchen. Nun, da die Praiosscheibe den höchsten Punkt ihres täglichen Laufs über das Himmelszelt erreicht hatte, war es fast schon unangenehm heiß geworden, sodass mir das Wasser im Leib zu kochen drohte. Glücklicherweise waren die Gassen in jenem Teil Alt-Gareths, in den ich nun vordrang, so schmal, dass sich die ehemals reich verzierten Giebel zu beiden Straßenseiten an vielen Stellen beinahe berührten, was es mir ermöglichte, mich größtenteils im Schatten zu halten, denn auf einen Sonnenbrand oder gar einen Hitzschlag konnte ich augenblicklich gut und gerne verzichten.

Vor einigen Götterläufen hatte Quin seinen bisweilen etwas geizigen und halsstarrigen Vater dazu bewegen können, ein Haus in jenem Teil Alt-Gareths zu kaufen, der dem berühmt-berüchtigten Südquartier am nächsten lag. Das alte Stammhaus der Zumbels nahe dem eigentlichen Stadtkern Gareths war allerdings nicht aufgegeben worden, denn fortan behandelte der alte Zumbel dort weiterhin all jene Kranken – und auch die eingebildeten Kranken –, die wohlbetucht genug waren, für seine wertvollen Dienste den entsprechenden Preis zu entrichten – in erster Linie Kaufleute, Zunftmeister und vergleichbarer Geldadel. Quin war in das neue Haus gezogen, wo er nun an drei Tagen in der Woche unentgeltlich all jene Siechen aus dem Südquartier behandelte, die es schafften, sich an den häufigen Patrouillen der Stadtgarde vorbeizumogeln, welche zu verhindern suchten, dass sich Arm und Reich zu sehr vermischten. An den restlichen Tagen half Quin seinem Vater dabei, die besser gestellten Schichten der Garether Gesellschaft zu behandeln. Ich muss gestehen, dass ich zu jener Zeit nicht ganz nachvollziehen konnte, was sich Quin von seiner Arbeit mit den Armen der Stadt erhoffte – abgesehen davon, sich eines Tages irgendeine widerliche unheilbare Krankheit einzufangen. Wie auch immer, ich wusste, wo ich Quin an jenem Praioslauf finden würde.

Das kleine Haus war verglichen mit den umstehenden Gebäuden in einwandfreiem Zustand – was nicht mehr hieß, als dass ich keine Angst haben musste, von einer Dachschindel erschlagen zu werden, als ich vorsichtig die Tür öffnete.

Im stickigen Wartezimmer schlug mir ein merkwürdiger Geruch entgegen – eine Mischung aus Darmwinden und Duftkräutern, die ich mittlerweile mit Quin und dessen Beruf in Verbindung zu bringen gelernt hatte. Auf kruden Holzbänken saßen eine hochschwangere Frau mit verfilztem Haar und einem schmutzigen Kleid, ein zahnloser Greis, der beide Hände auf seinen Unterleib gepresst hielt, sowie ein Bettler mit einem brandigen Beinstumpf, um den er ein paar zerrissene Lumpen gewickelt hatte, deren dunkle Flecken auf einen beständigen Eiterfluss schließen ließen.

Ich hielt mir die Hand vor Mund und Nase, rang mir ein leichtes Kopfnicken in Richtung der wartenden Kranken ab, eilte schnellen Schrittes durch den Raum und öffnete die Tür zu Quins Behandlungszimmer, hinter der ein wehklagendes Wimmern und gedämpftes, ärgerliches Gemurmel zu vernehmen waren.

Der Anblick, der sich mir in Quins Behandlungszimmer bot, entbehrte nicht jener gewissen Absonderlichkeit, die einen für gewöhnlich zum Lachen bringt, obgleich man Zeuge großen Leids wird. Quin, der von einem schlaksigen, bleichen Jüngling zu einem schlaksigen, bleichen Mann gereift war, stand über einen Berg von Mann mit einem gewaltigen Bauch gebeugt, der vor ihm auf einem wackligen Schemel saß, die zuckenden Hände in die feisten Oberschenkel gekrampft. Quins dünne, lange Finger schienen im weit aufgerissenen Mund seines bärtigen Patienten zu verschwinden. Erst auf den zweiten Blick erkannte ich, dass Quin an dem Bärtigen mit einer Art Zange herumfuhrwerkte.

»Gleich hab ich dich, du Sau!«, murmelte Quin vor sich hin, was der Bärtige mit einem lauten, schmerzerfüllten Ächzen fast übertönte. Keiner der beiden hatte mein Eintreten bemerkt, und da der heikle Eingriff, den Quin gerade vornahm, offenbar auf einen alles entscheidenden Augenblick zusteuerte, verhielt ich mich mucksmäuschenstill.

»Jetzt!«, rief Quin aus, und mit einem schauerlichen Knirschen und Knacken zerrte er sein Instrument aus dem Mund des Bärtigen. Quin hatte mit solcher Kraft gezogen, dass er beinahe das Gleichgewicht verloren hätte und hintenüber gekippt wäre. Zwischen den Backen der Zange prangte ein gelb-rotes, blutverschmiertes Etwas. »Na also …« Quin atmete hörbar erleichtert aus. »Das hätten wir doch geschafft!«

Der Bärtige gurgelte und sackte in sich zusammen. Ein kleiner Schwall dunklen Blutes troff auf sein abgetragenes Hemd.

Quin ließ den faulen Zahn in eine kleine Metallschale auf seinem Arbeitstisch klimpern, wischte die Hände an seiner Lederschürze ab und reichte dem Bärtigen ein Tuch. »Hier, putz dich ab!« Quins Stimme war sanft und beruhigend, wie die eines Bauern, der einer kalbenden Kuh Mut zuspricht. »Es wird nicht lange bluten, glaub mir.«

Quin nahm ein kleines Beutelchen von einem Regal zu seiner Rechten und drückte es in die haarige Pranke seines Patienten. »Kau das eine Weile. Es ist gut gegen die Schmerzen und wird die Blutung stillen.« Der kreidebleiche Bärtige erhob sich schwankend. Quin klopfte ihm aufmunternd auf die Schulter und sagte: »Spül es am besten ordentlich aus. Aber mit Wasser, nicht mit Bier, hörst du?« Er wollte sich gerade daranmachen, den Dicken zur Tür zu geleiten, als er mich schließlich bemerkte.

»Severin, welch eine Überraschung!« Seine dünnen Lippen spannten sich in einem breiten Grinsen. »Mit dir hätte ich heute aber gar nicht gerechnet. Sonst hätte ich Kuchen kommen lassen.« Mein leckermäuliger Freund ging auf mich zu, um mir die Hand zu schütteln, aber ihm musste mein argwöhnischer Blick aufgefallen sein, denn er hielt plötzlich inne und sagte mit einem spöttischen Unterton: »Oh, vielleicht sollte ich mir erst die Hände waschen.«

Er wandte sich zu seinem Patienten um, der laut glucksend sein eigenes Blut schluckte. »Das war alles. Du kannst gehen.« Der Bärtige murmelte einen kurzen, mürrischen Abschiedsgruß, aber in seinen Augen konnte man lesen, dass er Quin von Herzen dankbar war, von seiner Pein befreit worden zu sein.

Der Medicus ging hinüber zu einer breiten Schüssel und wusch sich die Hände gründlich mit Wasser und Seife. Dann drehte er sich wieder zu mir um und fragte: »Besser so?«, wobei er eine Augenbraue hochzog und mir seine nun saubere Hand entgegenstreckte.

»Besser so«, entgegnete ich, packte seine Hand, zog ihn zu mir heran, umarmte ihn und klopfte ihm herzhaft auf den Rücken. »Nur eine für meinen Geschmack allzu steife Begrüßung.«

Wir mussten lachen, und fast hätte ich vergessen, warum ich meinem alten Freund diesen Besuch abstattete. Meine Miene musste sich deutlich verfinstert haben, denn Quin schaute mich plötzlich ernst an und fragte mit prüfendem Blick und Besorgnis in der Stimme: »Severin, ist alles in Ordnung mit dir?«

Ich schluckte schwer. *Natürlich nicht, Onkel Berengar ist tot,* wollte ich ihm antworten, brachte aber lediglich ein Kopfschütteln zustande.

»Warte hier«, sagte Quin und schob mir mit dem Fuß den Schemel zu, auf dem zuvor der Bärtige seinen Zahn hatte lassen müssen. Ich setzte mich und stützte meinen Kopf in beide Hände, immer noch den Tränen nahe.

Quin ging ins Wartezimmer und zog die Tür hinter sich zu. Ich fragte mich, was er den armen Wartenden wohl erzählen mochte.

Als könnte er meine Gedanken lesen, beantwortete er mir die Frage unaufgefordert, als er wieder das Behandlungszimmer betrat. »Ich habe ihnen Geld gegeben und sie zu meinem Vater geschickt.«

»Geld?«, krächzte ich heiser.

Er schaute sich auf die Finger, als wollte er seine Verlegenheit überspielen. »Ich bin unter den Armen der Stadt wohl bekannt, und viele von denen, die es schaffen, sich bis in die besseren Viertel zu schleichen, behaupten oft, ich sei es gewesen, der sie zu meinem Vater geschickt hätte. Zumeist entspricht dies auch der Wahrheit. Mein Vater tut gut daran, ab und an zu sehen, dass in Gareth nicht nur fett gefressene Pfeffersäcke wohnen. Und was das Geld angeht, das bekomme ich schon zurück, keine Sorge.« Er stockte. »Was ist los, Severin?«

»Er ist tot«, antwortete ich ihm flüsternd. »Onkel Berengar ist tot.«

»Was? Wann? Woran? War er krank?« Die Fragen, die aus Quins Mund sprudelten, verrieten mir seine Bestürzung.

»Vorgestern Nacht.« Die nächsten Worte auszusprechen fiel mir unglaublich schwer, da ich meinen Verdacht bis dahin ja noch mit keinem anderen Menschen geteilt hatte, von meinem nächtlichen Besucher einmal abgesehen. »Ich glaube, er ist ermordet worden.«

Eine Spur von Zweifel zeichnete sich auf Quins Gesicht ab, und seine Mundwinkel zuckten leicht. »Du glaubst, er ist ermordet worden? Warum denn bloß?«

Da brach ein wahrer Damm in mir. All die Gedanken und Gefühle, die sich während der letzten Praiosläufe in meinem Kopf und meinem Herzen angesammelt hatten, platzten aus mir heraus. Quin musste mich immer wieder unterbrechen, da es ihm kaum möglich war, meinen unzusammenhängenden Ausführungen zu folgen, aber nach und nach begriff er, worauf ich hinauswollte. Und je mehr er begriff, desto mehr bekam ich das Gefühl, als betrachtete er die ganze Angelegenheit wie ein Gelehrter, der einen Käfer unter einer Lupe studierte, Beinglied für Beinglied zählend.

Als ich schließlich nichts mehr hinzuzufügen wusste, begann er im Behandlungszimmer auf und ab zu gehen, die Hände hinter dem Rücken verschränkt, den Kopf leicht vornüber gebeugt. Sein feines Haar wippte mit jedem seiner Schritte. Ich schaute ihm eine Weile schweigend zu. Gerade als ich befürchtete, er könne darüber nachdenken, ob ich wohl den Verstand verloren hätte, hob er mit einer merkwürdig gleichtönenden Stimme an zu sprechen: »Zunächst, Severin, möchte ich dir mein tief empfundenes Beileid aussprechen. Ich habe deinen Onkel nicht sehr gut gekannt, aber du weißt, dass ich deinen Schmerz aufrichtig teile. Das ändert allerdings nicht das Geringste an der Tatsache, dass du dich ernsthaft fragen musst, worauf der Verdacht, den du hegst, im Grunde fußt. Jemand, der dir vollkommen fremd ist und sich darüber hinaus nicht zu erkennen gab, ist in euer Haus eingebrochen und hat dir mancherlei Dinge über deinen Onkel eröffnet, die dir vorher gänzlich unbekannt waren. Auf den ersten Blick. Was aber, wenn dieser Fremde dich nur zu benutzen trachtet, weil er den Tod deines Onkels als ausgesprochen günstige Gelegenheit erkennt, etwas aus dessen nicht ganz unbeträchtlichem Nachlass in Beschlag zu nehmen? Damit will ich keinesfalls sagen, dass dieser Mann, von dem du erzählt hast, kein Phexgläubiger sei, nein, nein, dieser Umstand ist durchaus nicht von der Hand zu weisen. Aber er könnte dennoch vorhaben, sich etwas anzueignen, das ihm gar nicht zusteht.«

»Du glaubst mir nicht. Du denkst, ich bilde mir das alles nur ein«, unterbrach ich ihn verzweifelt.

»Unfug, Severin. Ich glaube viel eher, du hast allen Grund, berechtigte Zweifel daran zu hegen, dein Onkel sei plötzlich und unerwartet einfach so aus dem Leben geschieden.« Quin war stehen geblieben und ging nun in die Hocke, sodass sich unsere Augen auf gleicher Höhe befanden. »Alles, was ich dir damit sagen wollte, ist, dass du einem dahergelaufenen Einbrecher nicht blind vertrauen darfst. Du weißt nichts, aber auch gar nichts von seinen Absichten. Du weißt nicht, ob er nicht im Auftrag eines anderen handelt. Deshalb rate ich dir eindringlich, dir ganz genau zu überlegen, was du in dieser Sache weiter unternehmen wirst. Was du tun wirst, wenn du diesen Talisman tatsächlich findest. Was du tun wirst, falls sich herausstellen sollte, dass dein Onkel wirklich ermordet wurde. All das rate ich dir nicht, weil ich dir keinen Glauben schenkte oder dir etwas ausreden wollte. Ich rate es dir, weil du mein Freund bist und weil du vielleicht selbst in Gefahr schweben könntest, wenn sich dein Verdacht erhärtet.«

Ich schaute lange und stumm in Quins wässrig blaue Augen. »Hilf mir, Quin«, sagte ich schließlich flehend, »ich kann das alles nicht allein tun.«

Mein Freund legte mir eine Hand auf die Schulter und nickte. »Ich weiß, Severin, ich weiß. Und du musst es auch nicht allein tun.« Er grinste wieder. »Habe ich dich jemals im Stich gelassen, damals an der Akademie?«

Ich schüttelte den Kopf und konnte mir ein Lächeln nicht verkneifen, als ich daran dachte, wie oft Quin für mich die Wachen belogen hatte. »Nein, das hast du nicht.«

Ernst fuhr er fort: »Warum sollte ich es dann jetzt tun? Aber wir werden das, was nötig sein wird, auch nicht nur zu zweit in Angriff nehmen. Gibt es irgendjemanden aus dem Umfeld deines Onkels, dem du wirklich vertraust und den du für fähig genug hältst, auch vor ungewöhnlichen Schritten nicht zurückzuschrecken? Und wenn ich ungewöhnlich sage, meine ich etwas, das so manchen Bürger Gareths verstören könnte.«

»Ich weiß nicht.« In meinem Kopf drehte sich alles. Ich hatte keinen blassen Schimmer, worauf mein Freund hinauswollte. »Quin, fast alle Leute, die ich näher kenne, arbeiten für meinen Onkel. Ich weiß nicht, wie treu sie ihm wirklich gedient haben oder wie treu sie nun mir dienen werden.«

Der junge Medicus runzelte die Stirn. »Komm schon, Severin. Streng dich ein bisschen an. Da muss es doch irgendjemanden geben, der mehr ist als ein einfacher Tagelöhner oder nur ein gedungener Söldner.«

Seine letzten beiden Worte riefen mir tatsächlich eine Person in Erinnerung, in der ich mehr sah als nur einen bezahlten Diener meines Onkels Berengar. »Lasse«, murmelte ich unsicher. »Ja, Lasse vielleicht. Ich meine, er *ist* ein gedungener Söldner, aber … nun, er ist nicht gerade mein Freund so wie du, aber … er hat viele Karawanen meines Onkels begleitet …«

Quin unterbrach mein Gestammel mit einer wegwerfenden Geste. »Es ist mir gleich, ob er dein Freund ist oder nicht, und es ist mir ebenso gleich, ob wir ihn für seine Dienste bezahlen müssen. Würdest du ihm vertrauen? Besser gesagt, würdest du ihm dein Leben anvertrauen? Darum geht es hier.«

Ich dachte einen Augenblick darüber nach, streifte Quins Hand von meiner Schulter und stand auf. »Ja, ich vertraue ihm.«

»Dann schicken wir einen Boten los, um ihn hierher zu holen. Aber das wird nicht reichen. Ein weiterer Mann ist nicht genug.« Quin hatte irgendetwas ganz Bestimmtes vor. Das listige Funkeln in seinen Augen konnte nichts anderes heißen. »Dieser Lasse muss noch eine weitere Person hinzuziehen. Am besten natürlich eine Person *seines* Vertrauens. Und dann tun wir es.« Seine Kiefermuskeln spannten sich sichtbar an, so als ob er gerade etwas beschlossen hätte, das unumstößlich war.

»Wir tun was?« Ich hatte genug von seiner Geheimniskrämerei.

»Wir öffnen den Leichnam deines Onkels«, sagte Quin mit fester, ruhiger Stimme.

Ich verstand immer noch nicht, was er meinte. »Öffnen? Wie – öffnen?«

Quin betrachtete wieder seine Hände. »Wir gehen in den Borontempel und schneiden deinen Onkel auf, Severin.«

Kapitel 5

Auf Lasses bärtigem, bärbeißigem Gesicht spiegelten sich die gleichen – womöglich nicht gänzlich unberechtigten – Zweifel an Quins merkwürdiger Idee wider, die auch ich zu Anfang noch gehegt hatte. Wie hätte ich da dem abergläubischen Thorwaler seine fragend hochgezogenen, buschigen Augenbrauen verübeln können?

»Wir sollen also in den Borontempel einbrechen, Meister Quin?«, fragte er ungläubig und kratzte sich wie beiläufig am Bauch.

Der Medicus nickte eifrig.

»Und dort dann die aufgebahrte Leiche von Meister Berengar aufschneiden?« Lasse strich sich scheinbar gedankenverloren über den farbenfrohen Bart.

Der Medicus nickte eifrig.

»Das ist doch Wahnsinn!«, polterte Lasse ungehalten los, sprang von seinem Stuhl hoch, als hätte ihn eine Wespe in den Hintern gestochen, und raufte sich die struppigen Haare so fest, dass ich schon befürchtete, er werde sie sich büschelweise ausreißen. »Das ist doch ausgemachter Unfug, Meister Zumbel!«

»Das ist es ganz und gar nicht, Lasse«, antwortete ihm Quin in beschwichtigendem Tonfall.

»Und warum nicht?«, warf Susa ein. Ich hätte die schweigsame Söldnerin, die der Thorwaler mit in Quins Haus gebracht hatte, beinahe vergessen. Sie stand am Fenster des kleinen Kämmerchens im Obergeschoss, in das wir uns zur Planung unseres Unterfangens zurückgezogen hatten, schaute hinunter auf die schmale, menschenleere Gasse, hatte die Hände in die Hüften gestemmt, knapp über dem Bund ihrer knielangen Lederhose, und stellte ihre Frage, ohne sich zu Quin umzudrehen.

In Quins Stimme schwang eine leichte Ungehaltenheit mit, als er ihr antwortete: »Nun, Lasse hat mir leider noch keine Gelegenheit gegeben, meinen Plan näher darzulegen. Dann würdet ihr vielleicht beide rasch einsehen, dass ich weder wahnsinnig noch dumm bin. Wenn Severin mit seinem Verdacht richtig liegt – wenn sein Onkel also wirklich ermordet wurde –, dann muss der Mörder entweder Gift oder Zauberei eingesetzt haben. Da sind wir uns doch wohl hoffentlich alle einig, ganz gleich, wie wenig wir von solcherlei Dingen verstehen mögen.«

Susa fuhr herum und machte zwei schnelle Schritte auf den schlaksigen Medicus zu, als ob sie sich anschickte, ihm mit bloßen Händen den Schädel einzuschlagen. Lasse streckte eine seiner Hände – die beinahe schon den Pranken eines Bären glichen – nach Susa aus, um sie am Oberarm zu packen und einen unglücklichen Zwischenfall zu verhindern, aber die Söldnerin wand sich geschickt aus seinem Griff. Quin erstarrte auf seinem Stuhl wie ein Kaninchen vor der Schlange, als sich Susa so weit zu ihm hinunterbeugte, dass ihre Nase fast sein Haar berührte.

»Hör mir gut zu, Quacksalber!« Ihre Stimme war leise und kalt. »Kann sehr wohl sein, dass ich von Magie und Giften nicht sonderlich viel verstehe, aber was Morde angeht, das lass dir gesagt sein, da weiß ich eine ganze Menge. Mehr, als es dir gefallen könnte.« Susas Hand, über die sich ein Gespinst feinster Narben zog, kam auf dem Knauf des Kurzschwertes an ihrem Gürtel zu ruhen. »Gewiss viel mehr, als du jemals verstehen wirst.« Ich sah eine winzige Ader auf ihrem kahl geschorenen Haupt pochen. Quins Wange zuckte unruhig.

»Daran hegt hier niemand auch nur den geringsten Zweifel«, sagte ich in dem Versuch, meinen Freund aus seiner misslichen Lage zu befreien oder ihm zumindest so weit beizustehen, um zu vereiteln, dass mehr als nur sein Stolz verletzt wurde. »Ganz bestimmt nicht, Susa.« Ich warf Lasse einen kurzen Blick zu, dessen Augen verrieten, dass er das Schauspiel überaus belustigend fand. »Nicht wahr, Quin?«, hängte ich an, in der Hoffnung, er werde nach dem Strohhalm greifen, den ich ihm darbot.

Und er enttäuschte mich nicht. »Keineswegs, keineswegs.« Sein Blick schien auf Susas Hand festgeleimt zu sein, die auf dem Knauf ihrer Waffe ruhte.

Die Söldnerin richtete sich wieder zu voller Größe auf – und sie war von stattlicher Größe – und brach in schallendes Gelächter aus, in das Lasse sogleich fröhlich einstimmte. Verwirrt schaute ich zu Quin hinüber, der nur unschlüssig mit den Schultern zuckte.

»Ach, Lasse«, brachte Susa schließlich keuchend zwischen zwei Lachsalven hervor, während sie sich die Tränen aus den Augenwinkeln wischte. »Ach, Lasse, beim neunfingrigen Kor, da hast du mich aber ganz schön in was hineingezogen. Ein dürrer Quacksalber und ein aufgeputzter Geck wollen den Tempel des Schwarzen Lichts entweihen, um an einer Leiche herumzuschnippeln. Klingt nach einer ausgesprochen lustigen Angelegenheit. Ich bin auf jeden Fall dabei. Kann ja nicht übermäßig gefährlich werden.« Sie lächelte mir und Quin freudestrahlend zu und kehrte an ihren angestammten Platz am Fenster zurück.

Ich beschloss großzügig, ihre beiläufige Bemerkung in meine Richtung nicht als schwer wiegende Beleidigung aufzufassen, sondern Quin zu ermuntern, seine geplante Vorgehensweise nun endlich darzulegen. »Schluss mit dem unsinnigen Geplänkel! Quin, du wolltest Lasse und Susa gerade erklären, warum dein Plan kein Unfug ist – wie man vielleicht durchaus meinen könnte …«

Der Medicus wischte sich schnell mit dem Hemdsärmel über die hohe Stirn, um ein paar dicke Schweißperlen zu entfernen, von denen ich nicht zu sagen vermochte, ob sie von der Hitze oder der ganz und gar glaubhaft vorgetragenen Drohung der Söldnerin herrührten. »Gut, gut. Ja genau, der Plan.« Er erhob sich und begann wie ein Wassertreter in dem Kämmerchen auf und ab zu gehen, gerade so, wie er es schon zuvor in seinem Behandlungszimmer getan hatte. »Da Severin im Haus der Munters keinerlei Hinweise auf ein Verbrechen entdecken konnte, gehe ich zunächst einmal davon aus, dass Spuren eines solch verdammenswerten Vergehens lediglich noch am – oder im – Leichnam seines ehrenwerten Onkels zu finden sein könnten. Vorausgesetzt natürlich, unser guter Severin hier hat im Haus selbst nichts Wesentliches übersehen.« Quins schulmeisterlicher Ton erinnerte mich auf eine unangenehme Art und Weise an meine quälend lange Zeit an der Akademie der Magischen Rüstung zu Gareth, und ich spürte, dass ich unwillkürlich den Rücken ein wenig krümmte, als erwartete ich im nächsten Augenblick schon das scharfe Pfeifen eines Rohrstocks zu hören, der auf mich herabfuhr. »Aufgrund dieses Sachverhalts ist es unabdingbar, dass wir die Leiche Berengars einer genaueren wissenschaftlichen Betrachtung unterziehen.«

»Ich dachte eigentlich, du willst ihn aufschneiden, Meister Zumbel«, brummelte Lasse, der damit beschäftigt war, seine schwarz umrandeten Fingernägel mithilfe eines seiner ausgeprägten Eckzähne zu säubern.

Quin ließ sich durch den mürrischen Einwurf nicht weiter stören. »Teil dieser wissenschaftlichen Betrachtung wird selbstredend sein, den Leichnam zu öffnen. Hierzu werde ich mich bestimmter Instrumente meines Berufsstandes bedienen …«

»Ist das nicht verboten? Abgesehen davon, dass es ohnehin ein Frevel ist, unerlaubt in einen Tempel der

Zwölfgötter einzudringen?«, unterbrach ihn Susa, die es erneut nicht für nötig erachtete, uns das Gesicht zuzuwenden. Ich konnte das spöttische Lächeln, das ihre Mundwinkel umspielte, zwar nicht sehen, aber ich konnte es umso deutlicher *hören*. Lasse zog eine überraschte Miene, so als ob ihm erst jetzt etwas aufgefallen wäre, was ihm die ganze Zeit über hätte klar sein müssen.

»Ich bin sehr froh, dass du diese bedenkenswerte Frage gestellt hast. Bedauerlicherweise lässt sie sich nicht einfach mit Ja oder Nein beantworten, Susa.« Quin rieb sich die Nasenspitze, als wollte er einen heftigen Niesreiz vertreiben. »Aber ich werde trotzdem mein Bestes versuchen, dir eine zufrieden stellende Antwort darauf zu geben. Natürlich ist es verboten, unerlaubt in den Tempel des Schwarzen Lichts einzudringen, keine Frage. Ebenso sicher ist es wohl verboten, im Zuge dieses Einbruchs einen Leichnam zu öffnen.«

Lasse schluckte hörbar. Die Abergläubigkeit der Thorwaler war längst sprichwörtlich geworden.

»Aber«, fuhr Quin unbekümmert fort, »in Bezug auf das Öffnen von Leichnamen an und für sich betrachtet herrscht in ganz Aventurien ein recht erbittert geführter Gelehrtenstreit. Mittlerweile haben sich zwei große Lager gebildet, deren Mitglieder sich in ihren Ansichten gegenüberstehen wie Heere auf einem Schlachtfeld. Die eine Seite, bei der es sich überwiegend um Anhänger Borons und Praios' handelt, glaubt, die Unversehrtheit der sterblichen Hülle stelle eine unantastbare, zwingend notwendige Voraussetzung dafür dar, dass der Dahingeschiedene im Leben nach den Tod den gerechten Lohn der Zwölfgötter empfangen und in das für ihn vorgesehene Paradies eingehen kann.

Ich gehöre zum zweiten Lager, dem die wissenschaftliche Forschung im Sinne unserer Herrin Hesinde, der Mutter der Weisheit, am Herzen liegt, und ich bezweifle, dass unser vergänglicher Körper mehr ist denn ein einfaches Gefäß für unsere Seele. Ich vergleiche den Körper gern mit einer Flasche und die Seele mit dem Wein, den man in der Flasche aufbewahrt. Zerbricht die Flasche oder bekommt sie einen Sprung, fließt der Wein aus der Flasche heraus und geht verloren. Daher kann es kein Frevel sein, den Leib zu öffnen, wenn die Seele nicht mehr in ihm ruht. Ich halte es sogar für ausgesprochen sinnvoll, den Leib zu studieren, um herauszufinden, was dazu geführt hat, dass die Seele ihren Körper verlassen hat. Dann nämlich kann man Mittel und Wege erarbeiten, die dafür sorgen, dass das Leben eines anderen Menschen verlängert wird, dessen Flasche den gleichen Sprung hat. Könnt ihr mir folgen?« Quin schaute sich um, und seine Augen glühten förmlich vor eifriger Neugierde.

»Flasche voll, Flasche leer. Es bleibt aber dennoch ein Frevel, oder?«, wollte Lasse wissen.

Mir platzte langsam der Kragen ob der ständigen Unterbrechungen, aber Quin blieb ruhig und gefasst, lief hinüber zu Lasse, legte die Hand des Thorwalers in seine eigene und sagte mit ebenso sanfter, beruhigender Stimme, wie er zuvor mit dem Bärtigen mit dem faulen Zahn gesprochen hatte: »Lasse, ich verstehe deine Besorgnis, ich verstehe sie wirklich. Mag sein, dass manche engstirnigen Leute das, was ich als nächsten Schritt vorschlage, als Frevel ansehen. Aber wenn jemand Berengar ermordet hat, dann sehen die Zwölfgötter es sicher gern, wenn der Mörder seiner gerechten Strafe zugeführt wird. Die Götter wollen nicht, dass wir Menschen aus irgendwelchen niederen Gründen morden. Boron, der Unergründliche, wird uns in seiner unermesslichen Güte verzeihen.«

»Dann hoffe ich aber sehr, dass uns seine sterblichen Diener oder die Stadtgarde ebenso verzeihen werden, sollten sie uns erwischen«, nörgelte Susa.

»Davor habe ich keine Angst, Susa«, erwiderte Lasse trotzig, noch ehe Quin zu einer schnippischen Bemerkung ansetzen konnte. »Die sind aus Fleisch und Blut. Aber Götter und Geister sind eben nicht aus Fleisch und Blut. Sollen die Geweihten, Tempelwächter und Stadtgardisten ruhig kommen. Aber die Götter und Geister, Susa, die Götter und Geister …«

Susa verließ ihren Platz am Fenster, schob Quin sanft zur Seite und tätschelte Lasses Knie. »Du stellst dich manchmal an wie ein altes Marktweib, Thorwaler. Das wollte ich dir schon immer mal sagen. Der Quacksalber, der hier so große Reden schwingt, hat vollkommen Recht. Wir wollen einen Mord sühnen. Da werden die Zwölfgötter schon ein Auge zudrücken oder uns gar im rechten Augenblick zur Seite sehen. Also kneif die Hinterbacken zusammen und hilf deinem Freund. Ihr Nordmänner schwört doch auf Freundschaft, oder nicht?«

Susas unerwartete Überzeugungsarbeit zeigte Wirkung. Lasse sah zu mir herüber, strich sich über die Zöpfe seines Bartes und nickte zögerlich. »Recht hast du, Susa! Wir brechen also in den Tempel des Gottes des Todes ein. Da er ebenso nachtragend wie unsterblich ist, ziehen wir damit vielleicht seinen schrecklichen, niemals endenden Zorn auf uns, der uns sämtliche Glieder faulen lässt, aber es geschieht für eine gerechte Sache. Außerdem baue ich darauf, dass Swafnir ein gutes Wort für uns einlegen wird, falls sich Boron als zu halsstarrig erweisen sollte – zumindest für mich.«

Quin trommelte ungeduldig mit den Fingern auf der Tischplatte. »Wenn ich dann bitte fortfahren dürfte?« Ihm mochten die abergläubischen Bedenken des Thorwalers überflüssig und unbegründet erscheinen, aber sowohl mir als auch offenbar Susa war es wichtig, dass den Gefühlen des Söldners aus dem Norden eine gewisse Rücksicht entgegengebracht wurde. Die giftigen

Blicke aus drei Augenpaaren jedoch schien der Medicus eher als Zustimmung denn als Rüge für seine ungebührliche Taktlosigkeit zu deuten. »Nachdem nun ausreichend geklärt sein dürfte, *was* wir vorhaben«, fuhr er ungerührt fort, »stellt sich als Nächstes natürlich die Frage, *wie* wir es anstellen wollen. Ich habe mir schon den einen oder anderen Gedanken hinsichtlich dieser Frage gemacht.«

Er legte eine kurze Pause ein, so als erwartete er ein besonderes Lob. Ich tat ihm den Gefallen – schließlich war ich der Einzige, der Quins Eigenheiten kannte. »Sehr gut. Lass hören.«

Der Medicus räusperte sich gespielt. »Ich habe mir folgenden Plan ausgedacht: Susa, du wirst unsere Ablenkung sein. Ich meine, irgendjemand muss die Tempelwächter beschäftigen, damit der Rest der Gruppe möglichst unbemerkt in das Gebäude vordringen kann. Und eben diese wichtige Rolle habe ich dir zugedacht. Ich würde vorschlagen, Susa, du …«

»Mir wird schon etwas einfallen, Quacksalber, mach dir da mal keine unnötigen Gedanken.« Die Streitlustigkeit in ihrer Stimme war einer gewissen Stichelei gewichen. »Ich mache so etwas schließlich nicht zum ersten Mal. Das hättest du dir eigentlich denken können.«

Mit dieser lakonischen Bemerkung schaffte sie es tatsächlich, Quin nachhaltig zu verunsichern. Er legte den Kopf schief. »Nicht zum ersten Mal? Aber ich dachte, du hättest für Severins Onkel gearbeitet. Als Begleitschutz für dessen Handelskarawanen. Musstest du da denn auch irgendwo einbrechen?«

Susa seufzte schwer, als hätte sie einem begriffsstutzigen Kind zu erklären, warum man sich die Hosen herunterziehen muss, bevor man sich erleichtert. »Ich habe für Berengar Munter gearbeitet, Quacksalber. Aber nicht *nur* für Berengar. So groß war seine viel gerühmte Freigiebigkeit dann doch nicht. Daher habe ich meine Talente auch nicht nur im Begleitschutz für irgendwelche Karawanen vergeudet. Verstanden?« Keck blinzelte sie Quin zu.

»Wie auch immer.« Der Medicus hatte nun offenbar die Fassung wieder gewonnen und begann erneut im Zimmer auf und ab zu stelzen. »Susa sorgt also für die nötige Ablenkung der Tempelwächter. Meines Wissens nach stehen stets vier Golgariten Wache vor dem Eingang des Tempels des Schwarzen Lichts. Die Ablenkung sollte also groß genug ausfallen, um diese vier Ordenskrieger zu beschäftigen, aber nicht so groß, dass sie einen regelrechten Aufruhr verursacht.«

»Zum letzten Mal, Quacksalber: Ich weiß, was ich tue.« Susa klang nun eher gelangweilt als ungehalten.

»In Ordnung, Susa. Entschuldige bitte. Wir anderen drei nutzen die von dir sicherlich auf vortrefflichste Weise geschaffene Verwirrung, um als Borongeweihte verkleidet durch den Haupteingang zu schlüpfen«, führte Quin seinen Plan weiter aus.

»Verzeih mir die Unterbrechung!« Ich winkte mit der Hand, um die Aufmerksamkeit meines Freundes auf mich zu lenken. »Ich habe nichts gegen die Verkleidung an und für sich – abgesehen davon, dass man auch diese Tat als Frevel auslegen könnte –, aber woher kriegen wir die Roben? Die kann man ja schließlich nicht einfach so beim Schneider um die Ecke kaufen.«

Quin lächelte triumphierend. »Nein, kann man nicht, Severin. Aber es hat so seine Vorteile, wenn man sich des Leids der ärmeren Einwohner Gareths annimmt. Du würdest dich wundern, was man bei denen alles unter der Hand kaufen kann. Roben sind da eher etwas Harmloses, glaub mir, keine große Sache.«

Ich pfiff ehrlich beeindruckt durch die Zähne. »Nicht schlecht, Quin, nicht schlecht. Was, wenn uns jemand als Fremde erkennt oder uns anspricht?«

Der Medicus hob tadelnd den Zeigefinger. »Denk

nach, Severin, denk nach. Wir machen das nicht am helllichten Tag, sondern mitten in der Nacht. Wir ziehen uns die Kapuzen so weit ins Gesicht, dass man unser Antlitz nicht mehr erkennen kann. Wir müssen einfach nur so spielen, als gehörten wir dazu und wüssten genau, wo wir hinwollten und was wir vorhaben. Und Borongeweihte legen Schweigegelübde ab. Wenn uns jemand anspricht, nicken wir leicht und gehen weiter.«

Lasse klatschte leise dreimal in die Hände. Quin deutete eine Verbeugung an. »Wenn wir also erst einmal im Tempel des Schwarzen Lichts sind, schleichen wir uns in die Gruft hinunter. Lasse steht dort am Eingang Wache, um so zu verhindern, dass wir eine unangenehme Überraschung erleben. Severin und ich öffnen indes die aufgebahrte Leiche. Alles in allem sollte das Ganze nicht länger als ein, zwei Stunden dauern.«

»Kennst du dich im Tempel des Schwarzen Lichts aus, Meister Zumbel? Ich meine, findest du den Weg zur Gruft?«, wollte der Thorwaler wissen. Es fiel ihm merklich schwer, das letzte Wort über die Lippen zu bringen.

»Ich war auf einigen Totenfeiern dort. Etliche der reichen Herrschaften Gareths wollen sichergehen, dass ihre lieben Verwandten auch wirklich tot sind, bevor sie den Nachlass regeln. Viele wohlhabende, einflussreiche Familien der Kaiserstadt haben ihre eigenen Grabstätten in der Hauptgruft des Tempels.« Der Medicus schmunzelte. »In dieser Frage zahlt es sich offensichtlich aus, sich auch des Leids der reichen Bewohner Gareths anzunehmen. Im Ernst – mein Vater behandelt eine ganze Reihe von Leuten, die sich Grüfte im Tempel des Schwarzen Lichts leisten können oder aus Familien stammen, die lange genug in Gareth ansässig sind, um eine eigene Grabstätte dort zu haben. Um deine Frage also zu beantworten, Lasse: Ich glaube nicht, dass es allzu schwierig werden dürfte, die Hauptgruft zu finden, sobald wir erst einmal durch den Eingang gelangt sind.«

»Glauben ist zwar nicht Wissen, Meister Zumbel, aber immerhin, das muss wohl genügen.« Lasse kaute nervös auf einem seiner Bartzöpfe herum. »Und wann soll die ganze Sache steigen?«

»Heute Nacht«, antwortete Quin, ohne zu zögern.

»Schon heute Nacht?«, hakte ich nach. Nun wurde mir doch ein wenig mulmig. »Reicht das für die nötigen Vorbereitungen? Hat das nicht noch bis – was weiß ich – morgen Nacht Zeit, Quin?«

»Nein, das hat es nicht«, entgegnete mein Freund mit einer Bestimmtheit, die keinen Widerspruch duldete. »Ich will dir auch gern erklären, wieso die Sache nicht aufgeschoben werden kann. Wie ist das Wetter?«

»Was soll das heißen? Wie ist das Wetter? Was hat das Wetter mit dem Plan zu tun?« Ich hasste es bis aufs Messer, wenn ich Quins schnellen Gedankensprüngen nicht folgen konnte. Der hochmütige Bastard hingegen liebte es, mir immer einen Schritt voraus zu sein, und war daher auch stets redlich bemüht, dafür zu sorgen, dass ich ihn nicht ohne weiteres verstehen konnte.

»Antworte nur auf meine Frage, Severin. Wie ist das Wetter?«

»Wie das Wetter im Sommer nun mal ist. Schwül, heiß, zu heiß, wenn du mich fragst …« Ich hob die Hände in einer verzweifelten Geste.

»Haargenau. Es ist zu heiß. Die Hitze beschleunigt den Verfall des Leichnams. Je heißer es ist, desto schneller verrottet er. Das ist wie mit Fleisch auf dem Markt.« Quin bemerkte den bestürzten Ausdruck auf meinem Gesicht, den sein letzter Vergleich ausgelöst hatte. »Damit will ich nicht sagen, dass dein lieber Onkel ein Haufen verfaulenden Fleisches ist. Tut mir Leid. Aber wir können einfach nicht warten. Bei diesem Wetter bahren ihn die Geweihten ohnehin nur wenige Praiosläufe auf. Für wann ist die Totenfeier angesetzt?«

»In drei Tagen, hat meine Großmutter gesagt.« Ich

konnte nur hoffen, dass die Trauer über unseren Verlust den Geist meines Muttchens nicht allzu sehr in Verwirrung gestürzt und sie mir einen falschen Tag genannt hatte. Ich hätte es der armen Frau indes nicht verdenken können.

»Schick einen Boten zu ihr. Er soll noch einmal nachfragen und ihr außerdem mitteilen, dass du heute Nacht nicht nach Hause kommen wirst. Sag dem Boten, du würdest hier bei mir schlafen.« Quin schien es zu genießen, den Ton angeben zu können, aber ich musste eingestehen, dass er sich sehr gründlich mit der Ausarbeitung unseres Plans befasst hatte.

»Das wird ihr ganz und gar nicht gefallen. Sie wird denken, ich lasse sie in ihrer Trauer allein.« Ich verzog das Gesicht bei dem Gedanken daran, mit welchen Vorhaltungen mich mein Muttchen überschütten würde. Was Vorhaltungen anging, war sie ausgesprochen einfallsreich.

»Darauf können wir leider keinerlei Rücksicht nehmen, Severin. Überlege dir am besten beizeiten, wie du es wieder gutmachen wirst«, riet mir Quin.

»Wann genau?« Susa schien sich einen Spaß daraus zu machen, den Medicus mit kurzen Einwürfen durcheinander zu bringen.

»Kurz bevor die Tavernenwirte die letzten Gäste rausfegen, dachte ich. Wir treffen uns im *Roten Hahn*, brechen auf, ziehen uns in einer Seitengasse um und marschieren zum Tempel des Schwarzen Lichts.« Quin ließ sich von der Söldnerin nicht in die Ecke drängen.

»Weißt du, Quacksalber«, setzte Susa an und drehte sich zu meinem Freund um, ein verschmitztes Grinsen auf dem Gesicht, »man könnte fast meinen, du hättest den falschen Beruf gewählt. Wahrscheinlich würdest du gar keinen so schlechten Dieb abgeben.«

Kapitel 6

»Vermaledeit, wo bleibt sie nur?«, zischelte Quin im Dunkel der schmalen, nach menschlichen Exkrementen stinkenden Seitengasse gegenüber dem Tempel des Schwarzen Lichts, in die wir uns zurückgezogen hatten, um auf Susas Ablenkung zu warten.

»Ruhig, Meister Zumbel, ganz ruhig. Sie wird uns sicher nicht enttäuschen«, beruhigte Lasse den Medicus mit seiner tiefen, volltönenden Stimme.

Ich hätte meine Gefährten ohnehin kaum auseinander halten können, so stockfinster war es in jener Gasse, und die pechschwarzen langen Roben mit ihren weiten Kapuzen, die wir trugen, taten ihr Übriges, dafür zu sorgen, dass mich das unangenehme Gefühl beschlich, einer Unterhaltung zwischen zwei ruhelosen Gespenstern zu lauschen. Und doch hätte ich nur die Hand ausstrecken müssen, um Lasses breiten Rücken zu berühren.

Ich neigte meinen Oberkörper leicht zur Seite, um den hundertsten oder tausendsten ungeduldigen Blick auf den Borontempel zu werfen. Nicht, dass es sonderlich viel zu sehen gegeben hätte. Der Tempel war ein etwa zwanzig Schritt langes und ebenso breites, eher schmuckloses, eingeschossiges Steingebäude. Viel Prunk war von einem Gott des Todes nicht zu erwarten, obwohl Quin mir davon berichtet hatte, dass die Borontempel in Al'Anfa – wo man eher der dunklen Seite des Gottes huldigte – gemeinhin alles andere als schmucklos waren. Die einzige Zierde des hiesigen

Tempels des Schwarzen Lichts waren die Säulen des Eingangs, hinter dem Quins Erläuterungen zufolge irgendwo eine Treppe erst hinab in die Gebetshalle und dann tiefer in die Grüfte führte. Im ersten Untergeschoss fanden die Totenfeiern statt, zu denen die Leichen der Dahingeschiedenen aus dem zweiten Untergeschoss heraufgeholt wurden. Der überirdische Gebäudeteil beherbergte die Quartiere der Geweihten, Golgariten und Tempeldiener sowie eine kleinere Andachtshalle, in der Trauernde nach der eigentlichen Totenfeier ihres Verstorbenen Trost im Gebet suchen konnten. Ich selbst hatte nur äußerst vage, schemenhafte Kindheitserinnerungen an einen Besuch im Tempel des Schwarzen Lichts, die ich einer Totenfeier zum Gedenken meiner vermissten Eltern zuordnete. Ich wusste nicht, ob schon damals grimmig dreinblickende Golgariten vor dem Eingang des Tempels Wache gestanden hatten, aber die vier Männer, die teilnahmslos die Straße beobachteten, beunruhigten mich nun umso mehr. Ich fragte mich, ob sie die Rabenschnäbel – die schweren Kriegshämmer – an ihren Gürteln auch tatsächlich einsetzen würden, sollten sie unser unerlaubtes Eindringen bemerken. Nach kurzer Überlegung war ich felsenfest davon überzeugt – schließlich war genau dies ihre heilige Pflicht, und die Golgariten waren zudem nicht gerade für ihre Zimperlichkeit im Umgang mit Frevlern berühmt.

Von Susa war weit und breit nichts zu sehen – gelegentlich stolperten ein paar lauthals grölende Trunkenbolde die staubige Straße entlang, und eine billige Hure schlich wie eine rollige Katze vor dem Tempel hin und her, offensichtlich in der Hoffnung, einen der Betrunkenen mit einem hastigen Liebesdienst schnell um ein paar Taler erleichtern zu können. Sie spielte abwesend mit ihren langen, roten Locken, als ob sie sich nicht recht entscheiden könnte, welcher Besoffene am ehesten geneigt wäre, auf ihre Angebote einzugehen und ihr in irgendeinen dunklen Hauseingang zu folgen, um sich unter ihrem Rock zu schaffen zu machen.

Mir fielen fast die Augen aus dem Kopf, als die Hure ihre Wahl getroffen hatte. Sie steuerte schnurstracks mit wiegenden Hüften auf die Golgariten zu.

»Es geht los«, raunte Lasse uns zu und setzte sich in Bewegung. Quin folgte ihm auf dem Fuße. Meine Überraschung war so groß, dass ich fast den Anschluss an die beiden Vorauseilenden verloren hätte, die gesetzten Schrittes auf den Haupteingang des Tempels zugingen. Susa sollte die Hure sein – unmöglich! Was, wenn sich der Thorwaler irrte? Mir brach der Schweiß aus, was jedoch nicht an der nächtlichen Schwüle lag.

»Na, ihr stattlichen Herren«, hörte ich das Freudenmädchen – Susa? – wie eine Taube gurren, wobei sie ihre Hände unter ihren Busen schob, um ihre Reize zu betonen. »Es muss doch schrecklich langweilig sein, die ganze Nacht hier herumzustehen, ganz ohne Unterhaltung und Entspannung, ganz ohne Leben und so nah dem Tod.« Sie war bis auf Armeslänge an die Golgariten herangekommen. Wir drei hingegen waren noch sechs oder sieben Schritt vom Eingang des Tempels entfernt, dessen schwere, schwarze Holztore weit geöffnet waren. Dahinter lag undurchdringliche Finsternis, die lediglich vom rötlichen Glimmen zweier Kohlebecken durchbrochen wurde. Mir kam ein riesiges, hungriges Ungetüm mit feurigen Augen in den Sinn, das im Dunkeln gierig darauf lauerte, uns Frevler in Fetzen zu reißen, die wir es wagten, diesen heiligen Ort durch unser schändliches Treiben zu entweihen.

»Verschwinde, Weib!«, knurrte einer der Golgariten barsch, ohne sich von der Stelle zu rühren. Sein Blick sprach allerdings Bände, die dicker waren als so manche der Folianten, mit deren Studium mich die Mentoren der Akademie der Magischen Rüstung zu Gareth jahrelang gequält hatten. »Hier ist nicht der rechte Ort für das Gewerbe, dem du nachgehst!«

Noch fünf Schritt bis zu den Tempeltoren. Aufgereiht wie schwarze Perlen auf einer Kette näherten wir uns ihnen weiter. Einer der anderen Golgariten hatte unser Herannahen bemerkt, knuffte den Kameraden neben sich mit dem Ellenbogen in die Seite und deutete mit dem Kinn in unsere Richtung. *Aus und vorbei. Das war's. Jetzt haben sie uns schon ertappt, ehe wir noch einen Fuß über die Schwelle setzen konnten.* Meine Gedanken rasten.

Noch drei Schritt. Wir nahmen die erste der vier Stufen, die hinauf zum Eingang führten. »Warum so unfreundlich, schöner Mann?«, flötete die Frau. Sie trat noch näher an den Golgariten heran, der sie angesprochen hatte, und ließ spielerisch sanft einen Finger über seinen schwarzen Brustpanzer gleiten. »Wie hart. Und wie beengend. Es muss fürchterlich heiß darunter sein ...«

Noch zwei Schritt. Die Stufen kamen mir vor wie unbezwingbare Steilwände, und ich fürchtete, meine Knie müssten mir jeden Augenblick den Dienst versagen und unter mir wegknicken wie dürre Strohhalme. »Genug!« Der Golgarit packte die Frau unsanft am Handgelenk. »Zum letzten Mal, scher dich fort, Weib!« Sein Kamerad zur Linken konnte sich ein leises Lachen nicht länger verkneifen, und auch die anderen beiden fielen in das Glucksen ein, was ihnen einen vernichtenden Blick ihres standhaften Mitwächters einbrachte.

Noch ein Schritt. Lasse passierte als Erster die Golgariten. Den Kopf unter der Kapuze starr geradeaus gerichtet, schritt er an ihnen vorbei, hinein ins Dunkel des Tempels. Quin steigerte meine Furcht vor einer Entdeckung schier ins Unermessliche, als er den Kopf erst nach links und dann nach rechts neigte, einen knappen Gruß andeutend. Welch eine unverfrorene Dreistigkeit! Wenn die Borondiener nun geheime Begrüßungen und Erkennungszeichen pflegten und mein Freund sich soeben als unrechtmäßiger Eindringling verraten hatte? Ich senkte den Kopf und versuchte, dorthin zu blicken, wo meine Zehen bei jedem Schritt unter dem Saum der Robe hervorspitzelten. Das leise Schaben meiner flachen Sandalen auf den Steinplatten unter mir erschien mir laut wie rollender Donner.

Und dann waren wir drin. Wir hatten die erste Hürde doch tatsächlich ohne Straucheln genommen. Der Söldner aus dem Norden wandte sich zwei, drei Schritte nach rechts und hielt dann kurz inne, um den Medicus an sich vorbeigehen zu lassen, damit dieser die Führung übernehmen konnte.

Eine angenehme Kühle umfing uns, und es duftete nach Kräutern und Weihrauch. Der sanfte Schein der Kohlebecken genügte Quin, um den richtigen Weg zu finden. Er hielt sich an der rechten Seitenwand der weitläufigen Andachtshalle, bis wir zu einer geschlossenen Doppeltür gelangten. Selbst, wenn noch jemand außer uns in der Halle zugegen gewesen wäre, so bezweifle ich sehr, dass wir ihn überhaupt bemerkt hätten. Aber da uns niemand Einhalt gebot, öffnete Quin den rechten Flügel der Tür gerade so weit, dass wir hindurchschlüpfen konnten. Während er die Tür hinter mir wieder schloss, atmete er erleichtert aus. »Das wäre geschafft«, wisperte er.

Anschließend übernahm er wieder die Führung unserer kleinen Gruppe. Eine Reihe von weiteren Kohlebecken wies uns den Weg zur breiten, steinernen Treppe, die hinab in die Eingeweide des Tempels des Schwarzen Lichts führte. Ich fühlte mich, als wäre ich in den verwesenden Leib eines riesigen Tieres gekrochen. Die Wände aus kaltem Stein – in der tintigen Schwärze nur zu erahnen und zu ertasten – schienen mich erdrücken zu wollen. Ich bildete mir ein, erahnen zu können, wie es sich wohl anfühlen musste, lebendig begraben zu werden.

Rasch eilten wir die ausgetretenen Stufen hinunter bis zu einer weiteren Tür, hinter der wohl die Grüfte liegen mussten. Quin wandte sich zu Lasse und mir um. »Lasse, du wirst hier auf Severin und mich warten. Du solltest es rechtzeitig hören können, wenn jemand die Treppe heruntersteigt. Dann kommst du rein und wir verstecken uns irgendwo, in einer Gruft oder so.«

Quins Anweisungen bereiteten dem hünenhaften Thorwaler sichtlich Unbehagen. Er trippelte von einem Fuß auf den anderen, als wäre der Boden so heiß wie die im Tempel aufgestellten Kohlebecken. »Lasst ihr die Tür einen Spalt weit auf, damit ich euch hören kann? Außerdem muss ich dann nicht erst die Klinke drücken, falls da wirklich wer kommen sollte. Das macht weniger Lärm, nicht wahr?«

»Könnte es sein, dass du es ein wenig übertreibst, Lasse?«, zischte ich. Die Anspannung machte es mir schlichtweg unmöglich, auf die Eigenarten des Söldners Rücksicht zu nehmen.

»Ach, Meister Severin, nun hab dich doch nicht so. Nur einen winzigen Spalt, ja?«, quengelte der Nordmann.

Ich seufzte hilflos und gab nach. Quin und ich ließen die Tür also einen klitzekleinen Spalt geöffnet, als wir in die Grüfte des Tempels des Schwarzen Lichts vordrangen. Wie sich herausstellte, erwarteten uns hinter der Tür nicht die Grabstätten wohlhabender Garether Bürger, sondern eine niedrige Halle mit den üblichen Kohlebecken sowie einem halben Dutzend steinerner Tische, auf denen die Leichname Verstorbener unter schweren, schwarzen Leinentüchern aufgebahrt lagen.

Der Geruch, der in der kühlen Luft lag, erinnerte mich daran, wie ich als kleiner Junge einmal einen toten Vogel im Garten hinter unserem Haus entdeckt hatte. Als ich ihn mit einem Stöckchen umgedreht hatte, war mir ein ähnlicher Geruch entgegengeschlagen – emsige

Ameisen hatten das Vögelchen von innen heraus schon fast vollständig ausgehöhlt und waren gerade dabei gewesen, die letzten Reste seines weichen Innern in ihren Bau zu schleppen, fein säuberlich in winzige Häppchen zerteilt.

Quin huschte mir voraus und lupfte die schwarzen Tücher, um die leibliche Hülle Onkel Berengars ausfindig zu machen. Am vorletzten Tisch hatte er Glück. »Ich glaube, das ist er«, flüsterte er in einer Mischung aus erwartungsvoller Aufregung und neuerlich entfachter Neugierde. Mein Freund bemerkte, dass ich wie angewurzelt am Eingang des Raumes stehen geblieben war. »Severin, ich kann das auch allein machen.« Er stockte. »Glaube ich zumindest.«

Zögerlich setzte ich einen Fuß vor den anderen und näherte mich den sterblichen Überresten meines Ziehvaters. Der Plan des Medicus hatte angesichts der schweigenden Leichenreihe in meinen Augen plötzlich viel von seiner bisherigen Überzeugungskraft eingebüsst. Mein Freund hatte indes das Tuch ganz von der Leiche zurückgeschlagen. »Verflixt und zugenäht, es ist viel zu dunkel hier drin«, murmelte er, raffte mit einer Hand seine Robe und fischte mit der anderen nach irgendetwas, das an dem Gürtel hing, welchen er unter dem Geweihtengewand trug.

Als ich in meinem Gänseschritt bis zum dritten Tisch der Reihe vorgedrungen war, wo ich mich kurz an der Wand abstützen musste, um meinen ganzen Mut zusammenzunehmen, hatte Quin zwei Kerzen an einem der Kohlebecken angezündet und an Kopf- und Fußende des Aufbahrungstisches aufgestellt. Das flackernde Licht zauberte wuselnde Schatten auf den fahlen, nackten Leib Onkel Berengars. Ich hatte große Angst, er würde jeden Moment aufspringen und Quin an die Gurgel gehen.

Endlich stand ich dem Medicus gegenüber, getrennt

durch die wuchtige Steinplatte, auf der die Leiche Onkel Berengars ruhte. Ich betete zu allen Zwölfen, dass Quins Flaschengleichnis der Wahrheit entsprach – oder ihr zumindest ausreichend nahe kam – und die Seele Onkel Berengars bereits ihren gerechten Lohn empfangen hatte; und ich betete darum, dass sie jeglichen Gefallen daran verloren hatte, noch länger in ihrem ehemaligen Gefäß zu verweilen.

Quin ließ seinen Blick über Onkel Berengar schweifen. »Severin, ich muss schon sagen, dein Onkel Berengar war wirklich ein großer Mann. Und zwar in jeder Hinsicht«, raunte er beinahe ehrfurchtsvoll. Ich achtete nicht auf die makabre Geschmacklosigkeit meines Freundes, sondern betrachtete stattdessen das Gesicht Onkel Berengars. Er sah keineswegs aus, als ob er nur schliefe – wenn Menschen schlafen, wird rosige, straffe Haut nicht plötzlich teigig und nimmt einen sonderbar gelblichen Stich an. Die Augen waren weit in die Höhlen zurückgesunken, wie sich trotz der geschlossenen Lider leicht erkennen ließ. Die Lippen waren blutleer und bläulich weiß. Wenn ich bis zu jenem Augenblick in der Aufbahrungshalle des Tempels des Schwarzen Lichts auch noch ein letztes hartnäckiges Fünkchen Hoffnung gehegt haben mochte, lediglich einem grausamen, quälenden Nachtmahr aufgesessen zu sein, so erstarb dieses nun endgültig. Mein Onkel Berengar war tot.

Ein leises Klimpern ließ mich aus meinen trübseligen Gedanken hochschrecken. Quin war fort. Nein, er hatte sich nur niedergekniet, seinen Gürtel abgelegt und vor sich wie ein Band auf den Steinfliesen drapiert.

Mannigfaltige, blitzblanke Instrumente funkelten im wankelmütigen Licht der beiden Kerzen: Messer, Zangen, spitze Stäbe, Sägen, Hämmerchen und ein merkwürdiges Ding mit einer gebogenen Klinge zwischen zwei Holzgriffen, das mich an ein Küchenutensil erinnerte, mit dem meine Großmutter zu Hause zuweilen die Kräuter hackte. Ich fragte mich, wie mein Freund es geschafft hatte, all diese absonderlichen Werkzeuge unter der Robe zu verbergen, ohne ständig einen Lärm wie eine Horde streitlustiger, waffenstarrender Orks auf Kriegszug zu machen. Seine langen Finger wanderten spinnengleich über die vor ihm aufgereihten Instrumente, bis sie auf einem kleinen, scharfen Messer zu ruhen kamen. Quin griff danach, legte es auf dem behaarten Kaufmannsbauch meines Onkels ab und langte durch den Ausschnitt seiner Robe in sein Wams hinein. Er zog ein Stück Pergament hervor, faltete es auf und strich es sorgfältig glatt, woraufhin er es auf den Oberschenkeln des Leichnams ausbreitete. Seine Rechte griff zielsicher zum Messer, aber sein Blick haftete weiter an dem, was auf dem Pergament in engen Zeilen geschrieben stand. Der Medicus leckte sich fahrig die Lippen, hüstelte verstohlen und setzte das Messer einen Fingerbreit unterhalb der rechten Brustwarze meines Onkels an, die dunkel in einem Nest aus weißen Haaren lag.

Ich stützte mich auf dem Steintisch ab, hielt den Atem an und presste meine Lider zu engen Schlitzen zusammen. Dann zog Quin die Hand zurück, wischte sich über die Stirn und blies die Backen auf. Sein linker Zeigefinger suchte eine bestimmte Stelle in der Schrift auf dem Pergament, während er mit der rechten Hand ein zweites Mal das Messer ansetzte, ein Stückchen näher an der Brustwarze als beim ersten Versuch.

»Quin?«, fragte ich gedehnt in die Stille hinein.

»Hm?« Mein Freund klang, als hätte ich ihn dabei ertappt, wie er verstohlen an sich selbst herumspielte, während er von einem Gebüsch aus badende Schönheiten betrachtete.

»Quin, du hast das doch schon oft gemacht? Leichen öffnen, meine ich.«

»Oft? Oft würde ich es nun nicht nennen, aber

immerhin zweimal.« Er schaute weiter auf das Pergament und kaute auf seiner Unterlippe herum. »An Schweinen.«

»Das ist nicht dein Ernst.« Ich nahm mir viel Zeit für jedes einzelne Wort.

»Severin, lass dir sagen, dass der Unterschied zwischen Menschen und Schweinen gar nicht so groß ist, wie man für gewöhnlich meinen möchte«, versuchte der Medicus – obschon ich in jenem Augenblick heftigst daran zweifelte, dass Quin diesen Titel überhaupt verdient hatte – sich halbherzig zu rechtfertigen.

»Abgesehen davon, dass Menschen nicht auf vier Beinen laufen und sich nicht gern im Dreck suhlen, meinst du wohl, was?« Ich hatte nicht übel Lust, meinen Freund am Kragen zu packen und ihn zu schütteln, dass seine dürren Ärmchen nur so umherschlackerten.

»Aus eben diesem Grund habe ich zuvor eine Abschrift von einem Bericht über eine Leichenöffnung am Menschen angefertigt und mitgebracht«, erwiderte Quin trotzig, und bevor ich ihm sagen konnte, wohin er sich seine Abschrift meinethalben stecken könnte – oder wohin ich sie ihm bei nächster sich bietender Gelegenheit schieben würde –, setzte er das Messer ein drittes Mal an und machte mit einem entschlossenen »Für Hesinde!« seinen ersten Schnitt von der rechten Brustwarze Onkel Berengars bis fast hinunter zur linken Hüfte. Die tote Haut klaffte ein wenig auseinander, wie die Pelle einer gebratenen Wurst, die man anschneidet, aber es floss kein Tropfen Blut.

»Quin!« Ich musste mich zusammenreißen, um nicht lauthals loszuschreien; womöglich wäre mir gar mehr als nur Luft durch die Kehle nach oben geschossen. Ungeahnter Schrecken packte mein Herz, und eine lähmende Taubheit fuhr mir in die Glieder.

»Nicht so laut«, fauchte der Medicus und setzte zu seinem zweiten Schnitt an, der von der linken Brustwarze zur rechten Hüfte Onkel Berengars reichte. Auf der Leiche prangte nun ein großes, breites X, dessen dunkle Ränder sich wie anklagend vom ansonsten fahlen Leib abhoben.

»Jetzt nur noch die Hautlappen auseinander ziehen, dann liegt das Innere auch schon frei«, murmelte Quin entrückt.

Ich wandte mich rasch ab und drehte dem Medicus den Rücken zu. Urplötzlich wollte ich mit dieser grausamen Schlachterarbeit nicht das Geringste mehr zu tun haben. Hinter mir erklangen schabende, reißende, zerrende und schmatzende Geräusche. Bilder von entbeinten Fleischstücken, um die zwei Metzgerhunde ringen, drängten sich in meinen Kopf. Ich sank langsam mit dem Steintisch im Rücken zu Boden, schloss die Augen und hielt mir die Ohren zu, so fest ich nur konnte. So konnte ich zwar weder etwas hören noch etwas sehen; aber diese Vorsichtsmaßnahmen schützten mich nicht im Mindesten vor dem süßlichen Geruch von kaltem Fett, der sich wie ein übler Pesthauch in der Aufbahrungshalle ausbreitete.

Ich weiß nicht, wie lange ich so dasaß, aber irgendwann stieß mich Quin vorsichtig mit der Fußspitze an. Ich nahm die Hände von den Ohren und sah zu meinem Freund hoch. Der dunkle Stoff seiner Robe glänzte an vielen Stellen feucht, und ich war dankbar, dass Schwarz die Farbe des Todes war, denn ansonsten hätte der Schreck über Quins Erscheinung mir gewiss die Sinne geraubt. In einer Hand hielt er das sonderbare Instrument mit der gebogenen Klinge, auf der nun Blut schimmerte. Die Arme des Medicus waren bis zur Ellenbeuge mit den noch nicht geronnenen Säften aus dem Leib meines Onkels besudelt. Sorge spiegelte sich auf seinem Gesicht wider. »Das Schlimmste ist vorüber. Steh auf!«

Ich war sehr glücklich darüber, dass er mir nicht

die Hand reichte, um mir dabei zu helfen. Es kostete mich gehörige Überwindung, mich umzudrehen und Quins Fortschritte an der Leiche zu betrachten; ihr Geruch hatte ohnehin schon einen widerwärtig galligen Geschmack in meinem Mund hinterlassen. Ich zählte innerlich bis drei, senkte den Kopf und wandte mich um.

Der Leichnam meines Onkels ähnelte einer aufgeplatzten Frucht, deren Schale der prallen Hitze der unerbittlichen Praiosscheibe nicht mehr länger hatte standhalten können. Quin hatte die Haut Onkel Berengars vom Fleisch gelöst und sternförmig aufgeschlagen wie ein makaberes Tischtuch. Außerdem musste er den Brustkorb aufgebrochen haben, denn die Rippen der Leiche ragten wie spitze graue Zahnstümpfe aus dem Rumpf hervor. Mein Magen machte einen deutlichen Satz in Richtung meines Halses. Das offen gelegte Innere Onkel Berengars glänzte wie schleimüberzogenes Ungeziefer, das man nach einem Regenguss aus der aufgewühlten, feuchten Erde zieht – den Zwölfen sei Dank wand es sich nicht. Ich hatte einmal als Kind beobachtet, wie meine Großmutter einen Stallhasen auf dem Küchentisch ausgenommen hatte, und die Summe all dessen, was sie damals mit geschickten Fingern und schnellen Schnitten aus dem pelzigen kleinen Leib gelöst hatte, fand sich nun vor mir ausgebreitet auf der kalten Steinplatte wieder.

Um mein Gemüt zu schonen, hatte Quin in weiser Voraussicht das schwarze Leinentuch, mit dem die Borongeweihten den Leichnam bedeckt hatten, vom Boden aufgehoben und über das Gesicht Onkel Berengars gelegt. Mir erschien es im Halbdunkel der Aufbewahrungshalle, als betrachtete ich eine kopflose Leiche.

»Das sind die Lungen, das da unten das Gedärm, der große Muskel hier das Herz, und das da ist der Magen«, erklärte er und deutete dabei jeweils mit einer knappen

Handbewegung auf das genannte Organ. »Soweit ich das beurteilen kann, sieht alles so aus, wie es aussehen sollte.«

Ich musste wohl oder übel auf das Urteil meines Freundes vertrauen, denn für mich waren die Unterschiede zwischen den einzelnen Eingeweiden, die er nannte, nicht immer offensichtlich. Ihr Anblick verschwamm vor meinen Augen zu einer großen, rötlich braunen Masse. Quins Flaschengleichnis kam mir wieder in den Sinn. Wo die Flasche meines Onkels zuvor vielleicht nur einen winzigen, kaum merklichen Sprung aufgewiesen hatte, hatte Quin sie am Hals gepackt und an einem Stein in tausend Stücke zerschlagen, um jetzt begierig jede einzelne Scherbe in Augenschein nehmen zu können. Wenn der Medicus Unrecht hatte und die Seele Onkel Berengars noch in ihrer sterblichen Hülle gefangen war, so störte sie sich gewiss an dieser Zerstückelung. Ich jedenfalls hätte bestimmt Anstoß daran genommen, wenn derart rücksichtslos mit mir umgegangen worden wäre.

Je länger ich jedoch auf das grausige Bild vor mir blickte, desto mehr wichen Ekel und Entsetzen einem Gefühl ungläubigen Staunens. Das, was ich da so offen, roh und nackt vor mir liegen sah, machte in seiner Gesamtheit den Menschen erst zu einem denkenden und fühlenden Geschöpf.

»Das hätte ich niemals gedacht. Dass so etwas überhaupt möglich ist«, flüsterte ich beinahe ehrfürchtig, wenn auch mit belegter Stimme.

»Höchst beeindruckend, nicht wahr? Ganz wie bei einem Schwein, nur eben anders.« Quin plapperte munter vor sich hin, wie einer der bunten sprechenden Vögel aus dem Süden Aventuriens, von denen mir Onkel Berengar immer erzählt hatte, wenn er mich zum Lachen hatte bringen wollen. »Wenn ich nur früher gewusst hätte, wie eng alles im Leib beieinander liegt … Das hätte dem Dieb, den seine Kumpanen vor ein paar Tagen zu mir brachten, wirklich helfen können. Vielleicht hätte ich dann die Klinge in seinem Bauch doch erst einmal stecken gelassen, wo sie war. Dann wäre er auch nicht ausgelaufen wie ein angestochenes Fass Wein. Schade. Richtiggehend schade. Und wie groß das Herz ist. Und so viel Gedärm. Wer weiß, wie viel Stein es wohl wiegen mag? Zehn? Zwanzig? Und von dem hier …« Sein Zeigefinger verschwand mit einem satten Schmatzen bis zum zweiten Knöchel irgendwo in dem Durcheinander. »Von dem hier habe ich noch nie etwas gelesen.«

»Wir haben nicht die ganze Nacht Zeit, Quin«, presste ich mühsam zwischen fest zusammengebissenen Zähnen hervor. »Such nach Spuren eines Giftes oder eines Zaubers. Deshalb sind wir hier. Deine Neugierde in allen Ehren, mein Freund, aber …»

»Schon gut, schon gut.« Er hob den besudelten Finger, um sich an der Nase zu kratzen, besann sich aber im letzten Augenblick eines Besseren. »Ich will ganz ehrlich zu dir sein, Severin. Wenn dein Onkel durch einen Zauber getötet wurde, wird es fast unmöglich sein, dies nachzuweisen. Aber wenn er vergiftet wurde, sehen unsere Karten schon wesentlich besser aus, vorausgesetzt, ihm wurde das Gift ins Essen gemischt. Um diese Möglichkeit zu überprüfen, müssen wir nur in den Magen schauen. Stehst du das durch?«

»Habe ich eine andere Wahl?«, fragte ich und blickte ihm fest in die Augen.

»Nun gut …« Er griff wieder zu dem kleinen scharfen Messer, mit dem er die ersten beiden Schnitte geführt hatte. Dann schob er die Finger seiner linken Hand unter dem Magen hindurch, bis er das glitschige, seifig glänzende Organ fest im Griff hatte. Ich versuchte mir einzureden, der Medicus wäre lediglich im Begriff, einen Weinschlauch aufschneiden.

Da schreckte mich ein gedämpftes Plumpsen in meinem Rücken auf. Es klang, als hätte jemand einen Ballen Tuch zu Boden fallen lassen. Ich erstarrte. »Was war das?«

»Es kam irgendwo von draußen«, antwortete mir Quin, ohne aufzublicken. Seine Hände zitterten.

Ich fasste mir ein Herz, huschte an den anderen aufgebahrten Leichen zurück zur Tür und spähte durch jenen Spalt hindurch, den ich zu Lasses Beruhigung offen gelassen hatte. Dahinter lag nur Schwärze, aber ich konnte das schwere, ungleichmäßige Atmen des Thorwalers hören. Nach einem kurzen Augenblick dämmerte mir, dass ich auf Lasses Rücken schaute, und so zog ich die Tür ganz auf.

Erschrocken fuhr der Hüne herum. »Meister Sever…«, platzte es lautstark aus ihm heraus.

»Lasse, was war das für ein Lärm?«, flüsterte ich und machte einen Schritt aus der Aufbahrungshalle hinaus. Mein Fuß trat nicht auf eine Steinplatte, wie ich es erwartet hatte, sondern auf etwas Weiches, Nachgiebiges. Ich schaute nach unten, um zu sehen, worauf ich wohl getreten sein mochte, und stellte fest, dass ein großer Haufen schwarzen Stoffs zu Füßen des Söldners lag.

»Er ist die Treppe heruntergekommen, und ich wusste nicht, was ich machen sollte. Da habe ich ihm eins übergebraten«, raunte mir Lasse weinerlich zu.

Ich begriff, dass es sich bei dem unförmigen Stoffhaufen vor uns offensichtlich um einen Geweihten des Tempels handeln musste. Ein Schauder rann mir das Rückgrat hinab. »Warum hast du uns denn nicht gewarnt, damit wir uns hätten verstecken können, du Tölpel? So hatten wir es doch abgemacht, oder nicht?«, wollte ich von dem Thorwaler wissen.

»Ich … ich … ich habe ihn erst für … für … für einen Geist gehalten«, stammelte er. »Und als ich ihn dann richtig sehen konnte, war es schon zu spät. Da habe ich einfach zugehauen.«

»Ist er etwa tot?« Das hätte uns gerade noch gefehlt, aber ich rechnete mit dem Allerschlimmsten. Wo ich noch wenige Stunden zuvor immer der Auffassung gewesen war, es gäbe stets einen Silberstreif am Horizont – ganz gleich, wie verfahren eine Lage auch auf den ersten oder zweiten Blick erscheinen mochte –, so war ich mittlerweile zu dem Schluss gelangt, dass mein Leben beständig auf einen unergründlich tiefen Abgrund zusteuerte, der mich am Ende mit tödlicher Sicherheit verschlingen würde.

»Nein, nein, ich glaube nicht. Meister Severin, die Götter werden mich für diesen Frevel strafen, die Augen werden mir ausfallen und die Zähne wegfaulen und die Klöten anschwellen und die Rute …«

»Reiß dich zusammen«, unterbrach ich sein Gejammer barsch. »Wir brauchen da drin nicht mehr allzu lange, und wenn die anderen Geweihten ihn jetzt schon vermissen sollten, sitzen wir sowieso in der Falle. Dann gibt es für uns kein Entrinnen mehr. Also hoffe lieber mal, dass die Diener Borons auch untereinander so maulfaul sind, wie sie sich nach außen hin gebärden, und der arme Kerl hier niemandem erzählt hat, wohin er unterwegs war.« Ich funkelte Lasse noch einmal zornig an und wich zurück in die Aufbewahrungshalle, wobei ich die Tür in voller Absicht fest zuzog. Strafe musste sein.

Quin hatte indes den Magen bereits geöffnet und stocherte mit einem Forscherdrang, der jedem großen Entdecker zur Ehre gereicht hätte, mithilfe eines spitzen Metallstifts in den breiigen Überresten der letzten Mahlzeit Onkel Berengars herum. Sein Wissensdurst hatte offensichtlich jegliche Furcht vor einer möglichen, unmittelbar bevorstehenden Entdeckung unseres Eindringens in den Tempel des Schwarzen Lichts besiegt.

»Lasse hat draußen einen Geweihten niedergeschlagen. Es kann sein, dass wir nicht mehr viel Zeit haben, Quin. Beeil dich!«, drängte ich ihn – eine Nachricht, die Quin mit dem Anflug eines Schulterzuckens quittierte.

»Es sieht ganz so aus, als hätte dein Onkel als Letztes Fleisch und Brot gegessen. So faserig wie das Fleisch wohl war, würde ich meine letzten Taler auf irgendeinen Braten setzen. Rind, denke ich. Mit dem Brot muss er wohl die Soße getunkt haben. Und er hat Wein zum Essen getrunken.«

Mit seiner freien Hand wedelte der Medicus mir eifrig einen Hauch des Geruchs, der aus dem Magen Onkel Berengars emporwallte, ins Gesicht. Es stank säuerlich bitter, mit einer ungewöhnlichen süßen Note, die ich nicht recht zuzuordnen wusste. Wie von einer Kirsche oder einer Birne.

»Ist ihm nicht allzu gut bekommen. Siehst du, wie angegriffen die Magenwände sind?«, fuhr mein Freund fort. »Sie sind regelrecht löchrig. Zerfressen. Wenn du mich fragst, ist dein Onkel zweifelsfrei Opfer eines Giftanschlags geworden.«

»Was ist das andere gewesen? Das Süße?«, hakte ich nach.

Quin schaute mich erst zweifelnd an, beugte sich dann tief über die Leiche und schnupperte wie ein Hund an einem schmackhaften Knochen. »Gut aufgepasst, Severin! Ich bin tief beeindruckt! Da ist tatsächlich noch ein anderer Geruch. Wie von Kirschen oder Beeren …« Er stocherte noch einmal gründlich im halb verdauten Inhalt des Magens herum. »Aber es gibt keine Schalen oder Kerne. Vielleicht hat er auch nur Saft zum Essen getrunken. Vielleicht aber auch nicht. Wer weiß, wer weiß.« Er blies sich eine Strähne seines feinen Haars aus der Stirn. »Ich werde wohl die Bücher meines Vaters wälzen müssen, um nachzuschauen, ob es irgendwo einen Hinweis auf ein Gift gibt, das aus einer süßen Frucht oder Beere gewonnen wird und eine ätzende Wirkung auf den Magen hat.«

Enttäuscht ließ ich die Schultern sinken. Ich hatte mir mehr von Quins Leichenöffnung versprochen als die halb garen Vermutungen, zu denen der Medicus nun gekommen war. »Dann können wir jetzt also gehen?«

Mein Freund legte den Metallstift beiseite. »Nicht so ungeduldig, Severin.« Er beugte sich hinunter zu seinen schaurigen Instrumenten und tauchte mit einem Hämmerchen und einem flachen, scharfen Meißel wieder auf. »Erst müssen wir noch den Schädel deines Onkels öffnen.« Er schob das Tuch, das über dem Kopf Onkel Berengars lag, mit dem Ellenbogen über den Rand des Steintischs und setzte den Meißel auf der Stirn der Leiche an, die ganz unbeteiligt weiterhin die Augen geschlossen hielt.

»Den Schädel öffnen? Warum müssen wir den Schädel öffnen?« Die Bestürzung ließ meine Stimme heftig zittern.

»Warum, warum? Weil man das nun einmal so macht!«, schnaubte der Medicus und ließ das Hämmerchen knirschend auf den Kopf des Meißels sausen.

Kapitel 7

Ich wusste nicht, ob Quin in dieser Nacht noch ein Auge zugemacht hatte, aber selbst wenn dem nicht so gewesen war, glühte er förmlich vor Eifer, als er mir in der Küche meines Hauses gegenübersaß, um mir zu berichten, was seine Nachforschungen ergeben hatten. Der junge Medicus hatte schon zu seinen Akademiezeiten oft ganze Nächte damit zugebracht, Bücher zu wälzen und Schriften zu studieren – wenn auch nicht gerade jene, die ihm seine Mentoren empfohlen hatten. Muster der Macht und Kraftströme scherten meinen Freund einen feuchten Kehricht, wohingegen Fallstudien und Reiseberichte aus entlegenen Gebieten des Kontinents ihn sehr wohl zu fesseln vermochten. Seine Wissbegierde in dieser Hinsicht hätte so manchen guten Garether verstört, wie es auch mir bisweilen ein Rätsel blieb, wie man sich beispielsweise für Würmer begeistern konnte, die ihre Eier mit Vorliebe in der Harnröhre nichts ahnender Reisbauern ablegten. Quin hingegen bekam leuchtende Augen – oder war es schon ein irres Funkeln? –, wenn er von solch gräulichen Erkrankungen des Leibes erzählte.

Ich wusste jedenfalls, dass *ich* kein Auge zugemacht hatte; die aufrüttelnden Ereignisse und bewegenden Sinneseindrücke der vergangenen Nacht hatten mich nicht zur Ruhe kommen lassen. Der wagemutige Einbruch in den Tempel des Schwarzen Lichts, der schauderhafte Anblick der Leiche Onkel Berengars, ihre anschließende Öffnung, die Anspannung, als wir den

Borontempel wieder verließen, all das verschwamm vor meinem inneren Auge zu einem wirren Durcheinander aus Bildern und Farben. An Schlaf war nicht zu denken gewesen – womöglich hatte mir Boron den Schlaf verwehrt, um mich für meine Untat zumindest ein klein wenig zu strafen. Verzweifelt hatte ich mich bemüht, mir irgendeine Begebenheit aus den letzten Wochen in Erinnerung zu rufen, die mir einen Hinweis darauf hätte liefern können, wem genau daran gelegen sein könnte, meinen armen Onkel Berengar zu vergiften. Rivalen hatte er natürlich zuhauf gehabt – vor allem andere Kaufleute, die ihm seinen Erfolg geneidet hatten. Trotzdem war es für mich unvorstellbar, dass ein dermaßen niederer Beweggrund wie die Gier eines Menschen so weit reichen konnte, dass er einen Mord beging. Wer weiß, vielleicht hätte ich mich ohne Quins Unterstützung in fadenscheinigste Ausreden geflüchtet, um der unbequemen Tatsache nicht ins Auge sehen zu müssen, dass die Niedertracht des Menschen schier grenzenlos sein kann.

Quins Haar stand in alle Richtungen vom Kopf ab, gewiss weil er es sich bei seinen Studien andauernd gerauft hatte. In der einen Hand einen Apfel haltend, den er nach dem ersten Bissen vollkommen vergessen hatte, blätterte er mit der anderen in einem kleinen, ledergebundenen Büchlein, das er zwischen uns auf dem Tisch aufgeschlagen hatte. Schließlich nickte er zufrieden und tippte mit dem Finger auf die Abbildung einer Frucht. »Da ist es. Dieses unschuldige, unscheinbare Ding. Das müsste es gewesen sein, womit man Berengar vergiftet hat, wenn ich mich nicht irre.« Beim Anblick der Zeichnung fiel ihm wohl der Apfel wieder ein, aber als er sah, dass das Fruchtfleisch schon braun geworden war, legte er ihn achtlos beiseite.

»Die Frucht des Merach-Strauchs. Auch bekannt als der Süße Tod«, setzte Quin an.

»Ich kann lesen …«, versuchte ich ihn davon abzuhalten, in jenen schulmeisterlichen Ton zu verfallen, der auch Susa anscheinend übel aufgestoßen war. Nicht, dass es etwas genützt hätte: Der Medicus war kaum mehr zu bremsen.

»Wie du auf der Abbildung sehen kannst, ähnelt die Frucht des Strauchs einem kleinen blauen Apfel. Sie schmeckt angeblich zuckersüß und dennoch unglaublich fruchtig. Eine wahre Köstlichkeit. Jetzt kommt der Haken, Severin. Solange du nur die Frucht isst, geschieht dir nichts. Wie gesagt, eine wahre Köstlichkeit. Du könntest dir ordentlich den Bauch damit voll schlagen und dir würde nichts Schlimmes zustoßen. Man hat aber schnell herausgefunden, dass der Genuss der Frucht sich zu einer echten Gefahr auswächst, wenn man zu der Frucht oder in den folgenden zwei oder drei Praiosläufen ein berauschendes Getränk wie Bier oder Wein zu sich nimmt. Dann wird die Frucht nämlich mit einem Mal hochgiftig. So giftig, dass der Tod nahezu unabwendbar ist. Der arme Tropf, der diese Erfahrung als Erster gemacht hat, muss ganz schön verdutzt gewesen sein. Die Wirkungsweise ist ja auch das Hinterhältigste, das ich mir vorstellen kann – und ich kann mir so manches vorstellen. Da schenkt uns die liebliche Rahja so etwas Köstliches wie berauschende Getränke, und dieses teuflische Gift bestraft deren Genuss mit dem Tod. Hinterhältig ist eigentlich noch ein viel zu harmloses Wort. Rein äußerlich sind überdies nämlich wenig bis gar keine Anzeichen einer Vergiftung zu sehen. Gut, unter Umständen befallen dich unangenehme Krämpfe in der Bauchgegend, aber ich denke, der Vergiftete wird sie zunächst lediglich für heftige Blähungen oder eine ordentliche Verstimmung des Magens halten. Schließlich wird dein Körper schwächer und schwächer, weil er in seinem Innern zu bluten beginnt.«

»Das passt zu den brüchigen Magenwänden meines Onkels«, dämmerte es mir langsam.

»Haargenau, haargenau«, pflichtete der Medicus mir umgehend bei. »Giftmischer in ganz Aventurien lecken sich die Finger nach einem solchen Mittel. Dieses Gift ist der feuchte Traum eines jeden Meuchelmörders. Du mischst es einfach unauffällig ins Essen, was nicht gerade übermäßig viel Übung voraussetzt, insbesondere, wenn man das Attentat an einem schlecht beleuchteten Ort durchführt, an dem sich genügend andere Menschen aufhalten, die auf ihre ganz eigene, natürliche Art für Ablenkungen sorgen. Eine Taverne oder ein Bankett wären hervorragend geeignet. Die meisten Leute trinken ohnehin gern Wein oder Bier. Und viele trinken auch mal einen über den Durst. Dann wird dem Opfer plötzlich ein bisschen übel, gefolgt von ein paar Magenkrämpfen, einem klammen Gefühl in der Brust. Es legt sich hin, weil es denkt, dass es sich nur ein wenig ausruhen muss, und am nächsten Morgen ist es tot.«

»Wie Onkel Berengar ...«, murmelte ich nachdenklich. Die letzten, leisen Zweifel daran, dass mein Onkel womöglich doch nicht ermordet worden war, die ich zu diesem Zeitpunkt noch im Hinterkopf gehegt haben mochte, verflogen wie Laub im Herbstwind, hinweggewirbelt von Quins überzeugenden Erkenntnissen und seiner eindringlichen Schilderung. »Also hat der Ein brecher nicht gelogen«, schlussfolgerte ich.

»Damit wäre geklärt, wie dein Onkel vom Leben zum Tode befördert wurde. Aber wir wissen immer noch nicht, wer dafür die Verantwortung trägt und welche Beweggründe den Mörder dazu getrieben haben, Berengar zu beseitigen. Wenn du mich fragst, kann es nur jemand aus dem Süden gewesen sein. Ich meine, da wächst der Strauch schließlich, und dass Al'Anfa ein Sündenpfuhl und Hort von Verbrechern ist, der seinesgleichen sucht, weiß jedes Kind in Gareth. Von wegen

Perle des Südens. Pah.« Mein Freund klappte das Buch zu und verstaute es behutsam in dem ledernen Umhängebeutel, der auf seinem Schoß lag.

»Machst du es dir da nicht ein wenig zu leicht, Quin?«, gab ich vorsichtig zu bedenken. »Mag sein, dass der Strauch im Süden wächst, und mag sein, dass Al'Anfa nicht gerade den besten Ruf aller Städte Aventuriens genießt. Aber du müsstest doch am besten wissen, dass es hier in Gareth so gut wie nichts gibt, was man nicht kaufen könnte. Denk nur mal daran, wie schnell wir mit deiner Hilfe gestern Abend an die Geweihtenroben gekommen sind. Du glaubst doch nicht ernsthaft, dass es da eine Schwierigkeit darstellen könnte, sich in unserer Stadt dieses Gift zu besorgen. Gut möglich, dass man ein paar Praiosläufe oder vielleicht auch Wochen darauf warten muss, aber nur aufgrund der Tatsache, dass das Gift, mit dem man Onkel Berengar ermordet hat, aus einer Frucht gewonnen wird, die im Süden wächst, gleich darauf zu schließen, sein Mörder müsse auch aus dem Süden stammen, halte ich für ziemlich voreilig.«

»Möglich ist doch, dass dein Onkel einen Konkurrenten aus dem Süden hatte, der ihn ausschalten wollte, weil er seine Geschäfte störte.« Quin hielt beharrlich an seinem Standpunkt fest, der in meinen Augen zu einem gehörigen Maß auf einem unbegründeten Misstrauen gegenüber einer ihm fremden Lebensweise mit eigenen Sitten und Gebräuchen fußte. »Unglücklicherweise verrät uns seine Leiche nichts darüber, Öffnung hin oder her.«

Bei diesen Worten ertönte vom Durchgang zum Nebenzimmer her ein spitzer Schrei. »Beim schweigenden Boron! Was habt ihr getan?«, rief meine Großmutter, die offenbar auf unseren unbeabsichtigt lauter gewordenen Disput aufmerksam geworden war und die letzten Worte mit angehört hatte. Mit wehender Schürze stürmte sie nun in die Küche und krallte ihre Finger in meinen Hemdkragen. »Öffnung? Welche Öffnung? Was soll das heißen? Habt ihr törichten Frevler etwa Berengars Leichnam entweiht?« Ihre lange spitze Nase, die sie über meine Mutter an mich vererbt hatte, kam meinem rechten Auge gefährlich nahe, so nahe, dass ich die feinen dunklen Härchen sehen konnte, die auf ihr wuchsen. Der heiße Atem meiner Großmutter war von Wein geschwängert – zusammen mit der Nase hatte sie auch die Neigung, Kummer mit Trunkenheit zu bekämpfen, an mich weitergegeben.

Quin sprang so schnell vom Stuhl auf, dass dieser hintenüber kippte und polternd auf den Boden krachte. »Ich muss weg. Wir sehen uns später«, sagte er hastig, und dann gab der Feigling Fersengeld, um mich in den unerbittlichen Klauen meines abgrundtief entsetzten Muttchens zurückzulassen.

»Gib Antwort, du Holzkopf, oder bist du nicht nur blöd, sondern auch noch taub?«, schrillte sie. Sie achtete nicht weiter auf den Abgang des Medicus, sondern zerrte in dem zum Scheitern verurteilten Versuch, mich durchzuschütteln, wie verrückt an meinem Hemd. Ihre reisigdünnen Arme zitterten vor Anspannung.

Ich stand vorsichtig auf, löste ihre Hände von meinem Kragen und schloss sie fest in die Arme. »Beruhige dich, Muttchen. Reg dich nicht auf. Kein Grund zur Sorge. Alles wird gut«, flüsterte ich sanft und strich ihr zärtlich über das graue Haar. Ich wollte wirklich glauben, was ich da sagte, obgleich ich alles andere als überzeugt davon war. Meine Großmutter rührte sich nicht, und ich konnte ihr aufgeregtes Herz an meinem Bauch schlagen spüren wie einen flatternden Vogel. Ich dachte kurz darüber nach, ihr irgendeine hanebüchene Lügengeschichte aufzutischen, aber da ich davon ausgehen musste, dass sie Quin und mich schon eine ganze Weile belauscht hatte, entschied ich mich, ihr reinen Wein einzuschenken. Immerhin hatte sie Berengar ja auch geliebt und verdiente es nicht, von mir hinters Licht geführt zu werden. Und so hielt ich sie weiter in den Armen, streichelte ihr Kopf und Rücken und schüttete ihr mein Herz aus.

»… und deshalb haben wir nichts Unrechtes getan, auch wenn wir gegen die Gesetze und Gebote Borons verstoßen haben mögen. Onkel Berengars Mörder muss zur Rechenschaft gezogen werden. Das verlangt allein die Familienehre. Und wir werden zumindest vorläufig Stillschweigen darüber bewahren müssen, dass er einem Mordanschlag zum Opfer gefallen ist, denn leider ist die Art und Weise, wie wir zu dieser Erkenntnis gelangt sind, nicht gerade unumstritten. Ganz im Gegenteil. Wahrscheinlich würde man uns alle in einen Inquisitionskerker einsperren, wenn jemand davon erführe, dass wir in den Tempel des Schwarzen Lichts eingedrungen sind und dort einen Leichnam … nun ja, geschändet haben. Also zu niemandem auch nur ein Wort. Sei beruhigt, Muttchen, Quin und mir wird schon etwas einfallen, wie wir der Spur, die wir jetzt haben, nachgehen können. Und in ein paar Tagen wird Gerechtigkeit walten«, beendete ich meine Ausführungen und spürte plötzlich eine bleierne Schwere in meinen Gliedern. Meine Beichte bezüglich unserer Umtriebe in der vergangenen Nacht hatte mir deutlich gezeigt, wie erschöpft ich im Grunde genommen war.

Meine Großmutter atmete tief aus. Dann löste sie sich aus meiner Umarmung, nahm mein Gesicht in beide Hände und tat etwas, was sie schon sehr lange nicht mehr getan hatte: Sie stellte sich auf die Zehenspitzen, reckte sich zu meinem Gesicht empor und küsste mich mit trockenen Lippen erst auf die rechte und dann die linke Wange. »Danke, mein Junge, danke«, flüsterte sie gerührt. »Du weißt ja nicht, was das für mich bedeutet.

Berengars Mord muss gesühnt werden. Er hat immer gut für uns gesorgt. Er wäre sehr sto…«

Das Pochen des Türklopfers unterbrach sie. Wir zuckten beide zusammen wie Diebe, die man auf frischer Tat ertappt hatte.

»Wer kann das sein?« Mein Muttchen ließ die Hände sinken.

»Sicher ist es Quin, der vergessliche Trottel!«, seufzte ich kopfschüttelnd und machte mich auf den Weg zur Tür. »Wenn sein Hintern nicht angewachsen wäre, würde er den auch überall liegen lassen.«

Ich setzte mein spöttischstes Lächeln auf, öffnete schwungvoll die Tür und sah in das mit einer blauen Augenklappe bewehrte Gesicht eines breitschultrigen, bulligen Mannes, der mir mein Lebtag noch nicht begegnet war. Die Feuchtigkeit, die dampfend vom Boden aufstieg – kurz vor der Morgendämmerung hatte es ein kurzes, aber dafür umso heftigeres, reinigendes Gewitter gegeben –, hatte sich wie ein dünner Schleier über Kleidung, Haar und Gesicht des Fremden gelegt.

»Severin Munter«, sagte er mit einer rauchigen, wohlklingenden Stimme. Es fiel mir schwer zu entscheiden, ob die Nennung meines Namens eine Feststellung oder eine Frage gewesen war, weshalb ich einfach nur verwirrt und hastig nickte.

Seine rechte Hand schoss pfeilschnell nach vorne und packte die meine in einem festen Druck. »Ich wollte Euch und Eurer Familie nur mein tief empfundenes Beileid über Euren Verlust zum Ausdruck bringen. Ich fühle mit Euch.« Er ließ die Mundwinkel ein wenig sinken und schaute mich traurig aus seinem verbliebenen Auge an, das wie eine schwarze Murmel tief in seiner Höhle lag. »Euer Onkel war ein wunderbarer Mensch und ein großer Wohltäter. Zweifelsohne einer der einflussreichsten und angesehensten Männer ganz Gareths. Und dies ist keine Schmeichelei, sondern aufrichtige Bewunderung, die da aus mir spricht. Noch einmal: Ich fühle wirklich aus tiefstem Herzen mit Euch, Meister Munter.«

Danach ließ er meine Hand los und schlug sich vor die Stirn. »Entschuldigt, Meister Munter. Wie unhöflich von mir. Das muss an dieser schrecklichen Hitze liegen. Wo ist nur meine gute Kinderstube geblieben? Meine Mutter wird sich im Grabe umdrehen. Ich habe mich Euch ja noch gar nicht vorgestellt. Falk Thimorn von der Garethischen Criminal-Cammer.« Er schüttelte mir ein zweites Mal die Hand, ebenso kräftig und bestimmt wie zuvor.

Für einen Wimpernschlag fühlte ich mich, als wäre ich soeben kopfüber nackt in eiskaltes Wasser getaucht worden, während eine johlende Menge von Maiden sich dabei über die kümmerliche Größe meiner Rute lustig machte. *Er weiß alles. Er muss alles wissen. Warum sollte er sonst hier sein? Gleich wird er mich festnehmen. Vielleicht haben sie Susa und Lasse erwischt. Oder Susa hat uns verraten. Sie ist doch eine Söldnerin. Die sind doch alle nur auf Dukaten aus. Und die Criminal-Cammer zahlt bestimmt eine fette Belohnung für Frevler wie mich.* Gehetzte Gedanken fuhren wie Blitze durch meinen Schädel.

»Wollt Ihr nicht einen Augenblick hereinkommen?«, fragte ich, wobei ich versuchte, nicht nur unverbindlich zu klingen, sondern überdies auch noch eine überzeugende Unschuldsmiene aufzusetzen. Meine eingehenden Erfahrungen im Glücksspiel halfen mir dabei ungemein, meine zumindest innerlich geschwundene Fassung nach außen hin aufrechtzuerhalten. Mit etwas Glück fiel es dem Mann von der Criminal-Cammer, die für ihre weitreichenden Erfolge bei der Aufklärung unterschiedlichster Verbrechen berühmt war, gar nicht auf, wie sehr mich sein unerwarteter Besuch verunsicherte.

Ich machte eine einladende, weit ausholende Geste mit dem Arm, in die ich eine angedeutete Verbeugung einfließen ließ. Thimorn zögerte und schaute peinlich berührt auf seine hohen Stiefel, an denen in dicken Brocken der aufgeweichte Matsch der Straße hing. »Ich würde Eurer Einladung nur allzu gern nachkommen, Meister Munter, aber …«

»Aber das macht doch überhaupt nichts«, beschwichtigte ich ihn. »Muttchen, wir haben einen Gast!«, säuselte ich in Richtung Küche und zog Thimorn über die Schwelle. »Ihr kanntet also meinen Onkel Berengar? Wie gut? Ich glaube, er hat nie von Euch erzählt. Kanntet Ihr ihn aufgrund einer geschäftlichen Verbindung?«, plauderte ich drauf los, in der vagen Hoffnung, Thimorn wäre in der Tat nur bei uns aufgetaucht, um den Gepflogenheiten und Sitten des Mittelreichs Genüge zu tun.

Der Mann von der Criminal-Cammer schlüpfte aus seinem Mantel und schaute sich mit großem Auge in der Diele um. »Das könnte man so sagen. Wisst Ihr, Euer Onkel unterstützte die Arbeit der Cammer mit so manchem Dukaten, und auch meine Dienstherrin wusste stets nur Gutes über Berengar Munter zu berichten. In den höchsten Tönen hat sie ihn gelobt. Sprach Euer Onkel denn nie davon, wie sehr ihm daran gelegen war, die Straßen und Gassen Gareths wieder sicherer zu machen? Wie gesagt, bei der Cammer war Euer Onkel kein Unbekannter, und damit will ich nicht sagen, dass er je im Verdacht gestanden hätte, sich eines Verbrechens schuldig gemacht zu haben. Beileibe, nein! Euer Onkel war meines Wissens nach weitaus ehrlicher und ehrenwerter, als ich es je von einem Kaufmann erwartet hätte. Phex verzeih, wenn Ihr mir diese Bemerkung ebenfalls gestattet, Meister Munter.«

Ich nickte mit gespielter Güte. »Mir ist nur allzu viel über die schwarzen Schafe im Berufsstand meines Onkels zu Ohren gekommen, Herr Thimorn, weshalb es mich nicht Wunder nimmt, dass seine Aufrichtigkeit Euch ehrlich überraschte. Aber sagt, hattet Ihr oft das Vergnügen mit meinem Onkel?«

Der Einäugige schürzte die Lippen. »Oft würde ich es nun nicht gerade nennen. Ich bin Eurem Onkel gelegentlich auf einem der Bankette begegnet, mit denen die Aufklärung besonders Aufsehen erregender Fälle gefeiert wird, aber ich dachte mir, der Anstand befiehlt es nichtsdestoweniger, Anteil an Eurer Trauer zu nehmen, als ich hörte, dass ihn die Zwölfgötter zu sich gerufen haben. Und das so früh! Und so unerwartet! Auf mich machte er immer den Eindruck eines kerngesunden Mannes in den besten Jahren. Ein großer Verlust für ganz Gareth, wie ich noch einmal ausdrücklich betonen möchte, Meister Munter!«

Thimorn schien alles andere als maulfaul zu sein, denn während ich ihn in die Küche führte, schwatzte er munter weiter. »Ich sollte gar nicht hier sein, wenn ich ehrlich bin, Meister Munter. Eigentlich bin ich gerade mit einem wichtigen Fall betraut – Ihr versteht sicherlich, dass ich nicht darüber sprechen darf, worum es sich dabei handelt –, aber ich war ohnehin in der Gegend und dachte so bei mir, ich nutze einfach die Mittagsstunde für meinen Trauerbesuch. Ich hoffe, ich komme nicht ungelegen oder falle Euch sonst irgendwie zur Last. Das wäre mir in hohem Maße peinlich, denn üblicherweise ist es ganz und gar nicht meine Art, einfach so hereinzuplatzen und mich aufzudrängen.«

Meine Großmutter hatte indes einen Krug Wein, einen Laib Brot und etwas Wurst und Käse aufgetischt. Sie wischte gerade ein Messer an ihrer Schürze sauber, als Thimorn und ich die Küche betraten.

»Großmutter, das ist Falk Thimorn von der Garethischen Criminal-Cammer«, stellte ich ihr unseren Gast vor. Mein Muttchen wurde schlagartig weiß wie frisch gefallener Schnee, und noch ehe Thimorn ihr die Hand hätte reichen können, beeilte sie sich mit trotzig in die Luft gereckter Nase zu erklären: »Mein Enkelsohn war die ganze Nacht über bei mir. Wir haben unseren schmerzlichen Verlust gemeinsam betrauert. Keinen Schritt ist er von meiner Seite gewichen. Er weigerte sich sogar, mich in meinem Schlafgemach allein zurückzulassen, da er befürchtete, ich könne mich zu einer Verzweiflungstat hinreißen lassen.«

Mir rutschte das Herz in die Hose. Obzwar meine Großmutter mir mit diesen unüberlegten Sätzen hatte helfen wollen, so befürchtete ich, dass sie meine Lage letztlich nur verschlimmert hatte.

»Aber sicher doch, gute Frau!« Thimorn lächelte mein Muttchen freundlich an. »Ich hege nicht den geringsten Zweifel daran, dass Euer Enkel seinen Pflichten aufs Vorbildlichste nachkommt. Etwas anderes würde man doch von einem Munter gar nicht erwarten. Eine so hoch angesehene Garether Familie wie die Eure weiß, was sich geziemt. Umso schlimmer, dass es zu einem solch unglaublichen Frevel kommen konnte. Welch eine Schande, wenn man daran denkt, was der Verstorbene alles für diese Stadt und das Reich geleistet hat. Unglaublich! Nach all den vielen Götterläufen, da ich der Cammer nun schon treue Dienste leiste, bestürzt es mich dennoch jedes Mal aufs Neue, zu welch beispiellosen Untaten manche Menschen fähig sind. Nicht einmal vor der Würde und Ehre der Toten schrecken diese Verbrecher noch zurück.« Da war nichts Lauerndes in der Stimme des Einäugigen, das darauf hingewiesen hätte, dass er uns eine Falle stellen wollte. Sein Tonfall blieb die ganze Zeit über nett und freundlich.

Ich entschied mich, alles auf eine Karte zu setzen und auf Thimorns scheinbar zufällige Anspielung einzugehen, selbst wenn ich dabei Gefahr lief, mich zu verraten, falls der Mann von der Criminal-Cammer ein begnadeter Schauspieler sein sollte.

»Frevel? Herr Thimorn, wovon redet Ihr da?«

»Oh!« Der Einäugige hatte verblüfft den Mund geöffnet und seine wulstigen Lippen zu einem makellosen Kreisrund geformt. »Dann hat man Euch noch nicht darüber in Kenntnis gesetzt?« Er tastete nach der Lehne des nächsten Stuhles, schob ihn sich zurecht und ließ sich mit einem »Ich darf doch sicher ...« auf die Sitzfläche plumpsen.

Meine Großmutter goss ihm rasch einen Becher Wein ein, stellte sich dann an meine Seite und umklammerte wie Hilfe suchend meinen linken Arm. »Was ist denn Schreckliches geschehen, Herr Thimorn? Es muss ja wirklich furchtbar sein, wenn selbst einem so stattlichen Mann wie Euch bei dem Gedanken daran die Knie weich werden!«

Thimorn spielte mit den Kordeln an seinem Wams und schürzte erneut die Lippen wie ein Fisch. »Man mag fast gar nicht darüber sprechen, so unglaublich ist es.« Er ließ die Kordeln los und blickte mich und mein Muttchen unsicher an. »Sie müssen jetzt beide sehr stark sein.« Er schluckte und legte die Stirn in Falten, dann fuhr er stockend fort: »Gestern Nacht ist jemand in den Tempel des Schwarzen Lichts eingedrungen, hat hinterrücks einen der Geweihten niedergeschlagen und sich ... an der Leiche ... Eures Verwandten ... zu schaffen gemacht ...« Er fuhr sich mit der Zunge über die Lippen.

»Was?«, kreischte mein Muttchen schrill auf. »An der Leiche zu schaffen gemacht? Herr Thimorn, das ist doch unbegreiflich! Wer würde denn so etwas tun?« Ihre Fingernägel drohten den Stoff meines Hemdes zu durchbohren.

»Das weiß ich nicht. Leider. Wie gern würde ich mich daranmachen, diesen Fall aufzuklären. Allerdings gibt es da Sachzwänge, die mir genau dies verbieten. Bedauerlicherweise sind der Cammer die Hände gebunden – der Hüter des Raben besteht darauf, dass es sich seiner Ansicht nach im Grunde nicht um ein weltliches Vergehen handelt. Schließlich kam kein Lebender wirklich zu Schaden – bis auf den Geweihten, versteht sich. Doch der Cammer wurde versichert, der gute Mann sei wieder wohlauf; es prange lediglich eine Beule so groß wie ein Hühnerei auf seinem Hinterkopf. Ich werde mich natürlich auf dem Laufenden halten, da ich diese Angelegenheit nun ganz und gar nicht als simplen Verstoß gegen die heiligen Gebote der Götter betrachte. Meines Erachtens macht es sich der ehrwürdige Hüter des Raben da ein wenig zu leicht. Wer weiß schon, was wirklich hinter diesen Vorgängen steckt? Namenlose Kulte, die Leichen schänden, um ihren finsteren Götzen zu dienen? Oder ein verwirrter Geist, den es wegzuschließen gilt, bevor er sich lebende Opfer sucht? Der Fall wirft einige Rätsel auf. Warum ausgerechnet der Leichnam Eures Verwandten? Alle anderen aufgebahrten Körper blieben – allen Zwölfen sei Dank! – unangetastet. Wer immer das auch getan haben mag, ich werde ihn zur Rechenschaft ziehen, und sei es nur, um das Andenken eines wahrhaft großen Bürger Gareths reinzuwaschen. Das ist das Mindeste, was ich für den ehrenwerten Verstorbenen tun kann. Und damit auch für seine Hinterbliebenen.« Er nahm einen großen Schluck Wein und erhob sich. »Die Pflicht ruft, fürchte ich. Habt Dank für den Wein.«

Ich löste Finger für Finger die Hand meines Muttchens von meinem Arm und folgte dem Einäugigen zur Tür, wobei ich das Gefühl hatte, auf rohen Eiern zu laufen. Als der Ermittler sich seinen blauen Mantel um die Schultern legte, neigte er den Kopf zu mir herüber und raunte mir zu: »Ich wollte das Eurer Großmutter ersparen, Meister Munter, denn sie hat schon gewiss genug Sorgen, aber Euch will ich nicht verhehlen, dass ich einen ungeheuren Verdacht hege. Der Leichnam Eures Onkels war dermaßen verunstaltet – verstümmelt trifft es wohl eher –, dass man beinahe den Eindruck gewinnen könnte, irgendjemand habe verzweifelt versucht, seine Spuren gründlichst zu verwischen. Nur, dass wir uns richtig verstehen: Wie bereits erwähnt, kam mir Euer Onkel nie wie ein kranker, dem Tode geweihter alter Mann vor. Er stand in der Blüte seiner Jahre. Und er hätte wohl noch viele Jahre vor sich gehabt.« Mein Mund wurde trocken, und meine Zunge lag darin wie ein verdorrter Klumpen Fleisch.

Thimorn zog die Tür auf, ohne mich anzusehen oder seinen fröhlichen Redeschwall versiegen zu lassen. »Es gibt selbstredend eine lange Reihe von Personen, die einen nicht unbedeutenden Gewinn aus dem Ableben Berengar Munters ziehen. Kaufleute kommen einem da gewiss zuerst in den Sinn, aber womöglich auch finsterere Gestalten, die sich daran störten, dass Euer Onkel sich so stark für die Belange der Cammer einsetzte. Aber derjenige, für den ohne Zweifel am meisten dabei herausspringt, ist wohl sein Erbe. Ganz besonders, wenn man bedenkt, dass der Erbe in der Schuld bestimmter verbrecherischer Elemente unserer glorreichen Kaiserstadt steht – eben jener Elemente, denen ohnehin schon daran gelegen gewesen sein könnte, Euren Onkel aus dem Weg zu schaffen. Da ließe sich nur allzu leicht ein Schuldenerlass aushandeln, wenn Ihr versteht, was ich meine. Seht Ihr die Verbindung …? Einen schönen Tag noch, Meister Munter!«

Ich musste mich am Türrahmen abstützen, um nicht den Boden unter den Füßen zu verlieren. Pfeifend zog Thimorn von dannen, und ich hätte schwören können, er rieb sich dabei vergnügt die Hände.

Kapitel 8

»Wach auf, Severin, wach auf«, drang die nörgelnde Stimme meiner Großmutter an mein Ohr. Schlaftrunken wälzte ich mich auf die andere Seite, doch mein Muttchen blieb beharrlich und tätschelte mir gar mit kalten, knochigen Fingern die Wange. »Es ist wichtig, Severin. Sehr wichtig sogar. Schlafen kannst du später noch, du Faulpelz!«

Nach den nahezu unverhohlenen Unterstellungen des Mannes von der Criminal-Cammer hatte ich mich auf mein Zimmer zurückgezogen, wo ich auf mein Bett gesunken und fast unverzüglich eingeschlafen war. Offensichtlich war Boron bereit gewesen, mir meinen Frevel zumindest so weit zu verzeihen, dass er es mir wieder gestattete, Schlaf zu finden. Es war kein beschauliches Wegdämmern gewesen, das er mir geschickt hatte, sondern eher der haltlose Sturz in einen tiefen, schwarzen Abgrund des Vergessens, aus dem mich meine Großmutter nun zurück ins flackernde Kerzenlicht holte, das mir durch die Augenlider schien.

»Severin! Zum allerletzten Mal!« Ihre Stimme hatte nun einen gefährlich tadelnden Unterton angenommen. Bisweilen hatte sie früher schon zu einem Eimer kalten Wassers gegriffen, wenn ich mich denn allzu beharrlich geweigert hatte, mich zu erheben.

»Was ist denn?«, nuschelte ich in mein Kissen.

»Herr Fuxfell ist da und möchte mit dir sprechen. Er wartet unten in der Wohnstube auf dich. Und einen Mann wie Herrn Fuxfell lässt man einfach nicht warten.

Das solltest du eigentlich wissen, du Trottel. Und jetzt raus aus den Federn!« Sie zupfte mich schmerzhaft am Ohr. Ich versuchte, sie mit der Hand zu verscheuchen wie eine lästige Stubenfliege.

Fuxfell. Der Name sagte mir schon irgendetwas, aber ich konnte noch kein Gesicht damit in Verbindung bringen. Ich drehte mich seufzend auf den Rücken und wischte mir den Schlaf aus den Augen. »Fuxfell, sagst du? Hilf mir bitte auf die Sprünge, Muttchen!« Ich stützte mich auf den Ellenbogen ab und gähnte genüsslich.

»Dass du dir auch gar nichts behalten kannst, Junge! Wen wundert es da, dass sie dich von der Akademie geworfen haben! Ich hätte es wahrscheinlich auch getan. Herr Fuxfell ist ein guter Freund deines armen Onkels. Nicht diese überflüssige Art von Freund, mit der man sich betrinkt oder auf die Jagd geht. Nein – Berengar und Herr Fuxfell haben Geschäfte miteinander gemacht. Die Fuxfells treiben schon so lange Handel mit den fernsten Ländern, dass sich kein Garether mehr daran erinnern kann, ob sie ihr Brot jemals mit irgendetwas anderem verdient haben. Wenn der gute Harad eine Tochter hätte, wärst du bestimmt schon lange mit ihr verheiratet. Wirklich schade, dass dem nicht so ist, denn dann hättest du längst deinen eigenen Hausstand, und ich müsste nicht meine teure Zeit damit vergeuden, dir Anstand und Sitte näher zu bringen, du undankbarer Schmarotzer. Und jetzt hoch mit dir, sonst mache ich dir Feuer unter dem Hintern!«

Ich stöhnte gequält auf. »Schon gut, Muttchen. Es gibt keinen Grund, gleich aus der Haut zu fahren. Sag Herrn Fuxfell bitte, dass ich mich sofort um ihn kümmern werde.«

Sie nickte und ging aus dem Zimmer, wohl um zu tun, was ich ihr aufgetragen hatte. Als ich mich umschaute, stellte ich fest, dass sie mir ein frisches Wams bereitgelegt und Wasser in meine Waschschüssel gefüllt hatte. Nach einer flüchtigen Katzenwäsche wechselte ich das Wams und bürstete rasch mein widerspenstiges Haar durch, bevor ich mich meines Besuchers annahm. So viel Zeit musste sein, denn bei einem derart wichtigen Gast, wie Harad Fuxfell einer war, war es von immenser Bedeutung, dem Besucher in tadelloser Aufmachung gegenüberzutreten.

Boron allein weiß, wie ich den Mann hatte vergessen können, der mich in der stickigen Wohnstube erwartete, sein schmales, altersloses Gesicht, die sanft geschwungenen Augenbrauen, die klaren, stahlblauen Augen und die vollen, blutroten Lippen. Harad Fuxfell war in allen Belangen eine höchst beeindruckende Erscheinung und makellos gepflegt.

Er stand auf, um mich zu begrüßen, wobei er mich leicht um Haupteslänge überragte. Im Gegensatz zu vielen anderen Kaufleuten seines Alters – er konnte nicht viel jünger sein, als Onkel Berengar es gewesen war – spannte sich sein teures, dunkelblaues Seidenwams nicht über einem ansehnlichen Bäuchlein, und auf sein volles dunkles Haar wäre so mancher junge Geck neidisch gewesen. Sein fester Händedruck ließ ihn von Anfang an beruhigend geradlinig und vertrauenswürdig erscheinen, und ich konnte mit einem Mal verstehen, weshalb dieser Mann einer der meistgeachteten Kaufleute Gareths war.

»Phex zum Gruß! Verzeih mir bitte mein unangemeldetes Erscheinen, Severin, aber ich weilte für einige Praiosläufe in der Ferne, und als ich nun vom Dahinscheiden Berengars hörte, bin ich gleich nach Gareth geeilt, um dir und deiner lieben Großmutter unverzüglich mein Beileid aussprechen.« Er ließ meine Hand los und wartete darauf, dass ich mich setzte.

»Danke«, murmelte ich betreten. Ich überlegte angestrengt, wie ich meinen Gast anzusprechen hatte, und erinnerte mich daran, wie Onkel Berengar mir vor einigen Götterläufen geraten hatte, ich solle mich gegenüber jedem Vertreter der Garether Oberschicht, der keinen Adelstitel trug, eben so verhalten, wie sich die jeweilige Person mir gegenüber verhielt. Aus diesem Grund entschied ich mich, eine vertraute Form der Anrede zu wählen. »Setz dich doch bitte, Harad«, sprach ich mit einem freundlichen Lächeln und deutete auf jenen gepolsterten Stuhl, auf dem er vor meinem Erscheinen bereits Platz genommen hatte. Meine Großmutter hatte eine Karaffe roten Wein und zwei teure, mit kunstvollen Gravuren verzierte Kristallgläser auf einem niedrigen Tischchen aus Ebenholz bereitgestellt und zwei Lampen angezündet, um für eine behagliche Beleuchtung zu sorgen. Das sich erhitzende Duftöl, dessen Dämpfe aus den Lampen strömten, erfüllte den Raum mit dem zarten Aroma von Rosen und Arangen. »Darf ich dir einen Schluck Wein anbieten?«, fragte ich und griff nach der Karaffe.

Harad beugte sich nach vorn und legte mir seine kühle Hand auf den Unterarm. »Ich trinke nie ... Wein«, sagte er ruhig, aber bestimmt. »Wasser wäre mir lieber.« Er lächelte verlegen. »Wenn es dir keine allzu großen Umstände macht, Severin«, setzte er hinzu.

»Nein, nein, überhaupt nicht, Harad.« Ich stellte die Karaffe wieder ab und wandte den Kopf in Richtung Küche. »Muttchen«, rief ich, »bringst du uns bitte einen Krug Wasser?«

Ohne eine Antwort abzuwarten, setzte ich mich Harad gegenüber und überlegte fieberhaft, was ich als Nächstes sagen sollte oder was der Kaufmann wohl noch zu sagen haben mochte.

»Dein Onkel«, begann Harad und spielte mit einem der vielen Ringe, die seine Finger zierten, »war ein guter Freund, nicht nur in geschäftlichen Dingen. Mehr noch, Severin, dein Onkel Berengar und ich waren Brüder im Glauben.«

Die offene und freimütige Art, wie Harad die Phexkirche erwähnte, überraschte mich. Wohl möglich, dass er davon ausging, dass ich im Nachlass meines Onkels bereits auf Hinweise bezüglich Berengars Rolle in dieser Glaubensvereinigung gestoßen war, die dieser zeit seines Lebens vor seiner Familie verheimlicht hatte. Ich entschloss mich, Gleiches mit Gleichem zu vergelten und Harad ebenso offen zu begegnen. »Ich weiß, Harad, ich weiß.«

Der Händler nickte zufrieden. »Du warst schon immer ein schlauer Bursche, Severin, schon als Kind. Dann weißt du sicherlich auch, dass dein Onkel mit gewissen, sagen wir … besonderen Pflichten betraut war. Mit der Verwahrung eines Gegenstands von großer Bedeutung für unsere Kirche.«

»Eines Talismans …«, sagte ich zögernd.

»Wie viel weißt du wirklich darüber?« Harad hatte die Stimme merklich gesenkt. Scheinbar sollte der Inhalt unseres Gesprächs unter uns bleiben und nicht einmal die Ohren meiner Großmutter in der Küche erreichen. »Ich will dir keine unnötige Angst einjagen, Severin, aber du solltest wissen, dass die Glaubensgemeinschaft, der ich angehöre, derzeit mit großen inneren Spannungen zu kämpfen hat. Spannungen, die sie gar zerreißen könnten, sofern Phex nicht seine wahren Getreuen erkennt und seinen schützenden Mantel über uns breitet.«

Meine Großmutter betrat unvermittelt die Wohnstube. »So, Herr Fuxfell, da habt Ihr Euer Wasser«, sagte sie in einem Tonfall, der um einiges freundlicher war, als ich es je für möglich gehalten hätte, und goss Harad von dem erfrischenden Nass ein. Ich nutzte die Unterbrechung unseres Gespräches, um mein Glas mit Wein zu füllen, denn meine Kehle war trocken und fühlte sich rau und heiser an, trotz der unangenehmen Schwüle, die auch in dieser Nacht deutlich spürbar in der Luft hing.

Mein Muttchen schenkte Harad ein leises Lächeln, das um ihre Mundwinkel spielte, ehe sie uns wieder allein ließ und in Richtung Küche verschwand, wo sie alsbald mit Töpfen und Pfannen zu lärmen begann.

»In der Auseinandersetzung, von der ich sprach, geht es hauptsächlich darum, wie offen man dem Dieb der Götter dient – und natürlich um die Wahl der angemessenen Mittel«, fuhr der angesehene Händler fort, als hätte es die Unterbrechung durch mein Muttchen nie gegeben. »Zu meiner großen Schande muss ich eingestehen, dass einige meiner Brüder und Schwestern in ihrem Irrglauben nicht einmal vor Mord zurückschrecken, so sehr sind sie wohl fehlgeleitet worden.«

Harad blickte mich erwartungsvoll an. Offensichtlich wollte er nun eine Antwort meinerseits hören. Er legte die Fingerspitzen seiner Hände so zusammen, dass sie in seinem Schoß ein kleines Dach bildeten.

Ich nahm einen Schluck Wein und ließ das vollmundige Getränk auf der Zunge hin und her rollen. »Harad, willst du mir damit etwa sagen, dass du der Auffassung bist, mein Onkel könnte von einem Anhänger jener Kirche ermordet worden sein, deren Mitglied er selbst war?«

Harad legte den Kopf schief wie ein Vogel und sog hörbar die Luft ein. »Ich schließe es zumindest nicht aus, Severin.«

Ich rang mit den widerstreitenden Gefühlen in meiner Brust. Einerseits schmeichelte es mir ungemein, trotz meines zugegebenermaßen nicht gerade unbescholtenen Rufes in der feinen Gesellschaft Gareths von Harad wie ein Gleichgestellter behandelt zu werden, andererseits zögerte ich noch, ihm die Ergebnisse zu eröffnen, die meine bisherigen Unternehmungen erbracht hatten. Eine andere Frage drängte sich mir unvermittelt auf. »Sage mir, Harad, wäre mein Leben dann auch in Gefahr?«

»Dies lässt sich offen gestanden nicht ausschließen, Severin«, seufzte Harad. »Wenn der Mörder davon ausgehen muss, dass du zum einen erkannt hast, dass Berengars Ableben von langer Hand geplant war, und dass du zum anderen wissen könntest, wo dein Onkel den Talisman aufbewahrt – oder schlimmer noch, der Mörder davon ausgeht, dass du den Talisman bereits gefunden hast –, dann wäre dein Leben sicherlich in großer Gefahr. Vor allem, da wir annehmen müssen, dass dem Mörder Berengars all die vielen Mittel und Wege zur Verfügung stehen, die ihm eine Mitgliedschaft in der Phexkirche bietet. Überdies handelt er wohl nicht aus eigenem Antrieb, sondern eben im Auftrag einer ganzen Splittergruppe der Glaubensgemeinschaft.«

Zorn wallte in mir auf, und meine Finger schlossen sich fest um das Glas in meiner rechten Hand. »Harad«, fauchte ich ungehalten, »wenn mein Leben tatsächlich auf dem Spiel steht, dann hör in aller Götter Namen endlich damit auf, mir nur die halbe Wahrheit zu erzählen!« Es war fast, als hätte der Wein meinen Geist entfesselt, so schnell stellte ich urplötzlich Verbindungen zwischen den Geschehnissen der jüngsten Vergangenheit her. »Es dreht sich doch alles um diesen vermaledeiten Talisman, oder etwa nicht, Harad? Deshalb musste mein Onkel sterben. Aber warum? Was macht den Talisman so besonders, dass gewisse Leute dafür über Leichen gehen? Ist die Macht, die er seinem Besitzer schenkt, denn so groß?«

Einen Augenblick lang fürchtete ich, Harad könnte aufspringen, blitzschnell einen Dolch unter seinen duftenden Gewändern hervorziehen und mir die Kehle durchschneiden, aber der phexgläubige Händler senkte lediglich den Blick, atmete tief durch und antwortete mir in einem ruhigen Ton, in dem allenfalls der kleinste Hauch von besorgter Ungeduld mitschwang: »Ja, Severin, die Macht des Talismans *ist* in der Tat so groß, dass manche Menschen dafür bereit sind, jederzeit über Leichen zu gehen. Es handelt sich schließlich um einen Talisman, Junge, berührt von der flinken Hand des Diebes der Götter selbst. Wer immer ihn besitzt, besitzt damit auch die Gunst Phexens, verstehst du? Alle Handlungen des Besitzers, die vor den wachsamen Augen des Gottes Gefallen finden, werden von Erfolg gekrönt sein. Und du weißt, dass Phex der Gott der Diebe und Händler ist. Und mehr noch, der Talisman selbst ist gefährlich. Deshalb hat ihn dein Onkel für seine Kirche in Verwahrung genommen.«

»Er ist gefährlich, ja? Danke, Harad, das habe ich auch schon bemerkt. Immerhin musste mein Onkel mit seinem Leben dafür bezahlen, dass er auf das Drecksding aufpasste!«, unterbrach ich Harad unwirsch.

»Sprich nie wieder so davon!« Alles Ruhige, Verbindliche war mit einem Mal aus Harads Stimme verschwunden und einem dermaßen drohenden Knurren gewichen, dass sich die feinen Härchen in meinem Nacken aufrichteten. »Berengar wusste, worauf er sich einließ, als er den Talisman entgegennahm. Er hat ihn davor geschützt, in die falschen Hände zu geraten. Berengar Munter sah es als seine heilige Pflicht an. Und die Macht des Talismans ist unvorstellbar groß.«

»Du wiederholst dich, Harad ...« Ich hatte es satt, mich von irgendwelchen Leuten – maskiert oder unmaskiert – einschüchtern zu lassen, die unaufgefordert in unser Haus kamen, um schattenhafte Andeutungen zu verbreiten.

»Langweile ich dich, Severin?« Halb amüsiert, halb verärgert zog Harad eine Augenbraue in die Höhe. »Dann hör mir gut zu! Der Talisman, den dein Onkel verwahrte, ist deshalb von so großer Bedeutung, weil er dazu verwendet werden kann, die Treue eines jeden einzelnen Mitglieds meiner Kirche zu den Zwölfgöttern auf die Probe zu stellen. Er offenbart uns verborgene Diener des Gierigen Feilschers in den eigenen Reihen.«

»Des Gierigen Feilschers?«, unterbrach ich ihn. »Was willst du damit sagen?«

»So nennt man den Erzdämon, der der ewige Widersacher des Herrn Phex ist. Die Dämonologen geben ihm noch einen anderen Namen, den ich aber nicht nennen will – denn es heißt, wer den Namen einer solchen Kreatur ausspricht, ruft sie bereits auf Dere herab. Es ist in der Vergangenheit schon oft vorgekommen, dass der Gierige Feilscher einen Phexgläubigen in Versuchung geführt hat. Und manche von denen, die in ihrer Geldgier glaubten, Phex verweigere ihnen den gerechten Anteil vom Gewinn, fielen auf das Angebot des Erzdämons herein.« Er nahm einen tiefen Schluck aus dem Wasserglas und fuhr fort: »Nun, ganz offensichtlich hatte Berengars Mörder unglaubliche Angst, bei einem solchen Verrat an der Zwölfgöttlichkeit entdeckt zu werden. Er weiß nur allzu gut, dass die Himmlischen sich schon lange unwiderruflich von ihm abgewandt haben, aber er muss unbedingt verhindern, dass die, die wahren Glaubens sind, davon Kenntnis gewinnen. Aus diesem Grund wiederum müssen wir alles daransetzen, dass der Talisman schnellstmöglich gefunden wird und im Besitz jener getreuen Diener Phexens bleibt, wie dein Onkel einer war. Begriffen?« Er lehnte sich erschöpft in seinem Stuhl zurück.

»Begriffen«, erwiderte ich. »Aber was ich noch nicht verstehe, Harad, ist, weshalb ich dann angeblich in so großer Gefahr schwebe. Er muss doch wissen, dass ich mit der Phexkirche nichts zu schaffen habe. Der Mörder, meine ich. Ich kann ihm doch nicht gefährlich werden, selbst wenn ich den Talisman tatsächlich finden sollte.«

Harad strich sich nachdenklich mit dem Finger über das Nasenbein. »Vielleicht hast du Recht, Severin, vielleicht auch nicht. Zunächst einmal ist nicht gesagt, dass er dich nicht für einen gläubigen Anhänger Phexens hält, der sich einer verschwiegeneren Form der Verehrung verschrieben hat. Immerhin lebte Berengar, dein Onkel und Ziehvater, auf eben diese Weise seinen Glauben an den Dieb der Götter aus. Für den Mörder mag es nicht allzu abwegig erscheinen, dass Berengar dir anvertraut hat, wo er den Talisman versteckt hält. Darüber hinaus bist du Berengars Erbe. Es ist sehr gut möglich, dass dir Berengar versteckte Hinweise auf den Verbleib des Talismans hinterlassen hat. In den Geschäftsbüchern oder in persönlichen Aufzeichnungen beispielsweise.« Harad schloss die Augen und begann sich die Schläfen zu massieren. »Außerdem ist da noch etwas anderes, Severin ...«

Ich warf verzweifelt die Arme in die Höhe. »Was denn noch, Harad? Nimmt diese vermaledeite Geheimniskrämerei denn nie ein Ende?«

»Es gibt eine alte Legende, die sich um den Talisman rankt, Severin«, berichtete Harad, ohne die Augen zu öffnen. »Man sagt, dass, falls der Talisman von einem Menschen berührt wird, der Phex nicht aufs Treueste ergeben ist, ein Bote Phexens aus den Schatten erwachsen wird, um den Frevler zu strafen. Mit dem Tod. Es gibt Dinge, die nicht für Uneingeweihte bestimmt sind. Ich bin fest davon überzeugt, dass es auf Dere heilige Gegenstände gibt, deren ungestrafter Besitz allein den Gläubigen eines einzigen der Götter vorbehalten ist. Und der Talisman, über den wir hier sprechen, gehört zu diesen heiligen Gegenständen.«

Ich hatte den Faden verloren. »Halt, halt, halt, Harad. Das heißt also, wenn ich diesen Talisman zufällig beim Aufräumen finde und ihn dabei anfasse, trifft mich ein göttlicher Fluch?« Ich schnaubte empört. »Sehr schön, wirklich. Das habe ich gerade noch gebraucht. Ich weiß ja nicht einmal, wie das Drecksdi... – ähem, der Talisman – aussieht.« Fassungslos schüttelte ich den Kopf.

»Ich glaube, ich halte mich in Zukunft am besten ganz aus dieser Sache heraus. Ich suche den Talisman nicht, ich rühre die Hinterlassenschaften meines Onkels nicht an, kaufe mir ein anderes Haus, ziehe in eine andere Stadt …«

»Red keinen Unsinn, Junge!« Harad hatte die Augen wieder geöffnet und funkelte mich zornig an. »Du weißt, dass das nicht gehen wird. Du bist schon viel zu tief in diese Angelegenheit verstrickt. Und selbst wenn du deine Haut damit retten könntest, Severin, wärst du wirklich bereit, das Leben irgendeines anderen unschuldigen Menschen in Gefahr zu bringen, dem der Talisman dann unausweichlich irgendwann in die Hände fallen würde? Das Leben deiner Großmutter etwa?«

»Aber was soll ich denn dann unternehmen, Harad?« Meine Stimme klang weitaus weinerlicher, als mir lieb war. Über Nacht war ich zum hilflosen Spielball fremder Mächte geworden, und zum ersten Mal bekam ich es wirklich mit der Angst zu tun. Rache für Onkel Berengar zu nehmen erschien mir auf einmal um einiges weniger wichtig, als mich aus der festen Umklammerung jener Kräfte zu lösen, die in mein Leben eingedrungen waren, um es in seinen Grundfesten zu erschüttern.

»Das will ich dir sagen, Severin«, sagte Harad sanft. Es kam mir so vor, als bereute er die harten Worte, die er zuvor an mich gerichtet hatte. »Ich werde dir beschreiben, wie der Talisman genau aussieht. Wenn du das weißt, kannst du ihn suchen, ohne Gefahr zu laufen, ihn unabsichtlich zu berühren und damit den Zorn Phexens auf dich zu ziehen. Und wenn du ihn findest, schickst du einen Boten zu mir, und *ich* werde ihn an mich nehmen.« Er lächelte. »Und darauf hoffen, dass mein Herz in Phexens Augen rein genug ist, um nicht seinem Zorn anheim zu fallen. In Ordnung?«

»In Ordnung«, sagte ich tonlos. Hatte ich denn eine andere Wahl? Eine Ungereimtheit in Harads Eröffnungen wollte mir jedoch nicht aus dem Sinn. »Wenn man den Zorn Phexens auf sich ziehen kann, wenn man den Talisman berührt und nicht wahren Glaubens ist, warum sollte der Mörder den Talisman unbedingt haben wollen? Müsste er nicht fürchten, selbst zu Tode zu kommen, wenn er tatsächlich ein Diener eines Erzdämons wäre? Und mit einem solchen könnten wir es ja im schlimmsten Fall zu tun haben – so entnehme ich es zumindest deinen Worten. Sollte er dann nicht eher versuchen, sich so weit wie möglich von dem Talisman fern zu halten?«

Der Händler schürzte die Lippen und nickte anerkennend. »Nicht schlecht, Severin, alle Achtung. In dir steckt mehr von der Gerissenheit deines Onkels, als dir die Leute üblicherweise zuzutrauen bereit sind. Selbstredend fürchtet der Mörder den Tod. Deshalb will er den Talisman auch gar nicht *besitzen*, er will ihn *vernichten*.«

Dies leuchtete mir ein, aber damit stellte sich mir umgehend eine neue Frage. »So, und woher können wir dann wissen, dass der Mörder den Talisman nicht schon in der Mordnacht *gefunden* und *vernichtet hat*?« Hoffnung keimte in mir auf, denn falls der Talisman nicht mehr existierte, bestünde auch kein Grund mehr für den Diener des Gierigen Feilschers, weiter zu morden.

»Die Zerstörung des Talismans wäre nicht unbemerkt geblieben. Glaube mir, Severin, als treuer Anhänger Phexens und wichtigster Vertrauter deines Onkels hätte ich den Verlust gespürt wie einen tiefen Stich ins Herz. So sehr du dir auch wünschen magst, diese Angelegenheit sei für dich schon beendet, sei versichert, dem ist nicht so.« Er schaute mich traurig an. »Es ist noch lange nicht vorbei, mein Junge.«

Ich stützte den Kopf in die Hände und starrte den Boden unter meinen Füßen an.

»Der Talisman ist ein kleiner Fuchskopf aus Basalt,

ungefähr so groß wie ein Taubenei. Seine Machart zeugt von hoher Handwerkskunst, obwohl er schon uralt sein muss. Er wurde vor vielen Götterläufen aus dem Süden hierher nach Gareth gebracht. Manche sagen, er stamme aus dem Regengebirge, obwohl auch der eine oder andere einen Hinweis darauf gefunden zu haben glaubt, dass der Talisman noch sehr viel tiefer aus dem Süden kommt.« Mit diesen Worten erhob sich der Händler und legte mir die Hand auf die Schulter. »Jetzt weißt du, wonach du zu suchen hast, Severin. Ich empfehle dir eindringlich, die Aufzeichnungen deines Onkels so schnell wie möglich aufs Genaueste durchzugehen. Es tut mir Leid, dass ich dir das nicht ersparen kann.«

Er schritt hinüber zur Tür, wo der Klang seiner Schritte noch einmal verstummte. »Du tust das nicht nur für mich, Severin, und du tust es auch nicht nur für Phex oder die anderen elf Götter. Du tust es für deinen Onkel Berengar und alles, woran er geglaubt hat.«

Ich lauschte Harads Schritten, als er unser Haus verließ. Irgendwann nahm ich die Karaffe und mein Glas vom Tisch, ging hinauf ins Arbeitszimmer meines Onkels und folgte dem Rat des Händlers.

Kapitel 9

Meine Hoffnung, in Onkel Berengars umfangreicher Hinterlassenschaft ein Tagebuch zu finden, löste sich recht bald in Luft auf. Weder in seinem Arbeitszimmer noch in dem versteckten Schrein, von dessen Existenz ich so lange nicht die geringste Ahnung gehabt hatte, noch in seinem Schlafgemach stieß ich auf irgendein Büchlein, in dem Onkel Berengar seine geheimsten Gedanken, Ideen und Wünsche festgehalten hatte.

So blieb mir einzig und allein, die unzähligen Geschäftsbücher nach möglichen Hinweisen auf den Verbleib des Talismans oder Onkel Berengars Mörder zu durchforsten.

Endlose Zahlenreihen und kurze Vermerke, deren Sinn sich mir zunächst nicht so recht erschließen wollte, tanzten vor meinen Augen, als ich bis tief in die Nacht hinein Seite um Seite, Tabelle um Tabelle studierte und dabei Ausschau hielt nach Anzeichen für eine Verschlüsselung, die Onkel Berengar benutzt haben könnte, um der Nachwelt vom Verbleib des Talismans zu berichten. Mit großem Staunen stellte ich fest, dass die Handelsbeziehungen, die Onkel Berengar im Lauf der Jahre aufgebaut hatte, sich über ganz Aventurien erstreckten, wie mir die vielen fremden Ortsnamen verrieten, hinter denen sich Städte und Dörfer in fernsten Ländern verbargen. Je länger ich mich mit den Geschäftsbüchern befasste, desto klarer wurde mir, wie viele Menschen wenn nicht das Gesicht, so doch zumindest den Namen meines Onkels gekannt haben mussten. Gelegentlich tauchten auch die Namen anderer bedeutender und einflussreicher Garether Händlerfamilien wie Okenheld und eben auch Fuxfell auf, deren Kontore mir nicht unbekannt waren. Im Gegensatz zu den Ausmaßen, die das Muntersche Handelsnetz mittlerweile angenommen hatte, überraschte mich die Vielfalt der Waren, mit denen Onkel Berengar gehandelt hatte, keineswegs. Er war nie besonders wählerisch gewesen, und jegliches Handelsgut, das einen entsprechenden Gewinn abwarf, war Onkel Berengar stets gut genug gewesen: edle Hölzer, allerlei Zierrat aus Messing oder Glas, Baumwolle, Wein, Reis, Gewürze, Edelsteine und noch einiges mehr.

Jede einzelne Eintragung in den Geschäftsbüchern war mit einem verschnörkelten Handzeichen in roter Tinte versehen, anhand dessen einwandfrei festzustellen war, wer die jeweilige Eintragung vorgenommen hatte. Mich verwunderte kaum, dass es nur zwei unterschiedliche Handzeichen gab, nämlich das Onkel Berengars selbst und das seines Privatsekretärs und dienstältesten Schreibers und Vertrauten Kerion Jolen.

Lange Zeit war es mir ein Rätsel geblieben, wie zwei so grundlegend verschiedene Männer wie Kerion und Onkel Berengar es fertig brachten, mit ausgesprochen großem Erfolg zusammenzuarbeiten, ohne sich irgendwann gegenseitig die Köpfe einzuschlagen, denn die beiden waren in mancherlei Hinsicht wie Tag und Nacht. Dort der hagere, klein gewachsene Jolen mit den verhärmten Gesichtszügen, der von einer nachgerade krankhaften Besessenheit getrieben wurde, jegliche anstehende Entscheidung stets auf das Genaueste und bis ins Letzte zu durchdenken, dort der wohl genährte, heitere Munter, der in vielen Fällen nicht auf seinen Kopf, sondern eher auf sein Herz oder seinen Bauch hörte. Die beiden stritten sich so häufig – gern und oft auch vor

Zeugen –, dass ihre lauten Meinungsverschiedenheiten und hitzigen Auseinandersetzungen in Garether Kaufmannskreisen fast schon sprichwörtlich geworden waren. Letztlich war es wohl auch der geschäftliche Erfolg, der sie so untrennbar miteinander verband, selbst wenn so manches Mal behauptet wurde, Onkel Berengar und sein Sekretär pflegten eine weitaus innigere Beziehung als die eines Kaufmanns und seines altgedienten Angestellten.

Die Zeit kroch förmlich dahin, während ich verzweifelt in den dicken Mappen und Folianten irgendetwas aufzuspüren suchte, das mir eine Hilfe dabei sein könnte, mein Leben wieder in geordnete Bahnen zu bringen und den schrecklichen Albtraum hinter mir zu lassen, in dem ich ausweglos gefangen schien. Dennoch bemerkte ich nicht, wie draußen schon der Morgen graute und sich die Praiosscheibe langsam, aber unaufhaltsam über das weite, bunte Dächermeer Gareths erhob. Ich hatte mir die ganze Nacht um die Ohren geschlagen, ohne auch nur den kleinsten Schritt weitergekommen zu sein.

Gerade, als sich die Kolonnen von Worten und Zahlen vor meinen Augen zu einem undurchdringlichen Dickicht verflochten, riss mich die leise, heisere Stimme meiner Großmutter aus dem Strudel der einsetzenden Müdigkeit. »Ich habe ihn gesehen, Severin!«

»Wen denn, Muttchen?« Ich wandte mich zur Tür, wo meine Großmutter wie eine Geistererscheinung auf der Schwelle stand. Alle Haare, die nicht schweißgetränkt an ihrem Kopf klebten, umflorten ihr Haupt wie ein Nest, das ein fleißiges Vögelchen aus dünnen, trockenen Gräsern gebaut hatte. Sie war barfuß und trug nichts als ein knielanges Nachtgewand aus leichtem Leinen. Das letzte Mal hatte ich meine Großmutter in einer vergleichbaren Aufmachung gesehen, als sie vor einigen Götterläufen unter einem schweren Fieber gelitten hatte und nicht in der Lage gewesen war, auf ihr äußeres Erscheinungsbild jenen ausgesprochen großen Wert zu legen, den sie ihm ansonsten beimaß. »Muttchen, wie siehst du denn aus? Hast du schlecht geträumt?«

Sie überhörte meine Fragen und wiederholte mit düsterer Stimme: »Ich habe ihn gesehen, Severin! Er stand vor mir am Bett!« Ihre rot geäderten Augen waren vor Schreck geweitet. Geistesabwesend strich sie sich eine nasse Strähne ihres Haars aus der faltigen Stirn.

Besorgt stand ich auf, zog ihr einen gepolsterten Stuhl heran und brachte sie mit sanftem Druck auf die Schultern dazu, sich hinzusetzen. Ich spürte, dass auch ihr Nachtgewand schweißfeucht war. »Setz dich erst einmal, Muttchen! Soll ich dir etwas zu trinken holen? Du bist ganz erhitzt. Du glühst ja förmlich.«

Sie packte meinen Arm mit erstaunlicher Kraft und flüsterte zischend: »Nein! Kein Wasser, Junge! Dazu ist keine Zeit! Ich weiß, wer Berengar ermordet hat!«

»Du kennst Onkel Berengars Mörder, Muttchen? Aber woher?« Ich fürchtete, sie könnte den Verstand verloren haben. Ich hätte es der alten Dame nicht verübeln können, da ich mir selbst im Verlauf der vergangenen Tage und Nächte schon mehrfach die unbequeme Frage gestellt hatte, ob ich denn wirklich noch bei Sinnen oder schon dem Wahnsinn anheim gefallen war.

Diese meine Befürchtung schien sich in meinem Tonfall niedergeschlagen zu haben, denn nun packte sie auch noch rasch meinen anderen Arm, wobei ihre trüben Augen zornig funkelten. »Ich weiß genau, was du jetzt denkst, mein Junge! Du denkst, ich sei nicht mehr ganz bei Trost. Aber es ist wirklich wahr. Ich kann mich nicht irren. Boron, der Schweigsame, hat mir das Gesicht des Mörders offenbart, während ich schlief. Der Gott des Todes hat meine flehentlichen Bitten erhört, dieser zu den Himmeln schreienden Ungerechtigkeit Einhalt zu gebieten. Nun weiß ich, welcher kaltherzige Bastard Berengar auf dem Gewissen hat! Du musst jetzt dafür sorgen, dass man ihn an seinen verschrumpelten Eiern aufhängt, Junge!«

Meine Bestürzung wuchs und wuchs, zum einen, weil ich meine sehr auf Etikette und Höflichkeit bedachte Großmutter noch nie in dieser Art über einen anderen Menschen hatte reden hören – auch wenn sie mich schon häufig mit wenig schmeichelhaften Worten getadelt hatte –, und zum anderen, da mir ein göttliches Eingreifen, und wenn es nur in Form eines Traums geschehen sein sollte, keinesfalls abwegig erschien. Nicht nach allem, was ich unternommen hatte, um die Aufmerksamkeit der Zwölfgötter auf mich zu richten. Noch dazu war meine Großmutter schon immer eine äußerst götterfürchtige Frau gewesen, und wer war ich schon, daran zu zweifeln, dass die Zwölfe ihr nun mit einem Wachtraum ihren frommen, treuen Dienst vergalten?

Ich versuchte angestrengt, mir die letzten Zweifel aus der Stimme zu räuspern. »Ich glaube dir ja, Muttchen, ich glaube dir ja.«

»Ich hoffe sehr, du wirst mir auch dann noch glauben, wenn ich dir den Mörder beschreibe, Junge.« Sie ließ unvermittelt meine Arme los, schloss die Augen und legte sich die Fingerspitzen an die Schläfe, wohl in dem Versuch, sich das Traumbild, das ihr Boron gesandt hatte, in aller gebotenen Deutlichkeit in Erinnerung zu rufen. »Es ist ein Mann. Ein kleiner Mann, fast so klein wie ich. Nur eine Handbreit größer. Aber er ist jünger als ich. Wesentlich jünger. Dreißig oder fünfunddreißig Götterläufe jünger, als ich es bin. Und er ist dünn, fast dürr oder klapprig gar, wie eine Vogelscheuche. Kein kräftiger Kerl, nein, ganz und gar nicht. Er hat lange, geschickte Finger. Knochig sind sie, seine Finger, und mit dunklen Flecken übersät. Sein Hals ist auch lang. Und faltig wie vertrocknetes Pergament. Sein Mund ist fest zusammengekniffen, so als litte er unter Verstopfung oder ärgerte sich beständig über eine ganz bestimmte Sache, gegen die er einfach nicht ankommen kann. Deshalb sind seine schmalen Lippen auch so furchtbar rissig. Er trägt keinen Bart, nur ein paar Stoppeln, als rasierte er sich nicht ordentlich. Seine Nase sieht aus wie der Schnabel eines Falken, eine richtige Hakennase hat er. Mit buschigen, krausen Haaren darin, die aus seinen großen Nasenlöchern hervorzuwuchern drohen. Seine Augen … seine dunklen Augen sind genauso streng zusammengekniffen wie sein Mund. Und ihm gehen die Haare langsam aus. Überall schimmert der blanke Schädel durch den Schopf. Die Farbe … sein … Haar ist auch dunkel …« Erschöpft verstummte meine Großmutter und ließ keuchend das Kinn auf die Brust sinken.

Je länger ihre Beschreibung geworden war, desto deutlicher hatte sich das Bild vor meinem geistigen Auge verfestigt, bis ich schließlich begriff, wen sie soeben beschrieben hatte. »Muttchen, du redest von Kerion, oder?« Ich wollte nicht glauben, was ich da gehört hatte. »Aber warum sollte er denn Onkel Berengar etwas Böses wollen?« Ich schob ein paar Unterlagen zur Seite und setzte mich auf die Kante des Schreibtischs, gespannt auf ihre Antwort wartend.

Sie schlug die Augen auf, legte die Hände in den Schoß und schob schmollend die Unterlippe vor. »Aus Neid natürlich, mein Junge, aus purem Neid. Weil ihm nie etwas Eigenes gehört hat und er immer für Berengar arbeiten musste. Deshalb.«

»Ach, Muttchen, das ist doch wirklich ausgemachter Unfug. Kerion war für Onkel Berengar weitaus mehr als irgendein Bediensteter. Er war Onkel Berengars Freund, sein Vertrauter. Und soweit ich das zu beurteilen vermag, ging es Kerion in seinem ganzen Leben noch nie um Geld oder Besitz. Zumindest nicht in erster Linie. Für ihn ist der Handel eine Art Spiel, bei dem am Ende immer der Schlauste gewinnt. Und er ist gern der Schlauste ...«, beschwichtigte ich meine Großmutter. Langsam kamen mir Zweifel, dass ihr Traum tatsächlich von den Göttern beeinflusst worden war. »Außerdem weiß ich, dass du Kerion noch nie leiden konntest, Muttchen«, fügte ich schnell hinzu, in der Absicht, ihr damit endgültig den Wind aus den Segeln zu nehmen und ihr vor Augen zu halten, wie haltlos ihr Verdacht war.

Ihre Finger zuckten, als wollte sie mir jeden Augenblick an die Gurgel fahren. »Ob ich diesen Kerion leiden kann oder nicht, hat mit meinem Traum nicht das Geringste zu tun, Severin. Bist du wirklich so ein Holzkopf? Denk doch nur daran, wie oft sich die beiden gestritten haben. Und wie heftig es dabei zur Sache ging. Den ganzen Tag über. Es wundert mich bis heute, dass kein einziges Mal dabei die Fäuste geflogen sind. Dann hätte Berengar ihn endlich rauswerfen und auf die Straße jagen können wie einen räudigen Hund.«

»Ganz gleich, wen du auch fragen magst, *jeder* weiß, dass die beiden sich beständig in den Haaren lagen, Muttchen«, sagte ich kopfschüttelnd. »Aber nur, weil ich mich mit jemandem über geschäftliche Angelegenheiten in die Wolle kriege, vergifte ich ihn doch nicht einfach. Wenn dem so wäre, wäre hier wohl jeder Zweite mausetot. Außerdem hätte Onkel Berengar Kerion *jederzeit* entlassen können, wenn er seiner tatsächlich überdrüssig geworden wäre. Schließlich war er sein Dienstherr.«

Wütend stampfte sie mit einem ihrer nackten Füße auf, dass die Dielen knarrten. »Du weißt ja gar nicht, wie sehr du Unrecht hast, Junge. Das passt zu dir: dummes Zeug reden, ohne sich vorher Gedanken zu machen und die Dinge bis zum Ende zu durchdenken. Lass mich dich mal etwas fragen, Severin: Wenn dieser Jolen wirklich so ein guter Freund des armen Berengar war, wo steckt er denn jetzt?«

»Was soll das nun wieder heißen, Muttchen?«, erwiderte ich verwirrt. »Bestimmt arbeitet er im Kontor.«

»Im Kontor?« Sie wurde lauter und schaute mich an, als hätte sie es mit dem dümmsten Menschen auf Dere zu tun. »Im Kontor, Severin? Wo doch alle Bücher, an denen er zu arbeiten hat, hier bei uns im Haus sind?« In diesem Punkt konnte ich ihr schwerlich widersprechen. Denn während die meisten anderen Kaufleute Gareths sich so oft wie möglich in ihren prächtigen Handelshäusern aufhielten, hatte mein Onkel es inbrünstig geliebt, den Löwenanteil der anfallenden Schreibarbeiten gemeinsam mit seinem Sekretär zu Hause zu erledigen. »Und selbst wenn diesem Jolen urplötzlich eingefallen sein sollte, in Zukunft lieber im Kontor zu arbeiten«, fuhr meine Großmutter triumphierend fort, »warum hat er sich dann nicht wenigstens bei uns blicken lassen, um uns sein Beileid auszusprechen, wo du doch nicht müde wirst zu behaupten, Berengar und er seien so unzertrennlich gewesen? Er hätte mehr als genug Zeit dafür gehabt.« Mit den letzten Worten verschränkte sie die Arme vor der Brust und schob erneut trotzig die Unterlippe vor.

Und ja, es sah tatsächlich so aus, als hätte sie gewonnen. Kerions Fernbleiben war in der Tat höchst merkwürdig, wenn auch nicht zwingend ein Beweis für seine Schuld. Ich beschloss, mir Klarheit darüber zu verschaffen, ob der Traum meiner Großmutter vom Gott des Todes stammte oder ob sie, griesgrämig wie sie nun einmal war, in Kerion Jolen einen passenden Sündenbock gefunden hatte. Denn in einem Punkt wiederum konnte sie *mir* nur schwerlich widersprechen: Kerion Jolen war nicht gerade ihr Busenfreund.

»Wohlan, Muttchen«, seufzte ich, »um unser beider Gewissen zu beruhigen, schlage ich vor, ich schicke einen Boten ins Kontor, um Kerion holen zu lassen. Sollte er dort nicht zu finden sein, lasse ich Lasse und Susa kommen, und wir statten Kerion einen Besuch ab. Womit ich nicht sagen will, dass ich ihn für Berengars Mörder halte.«

»Du wirst schon noch sehen, mein Junge, du wirst schon noch sehen«, murmelte meine Großmutter mit Grabesstimme, und wenn ich gewusst hätte, was mir an diesem Praioslauf noch blühen sollte, hätte ich ihr gewiss beigepflichtet.

Kapitel 10

»Der Schreiber deines Onkels war schon seit einigen Praiosläufen nicht mehr im Kontor, Meister Severin«, erklärte mir Lasse und wischte sich mit dem Handrücken den Schweiß von der Stirn. Es schien, als wollte die erbarmungslose Hitzewelle, die Gareth fest in ihrem Griff hielt, kein Ende nehmen. »Er hat sich auch bei niemandem dort abgemeldet. Es weiß keiner, wo er steckt. Die Leute im Kontor und in den Lagerhäusern sind ohnehin ein wenig ungehalten, weil sie den Eindruck gewonnen haben, seit Meister Berengars Tod stünde alles still.«

Ich spürte, wie mir das schlechte Gewissen einen leisen Stich versetzte, denn ›die Leute‹ kamen nicht ganz ohne Grund zu diesem Schluss. Infolge all der Aufregung hatte ich es versäumt, mich im Munterschen Kontor blicken zu lassen, seit Onkel Berengar gestorben war. Nicht, dass ich dort zu Lebzeiten meines Onkels ein allzu häufiger Gast gewesen wäre, aber letzten Endes gehörte die Leitung unseres Handelshauses nun einmal zu den Pflichten, die ich als Onkel Berengars Erbe zu übernehmen hatte.

»Ich weiß, dass ich mich dringend um das Geschäftliche kümmern muss, Lasse; es liegt mir nämlich durchaus am Herzen, was aus dem Unternehmen Onkel Berengars wird. Aber wie du vielleicht weißt, habe ich mich im Augenblick mit weitaus dringlicheren Angelegenheiten zu befassen«, knurrte ich mürrisch und wechselte die Straßenseite, um in den kühlenden Schatten der gegenüberliegenden Häuserzeile zu gelangen. Kaum hatte ich dem Thorwaler die patzige Erwiderung an den Kopf geworfen, tat es mir auch schon wieder Leid, denn Lasse konnte nun wirklich nicht das Geringste für die unerfreuliche Lage, in der ich mich befand. Ganz im Gegenteil, der Söldner hatte mir jede nur erdenkliche Unterstützung zuteil werden lassen, die ich von ihm hatte erwarten können – zuerst hatte er den mehr als gewagten Einbruch in den Tempel des Schwarzen Lichts mit mir unternommen, und nun begleitete er mich anstandslos zum Haus des Kerion Jolen, um dem Sekretär meines Onkels einen Besuch abzustatten. Und Lasse war nicht der Einzige, der mit in den südlichsten Bereich Neu-Gareths spazierte, wo all jene wohnten, deren Einkünfte zwar ausreichten, um sich an den Rockzipfel des garetischen Stadtadels zu hängen, die es sich aber dennoch nicht leisten konnten, eines der alten, prachtvollen Häuser zu beziehen, in dem die wahrhaft Reichen und Schönen der Kaiserstadt lebten.

Susa hatte den Ausführungen des Nordmanns schweigend gelauscht und zupfte nur dann und wann an dem roten Kopftuch, mit dem sie ihr kahl geschorenes Haupt vor der gleißenden Praiosscheibe schützte.

Um nicht gänzlich wie ein undankbarer Klotz vor meinen treuen Gefährten dazustehen, rang ich mir einen freundlichen Tonfall ab und sagte: »Ich hatte noch gar nicht so recht Gelegenheit, euch beiden zu danken, und deshalb hole ich das jetzt einmal nach: Habt vielen, vielen Dank für eure Hilfe! Ohne euch wäre ich wirklich verloren gewesen.« Meine Worte klangen um einiges hölzerner, als es mir selbst lieb war, aber in solchen Dingen war ich damals nicht sonderlich geschickt – verzogen wie ich war, hatte ich es noch nicht allzu oft für notwendig erachtet, anderen meinen Dank auszusprechen. All die Annehmlichkeiten, die mein Leben bis zum Tod Onkel Berengars so bequem gestaltet hatten, hatte ich stets für eine Selbstverständlichkeit gehalten. »Ich weiß, dass es dich eine Menge Überwindung gekostet haben muss, mit uns in den Tempel des Schwarzen Lichts zu kommen, Lasse.« Verlegen schielte ich zu Susa hinüber und fügte hinzu: »Und dein Einfall, dich als Hure zu verkleiden, war grandios, Susa.«

Die Söldnerin, der ich zu schmeicheln gedacht hatte, schenkte mir nur ein herablassendes Grinsen. »Dass du mir ja nicht auf falsche Gedanken kommst, Munter! Wenn die Bezahlung stimmt, tue ich fast alles, aber mit wem ich die Nacht verbringe, hat rein gar nichts mit klingender Münze zu tun, sondern eher damit, ob mein Gegenüber gut genug gebaut ist, um als Spielzeug infrage zu kommen.«

Ich blinzelte verwirrt. »Aber Susa …«, stammelte ich und spürte, wie mir das Blut in die Wangen schoss, »ich wollte auf gar keinen Fall … sagen … dass … du weißt schon …«

»Verflucht! Das ist schon das zwölfte Mal in dieser Woche!«, schrie Lasse plötzlich so laut auf, dass einige Leute auf der Straße stehen blieben, um zu sehen, wer da seinem Unmut auf solch ungehemmte Weise Luft verschaffte.

Der Thorwaler hüpfte ungelenk auf einem Bein zur nächsten Ecke, während Susa sich den Bauch vor Lachen hielt. Auch ich konnte ein Glucksen nicht unterdrücken, als ich sah, wie Lasse sich an der Kante des Eckhauses einen gewaltigen Batzen schmierigen Hundedrecks von der Stiefelsohle wischte.

»Und wie das stinkt!«, heulte er mit erstickter Stimme auf. Zornig fuhr er zu mir und Susa herum. »Seit wir in diesem Borontempel waren, verfolgt mich das Unglück auf Schritt und Tritt! Das ist die Strafe der Götter für unseren Frevel!«, fauchte er wild.

»Ja, und sie hätte gewiss keinen Deut grausamer ausfallen können«, lachte Susa, klopfte dem Nordmann auf die Schulter und zog ihn mit der anderen Hand spielerisch am Bart. »Mann oder Maus, Lasse?«

Nachdem der Thorwaler seine Sohle vom gröbsten Dreck befreit hatte, steuerten wir den nächsten Brunnen an. Lasse bestand darauf, seine Stiefel gründlich zu waschen, und auch mir kam die Erfrischung, die das kühle Nass bot, nicht ungelegen. Als sich Susa zum Brunnen hinabbeugte, um mit der Hand ein wenig Wasser zu schöpfen, fiel mir zum allerersten Mal auf, wie sehr mich das Äußere der Söldnerin – die schlanken Beine, der apfelförmige Hintern und der runde Busen – unter anderen Umständen angesprochen hätte. Aber da sie mir wenige Augenblicke zuvor unmissverständlich klar gemacht hatte, wie wenig sie von der Vorstellung hielt, mich näher kennen zu lernen, verbannte ich jeden weitergehenden Gedanken sofort aus meinem Kopf. Was leichter gesagt war als getan.

Die Straßen wurden beständig schmaler, je näher wir dem Haus Kerion Jolens kamen, bis sie schließlich nur mehr breite Gassen zu nennen waren. In der Kluft zwischen den Häuserfronten staute sich die Sommerhitze, und die Luft war so schwül, dass man sie hätte schneiden können. Ich war mir sicher, Kerion Jolens Haus wieder zu erkennen. Unmittelbar nach meinem Abgang von der Akademie der Magischen Rüstung zu Gareth hatte ich Jolen einige Male gemeinsam mit Onkel Berengar besucht; es war zu jener Zeit gewesen, als mein Ziehvater erste zaghafte Versuche unternommen hatte, mich auf die Rolle als sein Nachfolger vorzubereiten, und mich selbstredend auch verschiedenen Angestellten, Freunden und Bekannten vorgestellt hatte. In den allermeisten Fällen hatten die Besuche bei Kerion Jolen damit geendet, dass Onkel Berengar und seine rechte Hand über irgendeine Nichtigkeit – zumindest empfand ich in meiner damaligen Unbedarftheit die Auslöser ihrer Zwiste oftmals als solche – in Streit gerieten, sodass wir das Haus des Schreibers für gewöhnlich völlig überhastet zu verlassen pflegten.

»Hier ist es«, sagte ich schließlich, als wir an dem zweigeschossigen, weiß gekalkten Häuschen Kerion Jolens angekommen waren. Ich hatte schon die Faust gehoben, um anzuklopfen, als ich mir gewahr wurde, dass die Tür einen Spalt weit offen stand.

Susa bemerkte mein Zögern. »Was stehst du so unnütz in der Gegend herum? Willst du nun anklopfen oder nicht, Munter?«

Ich machte einen Schritt zur Seite, deutete auf den Spalt und sagte verblüfft: »Man … muss gar nicht mehr anklopfen.«

Die Söldnerin schnaubte ungehalten, drängte sich an mir vorbei und stieß die Tür vollends auf. »Kerion hat bestimmt nur vergessen, sie richtig zuzumachen, du Feigling!«, lästerte sie.

Um das freche Weibsbild von meinem Mut zu überzeugen, hob ich forsch das Kinn und betrat wortlos das Haus. Ich fand mich in einem schmalen Flur wieder, mit zwei Türen zu meiner Linken und einer Treppe zu meiner Rechten. Es roch unangenehm nach kaltem Pfeifenrauch, und winzige Staubflocken tanzten in dem Licht, das durch die Eingangstür in meinem Rücken fiel. Die beiden Söldner schlossen zu mir auf, und der Nordmann grollte verdrießlich: »Ist das Vögelchen etwa ausgeflogen?«

»Herr Jolen!«, rief ich halblaut. »Ihr habt Besuch!« Ich erhielt keinerlei Antwort und rief ein weiteres Mal, ein wenig lauter als zuvor.

Urplötzlich schob sich von hinten eine gewaltige Pranke über meinen Mund. Ich erstarrte, machte aber keinen Mucks. Lasses Mund war so nahe an meinem Ohr, dass mich seine langen Barthaare kitzelten. Leiser, als ich es dem Thorwaler je zugetraut hätte, wisperte er: »Keinen Laut, Meister Severin! Es ist jemand im Haus!«

Ohne es zu sehen, ahnte ich, dass seine andere Hand schon längst den Knauf seiner Waffe umfasst hielt.

Sachte schlich Susa an uns vorbei bis zur Treppe, wo sie lauschend den Kopf neigte. Aus dem Obergeschoss war ein leises, schabendes Geräusch zu vernehmen. Lasse nahm langsam die Hand von meinem Mund und deutete mit zwei Fingern zuerst auf Susa und dann nach oben. Anschließend wies er auf sich selbst und ahmte laufende Bewegungen in Richtung Eingangstür nach. Das schabende Geräusch von oben wiederholte sich.

Susa nickte, wies mit dem Finger auf mich und zuckte fragend mit den Schultern, wobei sie jedoch nicht mich, sondern den Thorwaler hinter mir anblickte. Aus dem Obergeschoss drang ein Knarren von leisen Schritten auf hölzernen Dielen zu uns herunter.

Lasse drehte mich an den Schultern zu sich herum, blickte mir fest in die Augen und deutete mit beiden Zeigefingern auf mich und dann auf meine Füße. Ich schluckte schwer und nickte.

Zufrieden schaute der Thorwaler noch einmal zu Susa hinüber und schlich dann zurück durch die Eingangstür aus dem Haus, während die Söldnerin prüfend einen Fuß auf die erste Stufe der Treppe setzte.

Nachdem ich meine anfängliche Überraschung verwunden hatte, wallte Ärger in mir hoch. Was dachten sich Lasse und Susa eigentlich dabei, mich so zu behandeln, als wäre ich nicht in der Lage, mich meiner Haut zu erwehren? Ich hatte nicht die Absicht, die beiden Söldner dafür zu entlohnen, dass sie Kindermädchen für mich spielten. Und überhaupt: Wie viele Menschen konnten sich außer uns denn noch in dem kleinen Haus des Schreibers aufhalten? Zwei oder drei, mehr bestimmt nicht. Und mit denen konnten wir es doch in jedem Fall aufnehmen. Allein ihre Aufforderung, mich nicht von der Stelle zu rühren, um uns nicht zu verraten, machte mich fuchsteufelswild, denn wenn ich eines in meiner Zeit der Gefangenschaft an der vermaledeiten Akademie gelernt hatte, dann war es, mich so leise und behände wie eine Katze zu bewegen, um den kalten Mauern entfliehen und mich ins Garether Nachtleben stürzen zu können. Außerdem hatte ich ja schon nach Kerion gerufen, sodass der Eindringling ohnehin bemerkt haben musste, dass er nicht mehr allein im Haus war – wenn es denn tatsächlich ein Eindringling war und nicht einfach nur Kerion, der aus irgendeinem Grunde noch in den Federn gelegen hatte und sich erst einen Morgenmantel überwerfen wollte, bevor er seinen Besuch empfing.

So schlich ich hinter Susa her, die die Treppe bereits zu drei Vierteln hinter sich gelassen hatte. Nicht ohne Stolz kann ich behaupten, dass es mir gelang, fast ganz bis zu ihr aufzuschließen, ehe die Söldnerin sich zu mir umdrehte.

Sie kniff die Augen zu schmalen Schlitzen zusammen und bedeutete mir auf dieselbe Weise wie zuvor Lasse, mich gefälligst nicht von der Stelle zu rühren.

Ich lächelte freundlich, schüttelte aber bestimmt den Kopf. Danach machte ich eine einladende Geste in Richtung Obergeschoss.

Unvermittelt erschien ein breites Grinsen auf ihrem Gesicht. Sie zwinkerte mir zu und schlich die nächste Stufe nach oben.

Die Geräusche von dort wurden immer deutlicher, je näher wir dem Ende der Treppe kamen. Es hörte sich an, als huschte jemand hinter der geschlossenen Tür umher, die man mit zwei großen Schritten von der Treppe aus leicht erreichen konnte.

Als wir die letzte Stufe hinter uns gelassen hatten, veränderten sich die Geräusche hinter der Tür merklich. Wo derjenige, der sie verursachte, bis dahin offenbar großen Wert darauf gelegt hatte, *nicht* gehört zu werden, so schien nun jegliche Vorsicht von ihm abzufallen. Er huschte nicht mehr, er rannte – zumindest trat er so fest auf, dass die Geräusche ohne Zweifel als schnelle Schritte zu erkennen waren.

Ich wollte alles auf eine Karte setzen – eine Taktik, die mir beim Spiel schon oft den Hals gerettet hatte – und hastete einfach los. Mit einem weiten Satz war ich an der Tür, stieß sie auf und – und fiel in das Zimmer hinein, das hinter der Tür lag.

Bei der späteren Klärung des peinlichen Vorfalls sollte sich herausstellen, dass Susa wohl genau den gleichen Einfall gehabt haben musste wie ich. Ich war lediglich ein wenig schneller zur Tat geschritten als sie, aber bedauerlicherweise war sie sehr viel schneller darin, die geplante Bewegung auszuführen, sodass wir uns am Ende zur selben Zeit am selben Fleck trafen und die Söldnerin just in jenem Moment in mich hineinprallte, in dem ich die Tür aufgestoßen hatte. In einem wirren Knäuel aus verdrehten Gliedmaßen und wütenden Flüchen gingen wir beide hart zu Boden, wobei sie auf mir zu liegen kam.

Genauso schnell, wie sie zu Fall gekommen war, war Susa auch schon wieder auf den Beinen. Der Aufprall hatte mir den Atem geraubt, und so saugte ich nun gierig Luft in meine malträtierten Lungen. Der Gestank brach über mich herein wie eine Wand, die von einem Rammbock zum Einsturz gebracht wird. Menschliche Ausscheidungen, Blut, Erbrochenes, Schweiß und der Hauch einer merkwürdig vertrauten Süße ergaben eine Ekel erregende Mischung, die mich würgen ließ. Auf allen vieren kroch ich voran, bis ich mit dem Kopf gegen etwas Weiches stieß. Meine tastenden Hände hingegen fanden jedoch etwas Hartes, an dem ich mich in die Höhe ziehen konnte, Mund und Nase fest in die Ellenbeuge gedrückt, was dem üblen Gestank nur bedingt Einhalt gebieten konnte.

Ich stellte fest, dass ich mich auf einen Bettpfosten stützte. Die Quelle des widerwärtigen Gestanks lag vor mir auf dem Bett: eine eingefallene, bleiche Gestalt, die ich erst auf den zweiten Blick als Kerion Jolen erkannte. Seine Augen zuckten hinter geschlossenen Lidern hin und her. Rasselnd fuhr ihm der Atem aus dem mit Erbrochenem verschmierten Mund. Laken, Bettzeug und Nachtgewand waren über und über mit Flecken besudelt, manche von ihnen feucht, andere schon seit längerem eingetrocknet. Der todgeweihte Sekretär meines Onkels musste die Beherrschung über all seine Leibesöffnungen verloren haben.

Wie von fremder Hand geleitet, fand ich meinen Weg an Susa vorbei zum Fenster, an dem die Läden im Wind hin und her schwangen – *Wind? Woher kommt der Wind?*, durchzuckte mich ein Gedanke –, und ich beugte mich hinaus und übergab mich geräuschvoll. Als die Krämpfe in meinem Magen nachließen, kamen mir die Schritte, die ich gehört hatte, wieder in den Sinn, und meine Augen suchten hastig das gesamte Zimmer nach dem Eindringling ab. Kerion war sicherlich nicht in der Verfassung, sich von seiner Bettstatt zu erheben, geschweige denn herumzulaufen. Aber da war keine Menschenseele, abgesehen von der Söldnerin und der siechen Gestalt auf dem Bett, die ich nicht mehr anzublicken wagte. »Wo ist er?«, fragte ich keuchend.

Susas Stimme sprühte vor Gift. »Ab durch das Fenster natürlich. Ich habe nur noch seine Beine sehen können. Wenn du dich nicht eingemischt, sondern nur dieses eine Mal auf das gehört hättest, was man dir sagte, wäre er mir bestimmt nicht entkommen, du Trottel.«

Ich sparte mir die ausgesprochen boshafte Erwiderung, die mir auf der Zunge lag. »Was ist mit Lasse? Muss er denn nicht an Lasse vorbei?«

»Nicht, wenn er über die Dächer flieht, du Torfkopf. Und die Häuser hier stehen dicht genug beieinander, um von Dach zu Dach zu springen.« Sie ließ enttäuscht die Schultern hängen. »Den kriegen wir nicht mehr, Munter.«

Ich stakste auf wackligen Beinen zurück zur Tür. »Bleib hier, Susa. Ich werde nach Lasse sehen.« Ich wollte nur weg von diesem fürchterlichen Gestank. Ich hatte genug vom Tod. Auf der Treppe fiel mir die merkwürdige süßliche Note wieder ein. Und Quin. Wenn es jemanden gab, der mir bestätigen konnte, dass ich nicht einer Sinnestäuschung aufsaß, dann war es der Medicus.

Ich trat aus dem Haus hinaus ins Licht der Praiosscheibe und hielt Ausschau nach Lasse. Der Thorwaler hatte sich hinter einem Holzhaufen versteckt und eilte an meine Seite, als er mich aus dem Haus kommen sah.

»Er ist weg, Lasse«, sagte ich, noch ehe er hätte fragen können. Ich las in seinem Gesicht, dass er von den Ereignissen im Haus selbst nicht das Geringste mitbekommen hatte. »Susa ist oben bei Kerion. Lauf und hol Quin, Lasse, denn wer immer Onkel Berengar beseitigen wollte, ist so verdammt gründlich, dass er auf keinen Fall irgendwelche Spuren hinterlassen will!«

Kapitel 11

»Er hat nichts mehr gesagt, Severin«, murmelte Quin bedrückt in meine Richtung, nachdem er mich bemerkt hatte.

Ich hatte mich auf der Straße vor Jolens Haus niedergelassen und den Rücken an das von den Strahlen der Praiosscheibe erwärmte Mauerwerk gelehnt. Keine zehn Pferde hätten mich dazu bringen können, auch nur einen Fuß über die Schwelle zu setzen.

»Dann ist er also tot, Quin?« Ich schaute meinen Freund von unten her an und fühlte mich trotz des strahlenden Sonnenscheins zurückversetzt in die Tiefen des Borontempels.

Der Medicus nickte stumm. Von seiner brennenden, an Besessenheit grenzenden Neugierde, die bei der Öffnung des Leichnams meines Onkels seine Züge so deutlich geprägt hatte, war rein gar nichts mehr übrig geblieben. An ihre Stelle war eine tiefe Traurigkeit getreten; mein Freund sah einfach nur furchtbar ausgelaugt und müde aus, und aus dem Zittern seiner schmalen Lippen deutete ich, dass er um Worte rang.

Ich konnte den Hauch des Todes riechen, der an ihm und seiner Kleidung haften geblieben war, als er versucht hatte, Kerions Leben zu retten. »Wo sind Lasse und Susa?«, fragte ich Quin sanft.

Er blickte an mir vorbei und die infolge der großen Hitze menschenleere Straße hinunter, und ich dachte schon, er habe meine Frage gar nicht gehört. »Drinnen,

Severin. Sie suchen nach Spuren«, antwortete er schließlich tonlos.

»Woran ist er denn gestorben, Quin?« Ich hasste mich dafür, ihm diese Frage stellen zu müssen, denn mir war wohl bekannt, dass der Medicus um jeden Menschen trauerte, bei dessen Behandlung ihn seine Fertigkeiten und sein Wissen im Stich gelassen hatten. Aber ich musste unbedingt wissen, ob der süße Duft im Schlafgemach Kerions nur ein Trugbild gewesen war, ein Streich, den mir meine überreizten Sinne gespielt hatten.

Mein Freund seufzte. »Ich glaube, ich weiß, worauf du hinauswillst, Severin, und ja, es war der Süße Tod.« Er lachte verächtlich auf. »Welch ein schöner Name für ein so grausames Gift. Es hat ihn von innen heraus aufgefressen. Ausgehöhlt. Als hätte man ihm eine Horde hungriger Ratten in den Leib gestopft. Ich habe noch versucht, ihm etwas gegen die Schmerzen zu geben, aber ich denke nicht, dass es noch genutzt hat.« Er klopfte gegen die Ledertasche an seiner Seite, in der er seine Instrumente und Tinkturen aufbewahrte. »Wenn wir ihn nur ein paar Stunden früher gefunden hätten und Peraine mir wohlgesonnen gewesen wäre …«

»Hör auf damit, Quin«, unterbrach ich ihn. »Das macht jetzt keinen Sinn.« Ich stand auf, klopfte mir den Hosenboden ab und legte ihm die Hand auf die Schulter. »Es ist nicht deine Schuld, Quin, es ist nicht deine Schuld. Also mach dir keine Vorwürfe, die niemandem etwas nutzen. Wenn es einen Menschen gibt, der früher an Kerion hätte denken müssen, so bin allein ich das.«

»Es tut mir Leid, euch dabei unterbrechen zu müssen, wie ihr aushandelt, wer oder was genau die Schuld am Tod des Schreibers trägt. Aber ich finde, ihr solltet euch das hier einmal ansehen.« Susas barsche Stimme war frei von jeglichem Spott, mit dem sie Quin und mich zuvor so ausgiebig bedacht hatte; eine unangenehme, schnarrende Kälte schwang nun in ihr mit.

Als ich mich zu der Söldnerin umwandte, lehnte sie am Türrahmen und hielt uns ein Stück Pergament hin. Susas Gesicht glich einer starren Maske und spiegelte nicht die kleinste Gefühlsregung wider. »Nun nehmt schon. Das wird eine ganze Menge Fragen beantworten.«

Ich kam ihrer Aufforderung nach, während Quin mir über die Schulter blickte, um zu lesen, was auf dem Stück Pergament in schwarzer Tinte und krakeliger Schrift geschrieben stand.

Wer immer diese Zeilen auch lesen mag, er soll wissen, dass er die letzten Worte eines Mörders liest. Eines Mörders, der aus den niedersten aller Beweggründe handelte: aus Neid, Eifersucht und Habgier. Eines Mörders, der sich selbst richtete, da er nicht auf Vergebung zu hoffen wagte.

All die langen Götterläufe, die ich in den Diensten Berengar Munters stand, dünkte ich mich von ihm schlecht und ungerecht behandelt, bis der Zorn, der Ärger und die Wut in mir jeglichen Verstand auslöschten und ich glaubte, Gerechtigkeit üben zu müssen für all das, was mir angetan worden war, für den Spott, das Misstrauen, die Vorhaltungen, die Enttäuschungen.

Aber nachdem ich es getan – ›Gerechtigkeit‹ geübt – hatte, blieb nur ein Gefühl der Leere in meiner Brust zurück, das manche vielleicht mit der Erschöpfung nach einer so einschneidenden Tat verwechselt hätten, wie ich sie begangen hatte. Ich aber beging diesen Fehler nicht. Mir wurde gewahr, dass diese Leere nur der Wegbereiter, der Vorbote für die grauenhafte Einsicht sein konnte, einen falschen Weg gewählt zu haben. Doch sämtliches Bedauern, das wie eine Woge über mich hereinbrechen sollte, hat nichts daran ändern können, dass ich einen Weg eingeschlagen hatte, auf dem es keine Umkehr gab.

Und so bleibt mir nur eins: den Weg zu Ende zu gehen, dorthin, wo er mich vom ersten Schritt an geführt hat.

Mit offenem Mund ließ ich das Papier sinken. »Hast du es auch gelesen, Susa?«

Die Söldnerin nickte nur.

»Wo hast du es her?«, wollte ich von ihr wissen.

Sie wies mit dem Daumen hinter sich. »Von droben. Es lag auf dem Nachttisch.«

»Dann hat Kerion es geschrieben?«, fragte ich ungläubig.

»Wer sonst? Ich kenne nicht allzu viele Diebe in Gareth, die des Schreibens mächtig sind, und keinen einzigen, der jemals auch nur einen Hesindetempel von innen gesehen hätte«, gab sie mir zur Antwort.

»Dann hieße das ja, dass meine Großmutter Recht gehabt hätte. Kaum zu glauben.« Verwundert blickte ich auf das Schriftstück in meiner Hand, das die Lösung zu all jenen Rätseln bereitzuhalten schien, die sich mir seit dem Mord an Onkel Berengar gestellt hatten.

Quin riss mir forsch das Pergament aus der Hand. »Eben. Kaum zu glauben. Ich würde sogar von ausgemachtem Blödsinn sprechen, wenn man bereit wäre, tatsächlich zu glauben, dass der Sekretär deines Onkels diese Zeilen hier geschrieben haben soll. Das würfe nämlich weitaus mehr Fragen auf, als es beantwortete.«

Die Söldnerin verzog verächtlich das Gesicht. »Was meinst du denn damit, Quacksalber?«

»Das werde ich dir sagen, *Susa!*« Quin spie ihren Namen aus wie eine üble Beleidigung. So aufgebracht und außer sich hatte ich meinen Freund nur höchst selten gesehen. Den Zwölfen sei Dank war außer uns nach wie vor kein Mensch auf der Straße auszumachen. »Zunächst einmal hat Lasse mich hierher geholt, *nachdem* ihr einen Einbrecher auf frischer Tat ertappt hattet. Der Eindringling war also wohl schon eine ganze Weile im Haus zugange, bevor ihr ihn bei seinem Tun stören konntet. Was hätte ihn daran hindern können, diesen lächerlichen Wisch hier auf den Nachttisch zu legen, um den Verdacht auf den armen Herrn Jolen zu lenken?«

»Wer sollte so etwas tun? Wem sollte es denn irgendetwas nützen, Kerion diesen Brief unterzuschieben?«, gab Susa mit hilflos ausgebreiteten Armen zu bedenken.

Der Medicus raufte sich mit der freien Hand das verschwitzte Haar. »Das liegt ja nun wohl auf der Hand, oder nicht? Der Mörder. Berengars Mörder, meine ich. Vielleicht wollte er einen Zeugen beseitigt sehen und gleichzeitig eben diesen Zeugen als den vermeintlichen Mörder von Severins Onkel dastehen lassen.«

Mein Freund hatte offenbar Susas zweifelnd gehobene Augenbrauen bemerkt, denn er fuhr ohne Unterbrechung fort. »Wenn Herr Jolen sich wirklich das Leben hätte nehmen wollen, warum dann auf eine dermaßen langwierige und äußerst schmerzhafte Art und Weise? Ihr habt doch beide mit eigenen Augen gesehen, wie sehr er gelitten hat. So viel Leid auf sich nehmen, um Buße für einen Mord zu tun, den man hinterher plötzlich ganz fürchterlich bereut? Ich bitte euch, das könnt ihr nicht wirklich glauben. Meiner Einschätzung nach hat er womöglich schon tagelang da oben jämmerlich in seinem eigenen Unrat gelegen. Gut denkbar, dass er am selben Abend vergiftet wurde wie Berengar selbst. Das Gift brauchte bei ihm gewiss länger, um seine volle Wirkung zu entfalten, weil Berengar ein ganzes Stück älter war als er. Zumindest ist nicht auszuschließen, dass das Gift bei älteren Menschen schneller wirkt. Oder Herr Jolen hat zu jenem schicksalhaften Essen, das Berengars Verhängnis war, kein berauschendes Getränk zu sich genommen, sondern erst zu einem späteren Zeitpunkt. Nach allem, was ich über den Süßen Tod herausgefunden habe, kann das Gift noch nach mehreren Praiosläufen seine volle Wirkung entfalten. Niemand, der aus dem Leben scheiden will und noch bei Sinnen ist, entscheidet sich für den Süßen Tod. Außerdem stellt sich in diesem Zusammenhang sogleich die Frage, wie der unbescholtene Privatsekretär eines angesehenen Garether Händlers an ein Gift gekommen sein soll, das dem ruchlosesten Meuchelmörder ganz Aventuriens gut zu Gesicht gestanden hätte, ohne entsprechendes Aufsehen in der Unterwelt der Kaiserstadt zu erregen. Mir zumindest wäre sicherlich etwas darüber zu Ohren gekommen.«

Susa war noch immer nicht von Quins Standpunkt überzeugt. »Ja, ich muss dir beipflichten, dass Berengar Munter ein äußerst angesehener Händler war, aber er war anscheinend darüber hinaus auch ein recht einflussreiches Mitglied der Phexkirche. Und dass nicht nur ehrenwerte Händler, sondern auch allerlei unlauteres Gesindel den Dieb der Götter verehren, ist ja wohl ein offenes Geheimnis. In Gareth gibt es nichts, was man nicht kaufen könnte, sofern man bereit ist, die nötigen Dukaten springen zu lassen, und die *richtigen* Leute anspricht. Und ich kann mir kaum vorstellen, dass du jeden einzelnen Schwarzhändler der Stadt mit Namen kennst, ganz gleich, für wie verrucht du dich auch halten magst, nur weil du ab und an einen Stümper zusammenflickst, der sich von der Stadtgarde hat erwischen lassen, Quacksalber.«

Der Medicus setzte ein siegessicheres Lächeln auf. »Hab recht schönen Dank, dass du die Phexkirche erwähnst, liebe Susa. Die würde nämlich überhaupt nicht mehr ins Bild passen, wenn da droben tatsächlich die Leiche des echten Mörders läge. Meiner Auffassung nach ist es höchst unwahrscheinlich – um nicht zu sagen unmöglich –, dass Berengar nicht aufgefallen wäre, wenn sein eigener Sekretär und Vertrauter ebenfalls ein Mitglied dieser Kirche gewesen wäre, noch dazu eines, das ihm ans Leder wollte. Ihr seht also, dass nicht der allergeringste Grund besteht, auch nur einen einzigen Wimpernschlag lang anzunehmen, mit dem Tode des armen Kerion Jolens sei zugleich der Mörder Berengar Munters aus der Welt geschafft worden.« Von seinen langen Ausführungen erschöpft, holte mein Freund tief Atem. »Oder käme dir ohne weiteres in den Sinn, dass Herr Jolen zu einem heimtückischen Giftanschlag auf deinen Onkel in der Lage gewesen wäre?«, fügte Quin rasch noch eine Frage an mich an.

Ich machte eine ratlose, abwehrende Geste. »Noch vor ein paar Tagen, Quin, hätte ich dir ohne zu zögern geantwortet, es sei für mich vollkommen unvorstellbar, dass Kerion Onkel Berengar auch nur ein Haar krümmen könnte, ungeachtet dessen, welch wüste Beschimpfungen sie manchmal füreinander übrig hatten. Aber nun, da ich weiß, dass Onkel Berengar ein geheimes Leben geführt hat, von dem noch nicht einmal seine eigenen Verwandten etwas gewusst haben, bin ich mir ehrlich gesagt nicht mehr so sicher.«

Der Medicus zog eine sauertöpfische Grimasse. »Hat euch Praios allesamt mit Blindheit geschlagen?« Er faltete das Pergament fein säuberlich zusammen und steckte es hinter seinen Gürtel. »Wo hat Herr Jolen für gewöhnlich gearbeitet? Im Kontor deines Onkels?«

»Nein, nein, bei uns zu Hause in seinem Arbeitszimmer im oberen Stockwerk«, entgegnete ich ihm.

»Sehr gut, sehr gut. Das ist nicht so weit zu laufen.« Mein Freund nickte zufrieden und rieb sich die Hände.

»Was hast du vor?«, erkundigte ich mich neugierig, denn Quin hatte jenen verkniffenen Zug um die Mundwinkel, der immer dann auf seinem Gesicht auftauchte, wenn er eine Entscheidung gefällt hatte, die keinen Aufschub duldete.

Ohne mich eines Blickes zu würdigen, richtete Quin das Wort an die Söldnerin. »Susa, da unser abergläubischer Freund aus dem Norden wahrscheinlich nicht allein bei der Leiche bleiben möchte, würde ich dich höflichst bitten, vorübergehend die Totenwache zu übernehmen. Schick Lasse los und trage ihm auf, er soll die Stadtgarde holen. Er darf auf keinen Fall erwähnen, dass Severin hier im Hause von Herrn Jolen gewesen ist. Sollte er von der Stadtgarde gefragt werden, was er denn im Hause des Schreibers zu suchen gehabt habe, so soll Lasse sagen, er hätte sich schlicht und ergreifend Sorgen um Herrn Jolen gemacht, weil dieser schon einige Tage nicht mehr im Kontor gewesen sei. In der Zwischenzeit werde ich mich daranmachen, unwiderlegbar zu beweisen, dass der Mann, der dort droben eines so furchtbaren Todes gestorben ist, kein Täter, sondern vielmehr ein bedauernswertes Opfer war. Hab recht vielen Dank für deine Mühe.« Seine Stimme triefte geradezu vor verbindlicher Freundlichkeit. Dann packte er mich am Arm, um mich die Straße hinunterzuziehen.

Ich warf einen raschen Blick zurück und sah, wie Susa kopfschüttelnd im Haus des Schreibers verschwand. Im Fortgehen überlegte ich noch, ob die Söldnerin den Kopf geschüttelt hatte, weil sie beabsichtigte, Quins Anweisungen keinerlei Beachtung zu schenken, oder weil sie sich über das merkwürdige Verhalten des Medicus aufrichtig wunderte.

Auf dem Weg durch die Stadt zurück zu meinem Haus weigerte mein Freund sich beharrlich, meine drängenden Fragen auf andere Weise zu beantworten als mit einem knappen »Du wirst schon sehen, Severin, du wirst schon sehen«. Also beschloss ich auf halber Strecke, lieber meinen Mund zu halten und abzuwarten, was Quin wohl vorhaben mochte.

Zu Hause erwartete mich meine Großmutter, die scheinbar die ganze Zeit über hinter der Tür auf meine Rückkehr gelauert hatte wie ein Wiesel. Kaum hatte ich einen Fuß über die Schwelle gesetzt, krallte sie sich auch schon an meiner Seite fest und plapperte aufgeregt auf mich ein.

»Und? Und? Nun sag schon, mein Junge! Raus mit der Sprache! Hatte ich Recht? War er der Mörder? Er war es doch, oder?«

Ich blieb stehen, was Quin nicht daran hinderte, an mir und meiner Großmutter vorbeizugehen und die Treppe ins Obergeschoss zu nehmen, wo Jolens Arbeitszimmer lag.

»Severin, nun gib doch endlich Antwort! Ich rede mit dir, mein Junge! Ist er es nun gewesen oder nicht?«

Die offene Gehässigkeit in ihrer Stimme widerte mich an. Sie hatte wohl ein Bad genommen, denn ihr Haar, das nun wieder ordentlich zu einem Dutt gebunden war, duftete angenehm nach Nelken. Ihr Gesicht war voll froher Erwartung darauf, dass ich nun wohl jeden Augenblick ihre Vermutung bestätigen würde, was Kerions Schuld am Ableben Onkel Berengars anging. »Hast du was an den Ohren, Severin? Ich rede mir den Mund fusselig, und du bleibst stumm wie ein Fisch! Ich will jetzt auf der Stelle von dir wissen, was du mit Berengars Mörder gemacht hast!«

Mir platzte der Kragen. Ich packte sie an ihren schmalen Schultern, schob sie zur Wand und beugte mich so weit zu ihr hinunter, dass sich die Spitzen unserer langen Munternasen fast berührten.

»Ich habe überhaupt nichts mit Onkel Berengars Mörder gemacht, weil ich ihn nämlich nicht gefunden habe. Und wenn du unbedingt wissen willst, wie es Kerion geht, so kann ich dich beruhigen, Großmutter. Kerion ist tot! Genauso tot wie Onkel Berengar. Und stell dir vor, man hat ihn auch noch mit dem gleichen Gift getötet.« Ich ließ sie los und stapfte wütend zur Treppe.

»Aber was ist mit meinem Traum, den mir die Götter letzte Nacht gesandt haben? Du hast doch selbst gesagt, der Mann, der mir erschienen ist und den ich dir beschrieben habe, sei Jolen gewesen.« Sie kauerte sich zusammen wie ein verschrecktes Waldtier. »Kannst du dich denn so getäuscht haben? Kann *ich* mich denn so getäuscht haben?«

Eine Hand auf dem Geländer, drehte ich mich zu ihr um.

»Ich habe nicht den Hauch einer Ahnung, wer dir diesen Traum geschickt hat, Großmutter. Wahrscheinlich dein bitterer, ungerechter Groll, den du Kerion gegenüber gehegt hast, weil du es warst, die von Eifersucht zerfressen wurde. Der Groll eines alten, törichten, griesgrämigen Weibes! Aber nun, da Kerion tot ist, kannst du ja endlich zufrieden sein!«

Ihr Schluchzen im Ohr, folgte ich Quin nach oben. Ich fühlte mich seltsam befreit, denn nie zuvor hatte ich den Mut aufgebracht, so mit meiner Großmutter zu reden. Stolz war ich nicht darauf, aber ich fühlte auch keine Schuld.

»Hat Herr Jolen das geschrieben?«, überfiel mich mein Freund, als ich das Arbeitszimmer betrat. Er hatte eines der Geschäftsbücher aufgeschlagen und tippte mit dem Finger auf einen Eintrag.

Ich trat an seine Seite. »Ja, das hat er«, bestätigte ich seine Annahme.

Quin legte das Pergament, das wir in Kerions Haus gefunden hatten, so auf die aufgeschlagene Seite des Geschäftsbuches, dass er die Schriften miteinander vergleichen konnte.

»Dann hat Herr Jolen diesen Brief nie und nimmer selbst geschrieben. Schau dir nur einmal die Bögen und die Endstriche an. Jedem, der schon einmal eine Schreibfeder in der Hand hatte, muss es einfach auffallen.«

Der Medicus ging um den wuchtigen Tisch herum, um sich auf die Fensterbank zu setzen. Man musste kein besonders scharfes Auge haben, um ihm Recht zu geben.

Quins fasste das in Worte, was ich selbst hatte sagen wollen: »Selbstredend ist es möglich, dass sich das

Schriftbild gravierend verändert, wenn der Schreibende an starken Schmerzen leidet oder unter dem Einfluss irgendeines Giftes steht. Aber der Inhalt des Briefs selbst deutet eher darauf hin, dass er angeblich geschrieben worden sein soll, *bevor* Herr Jolen sich vergiftet hat. Und damit steht für mich zweifelsfrei fest, dass er ihn eben nicht selbst geschrieben hat, wenn man die Schrift auf dem Brief mit den Eintragungen in den Geschäftsbüchern vergleicht. Dieser Brief ist eine Fälschung, und nicht einmal eine sonderlich gute, wenn du mich fragst.«

»Dann ist es also noch nicht vorbei, oder?« Ich hoffte inständig auf eine andere Antwort als die, welche mein Freund sich zu geben anschickte.

»Nein, das ist es nicht, Severin, ganz im Gegenteil. Ich glaube eher, es hat erst richtig angefangen.«

Kapitel 12

Von der Totenfeier zum Gedenken an meinen Onkel ist mir nicht allzu viel in Erinnerung geblieben, was durchaus daran liegen mag, dass ich nicht imstande bin, derartigen Veranstaltungen etwas abzugewinnen. Eine schier endlose Reihe von Gesichtern, die an mir vorüberzogen, ist alles, was in meinem Gedächtnis haften blieb. In manchen Gesichtern stand echte Trauer oder zumindest ein gewisses aufrichtiges Bedauern bezüglich des Dahinscheidens Onkel Berengars geschrieben, wohingegen die Mienen anderer Gäste wie starre, mehr oder minder kunstvolle Masken wirkten, die ihre Träger aufgesetzt hatten, weil es der Anlass von ihnen verlangte. Ich machte mir nicht das Geringste vor: Für die meisten Mitglieder der Trauergemeinde, die sich vor dem Tempel des Schwarzen Lichts eingefunden hatten, um Onkel Berengar mit einem Trauerzug zum Boronanger die letzte Ehre zu erweisen, war diese Totenfeier ein gesellschaftliches Ereignis wie jedes andere auch. Wie bei allen Banketten, Empfängen, Vermählungen oder eben Totenfeiern galt für die Anwesenden – allesamt ehrenwerte Bürgerinnen und Bürger der Kaiserstadt – das oberste Gebot des Sehens und Gesehenwerdens; der Anlass für eine solche Zusammenkunft spielte letzten Endes keine besonders ausschlaggebende Rolle, selbst dann nicht, wenn einer, der zu den Reihen der Reichen und Schönen gezählt hatte, plötzlich und unerwartet aus ihrer Mitte gerissen worden war.

Und so war mir auch auf fast schmerzliche Weise bewusst, dass es den versammelten Handelsherren und Zunftmeistern Gareths gänzlich gleich war, wie es mit mir, dem Brudersohn des Verstorbenen, weitergehen würde. Sicher, ich war nun mit einem Male zu beachtlichen Wohlstand gekommen, aber zu diesem hatte ich bislang nichts beigetragen, geschweige denn ihn mir selbst durch gerissene geschäftliche Winkelzüge oder harten körperlichen Einsatz verdient. Damals war ich noch einfältig genug, um dem Glauben anzuhängen, jeder der Anwesenden habe sein Vermögen tatsächlich durch eigene, unermüdliche Anstrengungen erworben.

Ich schüttelte unzählige feuchte wie trockene, kalte wie warme Hände, umarmte junge wie alte, hübsche wie hässliche Frauen, von denen ich zuvor noch nicht einmal gewusst hatte, dass sie zum umfangreichen Bekanntenkreis Onkel Berengars zählten, und hörte mir eine nicht enden wollende Litanei mehr oder minder überzeugend vorgetragener Beileidsbekundungen an. Doch ich ahnte, dass kaum ein Vater oder eine Mutter aus der besseren Gesellschaft der ehrlichen Meinung war, ich könnte eine auch nur halbwegs gute Partie für seine oder ihre Tochter abgeben, und mir drängte sich der Verdacht auf, dass hinter meinem Rücken so manche Wette mit irrwitzig hohem Einsatz darüber abgeschlossen wurde, wie lange es wohl dauern würde, bis ich mein gesamtes Erbe am Spieltisch und in verrufenen Spelunken, die kein anständiger Bürger je betreten würde, durchgebracht hätte. Ich sah nichts Großes oder Edles in den meisten dieser Menschen, sondern fühlte mich wie ein sterbendes Tier, das sich mühsam Schritt für Schritt durch eine erbarmungslose Wüste quälte, während die Geier schon gierig krächzend um es herumhüpften und es kaum erwarten konnten, dass das arme Geschöpf seinen letzten Atemzug tat. Meine Großmutter war mir in diesen schweren Stunden keine Stütze. Sie hatte seit meinem Gefühlsausbrauch kein einziges Wort mehr mit mir gesprochen, aber ich war innerlich viel zu aufgewühlt, um es der alten Frau übel zu nehmen. Ihr Betragen im Verlauf der Totenfeier war tadellos, was mich nicht überraschte, denn wann immer es darum ging, den äußeren Schein zu wahren, war sie ein strahlendes Vorbild. Die schmale Gratwanderung zwischen offen zur Schau getragener Trauer und dem erforderlichen und erwarteten Maß an Gefasstheit schien ihr nicht die geringste Mühe oder bewusste Anstrengung abzuverlangen. Sie hatte zeit ihres Lebens noch kein einziges Mal Schande über unser Haus gebracht.

Hätte Quin nicht gemeinsam mit seinen Eltern an jener Totenfeier teilgenommen, so hätte durchaus die Möglichkeit bestanden, dass ich unter dem immensen Druck, der auf mir lastete, zusammengebrochen und schreiend vom Boronanger gerannt wäre, um mich vor die nächste Kutsche zu werfen und diesem Albtraum zu entgehen. Mein wackerer Freund schien indes genau vorhersehen zu können, wann er mir einen Blick zuwerfen musste, der mir unendlich viel Mut zusprach, oder wann er den Hauch eines aufmunternden Lächelns auf die Lippen bringen musste, das mir bewies, dass ich auch echte Freunde hatte, denen an meinem Wohlergehen gelegen war. In diesen Augenblicken erkannte ich auch, warum es dem jungen Medicus so leicht fiel, das bedingungslose Vertrauen all jener zu finden, die ihn aufsuchten, um sich von ihm behandeln zu lassen.

Als ich schon fürchtete, die Totenfeier werde nie ein Ende nehmen, begann sich die Menge um mich herum endlich zu zerstreuen. Mein Freund lächelte mir ein letztes Mal zu, bevor er sich mit den älteren Zumbels auf den Nachhauseweg machte. Obwohl die feinen Leute aus den besseren Vierteln auf den Straßen der Stadt um diese Zeit allenfalls von bettelnden Kindern und Greisen belästigt werden konnten, eilten die meisten dennoch so rasch von dannen, als wäre die Nacht schon hereingebrochen, die wie eine dunkle Flut stets Taschendiebe, Freudenmädchen und derlei weiteres Gesindel mit sich brachte.

In einem Bruch der althergebrachten Gepflogenheiten, den ich ihr niemals zugetraut hätte, hatte sich meine Großmutter offenbar einverstanden erklärt, sich von einem älteren Witwer sicher nach Hause geleiten zu lassen. Wenn sie dies als Strafe für mich sah, so irrte sie sich gewaltig. Ich konnte auf ihr anklagendes Schweigen und ihre verbitterte Miene gut und gern verzichten.

Unschlüssig blieb ich vor der Pforte des Boronangers stehen und spielte mit dem Gedanken, in einem der nahe gelegenen Wirtshäuser mein Unglück im Wein zu ersäufen. Da trat ein Mann an mich heran, von dem ich inständig gehofft hatte, er werde mich mit seiner Aufmerksamkeit verschonen: Falk Thimorn.

»Auf ein Wort, Meister Munter«, sagte der Einäugige höflich.

Einen winzigen Augenblick lang war ich ehrlich versucht, ihm mit aller Deutlichkeit ein für alle Mal unmissverständlich klar zu machen, wohin genau er sich sein Wort stecken konnte, aber bevor die Gäule mit mir durchgehen konnten, räusperte ich mich, zupfte mir wie beiläufig eine nicht vorhandene Fluse vom Wams und antwortete zuckersüß: »Aber sehr gern doch, Herr Thimorn!«

Der Mann von der Criminal-Cammer deutete einen Diener an. »Sehr zuvorkommend von Euch, Meister Munter, sehr zuvorkommend. Insbesondere, wenn man bedenkt, wie weh Euch das Herz wohl ist und welch unglaublich schwerer Verlust Euch bedrückt. Wie ein Mühlstein muss er auf Eurer Seele lasten, nicht wahr?« Er sprach mit gedämpfter Stimme, als wollte er verhindern, dass uns jemand belauschte.

»Es ist in der Tat nicht leicht, mit dem Verlust meines Ziehvaters umzugehen, da habt Ihr gewiss Recht, Herr

Thimorn.« Ich kam nicht dahinter, was der augenklappenbewehrte Ermittler im Schilde führte, und ich beschloss darum, ihm so unverbindlich und ausweichend wie möglich zu begegnen und mich von ihm nicht in die Enge treiben zu lassen.

»Ja, schrecklich, schrecklich, Meister Munter. Und dann der zweite Schicksalsschlag für die Munters innerhalb so kurzer Zeit. Schrecklich, schrecklich.« Er schüttelte den Kopf, als wäre sein eigener Onkel gestorben, doch der Blick seines verbliebenen Auges ruhte fest auf mir. »Erst der Onkel, dann ein guter Freund der Familie. Die Götter scheinen es nicht gut mit Euch zu meinen. Ein zerbrochenes Rad scheint wahrlich über Eurem Haus zu schweben. Da fragt man sich doch, was als Nächstes kommen mag, Meister Munter.«

»Ihr sprecht vom Sekretär meines Onkels, nehme ich an, Herr Thimorn.« Meine Hände wurden schlagartig feucht. Wenn man Thimorn eines zugestehen musste, dann die Fähigkeit, die mannigfaltigen Quellen, die ihm als Ermittler zur Verfügung standen, schnell und erschöpfend zu nutzen.

»Kerion Jolen, ja. Schrecklich, schrecklich. Herausgerissen aus dem blühenden Leben, der arme Kerl. Vielleicht ein gebrochenes Herz, weil er den plötzlichen Tod des ehrenwerten Mannes nicht verwinden konnte, bei dem er in Lohn und Brot stand. Ich kann hier nur noch ein weiteres Mal mit Nachdruck bekräftigen, welch ein großartiger Mann Euer Onkel doch war, Meister Munter. Großartig und sehr, sehr wohlhabend, nicht wahr?« Er seufzte.

Ich hatte genug von Thimorns hinterhältigen Spielchen. Der Zorn, der sich in den vergangenen Tagen in mir aufgestaut hatte und nur einmal meiner Großmutter gegenüber aufgeblitzt war, war nun nicht mehr einzudämmen und brach sich polternd Bahn. »Was genau wollt Ihr eigentlich von mir, Herr Thimorn? Warum verfolgt Ihr mich? Euer Beileid habt Ihr ja nun bereits mehrfach ausgesprochen. Habt recht schönen Dank dafür. Allerdings wüsste ich nicht, was wir beide uns sonst noch zu sagen hätten.«

»Fällt jetzt die Maske von Euch ab? Zeigt Ihr nun endlich Euer wahres Gesicht, Meister Munter? Das des zügellosen Hitzkopfs, der Ihr in Wirklichkeit seid?« Die Stimme des Einäugigen war unvermittelt von einer fast greifbaren Kälte durchzogen. »Wohlan, dann will ich Euch einmal verraten, was mich umtreibt und was mich des Nachts nicht mehr ruhig schlafen lässt. Dass Ihr weder Ziel noch Sinn in Eurem Leben kennt, Meister Munter, ist keineswegs ein wohl gehütetes Geheimnis, genauso wenig wie Eure Leidenschaften – billiger Wein, billige Huren und das Glücksspiel. Ein äußerst kostspieliger Lebenswandel, will ich doch meinen. Ein unlauterer Lebenswandel, bei dem man schnell bei zwielichtigen Gesellen in der Kreide steht, mit denen man es sich besser nicht verscherzen sollte. Glücklicherweise hat man ja einen wohlbetuchten Onkel, der für einen in die Bresche springen kann, wenn die skrupellosen Gläubiger allzu aufdringlich werden. So lange, bis der Onkel eines Tages der ausschweifenden Umtriebe seines Brudersohns müde geworden ist und sich standhaft weigert, dem Nichtsnutz und Trunkenbold noch länger auszuhelfen, wenn ihm das Wasser wieder einmal bis zum Hals steht. Alles Gezeter, alles Gebettel, alles Gejammer von Seiten des Neffen helfen nichts. Onkel und Neffe geraten in einen heftigen Streit, der Neffe vergisst sich und tötet den Onkel. Vielleicht erstickt er ihn im Schlaf mit einem Kissen und drapiert dessen Leichnam dann in der Schreibstube, um alles so aussehen zu lassen, als hätte der Sendbote Borons den Onkel bei der Arbeit überrascht.«

»Das ist doch Wahnsinn, Mann!«, fuhr es aus mir heraus. »Ich war in jener Nacht, in der mein Onkel starb, noch nicht einmal zu Hause!«

»So, Meister Munter? Nicht einmal zu Hause?«, äffte er mich frech nach. »Und wen könnt Ihr für diese Behauptung als Zeugen nennen? Eure Großmutter etwa? Eine Frau, die Euch wie eine Mutter großgezogen hat, würde Euch nie verraten, ganz gleich, welche Schuld Ihr auch auf Euch geladen haben mögt. Ganz zu schweigen davon, dass sie alles daransetzen würde, Euer – und vor allem ihr – gesellschaftliches Ansehen nicht aufs Spiel zu setzen. Zumindest den letzten Rest, den Euer Haus derzeit noch genießt. Jenen letzten, kümmerlichen Rest, der nach Euren wohl bekannten Eskapaden noch verblieben ist.«

»Wagt es nicht, so über meine Familie zu sprechen!« Wutentbrannt bohrte ich ihm einen spitzen Finger in die breite Brust, aber der Ermittler wich nicht einmal den kleinsten Schritt vor meiner Zudringlichkeit zurück. »Und es gibt noch einen weiteren Mann, der bei allen Zwölfgöttern schwören wird, dass es sich bei mir niemals um den Mörder meines Onkels handeln kann. Einer jener Söldner, die zum Schutz der Karawanen angestellt sind.«

»Oh!« Thimorn zog in gespielter Verblüffung die Augenbrauen in die Höhe. »So, so, Meister Munter. Ein Söldner, sagt Ihr. Wunderbar. Da habt Ihr ja einen Zeugen von höchster Glaubwürdigkeit bei der Hand. Einen Mann, der sich von jedem kaufen lässt, dessen Börse nur dick und prall genug ist. Die rondrianischen Tugenden des Söldnerstandes sind ja weithin bekannt. Wie viele Dukaten habt Ihr ihm denn versprochen, damit er Euch deckt?« Der Einäugige spie verächtlich aus. »Aber wartet, die Geschichte ist noch überhaupt nicht zu Ende. Weil Ihr befürchtet habt, bei der öffentlichen Aufbahrung Eures Onkels könnten Spuren Eurer schändlichen Tat bemerkt werden, seid Ihr tolldreist in den Tempel des Schwarzen Lichts eingedrungen, um den Leichnam fast bis zur Unkenntlichkeit zu verstümmeln. Was wolltet Ihr vertuschen, Meister Munter? Würgemale? Oder vielleicht doch eine kaum merkliche Stichwunde, die von einem Mengbillar herrührt? Aber halt – das kann es ja nicht gewesen sein, denn die hätten wohl schon die Borongeweihten bemerken müssen, die den Verstorbenen aus Eurem Haus geholt haben. Was war es dann, womit Ihr Euren Onkel vom Leben zum Tode befördert habt? Das Kissen, von dem ich bereits eingangs sprach? Ein ins Essen gemischtes Gift womöglich? Oder etwa Zauberei? Habt Ihr auf der Akademie der Magischen Rüstung zu Gareth etwa mehr gelernt, als Ihr jedermann zeigt?«

Ich wollte davonlaufen, aber meine Beine waren wie festgewurzelt. Dieser Mann, der da vor mir stand und siegessicher grinste, kannte mein ganzes Leben. Offenbar war sein erster Besuch nur eine Warnung gewesen oder ein Einschätzen seiner Beute, so wie ein Wolfsrudel eine Herde Schafe aus dem Unterholz heraus beobachtet, um herauszufinden, welches Lämmlein am leichtesten zu stellen sein mag, bevor die eigentliche Hatz beginnt. Schlimmer noch: Da mich der Ermittler der Criminal-Cammer ohnehin schon im Verdacht hatte, Onkel Berengar ermordet zu haben, und er darüber hinaus diesen Verdacht auch noch erstaunlich schlüssig mit den verschiedensten Indizien untermauern konnte, würde ihm jedes Wort der Erklärung von mir zwangsläufig so erscheinen, als versuchte ich verzweifelt, den Kopf aus der Schlinge zu ziehen. Was hätte ich dem Einäugigen denn auch entgegnen können? *Entschuldigt, werter Herr Thimorn, aber Ihr irrt Euch ganz gewaltig. Mein geliebter Onkel wurde augenscheinlich das Opfer einer Intrige zwischen widerstreitenden Gruppen innerhalb der Phexkirche. Das weiß ich von einem Einbrecher und einem Händler, die beide selbst Anhänger des Diebs der Götter sind. Und der Einbruch im Tempel des Schwarzen Lichts, zu dem ich mich zähneknirschend bekenne, diente im Übrigen lediglich dazu, möglichst schnell herauszufinden, auf welche Weise mein Onkel in die Nachwelt befördert wurde. Ach ja, mein Kompliment, Ihr wart in der Tat schon auf der richtigen Spur – er ist doch wirklich vergiftet worden. Mit einem Gift, das aus der Frucht des Merach-Strauchs gewonnen und gemeinhin als Süßer Tod bezeichnet wird. Von wem mein Onkel ermordet wurde wollt Ihr wissen? Tut mir unendlich Leid, Herr Thimorn. Da muss ich wohl passen.* Niemand hätte mir solch eine hanebüchene Geschichte auch nur einen Augenblick lang geglaubt.

Der Ermittler war noch nicht fertig mit mir. Genüsslich seinen scheinbaren Triumph auskostend, fuhr er fort: »Wie der Zufall es will, verscheidet unvermittelt auch noch der Privatsekretär des Onkels, der einzige Mann, der sonst noch etwas von den Unsummen wusste, die der gute Onkel seit vielen Götterläufen aufbrachte, um die Torheiten und Fehltritte seines verkommenen Brudersohns zu decken. Manchmal sind die Wege der Götter wahrhaft unergründlich. Leider glaube ich nicht an Zufälle, aber ich hege die Überzeugung, dass einem jeden Menschen auf Dere sein Schicksal vorherbestimmt ist. Und das schlimme Schicksal des bedauernswerten Herrn Jolen war es, Euch und Euren verderbten Plänen gefährlich werden zu können, weshalb Ihr ihn umgehend aus dem Weg schaffen musstet. Schrecklich, schrecklich, Meister Munter.« Der Einäugige schnalzte vergnügt mit der Zunge.

Ich spürte, dass sämtliches Blut aus meinem Gesicht gewichen war. Thimorn strich sich sorgfältig das teure Wams glatt, das er zur Feier des Tages angelegt hatte. »Nun liegt es nur noch an mir, stichhaltige Beweise für diese Geschichte zu sammeln, die über jeden Zweifel erhaben sind. Aber keine Sorge, ich werde Euch im Auge behalten.« Er lächelte siegesgewiss und klopfte mit zwei Fingern auf sein Jochbein. »Es wird nicht lange dauern. Eine Woche oder zwei. Bis dahin rate ich Euch tunlichst, unser schönes Gareth nicht zu verlassen, denn ein solches Handeln käme wohl einem Schuldeingeständnis gleich, nicht wahr? Ich wünsche Euch noch einen schönen Abend, Meister Munter!«

Frohgemut ging Thimorn seines Weges. Der Wolf wusste nun, welches Lämmlein hinkte.

Ich sah dem Ermittler der Criminal-Cammer nach, bis er um die nächste Ecke verschwunden war. Dann stand für mich unumstößlich fest, dass ich an diesem Abend tatsächlich nicht umhin käme, mein Unglück in einem wahren Meer von Wein zu ersäufen, denn mit einem Schlag war meine Lage nicht mehr nur als ausgesprochen verzwickt zu bezeichnen, sondern als nahezu ausweglos. Nicht genug damit, dass ich einen geheimnisumwobenen Talisman in Form eines Fuchskopfs finden musste, für den skrupellose Gestalten jederzeit bereit waren, über Leichen zu gehen. Nicht genug damit, dass ich, der ich von solcherlei Dingen allenfalls eine vage Ahnung hatte, die Geschäfte meines Onkels Berengar weiterzuführen hatte. Nein, nun musste ich auch noch damit rechnen, dass mich ein übereifriger Gesetzeshüter in den Kerker oder gar an den Galgen brachte!

So führte mich mein nächster Weg in die Taverne *Roter Hahn*, jene Spelunke, in der sich Lasse, Susa, Quin – meine Komplizen, wie Falk Thimorn sie wohl genannt hätte – und ich uns zusammengefunden hatten, bevor wir in den Tempel des Schwarzen Lichts eingedrungen waren, um uns Klarheit über die Todesursache Onkel Berengars zu verschaffen. Unwirsch stieß ich all jene Bettler beiseite, die nicht schon allein durch meine finstere Miene davon abgehalten wurden, mich mit flehenden Worten und ausgestreckten Armen um ein Almosen zu bitten. Da die Zwölfgötter keinerlei Mitleid mit mir zu kennen schienen, sah ich ebenso kalt über das Elend meiner Mitmenschen hinweg.

Kaum hatte ich mich mit einem großen Krug Wein in einer dunklen Nische im *Hahn* niedergelassen, der zu dieser noch recht frühen Abendstunde bereits erstaunlich gut besucht war, trank ich auch schon wie von der Maraske gestochen Becher um Becher, umwogt von dem unablässigen Lärm der Taverne, bis ich schließlich den schweren Kopf in die Hände stützte, die Augen schloss und im süßen Vergessen eines Vollrauschs versinken wollte.

Da legte sich plötzlich eine Hand auf meine Schulter, und eine sanfte Stimme sagte: »Ich habe alles gesehen, mein Junge.«

Harad hatte sich mir gegenüber auf einen Schemel gesetzt. Der Händler schaute mich mit traurigen Augen an. »Er hält dich für den Mörder deines Onkels, oder nicht?«

Ich nickte. Der Nebel, den der Wein in meinem Geist hatte aufziehen lassen, machte mir das Denken schwer, aber ich war dennoch froh, ein vertrautes Gesicht zu sehen.

»Ich habe mir gedacht, dass du vielleicht darüber reden möchtest, Severin.« Harad rückte den Krug aus der Mitte des Tisches, um mein Gesicht besser sehen zu können. »Also, hier bin ich.«

»Da gibt es nicht viel zu sagen, Harad«, lallte ich. »Er denkt, ich habe Onkel Berengar umgebracht. Und von dieser Wahnvorstellung ist er wohl durch nichts abzubringen. Er hat gesagt, dass er mich beobachten wird und dass ich die Stadt nicht verlassen soll. Er arbeitet als Ermittler für die Criminal-Cammer. Falk Thimorn heißt er.«

»Ich weiß, wer der Mann ist. Ich kenne ihn, Severin.« Harad zog einen seiner Ringe aus und ließ ihn wie einen Kreisel flirrend auf der Tischplatte tanzen. »Du solltest wissen, dass die Leute von der Criminal-Cammer alles andere als Unschuldslämmer sind. Einige von ihnen arbeiten nicht ausschließlich nur für die Cammer. Nicht, dass sie sich als Meuchler oder Diebe verdingen oder dergleichen, nein. Das würde ihre Amtsherrin niemals zulassen. Aber sie lassen sich gern den einen oder anderen glänzenden Dukaten dafür zustecken, gelegentlich die Ergebnisse ihrer Ermittlungen mit wissbegierigen Bürgern der Stadt zu teilen, wenn du verstehst, was ich meine. Es ist also keineswegs undenkbar, dass irgendjemand den Einäugigen auf dich angesetzt hat, um dir ein wenig Angst einzujagen, Severin.«

»Ich muss sagen, das hat auch hervorragend geklappt«, murmelte ich griesgrämig. »Nur ein Narr wäre nicht eingeschüchtert, wenn man versuchte, ihm zwei Morde anzuhängen.«

Harad packte den tanzenden Ring mit seiner Faust. »Zwei? Man versucht dir zwei Morde anzuhängen? Wieso denn zwei, Severin?«

»Kerion Jolen, der Schreiber meines Onkels, ist tot. Er wurde vergiftet, genau wie Onkel Berengar.« Ich goss mir einen Schluck Wein nach.

»Bei Phex, dann schwebst du in weitaus größerer Gefahr als ich dachte, mein Junge. Der oder die Meuchler schrecken offensichtlich vor gar nichts zurück. Der arme Kerion. Diese Hunde müssen gedacht haben, Kerion könnte wissen, wo Berengar den Talisman versteckt hat.« Der Händler nahm mir den Becher aus der Hand. »Severin, hast du denn seit unserem letzten Treffen schon irgendetwas über das Versteck des Talismans in Erfahrung bringen können?«

Ich schüttelte den Kopf, wovon ich aufstoßen musste.

Harad schwieg nachdenklich. Er steckte sich den Ring, mit dem er gespielt hatte, zurück an den Finger und sagte dann mit einer Entschlossenheit in der Stimme, die mich wohl beruhigen sollte: »Alles, was ich dir derzeit als Hilfe anbieten kann, Severin, ist zusammen mit deiner Großmutter bis auf Weiteres in meinem Hause zu wohnen. Ich möchte dir nichts vormachen. Mein Leben ist gewiss genauso bedroht wie das deine, denn wie man am Beispiel Kerions deutlich sehen kann, ist unseren Feinden jeder noch so kleine Anlass Grund genug, einen kaltblütigen Mord zu begehen. Aber trotzdem glaube ich, dass deine Großmutter und du in meiner Nähe schlicht und ergreifend um einiges sicherer wärt. Wir lassen einfach einen meiner Diener nach dem Talisman suchen. Ich hätte dir das nie aufbürden dürfen, mein Junge. Du bist für so etwas nicht gemacht ...«

Harads letzte Bemerkung spülte meinen Zorn, der bis dahin verzweifelt in einem See aus billigem Wein um sein Leben geschwommen war, ans rettende Ufer. »Ich bin für so etwas nicht gemacht, Harad? Heißt das, du hältst mich für unfähig, dieses Drecksding zu finden? Vielen Dank, Harad. Das ist genau das, was ich hören wollte. Welch großer Trost, dass wir diese Unterhaltung führen dürfen. Ich bin geradezu erleichtert. Jetzt sperr einmal deine Ohren auf: Spar dir dein heuchlerisches Mitleid. Ich *werde* diesen Talisman finden, koste es, was es wolle!«

Ich erhob mich schwankend und wankte an Harad vorbei aus der Nische. Ohne aufzustehen, fasste er mich an der Hüfte und drehte mich zu sich um. »Wie du willst, Junge, ganz wie du willst. Ich verzeihe dir deine Ausfälligkeiten, da ich sie dem Weingenuss zuschreibe. Mein Angebot steht nach wie vor, falls du es dir doch anders überlegen solltest. Mein Haus ist dein Haus, Severin. Ich bitte dich nur um eine einzige Sache: Wenn du den Talisman gefunden hast, dann lass es mich bitte unverzüglich wissen. Mehr verlange ich nicht von dir.«

Der Händler ließ mich los und starrte nachdenklich auf die Tischplatte. Ich war kurz davor, ihm zu sagen, dass ich den Talisman genauso gut jedem anderen geben würde, der ihn haben wollte, nur um diesen Gegenstand, der so viel Unheil über meine Familie gebracht hatte, auf schnellstem Wege loszuwerden.

Die schwüle Nachtluft trug nicht gerade zu meiner Ernüchterung bei, und ich verspürte das dringende Bedürfnis, mein Herz jemandem auszuschütten, von dem ich wusste, dass ich mehr für ihn war als eine Last oder ein Werkzeug: Quin.

Und so endete diese Nacht damit, dass ich unter Quins Fenster auftauchte und seinen Namen grölte, bis er mich einließ. Ich erzählte ihm von den Beschuldigungen Thimorns und den Unterhaltungen mit Harad. Ich beichtete ihm meine fürchterliche Angst und meine tiefe Verzweiflung. Ich wollte schon in Tränen ausbrechen ob der Ungerechtigkeiten, mit denen mich die Götter überhäuften, da legte er einen Finger auf meine Lippen, um meinem Redeschwall Einhalt zu gebieten, und sagte: »Ich schwöre dir bei allem, was mir heilig ist, Severin: Wer immer dir und deiner Familie all dieses Leid angetan hat, wird dafür teuer bezahlen.«

Ich wollte meinem Freund gern glauben, ich wollte es wirklich, aber in dieser Nacht konnte ich es einfach nicht.

Spur

Kapitel 13

Die nächsten Praiosläufe vergingen wie im Flug. Um mich von meinem Elend abzulenken – und da mir ansonsten die Hände gebunden waren, nachdem ich bei einer erneuten Durchsuchung unseres gesamten Hauses vom Keller bis zum Dachboden wieder keine Spur hatte entdecken können, die es zu verfolgen gegolten hätte –, hatte ich die Geschäftsbücher ins Muntersche Kontor bringen lassen, wo ich mich in die Pflichten, denen ich nun nachzukommen hatte, gewissenhaft einarbeitete. Darüber hinaus bot mir diese Maßnahme eine willkommene Entschuldigung, meiner verstimmten Großmutter aus dem Weg zu gehen, die mich nach wie vor mit eisigem Schweigen zu strafen suchte. Es gab also nichts, was mich in unserem Haus gehalten hätte.

Die Vielzahl peinlich genau geordneter Vorgänge, deren geregelten Ablauf ich zu begreifen wünschte, schaffte es gelegentlich sogar, jeden noch so leisen Gedanken an den unauffindbaren Talisman, den hinterhältigen Mord an meinem Ziehvater und den lästigen Ermittler Thimorn, der mir wie ein Bluthund auf der Spur war, aus meinem Kopf zu verdrängen. Zwar nie für eine längere Zeit – zu aufrüttelnd waren all die Ereignisse gewesen –, aber allein einige wenige Minuten des Vergessens waren schon weit besser als das ständige Wiederholen der bohrenden Fragen, auf die ich keine Antwort finden konnte.

Je mehr ich mich mit dem Metier Onkel Berengars auseinander setzte, desto größer wurde meine Bewunderung für die gründliche Arbeit, die mein Onkel – und auch sein Vertrauter Kerion Jolen – offenbar geleistet hatten. Wie alle anderen einheimischen Garether Kaufherren auch, so konnte sich die Familie Munter gleichermaßen nicht mit jenem strahlenden Glanz, jenem unermesslichen Reichtum und jenen Aufsehen erregenden Erfolgen messen, die die großen Häuser aus den aventurischen Frei- und Hafenstädten – die Stoerrebrandts, die Paligans, die Ongswins und wie sie alle hießen – vorzuweisen hatten, jedoch beeindruckte mich die Beharrlichkeit, mit der Onkel Berengar sich überall Handelsnischen gesucht hatte, um sie mit größtmöglichem Gewinn zu nutzen – und zwar nachhaltig. Man konnte leicht den Überblick über die vielfältigen und zahlreichen Handelsbeziehungen verlieren, die die Munters über mehrere Generationen hinweg wie ein Spinnennetz über den gesamten Kontinent gezogen hatten und von denen ich oftmals bis dahin keinerlei Kenntnis gehabt hatte. So hatten sich die Munters beispielsweise als sehr gewissenhafte, weit gereiste Kartographen einen Namen gemacht, ein Umstand, der mir bisher verborgen geblieben war.

Auch die opulente Pracht des Munterschen Kontors begann ich mit gänzlich anderen Augen zu sehen. Wo mir das Kontor mit seiner breiten, geschwungenen Treppe, der großen, von Säulen gesäumten Halle und seinem erlesenen Mobiliar aus Edelhölzern aller Art zuvor wie eine bloße protzige Zurschaustellung unserer Wohlhabenheit erschienen war, erkannte ich nunmehr den Sinn und Zweck hinter dem schönen Schein, der in diesem Gebäude herrschte: Der Glanz des Kontors sollte den Munterschen Kunden zum einen auf eindrucksvolle Weise vermitteln, dass sie es mit erfahrenen und talentierten Kaufleuten zu tun hatten; zum anderen machte der so unverhohlen präsentierte Reichtum den Kunden ebenso klar, dass die Munters sich nicht über den Tisch ziehen lassen würden oder es nötig hatten, mit jedem Kunden ins Geschäft zu kommen, sollten dessen Forderungen sich nicht mit den Erwartungen des Handelshauses decken. So diente das Kontor alles in allem weniger dazu, die Prunksucht meiner Familie zu befriedigen, sondern es machte so manchen Geschäftsabschluss sehr viel leichter.

Wie schwer es bisweilen sein konnte, in der harten Geschäftswelt stets die richtigen Entscheidungen zu treffen, musste ich in jenen Praiosläufen am eigenen Leibe erfahren. Welche Güter lagert man ein, welche verkauft man sofort weiter? Welche Ware liefert man am gewinnbringendsten an welchen Ort, und wann ist der richtige Zeitpunkt, die Handelskarawanen auf den Weg zu bringen? Welche Söldner wählt man aus, die vertrauenswürdig genug sind, das kostbare Gut, das man auszuführen gedenkt, zu schützen, und welchen unterzeichnungsberechtigten Angestellten des Unternehmens schickt man mit den Waren auf die Reise? Wie hoch werden Zölle ausfallen, wenn man mautpflichtige Straßen benutzt oder Staatsgrenzen überschreiten will? Dies waren nur einige der zahllosen Fragen, mit denen ich mich zuvor bestenfalls am Rande befasst und denen ich mich nun zu stellen hatte.

Und ich begann, meine ersten, eigenen Entscheidungen zu treffen, zu Anfang noch zögerlich und zaudernd, aber je mehr Beschlüsse ich zu fassen hatte, desto leichter fiel es mir. Da mir Onkel Berengar zu Lebzeiten immer wieder gesagt hatte, es sei beileibe keine Schande, einen fachkundigen Rat einzuholen, wenn man in einer Sache nicht weiter wusste oder die eigene Unsicherheit zu groß war, scheute ich mich auch nicht, die Meinungen jener Bediensteten einzuholen, die mir besonders eifrig und urteilsfähig erschienen. Mir kam es so vor, als hätte Onkel Berengar ein ganzes Heer von Schreibern, Fuhrleuten, Packern, Trägern und Söldnern beschäftigt, um den fortwährenden Erfolg der Munterschen Unternehmungen zu sichern. Selbstredend brauchte ich einige Tage, um festzustellen, wer von meinen Untergebenen mir von Nutzen sein konnte, wenn es darum ging, die Geschäfte unserer Familie möglichst reibungslos fortzuführen. Aber als ich erst auf Lasses Urteil und dann auf das anderer Angestellter, die der Thorwaler mir empfohlen hatte, vertrauen gelernt hatte, kam ich schneller mit meinen neuen Aufgaben zurecht, als ich es anfangs erwartet hatte.

Ich arbeitete oft bis spät in die Nacht hinein, da ich zu meiner eigenen Überraschung durchaus Gefallen an den täglichen Herausforderungen fand, vor denen ich in meiner ungewohnten Rolle als frisch gebackener Kaufmann stand. Ähnlich wie Kerion Jolen – Boron sei seiner Seele gnädig – fing ich an, das phexgefällige Geschäft als großes Spiel mit bisweilen verwirrenden und überraschenden Regeln zu sehen, und das Glücksspiel lag mir scheinbar ja ohnehin im Blut.

An jenem Abend, an dem ich höchst unsanft mit der Nase darauf gestoßen werden sollte, dass es eine nahezu törichte Annahme von mir gewesen war, der heimtückische Mord an Onkel Berengar könnte irgendwie hinter meinen neu gefundenen Pflichten als Lenker der Munterschen Geschäftsgeschicke zurücktreten und gar völlig in Vergessenheit geraten, feierte ich in jener Schreibstube, die ich mir im Kontor als Arbeitszimmer auserkoren hatte, einen meiner kleinen Erfolge, auf die ich damals so unglaublich stolz war.

Ich hatte mir eine gute Flasche Wein kommen lassen und süffelte genüsslich vor mich hin, in dem Wissen, einen ansehnlichen Geschäftsabschluss unter Dach und Fach gebracht zu haben, wie ihn wohl auch Onkel Berengar kaum besser hätte bewerkstelligen können. Ferrara-Eisenherr, die bekannteste Stellmacherei für Prunkkutschen im ganzen Mittelreich, würde sich zukünftig vom Hause Munter mit Samt und Plüsch beliefern lassen. Die Stoffe stellte eine befreundete Spinnerei für uns her, die wir wiederum mit Baumwolle aus der Goldenen Au versorgten. Alles in allem war ich mit dieser Übereinkunft rundum zufrieden und bereit, mich für den heutigen Abend einzig und allein der Weinseligkeit hinzugeben.

Plötzlich klopfte es an der Tür, und bevor ich in der Lage gewesen wäre, meinen Besucher hereinzubitten, betrat er auch schon das Zimmer. »Habe ich mir doch gedacht, dass du schon wieder säufst wie ein Loch, Severin«, sagte Quin gut gelaunt und klopfte mir auf den Rücken, aber seine Fröhlichkeit wirkte aufgesetzt, wie von einer angespannten Unruhe durchzogen. »Gut, dass ich reichlich Nachschub mitgebracht habe.«

Er kramte zwei Flaschen aus seiner Umhängetasche und stellte sie vor sich auf den Tisch.

»Gibt es etwas zu feiern, Quin?«, fragte ich meinen Freund verwundert. Ich bemerkte, dass er keinerlei Anstalten machte, sich auf den Hosenboden zu setzen, ein weiterer Hinweis darauf, dass ihm irgendetwas im Kopf herumging.

»Das weiß ich noch nicht so genau, Severin. Könnte sein, ja. Könnte aber genauso gut sein, dass ich den Wein nur mitgebracht habe, damit wir uns ein bisschen Mut für morgen Nacht antrinken können.« Er musterte mich eingehend.

»Raus mit der Sprache! Lass dir nicht alles aus der Nase ziehen, Quin.« Die merkwürdige Art des Medicus beunruhigte mich.

»Gut, gut. Severin, es sieht so aus, als hätten wir einen Wink des Schicksals erhalten. Einen grausigen zwar, aber das scheint ja langsam zur Gewohnheit zu werden.« Er verstummte gedankenversunken.

»Quin, jetzt komm schon«, drängelte ich. Furcht regte sich in mir wie ein kleines gehetztes Tier.

»Vorgestern Nacht hat man mich in eine der übelsten und finstersten Ecken des Südquartiers gerufen. Dorthin, wo sich für gewöhnlich kein ehrenwerter Garether Bürger blicken lässt. Vielleicht wunderst du dich jetzt, warum ich mich bereit erklärt habe, mich zu solch später Stunde noch dorthin zu wagen, aber ich habe ... nun, Freunde ... in bestimmten Kreisen, mit denen ich regelmäßigen Umgang pflege, was sich für beide Seiten bisweilen als ausgesprochen vorteilhaft erweist.«

Er lächelte verlegen, als fiele es ihm schwer, vor mir ein solches Geständnis abzulegen. Ich konnte mir denken, wovon er sprach. Schließlich war es für ihn ja auch ein Leichtes gewesen, jene Geweihtengewänder aufzutreiben, die wir für unseren gemeinsamen Ausflug in den Tempel des Schwarzen Lichts benötigt hatten. Auch seine Anspielungen, als er mir und Susa hatte darlegen wollen, weshalb Kerion Jolen nie und nimmer den Freitod gewählt hatte, hatten in diese Richtung gedeutet. Ich verstand nicht einmal, warum mein Freund sich dessen schämte, denn Beziehungen zur Unterwelt der Metropole Gareth konnten nie schaden – solange sie von der gehobenen Gesellschaft unentdeckt blieben.

»Wie auch immer«, fuhr Quin fort, »ich wurde also zu dieser Frau gerufen, einer Streunerin, wie es sie in unserer ach so strahlenden Kaiserstadt zu Dutzenden gibt. Pelinai hieß sie, glaube ich, aber das ist eigentlich auch nicht weiter von Belang. Ich konnte ihr ohnehin nicht mehr helfen. Peraine verzeih, das scheint schon fast zu einer Gewohnheit zu werden.« Er machte eine kurze, nachdenkliche Pause, seufzte leise und hob dann erneut an. »Sie war fürchterlich zugerichtet, Severin, als wäre ein wildes Tier mit unzähligen Klauen über sie hergefallen. Sie war schon verblutet, bevor ich überhaupt am Ort des Geschehens eingetroffen war. Aber auch das ist im Grunde nicht wichtig, denn bei dem ganzen Gassendreck hätte sie sich bestimmt einen ordentlichen Wundbrand eingefangen, der sie gewiss eines ihrer Glieder gekostet hätte. Du fragst dich jetzt sicher, was das Ganze mit dir zu tun hat, oder?«

Ich nickte.

»Ich will offen und ehrlich zu dir sein, Severin. Als ich dir neulich Nacht geschworen habe, wir würden den Mörder Berengars schon noch zu fassen kriegen und ihn der praiosgefälligen Gerechtigkeit überstellen, da habe ich noch gedacht, es könne unter Umständen eine Weile dauern, bis es endlich so weit ist. Aber jetzt, jetzt sieht es fast so aus, als käme dieser Augenblick weitaus schneller, als ich es je erwartet hätte.« Quin kratzte sich im Nacken. »Die Leute, die die Streunerin gefunden haben, haben behauptet, sie hätten kurz zuvor einen Moha aus der Gasse rennen sehen, in der die Frau angegriffen worden war.«

Die Moha sind ein wilder, ungezähmter Menschenschlag von kleinem, drahtigem Wuchs aus den südlichsten Gefilden Aventuriens, wo sie im undurchdringlichen Dschungel in einer unüberschaubaren Vielzahl von unterschiedlichsten Stämmen leben, von denen nicht alle den Besuchern aus anderen Teilen des Kontinents friedlich gesonnen sind. Damals wie heute verirren sich nur wenige Angehörige dieses Volkes in den Norden. Zu ihren Reihen zählen tapfere Krieger ebenso wie unheimliche Geisterbeschwörer und Schamanen. Ihr Denken und ihre Glaubensvorstellungen sind uns oftmals so fremd, dass es nicht leicht ist, einen Moha und sein Handeln zu verstehen.

Doch wie ich es auch drehte und wendete, ich konnte noch keinen Zusammenhang zwischen einem meuchlerischen Moha und meiner eigenen Lage erkennen.

Quin deutete mein grüblerisches Schweigen richtig und half mir auf die Sprünge. »Und an dieser Stelle, Severin, muss ich dich daran erinnern, dass das Gift, mit dem dein Onkel ermordet worden ist, aus dem Süden

Aventuriens stammt, so wie die Moha auch. Dies allein hätte natürlich noch nicht ausgereicht, um einen begründeten, nachvollziehbaren Verdacht in mir zu erwecken. Schwerer wiegt da schon der Beruf, dem diese Pelinai nachging. Wie mir aus sicherer Quelle zugetragen wurde, handelte es sich bei ihr um die Anführerin einer höchst geschickten Bande von besonders skrupellosen Einbrechern, die dafür bekannt sind, dass sie nie Spuren ihrer Taten am Ort des Verbrechens hinterlassen.«

»Du meinst, diese Streunerin Pelinai und ihre Diebesbande könnten jene Abweichler sein, mit der die Phexkirche so erbittert zu kämpfen hat und von denen Harad gesprochen hat?« Das ergab durchaus einen Sinn.

»Ich bin mir nicht sicher, ob dem tatsächlich so ist, Severin, aber mir drängt sich der Eindruck auf, dass Berengars Mörder nun mit dem beginnt, was dieser Thimorn dir hinsichtlich des armen Herrn Jolens vorzuwerfen versucht.« Mein Freund verschränkte die Hände hinter dem Kopf.

Ich nahm einen Schluck Wein, um meine Gedanken beisammenzuhalten, aber als mir einfiel, welchen Giftes sich der Mörder bedient hatte, wollte mir der gute Tropfen nicht mehr so recht munden. »Der Mörder fängt an, alle Personen aus dem Weg zu schaffen, die er als Gefahr für sich betrachtet.«

»Um genau zu sein: Er tötet die Mitwisser, wenn du mich fragst, Severin.« Endlich zog sich der Medicus einen Stuhl heran und ließ sich darauf nieder. Er griff nach dem Wein und nahm einen tiefen Zug aus der halb leeren Flasche.

»Der Moha, den die Leute im Süd-Quartier gesehen haben wollen, soll Onkel Berengar umgebracht haben?«, fragte ich ungläubig nach. »Darauf willst du doch hinaus, oder etwa nicht?«

»Ja und nein. Es ist verlockend anzunehmen, der Moha sei aus dem wilden Süden in die große Stadt gekommen, um sich etwas zurückzuholen, das rechtmäßig seinem Stamm gehört und seinem Volk von hellhäutigen Eindringlingen geraubt wurde. Vor allem, da wir ja wissen, dass der Talisman, den wir suchen, durchaus von einem Stamm der Moha gefertigt worden sein könnte, wobei es noch zu bedenken gilt, dass diesem Menschenschlag der Zwölfgötterglauben gänzlich fremd ist. Woraus sich die Frage ergäbe, wie dieser Talisman überhaupt innerhalb der Phexkirche solche Bedeutung erlangen konnte. Aber darüber sollen sich die Geweihten streiten, bis sie sich die Mäuler wund geredet haben. Ich bin zu einem etwas anderen Schluss gekommen. Der Moha ist nur der Dolch, und die Hand, die die Klinge führt, gehört einem anderen. Und eben diese Person gilt es aufzuspüren.« Mein Freund ließ die Neige in der Weinflasche hin und her schwappen. »Diese Pelinai kann es ja wohl nicht gewesen sein, aber sie muss zumindest etwas gewusst haben, denn sonst hätte sie nicht mit dem Leben für ihr Wissen bezahlen müssen. Oder aber ich bin gänzlich auf dem Holzweg und habe mich in einen Gedanken verrannt, an den ich gern glauben möchte. Allerdings bin ich nicht geneigt, meine Annahme einfach von der Hand zu weisen.«

»Weil du dich noch nie in deinem ganzen Leben geirrt hast? Oder weil du mir immer noch etwas verheimlichst, Quin?«, fragte ich lauernd.

Der Medicus musste lachen. »Natürlich nur, weil ich, der ich in wahrer Überfülle von Hesinde gesegnet wurde, in meinem ganzen Leben noch nie auch nur dem winzigsten Irrtum aufgesessen bin, Severin.«

»Das ist nicht dein Ernst!«, rief ich erschrocken aus.

»Nein, ganz recht, das ist auch nicht mein Ernst, mein Freund. Und ja, ich habe noch einen Trumpf auf der Hand, wie du es wohl nennen würdest.« Er keckerte zufrieden. »Ich hatte doch eben noch von den mannigfaltigen Vorteilen gesprochen, die es bisweilen mit sich bringen kann, Umgang mit gewissen Leuten zu pflegen, die ihre Gewinne mit nicht ganz alltäglichen und auch nicht gerade gern gesehenen Mitteln einfahren. Einer dieser Vorteile ist es, dass es unter Ausnutzung dieser Beziehungen ein Leichtes ist, in ganz Gareth nach jemandem suchen zu lassen – insbesondere, wenn es sich dabei um eine Person handelt, die den Leuten zwangsläufig auffallen muss. So wie der Moha. Ich wusste gleich, dass ich ihn finden würde. Es sei denn, er wäre ein waschechter Verkleidungskünstler oder bereits aus unserer Stadt geflohen – aber selbst in diesem Fall hätte man vermutlich in Erfahrung bringen können, wann und mit welchem Ziel dies geschehen wäre.«

»Verstehe, Quin. Du hast den Moha also suchen lassen, ja?« Ich war zugegeben ein klein wenig wütend auf meinen Freund. »Und du hast es nicht für nötig befunden, mir das alles sofort zu erzählen, sondern lieber noch ein bisschen gewartet?«

Der Medicus sah mich traurig an. »Severin, ich habe gedacht, es könnte dir nur gut tun, wenigstens ein paar Tage von dieser ganzen scheußlichen Angelegenheit verschont zu bleiben. Als du mich das letzte Mal besuchtest, warst du schließlich sehr aufgewühlt und verzweifelt. Und außerdem brauchte auch ich eine Weile, bis ich begriff, dass sich uns hier eine Möglichkeit eröffnet, den Dingen auf den Grund zu gehen. Es ist nämlich leider ganz und gar nicht so, dass ich mich in meinem Leben noch nie geirrt hätte.«

Die Flamme meines Zorns war noch nicht vollkommen erloschen. »Wie erhellend, da wäre ich ja niemals drauf gekommen, Quin«, giftete ich.

»Halt den Mund und hör mir zu, Severin!« Quins Stimme war plötzlich kalt und schneidend. »Es gab und gibt Dinge in meinem Leben, von denen du nichts weißt. Du bist mein Freund, und ich bin zugegebenermaßen sehr stolz auf diese Freundschaft, die so manche Widrigkeit überdauert hat, aber manches verschweige ich dir, weil es meines Erachtens nichts mit unserer Freundschaft zu tun hat. Ich habe dir nie erzählt, warum mein Vater wirklich so erpicht darauf gewesen war, mich unbedingt auf diese verfluchte Akademie zu schicken, anstatt sogleich meinem innigen Wunsch zu entsprechen, mich in seine Fußstapfen als Medicus treten zu lassen. Nach außen hin wird er auch heute noch allen Leuten erzählen, er habe einfach einen Magier in der Familie haben wollen, weil das einen guten Eindruck macht und das Ansehen steigert. Mag sein, aber warum hätte er mich dann nicht auf irgendeine andere arkane Schule schicken können, wo man mir Heilzauber beigebracht hätte? Dies wäre doch ein gerechter Mittelweg gewesen und hätte uns vielleicht beide zufrieden gestellt. Hesinde und Peraine in harmonischem Einklang. Ich sage dir, warum es nicht so kommen durfte, Severin. Als ich noch ein kleiner Junge war und kaum über diesen Tisch hier hätte schauen können, war es schon mein größter Stolz und mein liebstes Vergnügen, meinem Vater bei seiner Arbeit als Medicus zur Hand zu gehen. Ich durfte den Leuten, die er behandelte, die heilsamen Mittelchen mit auf den Weg geben, die sie zur Linderung ihrer Leiden einzunehmen hatten, hübsch verpackt in kleinen Lederbeutelchen. Bis zu jenem schicksalhaften Tag, an dem ich eines der Beutelchen mit einem anderen verwechselte.«

Mein Magen krampfte sich unangenehm zusammen. Ich wollte meinem Freund schon sagen, er brauchte nicht weiterzureden, aber meine Lippen blieben verschlossen.

»Es hätte nicht schlimmer kommen können, Severin. Jemand musste sterben, weil ich einen schrecklichen Fehler gemacht hatte. Deshalb versuchte mein Vater so beharrlich zu verhindern, dass ich ihm in seinem Beruf nachfolgte«, schloss Quin.

»Du warst doch noch ein Kind! Dein Vater hätte besser Acht geben müssen, dann wäre es nicht so weit gekommen«, brachte ich mühsam hervor.

Der Medicus winkte ab. »Darum geht es in dieser Geschichte überhaupt gar nicht. Mein Vater vertuschte den Vorfall natürlich, und er hat ihn mir niemals offen zum Vorwurf gemacht. Wie auch, wo er ihn ja unbedingt aus seiner Erinnerung verbannen wollte. Ich aber kann und will ihn niemals vergessen, weil er mir in aller Deutlichkeit vor Augen geführt hat, zu welch großen Tragödien mein Versagen führen kann. Ich habe dir das erzählt, damit du mein Handeln zukünftig besser verstehst, Severin. Wo du an den Erwartungen anderer scheitern magst, scheitere ich zumeist an meinen eigenen. Das ist der Unterschied zwischen uns beiden.«

Eine Weile lang saßen wir einander schweigend gegenüber. Vielleicht hätte ich meinen Freund für mein unangebrachtes Aufbrausen um Entschuldigung bitten sollen, aber alles, wozu ich mich letzten Endes mühevoll durchringen konnte, war ein leises: »Und hat deine Suche nach dem Moha schon etwas ergeben, Quin?«

»O ja, das hat sie, Severin. Wenn auch mit einer kleinen Überraschung.« Der Medicus schmunzelte leicht.

»Ist er etwa auch … Er ist doch nicht tot, oder?« Von Leichen hatte ich die Nase gestrichen voll.

»Mach dir keine Sorgen. Er ist putzmunter wie ein Fisch im Wasser«, beruhigte mich mein Freund.

»Dann ist er noch hier in der Stadt? Wo hält er sich auf? Wir müssen so schnell wie möglich dorthin, bevor er uns durch die Lappen geht!«, rief ich aufgeregt, denn der leichte Rausch, der sich nun allmählich bei mir einstellte, hatte meinen Tatendrang geweckt.

»Ich bin überzeugt, es gibt keinen Grund zu übertriebener Eile, Severin. Ich habe den Moha suchen lassen, das ist wohl wahr, aber er ist ein erstaunlich schlauer Bursche, der sehr bald spitzgekriegt hat, dass er irgendjemandes Aufmerksamkeit erregt hat. Man könnte fast sagen, er war es, der *uns* gefunden hat, und nicht umgekehrt.« Der Medicus machte eine entschuldigende Geste.

»Was? Ist er hier? Hat er dich bedroht?«, wollte ich wissen.

»Ganz im Gegenteil, Severin.« Zufrieden lehnte Quin sich zurück und legte die Füße auf den Tisch. »So wie ich es verstanden habe, kann er es kaum noch erwarten, mit uns ein Schwätzchen zu halten. Und ich war so frei, für morgen Nacht ein Treffen mit ihm zu vereinbaren …«

Kapitel 14

Ist das denn nicht ein höchst ungewöhnlicher Treffpunkt für eine solche Verabredung? Der *Tobrier-Hof* in Rosskuppel, meine ich«, wollte ich von Quin wissen, der mir gegenüber in der kleinen schwankenden Kutsche saß. »Das ist doch ziemlich weit draußen vor den Mauern Alt-Gareths. Von dort aus kann man schon fast den Hintern der Welt sehen.«

Der Medicus schaute durch das Wagenfenster hinaus in das Zwielicht der hereinbrechenden Dämmerung und betrachtete neugierig die vorbeiziehenden halb verdorrten Wiesen und die teils heruntergekommenen, teils tadellos gepflegten Gehöfte. »Mag sein, Severin, mag sein. Aber dieser Teil der Kaiserstadt hat sich noch einen solch unverfälscht ländlichen Charakter bewahrt, dass unser Freund aus dem tiefen Süden wohl den Eindruck gewonnen hat, der Arm seiner Feinde reiche nicht so weit, als dass sie ihm hier noch gefährlich werden könnten. Wo du gerade von Stadtmauern sprichst: Ich hoffe doch sehr, dass dieser Thimorn sich nicht wortwörtlich auf die Mauern Alt-Gareths bezogen hat, als er dich warnte, besser nicht die Stadt zu verlassen, oder etwa doch?«

Schulterzuckend murmelte ich: »Es ist mir vollkommen gleich, wovor mich dieser ungehobelte Kerl warnt. Vor allem, wenn ich ihm durch unsere kleine Kutschfahrt meine Unschuld beweisen kann. Was ist das denn überhaupt für eine Herberge, zu der wir unterwegs sind?«

»Der *Tobrier-Hof?*« Mein Freund wandte mir das Gesicht zu, auf dem sich die klamme Schwüle in winzigen, glänzenden Schweißperlen niedergeschlagen hatte. »Oh, das ist eigentlich eine wirklich nette Geschichte. Bis vor ein paar Götterläufen war der Hof noch eine Ansammlung langsam vor sich hin verrottender Gebäude. Der ursprüngliche Besitzer ist angeblich eines schönen Tages in irgendeinen dämlichen Krieg gezogen und nie wieder vom Schlachtfeld zurückgekehrt. Dann sind irgendwann drei Geschwister – zwei Brüder und ihre Schwester, um genau zu sein – aufgetaucht und haben den Hof einfach übernommen, um eine preiswerte Herberge daraus zu machen. Jeder, der bereit ist, den dreien bei der Arbeit ein wenig zur Hand zu gehen, darf dort umsonst die Nacht verbringen. Für arbeitsscheuere Gäste kostet es allerdings auch nur einen Heller. Große Annehmlichkeiten wie in den besten Hotels der Stadt darf man bei solch einer bescheidenen Unterkunft natürlich nicht erwarten, aber immerhin bekommt man einen trockenen Platz zum Schlafen. Die drei Geschwister sind wohl der festen Überzeugung, dass ihnen nichts Böses widerfahren kann, wenn sie allen Menschen nur mit der entsprechenden Freundlichkeit und Weltoffenheit begegnen. Sie sind allzu gutgläubig, weißt du. Ich glaube, die drei denken nicht einmal im Traum daran, dass sich ihr hübscher Hof in den letzten Götterläufen zu einem beliebten Unterschlupf für allerlei suspekte Personen entwickelt hat, denen der Boden in Gareth zu heiß unter den Sohlen geworden ist.«

Ich schüttelte verwundert den Kopf. »Woher weißt du das nur alles, Quin?«

Mein Freund setzte eine ernste Miene auf und sagte mit Grabesstimme: »Sollte ich dir das verraten, müsste ich dich leider töten, Severin.« Dann lachte er schallend über mein bestürztes Gesicht. »Ach, Severin, wie oft muss ich dir denn noch sagen, dass man als Medicus so manches zu hören bekommt, wenn man nur bereit ist, seine Ohren weit genug aufzusperren?«

»Oder wenn man bereit ist, die Armbrustbolzen der Stadtgarde aus irgendwelchem Gesindel zu zerren, wolltest du wohl sagen«, meckerte ich mit einem Anflug von Ärger, weil ich mich schon wieder von ihm an der Nase hatte herumführen lassen.

Es klopfte polternd auf das niedrige Dach der Kutsche. »Haltet euch bereit, ihr zwei. Wir sind jeden Augenblick da!«, rief Susa uns vom Kutschbock aus zu. Um der Vorsicht Genüge zu tun, begleiteten uns Susa und Lasse, denn zwei Paar starke Arme konnten gewiss nicht schaden, wenn der Moha nur vorgetäuscht hatte, dass ihm an einem friedlichen Treffen gelegen wäre und er uns in Wahrheit mit roher Gewalt begegnen wollte. Oder wenn er gar beabsichtigte, uns in einen regelrechten Hinterhalt zu locken – aber über diese Möglichkeit wollte ich nicht allzu lange nachdenken, denn ansonsten hätte ich wohl im letzten Moment noch den Mut verloren, überhaupt bei dieser Zusammenkunft zu erscheinen. Außerdem hatten die Munters ihr Vermögen nicht damit gemacht, sich mit lauten Angstfürzen daheim unter der Bettdecke zu verkriechen, wenn sie sich einem Problem gegenübersahen.

Kurze Zeit später kam der Zweispänner rumpelnd zum Stehen. Ich stieg aus und blickte mich erwartungsvoll um. Hinter mir scharrten die beiden stattlichen Teshkaler ungeduldig im trockenen Staub der Straße. Offenkundig konnten die schnaubenden Rappen der unangenehmen Wetterlage ebenso wenig abgewinnen wie wir Zweibeiner. Als ich den Hof näher in Augenschein nahm, gelangte ich zu der Überzeugung, dass die drei Geschwister eine beeindruckend gute Arbeit geleistet hatten. Es gab keine Löcher im Dach, die Fensterläden waren mit adretten weißen Blumenmustern bemalt, und den kleinen Brunnen auf dem Vorplatz zierte eine verhältnismäßig geschmackvolle Efferdstatue aus glasiertem Ton.

»Das sieht ja gar nicht einmal so übel aus, wie ich dachte«, brummelte Lasse und machte einen langen Hals, um in eines der Fenster hineinzuspähen, hinter dem flackernder Kerzenschein, sanftes Gemurmel und leises Gelächter davon zeugten, dass die Herberge auch an diesem Abend hinreichend gut besucht war.

Susa versetzte dem Thorwaler einen leichten Klaps auf den Hintern und sagte mit ihrem üblichen spöttischen Unterton: »Dass dich im Grunde deines Herzens allein das Schlichte anzusprechen vermag, überrascht mich nicht, Lasse.«

Um dem Nordmann beizustehen, verzog ich abschätzig das Gesicht und raunte in Richtung der Söldnerin: »O ja, wohingegen du dich bekanntlich auf den rauschenden Hofbällen im Kaiserpalast am wohlsten fühlst, zu denen du jeden zweiten Abend eingeladen bist, nicht wahr, liebe Susa?«

Sie streckte mir die Zunge heraus, machte einen galanten Knicks und deutete auf die Eingangstür des *Tobrier-Hofs*. »Nach Euch, ehrenwerter Meister Munter. Soweit Lasse mir das anvertraut hat, seid Ihr erwiesenermaßen ausgesprochen bewandert, was den Besuch zweifelhafter Spelunken angeht.«

Von ihrem beißenden Spott angestachelt, kam ich ihrer Aufforderung umgehend nach, ohne auch nur einen einzigen Gedanken daran zu vergeuden, dass mich hinter der schweren Holztür ebenso gut eine Horde blutrünstiges, waffenstarrendes Gesindel wie ein einzelner, gesprächsbereiter Waldmensch aus dem Süden Aventuriens erwarten konnte.

Der Schankraum war überraschend groß, und auch mit der vielköpfigen Menge an Gästen, die sich an Tischen und auf Bänken drängten, hätte ich beim besten Willen nicht gerechnet. Es herrschte eine heitere, fast schon ausgelassene Stimmung unter den Anwesenden. Ich erspähte Fackelhalter an den Wänden, aber aufgrund der anhaltenden Hitzewelle hatten sich die Wirtsleute offenbar entschieden, lediglich auf Kerzen zurückzugreifen. Selbst im Halbdunkel war es kein allzu schwieriges Unterfangen, die Besitzer der Herberge auszumachen, die schaumgekröntes Bier in klobigen Krügen ausschenkten; ihre Verwandtschaft war auf keinen Fall zu übersehen, da sie alle drei den gleichen kräftigen Wuchs, die gleichen kantigen Gesichtszüge und das gleiche schmutzig braune Haar aufwiesen. Ein angenehm würziger Duft von Fleischsuppe hing in der Luft, und sogleich knurrte mir ein wenig der Magen, denn ich war gewiss kein Kostverächter – ganz gleich, um welche Form von Genuss es sich handeln mochte.

Abgesehen von den drei Wirtsleuten und ein paar Gästen, die uns neugierige bis argwöhnische, durch berauschendes Gebräu bereits erheblich getrübte Blicke zuwarfen, schenkte uns niemand Beachtung, als wir die Herberge betraten. Einer der beiden Brüder schickte seine Schwester mit vier Krügen Bier zu uns herüber, die sie äußerst geschickt vor ihrem wogenden Busen balancierte. Sie strahlte über das ganze rosige Gesicht. Mit einem »Willkommen im *Tobrier-Hof*, edle Herrschaften!« drückte sie jedem von uns einen der Krüge in die Hand, aus denen das Bier nur so überschwappte. Sie musterte uns auf unauffällige Weise, doch mein vom Kartenspiel geschultes Auge vermochte sie mit ihrem verstohlenen Schielen nicht zu täuschen. Wahrscheinlich wunderte sie sich darüber, warum Quin und ich uns in ihre Herberge verirrt hatten, denn während das Erscheinungsbild der Söldner in unserem Gefolge sich mehr oder minder nahtlos in die Schar ihrer Gäste einreihte, trugen wir Kleidung von feinerer Machart und Qualität als alle anderen Herbergsbesucher.

Außerdem musste der Wirtin aufgefallen sein, dass der schlaksige Medicus nicht wusste, wo er den unsteten Blick verweilen lassen sollte; der tiefe Ausschnitt ihres ansonsten eher schlichten Kleides übte eine ungeahnte Anziehungskraft auf meinen Freund aus.

»Habt Dank, gute Frau«, sagte ich freundlich lächelnd und nahm einen großen Schluck Bier, an dessen erfrischend herbem Geschmack es nichts zu beanstanden gab. Ich gab mir alle Mühe, ihr bei meinem Gruß ins Gesicht und nicht auf die beeindruckenden Brüste zu schauen.

»Ich fürchte fast, dass ich Euch keinen eigenen Tisch anbieten kann.« Ihr Mieder zurechtrückend, schaute sich die Wirtsfrau in der Schankstube um. »Da werdet Ihr wohl etwas enger zusammenrücken müssen.«

»Wir wollten hier einen Freund treffen, wisst Ihr …«, begann ich vorsichtig.

»Oh!« Blitzschnell wandte sie sich wieder zu mir um. »Warum habt Ihr das nicht gleich gesagt?« Schon bahnte sie sich mit rudernden Armen einen Weg durch den zum Bersten gefüllten Schankraum, vorbei an ihren vergnügten Gästen, von denen sich viele die Zeit mit Würfel- oder Kartenspielen vertrieben. Einige konnten es sich nicht verkneifen, die Wirtsfrau in den ausladenden Hintern zu zwicken, während Susa anscheinend eine Aura der Unantastbarkeit umgab, die sie vor solchen Zudringlichkeiten schützte. Wahrscheinlich waren den aufdringlichen Trunkenbolden ihre Zähne lieb und teuer, und sie wollten es nicht riskieren, den Unmut der überaus wehrhaft wirkenden Söldnerin zu erregen. Während wir der Wirtin durch den Raum folgten, verspürte ich ein sanftes Ziehen in meiner Brust, das mich daran erinnerte, wie lange ich schon nicht mehr an einem Spieltisch gesessen hatte und dass es noch einige alte Bekannte gab, die bestimmt schon sehnsüchtig darauf warteten, mir das Fell über die Ohren zu ziehen, wenn ich nicht bald meine beträchtlichen Schulden bei ihnen beglich. Nicht, dass dies das Vermögen, zu dem ich durch den Mord an meinem Ziehvater gekommen war, merklich verringert hätte. Ein weniger sanftes Ziehen an einer anderen Stelle meines Körpers machte mich darauf aufmerksam, dass ich nach wie vor für die Reize der Frauenwelt, deren hübschere Vertreterinnen an diesem Ort zahlreich vertreten waren, in hohem Maße empfänglich war.

Vor einem Tisch am hinteren Ende des Raumes blieb die Wirtin stehen und wandte den Kopf über die Schulter, um mir ein »Ich glaube, dies ist der Freund, von dem Ihr spracht« zuzuraunen, bevor sie sich mühsam an uns vorbeizwängte, um zu ihren Brüdern zurückzukehren.

Ich muss gestehen, dass der Moha, der auf uns wartete, nicht im Entferntesten meinen Erwartungen entsprach. Es überrascht mich immer wieder aufs Neue, wie schwer es ist, sich von bestimmten festgefahrenen Vorstellungen zu lösen, die man von einem fremden Volk hat, wenn man letztendlich einem einzelnen Vertreter eben dieses Volkes von Angesicht zu Angesicht gegenübersteht.

Der Mann, der mit dunklen, wachen Augen von seiner halb leeren Suppenschale zu mir aufblickte, war zum einen wesentlich größer, als ich ihn mir in meinem Geist ausgemalt hatte, zum anderen trug er weder eine auffällige Haartracht noch den absonderlichen Körperschmuck, den man gemeinhin mit den Bewohnern des südlichsten Zipfels Aventuriens in Verbindung bringt. Er hatte ein rundes, ebenmäßiges Gesicht und kurzes, struppiges pechschwarzes Haar. Darüber hinaus hatte ich lächerlicherweise erwartet, hier im pochenden Herzen des Mittelreichs einen halb nackten, kaltblütigen, ungezähmten Meuchelmörder zu treffen und nicht einen eher unscheinbaren Mann, bei dem es ausschließlich die Hautfarbe war, die ihn von den meisten der anderen

Anwesenden ein wenig abhob und der sich noch dazu nicht sonderlich wohl in seiner bronzefarbenen Haut zu fühlen schien. Der gehetzte Blick des Mohas wanderte zu Quin, der gerade eine prall gefüllte Geldbörse an einem Lederriemchen vor den Nasen der anderen Gäste tanzen ließ, die mit dem Moha zusammen an einem Tisch saßen.

»Ihr seht durstig aus, ihr Leute.« Der Tonfall meines Freundes war irgendwo zwischen unverschämter Eindringlichkeit und sich anbiedernder Vertrautheit angesiedelt. »Ich schlage vor, ihr besorgt euch schnellstens ein wenig Nachschub, bevor euch die trockenen Kehlen zugehen.«

Einer der Männer am Tisch betrachtete erst Quin und dann die beiden Söldner, die hinter dem Medicus standen, woraufhin der Herbergsgast unsicher nach der Geldbörse griff. »Der edle Herr hat ja so Recht«, sprach er dann, erhob sich und drängte seine Trinkkumpane, es ihm umgehend gleichzutun.

Wir setzten uns an die just frei gewordenen Plätze. Ich war mir nicht im Klaren darüber, wie ich das Gespräch eröffnen sollte, weshalb ich dem Moha dankbar war, dass er als Erster das angespannte Schweigen brach.

»Ich bin Cancuna-Catka«, sagte er mit einer nahezu singenden Stimme, in der zu meiner weiteren Überraschung kaum Spuren seiner Herkunft mitklangen. »Bist du der Brudersohn des Händlers Berengar?«

»Ja, der bin ich in der Tat. Mir ist da zu Ohren gekommen, Ihr hättet das dringende Bedürfnis, ein paar Worte mit mir zu wechseln.« Im Gegensatz zu dem Waldmenschen verzichtete ich auf eine vertraute Form der Anrede. Später sollte sich mir erschließen, dass es dem Moha trotz seiner Erfahrung im Umgang mit den Sitten und Gebräuchen des Mittelreichs schwer fiel, zwischen höflicher und vertrauter Anredeform zu unterscheiden. Allerdings stellte sich im Verlauf unserer

Unterhaltung bald heraus, dass dies noch zu den verhältnismäßig leicht zu überwindenden Hindernissen zählte.

Er schaute mich auffordernd an, bis ich begriff, dass er von mir erwartete, ihm die anderen ebenfalls vorzustellen. Nachdem dies geschehen war, war ich an der Reihe, ihn auffordernd anzublicken.

»Ich arbeite mit Palinai«, sagte Cancuna-Catka schließlich.

»Palinai, nicht Pelinai! Aber trotzdem ziemlich nahe dran …« Quin schnippte mit den Fingern.

»Die Streunerin?«, fragte ich den Moha. »Aber sie ist doch tot, oder?«

»Palinai ist tot.« Er nickte heftig, wobei ein Schaudern durch seinen feingliedrigen Körper lief. »Ich arbeite mit Palinai. Palinai ist tot.«

»Wie auch immer … was hat das mit mir zu tun?« Ich hoffte, dass es kein ungeschickter Zug war, mich ein bisschen dumm zu stellen.

»Ein Mann kommt zu Palinai und sagt, Palinai und Cancuna-Catka und Connar Draben und Angalla gehen in dein Haus zum Stehlen.« Für den diebischen Moha schien diese Feststellung keinerlei Schuldeingeständnis zu sein. Bei den anderen Namen, die er nannte, handelte es sich wohl um den Rest der Einbrecherbande. »Der Mann sagt, es gibt ein Zimmer, das niemand kennt. Er kennt es auch nicht. Palinai fragt, wie Palinai und Cancuna-Catka und Connar Draben und Angalla das Zimmer finden. Der Mann sagt, er gibt Palinai und Cancuna-Catka und Connar Draben und Angalla viel Geld, damit Palinai und Cancuna-Catka und Connar Draben und Angalla das Zimmer finden und alles aus dem Zimmer stehlen.«

»Halt, halt! Nicht so schnell!«, unterbrach ihn Susa. Sie beugte sich weit über den Tisch nach vorne und fragte Cancuna-Catka langsam und mit überdeutlich betonten Worten: »Hast du den Mann gesehen, der euch viel Geld gegeben hat?«

Der Moha schüttelte heftig den Kopf. »Nein! Der Mann kommt nur zu Palinai. Ich sehe den Mann nicht.«

Lasse hieb unvermittelt mit der Faust auf den Tisch, dass die Bierkrüge hochsprangen. »Verflucht noch eins! Was redest du für wirres Zeug? Du hast ihn also nicht gesehen? Oder war er unsichtbar? Versteht ihr, was er meint?«

Ich bedeutete dem ungeduldigen Thorwaler mit einem Fingerzeig zu schweigen, um Cancuna-Catka Gelegenheit zu geben, weiter zu sprechen. »Ich kann den Mann sehen, aber ich sehe den Mann nicht. Der Mann gibt Palinai und Cancuna-Catka und Connar Draben und Angalla viel Geld, alles aus dem Zimmer zu stehlen, das niemand kennt. Was Palinai und Cancuna-Catka und Connar Draben und Angalla sonst nehmen, ist die Beute. Der Mann nimmt nur alles aus dem Zimmer, das niemand kennt.«

»Ich hab's!«, rief der Medicus plötzlich, wofür er von allen Seiten verwirrte Blicke erntete. »Für Cancuna-Catka macht es anscheinend keinen Unterschied, ob er über etwas spricht, das gerade geschieht, oder über etwas, das schon früher geschehen ist.« Mein Freund freute sich wie ein kleines Kind. »Cancuna-Catka, ein Mann kam zu Palinai, um euch zum Stehlen anzuwerben. Du hast ihn nicht gesehen, weil du bei den Verhandlungen nicht dabei warst, richtig?«

Der Waldmensch nickte und lächelte erleichtert, da er offenbar schon befürchtet hatte, sich uns nicht richtig verständlich machen zu können.

»Und euer Auftraggeber hat zu Palinai gesagt, es müsse ein geheimes Zimmer in Severins Haus geben, von dem selbst der Auftraggeber nicht genau wusste, wo dieses Zimmer lag«, fuhr Quin eifrig fort. »Ihr solltet in das Haus einbrechen, das geheime Zimmer finden, alles daraus mitnehmen und dem Auftraggeber liefern. Alles andere, was ihr sonst noch aus Severins Haus mitnehmen wolltet, sollte euch gehören.«

»Ja. Aber dann gehen Palinai und Cancuna-Catka und Connar Draben und Angalla in das Haus und finden den Händler Berengar. Berengar ist tot. Der Mann sagt nicht, dass Berengar tot ist.« Ehrliche Verzweiflung wallte in Cancuna-Catkas Stimme hoch, obwohl ich mir zu diesem Zeitpunkt nicht sicher war, ob seine Verzweiflung darin begründet lag, dass er nun, da seine Geschichte länger und verworrener wurde, erneut Sorge hatte, missverstanden zu werden, oder ob er vielleicht wirklich bedauerte, in ein Mordkomplott verstrickt worden zu sein. »Palinai und Cancuna-Catka und Connar Draben und Angalla wollen nicht, dass Berengar tot ist. Palinai und Cancuna-Catka und Connar Draben und Angalla bekommen Angst. Die Sache ist zu groß für Palinai und Cancuna-Catka und Connar Draben und Angalla. Palinai und Cancuna-Catka und Connar Draben und Angalla wollen gehen, aber Palinai und Cancuna-Catka und Connar Draben und Angalla nehmen ein bisschen Beute mit, damit nicht alles umsonst ist.«

»Aus dem geheimen Zimmer?«, wollte Susa wissen. »Es muss doch aus dem geheimen Zimmer gewesen sein. Severin, du hast doch gesagt, im Haus hätte nichts gefehlt, oder?«

Ich hob entschuldigend die Hände. »Nichts, was mir aufgefallen wäre. Und auch meine Großmutter hat nichts vermisst. Ich habe nie gesagt, ich könne mit vollkommener Sicherheit ausschließen, dass aus unserem Haus etwas entwendet worden sei, vor allem wenn ich nicht mal weiß, ob es dieses Etwas überhaupt gibt.« Die Neigung des Mohas zu merkwürdig klingenden Sätzen hatte wohl auf mich abgefärbt.

Cancuna-Catka hatte den Kopf gegen die Wand hinter sich gelehnt und unser kurzes Zwischenspiel aufmerksam verfolgt. »Die Beute ist nicht aus dem Zimmer, das niemand kennt«, warf er ein. »Die Beute ist aus dem Zimmer, in dem der tote Berengar liegt. Von dem Tisch.«

»Was war die Beute denn?«, fragte Lasse. Mir fiel auf, dass mit dem Thorwaler und dem Waldmenschen hier die beiden wohl am weitesten voneinander entfernten Kulturen Aventuriens aufeinander prallten.

»Eine kleine Kiste, so groß wie ein halber Ziegelstein«, antwortete der Moha. »Von dem Tisch in dem Zimmer, in dem der tote Berengar liegt. Palinai und Cancuna-Catka und Connar Draben und Angalla haben Angst, Palinai und Cancuna-Catka und Connar Draben und Angalla können in eine Falle gelaufen sein. Der Mann will nur, dass jeder denkt, Palinai und Cancuna-Catka und Connar Draben und Angalla töten Berengar.«

»Das ist nicht auszuschließen«, bestätigte ich. Mir begann Cancuna-Catka Leid zu tun, denn ähnlich wie ich war auch er weitestgehend ohne eigenes Verschulden in eine Angelegenheit verwickelt worden, die ihm über den Kopf gewachsen war. Zugegeben, er verdiente seine Dukaten als Einbrecher, aber das machte ihn noch lange nicht zu einem Mörder. Trotzdem störten mich einige Dinge an der Geschichte, die er uns vorgetragen hatte. Er tat mir Leid, aber das hieß nicht, dass ich dazu geneigt war, blind alles für bare Münze zu nehmen, was er uns so auftischte. »Cancuna-Catka, Ihr gebt also zu, in mein Haus eingedrungen zu sein, wo Ihr die Leiche meines Onkels fandet, woraufhin Ihr in solch heillose Furcht verfielt, dass Ihr Euch die nächstbeste Beute schnapptet, die zu greifen war? Und das soll ausgerechnet ein einfaches Kistchen vom Schreibtisch meines Onkels gewesen sein?«

Cancuna-Catka spürte meinen Unglauben. »Ja. Aber das Kistchen, das Palinai und Cancuna-Catka und Connar Draben und Angalla nehmen, ist nicht einfach. Es ist teuer, aus Gold und Edelsteinen. Palinai und Cancuna-

Catka und Connar Draben und Angalla fliehen aus deinem Haus an einen sicheren Ort und machen das Kistchen auf und finden einen Stein.«

»Was für einen Stein?«, platzte es gleichzeitig aus Quin und mir heraus.

»Ein schwarzer Stein wie der Kopf eines kleinen, roten Hunds. Ein Hund wie auf dem Wappen dieser Stadt. Der Stein ist so gemacht, wie auch Cancuna-Catkas Stamm schöne Steine macht«, antwortete der Moha unschuldig.

Der Medicus und ich starrten einander mit offenen Mündern an. Durfte das denn tatsächlich die Möglichkeit sein? Vorausgesetzt, die Geschichte des Mohas war nicht erstunken und erlogen, so bedeutete dies, dass die Einbrecherbande sich genau jene Fuchskopfstatuette unter den Nagel gerissen hatte, die den Stein erst ins Rollen gebracht hatte: den Talisman der Phexkirche, hinter dem anscheinend ganz Gareth her war.

»Was ist los?« Lasse hieb erneut mit der Faust auf die Tischplatte, ungehalten, dass er nicht verstand – nicht verstehen konnte –, weshalb Quin und ich so fassungslos waren.

Susa indes hörte uns schweigend zu, hielt mit einer Hand ihren Bierkrug umklammert und tätschelte mit der anderen den haarigen Unterarm des Thorwalers.

»Später, Lasse, später«, beruhigte ich den Nordmann.

Quin scharrte ungeduldig mit den Füßen. »Was dann, Cancuna-Catka?«

Der Moha blinzelte einige Male verwirrt. »Palinai und Cancuna-Catka und Connar Draben und Angalla teilen sich auf, weil Palinai und Cancuna-Catka und Connar Draben und Angalla Angst haben, der Mann ist zornig, wenn Palinai und Cancuna-Catka und Connar Draben und Angalla ihm nicht alles aus dem Zimmer bringen, das niemand kennt. Palinai und Cancuna-Catka bleiben in Gareth, weil Palinai und Cancuna-

Catka sich lieber hier verstecken wollen. Connar Draben und Angalla wollen lieber in Connar Drabens Heimatstadt.«

»Was aus Palinai wurde, wissen wir ja, aber wie steht es um die anderen beiden?«, meldete sich Susa zu Wort. »Wer sind sie, Cancuna-Catka, die anderen beiden?«

»Connar Draben ist ein Gaukler aus Rommilys in Darpatien, und Angalla ist eine Zwergin aus Angbar im Kosch.« Es war sehr verwirrend, wie leicht der Waldmensch zu verstehen war, wenn er einen Satz sprach, der seiner Sichtweise der Welt insofern entgegenkam, als dass er darin nicht solche fremdartigen Inhalte vermitteln musste wie Zeitabläufe. »Connar Draben und Angalla sind Freunde von Cancuna-Catka, aber Connar Draben und Angalla gehen nach Rommilys.«

»Ihr habt euch also getrennt. Sehr schlau, wirklich«, lobte Quin den Entschluss der Einbrecherbande. »Wahrscheinlich war Palinai der Überzeugung, euer Auftraggeber wäre durch die Aufteilung der Gruppe so verwirrt, dass er sich nicht zu einer Entscheidung durchringen könnte, wen von euch es nun zu verfolgen galt, wenn er Rache nehmen wollte. Eure Anführerin konnte nur nicht davon ausgehen, dass euer Auftraggeber sprichwörtlich alles daransetzen würde, ausgerechnet das eine Beutestück zurückzubekommen, das ihr aus Berengars Haus habt mitgehen lassen.«

»Die Kiste ist so wichtig?«, fragte Cancuna-Catka. »Aber Palinai und Cancuna-Catka haben die Kiste gar nicht, als der große Geist auftaucht.«

»Geist?« Lasses Stimme zitterte. »Welcher Geist? Habe ich es doch gewusst, dass es hier nicht mit rechten Dingen zugehen kann!«

»Der schwarze Geist ...« Der Moha senkte merklich die Stimme, sodass man seine Mühe hatte, ihn über das Gemurmel und Gelächter der anderen Gäste des *Tobrier-Hofs* zu verstehen. »Der schwarze Geist mit dem Körper eines Mannes und dem Kopf wie der kleine rote Hund auf dem Wappen dieser Stadt.«

»Du meinst einen Fuchskopf? Wie der Stein, der in der Kiste war?« Man konnte Susa einiges vorwerfen, aber ganz bestimmt keinen Mangel an Geistesschärfe.

Cancuna-Catka blickte sich verstohlen um, und ich sah Furcht in den dunklen Murmeln seiner Augen glitzern. »Wie der Geist des Affen und der Geist des Vogels, die aus dem Dschungel zu Cancuna-Catkas Stamm kommen, wenn der weise Mann sie ruft. Der Geist ist wild, und der Geist hat lange Klauen. Cancuna-Catka fürchtet sich vor ihm. Er redet mit Palinai, als der schwarze Geist aus den Schatten kommt. Cancuna-Catka läuft weg, aber Palinai bleibt und kämpft mit dem Geist. Aber seine Macht ist zu groß. Dann versteckt sich Cancuna-Catka hier, bis er hört, dass Berengars Brudersohn ihn sucht.«

Quin ließ seine Fingerknöchel knacken. »Wer hat das Kistchen jetzt, Cancuna-Catka? Kannst du uns das verraten? Wir wollen deinen Freunden nichts Böses, aber der Stein in der Kiste ist sehr wichtig für viele Menschen aus dieser Stadt. Palinai musste des Steines wegen sterben, und sie war nicht die Einzige.«

»Cancuna-Catka denkt, Connar Draben hat die Kiste, denn Cancuna-Catka hat sie nicht und Palinai hat sie nicht. Connar Draben nimmt sie aus deinem Haus mit.« Der Moha versuchte, so viel Glaubwürdigkeit und Überzeugungskraft in seine Stimme zu legen, wie er nur irgendwie aufbringen konnte.

Lasse grummelte mürrisch vor sich hin. »Ich hoffe sehr für dich, dass du die Wahrheit sagst, du Strolch, denn mein Freund hier hat nicht gelogen, als er dir sagte, was immer ihr da aus dem Haus geholt habt, sei so wichtig, dass viele Leute in dieser Stadt dafür bereit sind, Köpfe rollen zu sehen. Ganz bestimmt auch deinen.«

»Cancuna-Catka hat die Kiste nicht, Cancuna-Catka hat die Kiste nicht«, beteuerte der Moha flehentlich.

»Ich bin mir nicht sicher, ob ich diese Geschichte glauben will, Quin«, sagte ich halblaut und schürzte die Lippen.

»Wieso?«, wunderte sich Lasse. »Das klingt doch alles, als könnte es sich tatsächlich so zugetragen haben, Meister Severin.«

»Eben. Es *könnte* sich so zugetragen haben, Lasse.« Ich schüttelte den Kopf und atmete tief durch. »Aber es gibt dennoch keinen einzigen Beweis dafür. Und dass Onkel Berengar ausgerechnet die Kiste auf dem Schreibtisch stehen hat, in der er den Talisman verwahrt, als Cancuna-Catka und seine Bande bei uns zu Hause einsteigen, scheint mir einfach ein *zu* großer Zufall zu sein.«

»Aber es wäre möglich«, beharrte Quin. »Wer weiß schon? Vielleicht erkannte dein Onkel, dass ihn jemand vergiftet hatte, und daraufhin wollte er den Gott, dem er anhing, um dessen Beistand ersuchen. Oder er wollte den Talisman *noch* sicherer verstecken, bevor ihm die Kräfte schwanden und er die Schwingen Golgaris rauschen hörte. Leider nur war es zu spät, und der Süße Tod raffte ihn dahin, ehe er seinen Plan in die Tat umsetzen konnte.«

Cancuna-Catka hatte uns aufmerksam und mit wachsender Verzweiflung gelauscht. Ihm schienen die Worte zu fehlen, um das auszudrücken, was uns letzten Endes von dem Wahrheitsgehalt seiner Schilderungen überzeugen konnte. »Cancuna-Catka lügt nicht, Cancuna-Catka hilft Berengars Brudersohn und Quin und Lasse und Susa, weil Cancuna-Catka Angst hat vor dem Gei…«

Ein flirrender, glänzender Blitz zuckte an mir vorüber. Mit einem raschen Ruck wurde Cancuna-Catkas schmaler Leib nach hinten gegen die Wand gerissen. Aus seinem sehnigen Hals wuchs urplötzlich der schmale Griff eines Wurfmessers, das sich bis zum Heft in den Moha hineingebohrt hatte. Cancuna-Catka gurgelte, seine Augenlider flatterten, und er rutschte quälend langsam seitlich zu Boden, wobei er einen verschmierten roten Fleck an der Wand hinterließ.

Wir sprangen entsetzt auf, und unsere Blicke fuhren hinüber zur Eingangstür der Herberge, woher das Messer gekommen sein musste, das den Waldmenschen getötet hatte.

Auf der Schwelle der Tür stand ein Wesen, das aus einem fiebrigen Albtraum geboren zu sein schien. Es trug die Gestalt eines hoch gewachsenen, in eng anliegende schwarze Kleidung gehüllten Mannes, auf dessen Schultern ein monströser, mit rotem Fell besetzter Kopf ruhte; sein riesiges, weit aufgerissenes Maul war mit nadelspitzen Reißzähnen bewehrt. An seinen Händen prangten lange gekrümmte Klauen, die im Kerzenschein gefährlich aufblitzten.

Im ersten Augenblick befürchtete ich schon, die Beherrschung über meinen Leib zu verlieren und mich vor lauter Schrecken gehörig einzukoten. Jedenfalls war ich zu keiner Regung fähig, im Gegensatz zu meinen Gefährten. Quin setzte sich ebenso schnell wieder auf den Hosenboden, wie er aufgesprungen war, um sich an mir vorbei zu Cancuna-Catka hinunterzubeugen, wohl in der leisen Hoffnung, ein göttliches Wunder könne dem Moha das Leben gerettet haben. Wenn dem so gewesen wäre, dann hätten meiner Auffassung nach hier zwei Götter im Widerstreit gelegen, denn ich hegte nicht den geringsten Zweifel daran, dass es sich bei dem Furcht erregenden Ungeheuer um einen Gesandten des Diebs der Götter selbst handeln musste. Den beiden Söldnern kam ihre langjährige Kampferfahrung zugute, die es ihnen erlaubte zu handeln, ohne einen Gedanken daran zu verschwenden, wem sie sich hier gegenübersahen. Lasses Übung im Umgang mit schockierenden Überraschungen ließ ihn selbst seinen ansonsten übersteigerten Aberglauben in den Griff bekommen. Er und Susa drängten sich an den anderen Gästen vorbei, was keine leichte Aufgabe war, da ein ausgewachsener Tumult losgebrochen war.

Nahezu alle Anwesenden versuchten, sich so weit wie irgend möglich von dem abscheulichen Ungeheuer zu entfernen, was bedeutete, dass die beiden Söldner gegen einen beachtlichen Strom von Menschen anzukämpfen hatten, die wie eine Woge in den hinteren Bereich des Schankraums schwappten. Viele schrieen wild durcheinander, andere starrten stumm zur Tür. Tische und Bänke wurden umgestoßen, Bier ergoss sich in breiten Lachen über den Boden, und auch die eine oder andere Kerze wurde umgerissen und erlosch.

Zwei tapfere Herbergsbesucher stellten sich tollkühn der finsteren Gestalt entgegen. In einer fließenden Bewegung packte das grässliche Ungeheuer einen der Männer mit einer Pranke an der Schulter, sodass die langen Klauen krachend durch Knochen und Fleisch drangen, während es mit der anderen nach dem Hinterkopf des zweiten unglückseligen Gastes griff. Gleichzeitig tauchte es unter dem Hieb des weiteren Mannes hinweg, der mit einem der schweren Bierkrüge nach ihm schlug, um sich mit einer schnellen Drehung hinter dem Bierkrugschwinger zusammenzukauern. Der erste Gast, der im Griff des widernatürlichen Monstrums umhergeschleudert worden war wie eine Strohpuppe, heulte vor Schmerz, bis ihm das Ding, das aus dem Dunkel der Nacht wie ein Dämon über uns gekommen war, beinahe beiläufig das Genick brach und seine Krallen aus der Schulter der Leiche riss. Der Bierkrugschwinger wollte zu seinem Gegner herumwirbeln, aber dieser sprang wie eine wendige Raubkatze an ihm vorbei, nahm ihn von hinten in eine tödliche Umarmung und schlitzte ihm mit zwei flinken Bewegungen den Bauch auf. Ungläubig stierte der Mann auf sein Gedärm, das wie ein nasser Sack aus der klaffenden Wunde heraus auf den Herbergsboden klatschte. Klirrend zerbarst der Steinkrug, mit dem der Ausgeweidete die Bestie hatte bezwingen wollen, neben seinen Innereien am Boden.

Das mordlustige Untier warf den Kopf hin und her, als suchte es nach jemandem, und ich hätte bei allen Zwölfen schwören können, dass es mich suchte. Im Halbdunkel der Herberge, die es innerhalb weniger Wimpernschläge in ein Schlachthaus verwandelt hatte, waren seine Augen nicht zu erkennen. Und doch verharrte es schließlich reglos, sobald es in meine Richtung blickte, und legte den Kopf schief, als wollte es im Geiste ausrechnen, wie viele unschuldige Menschen es noch in Stücke reißen musste, um mich zu erreichen. Da bemerkte es Lasse und Susa, die es im Gewirr der Leiber, das sie umgab, dennoch irgendwie geschafft hatten, ihre Waffen zu ziehen und sich Schritt für Schritt einen Weg zur Tür zu bahnen. Die Bestie wandte sich um und sprang mit einem gewaltigen Satz zurück in die finstere Nacht, verfolgt von den beiden treuen, todesmutigen Recken.

Als die Menschenmenge, die zuvor noch versucht hatte, sich wie ein Mann in den hintersten Winkel des Schankraums zu drängen, um so weit wie möglich von der blutrünstigen Bestie entfernt zu sein, gewahrte, dass das Untier verschwunden war, machten nahezu alle Gäste kehrt und stürzten in die entgegengesetzte Richtung davon, um dem Ort des Schreckens zu entfliehen.

Quin war neben dem Moha in die Knie gegangen. Er schaute mich von unten an und sagte: »Er ist tot, Severin.« Diese Mitteilung überraschte mich nicht im Mindesten.

»Meister Munter!«, rief plötzlich eine unangenehm vertraute Stimme, die klar und deutlich über das Getrappel zahlloser Schritte durch den Schankraum hallte.

»Ich denke, das nennt man wohl auf frischer Tat ertappt! Habe ich Euch nicht versprochen, Ihr würdet bald einen schwer wiegenden Fehler machen?«

»O nein«, stöhnte ich. Mit kräftigen Armen gegen den Strom der haltlos fliehenden Herbergsgäste ankämpfend, schob sich Falk Thimorn in den *Tobrier-Hof*, gefolgt von zwei unter ihren roten Baretten mürrisch dreinblickenden Stadtgardisten. Wenn ich auf eines hätte dankend verzichten können, dann darauf, dass der Ermittler der Criminal-Cammer hier auftauchte, für den ohnehin schon feststand, in mir den Mörder Onkel Berengars und Kerions gefunden zu haben.

Der unermüdliche Bluthund, der meiner Spur gefolgt war, strahlte selbstsicher über das ganze Gesicht, als er auf seinem Weg zu mir über umgestürzte Bänke und Tische stieg. »Und wie ich sehe, seid Ihr nicht allein, Meister Munter. Ist dies Euer Komplize?« Er deutete auf Quin. »Das Blut Eures nächsten Opfers noch an den Händen ... sehr gut, sehr gut.«

Ich straffte die Schultern. »Ich weiß nicht, wie der Tote zu meinen Füßen zu Euren wirren Behauptungen passen soll, Thimorn. Ich kannte den Mann nicht einmal, bevor ich einen Fuß in diese Herberge setzte, und das kann Herr Zumbel hier bezeugen.«

Die Gardisten untersuchten indes die Leichen der beiden armen Gäste, die mutig genug gewesen waren, sich dem fuchsköpfigen Ungeheuer entgegenzustellen, und dafür mit ihrem Leben bezahlt hatten. »Herr Thimorn, hier sind noch zwei Tote!«, rief schließlich einer der Gardisten krächzend.

Der Einäugige hatte die anderen dahingeschlachteten Opfer bei seinem Eintreten offenbar nicht einmal bemerkt, so sehr war er darauf erpicht gewesen, mich zu stellen. »Noch zwei? Das macht dann schon – eins, zwei, drei, vier – *fünf!* Schrecklich, schrecklich, Meister Munter! Ich kann Euren Galgen schon vor mir sehen.«

»Ich habe keine Ahnung, was hier vor sich geht, werter Herr, aber wenn Ihr ernsthaft glaubt, dieses Blutbad einem meiner Gäste anhängen zu können, dann seid Ihr schief gewickelt!« Die Fäuste entschlossen in die Hüften gestemmt, kam die Wirtsfrau hinter der Theke hervor. Ihre kreidebleichen Brüder folgten ihr und begannen sich zögerlich des Durcheinanders anzunehmen, welches das Ungeheuer zurückgelassen hatte, indem sie Krüge aufsammelten und die eine oder andere Kerze wieder anzündeten.

»Was meint Ihr damit, gute Frau?« Zum ersten Mal sah ich so etwas wie Verblüffung auf Thimorns Gesicht.

»Damit meine ich, dass kurz bevor Ihr hier aufgetaucht seid, irgendeine wilde, mordlustige *Kreatur* hier in meine Herberge gesprungen ist und diese armen Leute getötet hat! Wenn die Stadtgarde ihre Arbeit nur richtig machen würde, dann gäbe es solche Ungeheuer in Gareth gar nicht!«, schnaubte die resolute Frau verächtlich.

»Was meint Ihr damit – eine Kreatur? Also, dann … Dann haben diese Männer nichts mit der Sache zu tun?«, fragte der Ermittler ungläubig und deutete mit dem Daumen auf uns.

»Natürlich haben sie nichts damit zu tun! Das versuche ich Euch doch die ganze Zeit schon zu erklären …« Sie schüttelte den Kopf, als spräche sie mit einem Schwachsinnigen.

Quin packte mich am Arm und zog mich an Thimorn vorbei in Richtung Tür. »Nun, da das wohl geklärt ist, wünsche ich Euch noch eine gute Nacht. Ihr wisst ja, wo Ihr Meister Munter finden könnt, solltet Ihr noch irgendwelche Fragen haben.«

Ich versuchte, die beiden übel zugerichteten Leichen an der Schwelle nicht anzusehen, als wir hinaus in die Nacht traten. Es reichte schon, dass ihr Blut unter meinen Sohlen schmatzte.

Lasse und Susa warteten am Zweispänner auf uns. Tiefe Enttäuschung zeichnete sich auf ihren Zügen ab, die das Madamal in leichenhaft fahles Licht tauchte. »Es war einfach zu schnell«, murmelte der Thorwaler entschuldigend, »was immer es auch gewesen sein mag.«

»Es war schon verschwunden, als wir aus der Herberge herauskamen«, pflichtete Susa dem Nordmann niedergeschlagen bei.

Ich zuckte die Schultern. »Da kann man nichts machen. Hauptsache ist, ihr beide seid unversehrt.« Ich wollte nur noch nach Hause.

»Meister Munter!« Thimorn ließ nicht locker. Der bullige Ermittler stand als Schattenriss in der Tür zum *Tobrier-Hof*. »Vielleicht tragt Ihr an den Morden hier in Rosskuppel keine Schuld, aber das heißt noch lange nicht, dass Ihr Eure Hände gänzlich in Unschuld waschen könnt. Hatte ich Euch nicht empfohlen, in Gareth zu bleiben?«

Quin räusperte sich und hob belehrend-dreist den Zeigefinger. »Soweit ich weiß, zählt Rosskuppel durchaus noch zur Kaiserstadt.« Erste dicke Regentropfen, die von einem kommenden Gewitter kündeten, prasselten vom wolkenverhangenen Himmel.

Thimorn machte einen Schritt zurück in die Herberge. »Ich wollte Euch nur noch einmal daran erinnert haben, Meister Munter.«

Wortlos stieg ich in die Kutsche. Obgleich das Gewitter gewiss dafür sorgen würde, dass es morgen noch schwüler werden würde, hieß ich es dennoch willkommen – so als könnte es all das Blut von den Straßen Gareths spülen, das in dieser Nacht vergossen worden war.

Kapitel 15

»Und wie genau soll es jetzt weitergehen?« Lasse blickte unschlüssig in dem geräumigen Arbeitszimmer im Munterschen Kontor umher, in das wir uns nach den grauenhaften Ereignissen im *Tobrier-Hof* zurückgezogen hatten.

»Ich würde sehr befürworten, wir tragen noch einmal alles zusammen, was wir bis jetzt herausgefunden haben«, schlug Quin eifrig vor. Die Geschehnisse des Abends – so schockierend sie auch gewesen waren – hatten den Tatendrang des jungen Medicus geweckt.

»Warum nicht? Schaden kann es wohl kaum.« Ich verspürte eine merkwürdige Ruhe in mir, wie ich sie bis dahin noch nicht gekannt hatte. Es war beinahe so, als wären all meine Empfindungen auf ein Mindestmaß zusammengeschrumpft, was es mir erlaubte, jeglichen Gedankengängen mit einer unheimlichen Gleichgültigkeit zu begegnen. So musste es ausgebrannten Soldaten ergehen, die von einer Schlacht heimkehrten und ihre Freunde um sich herum wie die Fliegen hatten sterben sehen. »Es sei denn, du hast irgendwelche Einwände dagegen, Susa.«

Wie so oft hatte uns die Söldnerin den Rücken zugewandt und schaute aus dem Fenster in den prasselnden Regen hinaus. »Was sollte ich schon dagegen haben, Munter? Es kann uns nur dienlich sein, sich die Dinge noch einmal in aller Ruhe durch den Kopf gehen zu lassen.« Ein leiser Ärger durchzog ihre Stimme, womöglich weil ihr zum zweiten Mal innerhalb weniger Praiosläufe eine Beute knapp entwischt war.

»Wohlan denn!« Quin setzte sich mir gegenüber und kratzte unruhig mit dem Fingernagel auf der Tischplatte herum.

Ich legte die Füße hoch, verschränkte die Arme hinter dem Kopf und schloss die Augen. »Onkel Berengar wurde ermordet. So viel steht wohl unumstößlich fest. Für dieses schändliche Vergehen wurde ein heimtückisches, äußerst wirksames Gift verwendet, das man aus der Frucht eines eher unscheinbaren Strauchs gewinnt, der in den südlichen Gefilden unseres Kontinents wächst. Besagtes Gift ist für derartige Attentate ungemein beliebt, weil es sich leicht unauffällig unters Essen oder in ein Getränk mischen lässt. Sein Geschmack ist nicht sehr verräterisch, sondern offenbar eher von einer angenehmen Süße. Außerdem wirkt das Gift nur in Verbindung mit einem berauschenden Getränk wie Bier oder Wein. Wenn es allerdings seine Wirkung zeigt, so ist diese umso verheerender.«

»Das würde aber doch bedeuten, dass der Mörder verhältnismäßig nahe an Meister Berengar herangekommen sein muss. Oder er hat jemanden dafür bezahlt, dem armen Kerl das Gift zu verabreichen. Aber dann wiederum hätte dieser angeheuerte Jemand sich Meister Berengar genähert haben müssen.« Lasse kratzte sich nachdenklich am Kopf. Er hatte sich auf einen Stuhl neben der Tür gelümmelt, die Beine weit von sich gestreckt.

Ich achtete nicht weiter auf die Unterbrechung durch den Nordmann. »Onkel Berengar stirbt also noch in derselben Nacht, nachdem ihm vermutlich am Abend das verhängnisvolle Gift verabreicht wurde. Leider habe ich keinen blassen Schimmer, wo er an diesem Abend war. Ich selbst war bedauerlicherweise den ganzen Tag über nicht zu Hause, sondern in der Stadt unterwegs.

Ich habe meine Großmutter danach gefragt, und ihr zufolge muss Onkel Berengar an diesem schicksalhaften Abend irgendwo auswärts gegessen haben. Er kam erst sehr spät zurück, als sie schon längst zu Bett gegangen war. Sie hatte ihm einen Teller mit Schinken und Käse gerichtet, den er allerdings unangetastet ließ.«

»Somit können wir folglich nicht in Erfahrung bringen, wo der eigentliche Anschlag auf deinen Onkel stattgefunden hat«, fasste der Medicus zusammen.

»Genau so ist es, Quin.« Ich atmete tief durch. »Wenn ich an jenem Abend zu Hause geblieben wäre, läge der Fall womöglich anders.«

»Deine Selbstvorwürfe nutzen niemandem mehr, Munter!«, knurrte Susa. »Also rede schon weiter!«

»Wie du wünschst, Susa, wie du wünschst …« Es fiel mir überraschend leicht, über diese undienliche Maßregelung nicht in Zorn zu geraten. »Als ich schließlich in den frühen Morgenstunden nach Hause zurückkehrte, war ich unglücklicherweise sturzbetrunken, sodass ich keinerlei verdächtige Geräusche bemerkt hätte, ganz gleich, wie laut sie gewesen wären. Falls es diese überhaupt gegeben hat. Ich erwachte vom durchdringenden Wehklagen meiner Großmutter, als die Praiosscheibe schon am Himmel stand und der Leichnam Onkel Berengars soeben von den Borongeweihten abgeholt worden war.«

Quin war dazu übergegangen, anstatt mit seinem Fingernagel über den Tisch mit einer Feder emsig über ein Stück Pergament zu kratzen, um die wichtigsten Punkte unserer Zusammenfassung der Ereignisse festzuhalten. »Warum hat dich deine Großmutter eigentlich nicht geweckt, als sie deinen Onkel tot im Arbeitszimmer vorfand?«

Ich legte verdrossen die Stirn in Falten. »Sie hat es versucht, Quin. Zumindest hat sie mir das eindringlich genug immer wieder vorgehalten. Ich schlafe tief und fest wie ein Stein, und du kannst sicher davon ausgehen, dass meine Großmutter in den ersten Minuten, nachdem sie die Leiche gefunden hatte, sehr aufgebracht und außer sich war. Sie hat bestimmt nicht daran gedacht, einen Eimer kaltes Wasser zu holen, um mich aus dem Schlaf zu reißen. Sie war bestimmt viel mehr darauf bedacht, Onkel Berengar so schnell als irgend möglich der Obhut der Borondiener zu überantworten, so zwölfgötterfürchtig wie sie ist. Im Übrigen empfinde ich es als müßig, mir überhaupt Gedanken darüber zu machen, ob sie mich wecken wollte oder nicht. Sie hat mit dem Mord nichts zu tun. Dafür bedeutete ihr Onkel Berengar viel zu viel. Immerhin war er ihr Sohn!«

»Bisweilen wird Liebe schneller zu Hass, als man meinen möchte ...«, gab Susa zu bedenken. Es war keine sanfte Erinnerung, sondern mehr eine nüchterne Feststellung, die die Söldnerin mit vor der Brust verschränkten Armen machte.

»Ich kann dir da nicht widersprechen, Susa«, antwortete ich trocken. »Und doch kann ich mir nicht vorstellen, dass meine Großmutter meinen Onkel – ihr eigen Fleisch und Blut – ermordet hätte. Ich will es mir auch nicht vorstellen. Wie auch immer, als ich aus ihrem Munde vom Tod Onkel Berengars erfahren hatte, ging ich schnurstracks hinunter in den Weinkeller, um mich gleich noch einmal zu betrinken und so vielleicht in den Armen Rahjas Trost zu finden. Zu dem Zeitpunkt konnte ich auch noch nicht im Geringsten ahnen, dass ich es mit einem Mord zu tun hatte. Als ich wieder zur Besinnung kam, schleppte ich mich nach oben, und da fiel mir auf, dass jemand in Onkel Berengars Arbeitszimmer war. Mitten in der Nacht, wohlgemerkt. Ich überraschte einen schwarz gewandeten Einbrecher, der dabei war, den gesamten Raum zu durchstöbern.«

»Und du hast wirklich nicht auch nur den Hauch einer Ahnung, wer dieser Mann gewesen sein könnte,

Meister Severin?«, fragte mich der Nordmann ungläubig.

»Nein, er trug ja eine Maske. Ich konnte lediglich seine Augen sehen und seine Stimme hören, und die kam mir nicht bekannt vor. Er bedrohte mich auch in keinerlei Weise. Wenn er der Mörder Onkel Berengars gewesen wäre, hätte er mich doch an Ort und Stelle erledigen können.« Ich zermarterte mir das Hirn, ob mir noch irgendetwas an dem kleinen Mann aufgefallen war, der mir einen ungebetenen Besuch abgestattet hatte.

»Ich sage das höchst ungern, Severin«, gab Quin zu bedenken, »aber vielleicht nutzt du dem geheimnisvollen Fremden mehr, solange du noch am Leben bist.«

»Um ihm den Talisman zu liefern, den er bei seiner Suche nicht gefunden hatte?« Hierzu wollte ich mir in keinem Fall länger Gedanken machen. »Er war der Erste, der mir von Onkel Berengars geheimem Leben erzählte. Er zeigte mir auch den versteckten Schrein zu Ehren Phexens hinter den Schränken. Mir kam es jedenfalls so vor, als hätte der Mann ganz genau gewusst, was es mit dem Schrein auf sich hat. Also gehe ich immer noch von der Annahme aus, dass er mir die Wahrheit sagte. Er meinte, es sei schlicht und ergreifend besser für mich, wenn er mir sein Gesicht nicht zeige. Er sagte aber auch, es sei besser für ihn selbst.«

Die Söldnerin am Fenster schnaubte verächtlich. »Das kann ich mir denken. Was für eine feige Kröte!«

»Der Mann erklärte mir, welche Aufgabe Onkel Berengar innerhalb der Kirche des Diebs der Götter gehabt habe und dass der Talisman ungemein wichtig sei«, fuhr ich ungerührt fort. »Wie oft ich das mittlerweile gehört habe, kann ich schon gar nicht mehr zählen. Jedenfalls wurde er plötzlich ungemein ärgerlich, als ich mich zu begriffsstutzig anstellte, und verschwand aus dem Fenster.«

»Das scheint in gewissen Kreisen ja geradezu Mode zu sein«, sinnierte der Medicus.

»Mein geheimnisvoller Gast machte noch eine Bemerkung, die mich stutzen ließ. Etwas in der Art, dass ich über Nacht zu einem der reichsten Männer Gareths geworden sei und dass mich scheinbar irgendjemand dazu gemacht habe.« Ich kaute kurz auf meiner Unterlippe. »Eigentlich war es der Schwarzgewandete, der den Stein ins Rollen brachte, denn wenn er das nicht gesagt hätte, wäre ich vermutlich nie im Leben darauf gekommen, dass Onkel Berengar nicht eines natürlichen Todes gestorben sein könnte.«

»Dann kamst du zu mir, um mir von dem Verdacht zu berichten, den du hegtest«, übernahm Quin die Rednerrolle. »Um ihn bestätigen oder verwerfen zu können, setzte ich mich mit Nachdruck für eine Öffnung des Leichnams ein, ein Vorhaben, das die hier Anwesenden dann gemeinsam in die Tat umgesetzt haben. Die Ergebnisse der Untersuchung erwiesen sich als über jeden Zweifel erhaben.«

»Aber welch großes Unglück mussten wir mit unserem Einbruch in den Tempel des Schwarzen Lichts auf uns laden, Meister Zumbel«, jammerte Lasse weinerlich und zog so heftig an seinem Bart, dass ich schon befürchtete, er werde die drei Zöpfe jeden Augenblick abreißen. »Und das bestimmt nur, weil ich diesen armen Geweihten niedergestreckt habe. Seitdem klebt uns doch nur noch das Pech an den Stiefeln, oder nicht?«

»Ohne dir Recht geben zu wollen und damit deinen unbegründeten Aberglauben noch zu unterstützen, Lasse«, sagte ich und hob einen tadelnden Finger in Richtung des Thorwalers, »hat sich die Lage nach der Leichenöffnung tatsächlich merklich verschlimmert. Kaum warst du nämlich vor dem Zorn meiner Großmutter geflohen, Quin, tauchte dieser fürchterliche Schnüffler Thimorn bei mir auf, der Onkel Berengar angeblich ebenfalls flüchtig gekannt haben will und es sich auf die Fahne geschrieben hat, dessen Mörder zur Rechenschaft zu ziehen. Bedauerlicherweise haben wir ihm mit unserem Einbruch in den Borontempel erst einen guten Grund gegeben, seine Ermittlungen aufzunehmen und unermüdlich voranzutreiben. Noch bedauerlicher, dass der Einäugige ausgerechnet mich für den Mörder hält, weil er davon ausgeht, ich hätte Onkel Berengar aus dem Weg geschafft, um mittels meines Erbes meine Spielschulden zu begleichen. Und am bedauerlichsten ist es, dass meine Schulden groß genug sind, um eine solche Verzweiflungstat plausibel erscheinen zu lassen.«

»Das kommt eben davon, wenn man nicht weiß, wann man aufhören muss, Munter«, giftete Susa.

In diesem Punkt fühlte ich mich in meiner Ehre gekränkt, und der Schleier der Gleichgültigkeit, der sich um mein Herz gelegt hatte, wurde von den frechen Worten der Söldnerin höchst unsanft gelüftet. »Susa, am besten sagst du mir jetzt gleich, wenn du gedenkst, deine Teilnahme an diesem Gespräch auf spitzfindige Sticheleien zu beschränken. Dann höre ich nämlich einfach nicht mehr hin, wenn du die Klappe aufmachst.«

Die Söldnerin schaute mich in ihrer unverwechselbaren Art an, so wie ein kleines, neugieriges Mädchen einen Käfer betrachtet, bevor es sich entscheidet, ob es das Krabbeltier zerquetscht oder noch einmal davonkommen lässt. Dann grinste sie breit und sagte: »Ich wollte ganz gewiss nicht deine Gefühle verletzen, Munter, ganz ehrlich!«

Ich zählte stumm bis drei und sprach weiter, als hätte es diese neuerliche Unterbrechung nie gegeben. »Die unwiderstehliche Anziehungskraft, die das Muntersche Haus auf all jene zu besitzen scheint, die auf irgendeine Art und Weise in diese vermaledeite Angelegenheit verwickelt sind, sorgte noch am selben Tag für einen weiteren Besucher. Harad Fuxfell, ein Geschäftsfreund meines

Onkels, stand unangekündigt vor der Tür und eröffnet mir ohne Umschweife und ohne mit der Wimper zu zucken, dass auch er ein Mitglied der Phexkirche sei. Brauche ich da noch zu erwähnen, dass er ausgesprochen erpicht darauf war, den Talisman in die Finger zu bekommen?«

»Tu Herrn Fuxfell kein Unrecht an, mein Freund«, meldete sich Quin vorsichtig zu Wort. »Vergiss nicht, dass er es zumindest nicht für nötig befunden hatte, maskiert in dein Haus einzubrechen wie gewöhnliches Gesindel. Damit hat er deinem ersten Besucher einiges an Ehrlichkeit voraus. Außerdem wissen wir nur Dank ihm, wie der Talisman überhaupt aussieht. Und dass dieser von Phex berührte Gegenstand für einen unrechtmäßigen Besitzer unter Umständen gefährlich werden kann. Und das Wort ›unrechtmäßig‹ scheint auf jeden zuzutreffen, der nicht zur Kirche des Diebs der Götter gehört.«

»Nicht ganz, Quin, nicht ganz.« Es war mir eine Wohltat, den Medicus einmal darauf hinweisen zu dürfen, dass er etwas Wichtiges vergessen oder zumindest nicht erwähnt hatte. »Es gibt laut Harads eigenen Worten durchaus Mitglieder der Phexkirche, die vor den prüfenden Kräften des Talismans nicht gefeit sind. Es soll nämlich derzeit eine Gruppe von Abtrünnigen geben, die von einem eingeschleusten Spion des Gierigen Feilschers aufgehetzt wurden – so nennt man den erzdämonischen Gegner des Gottes Phex. In ihren Reihen vermuten wir den wahren Mörder Onkel Berengars. Und aus eben diesem Grunde schrecken sie nicht davor zurück, ganz Gareth auf den Kopf zu stellen, um den Fuchskopftalisman zu vernichten.«

»Was eine grauenvolle Strafe aller Götter Aventuriens nach sich ziehen würde, wenn es nicht sogar das Ende der Welt selbst bedeuten könnte«, sagte der Thorwaler mit Grabesstimme.

Susa schüttelte entschieden den Kopf. »Davon kann doch keine Rede sein, Lasse. Denke lieber einmal daran, was von der angeblichen Vision zu halten war, deretwegen wir zu Kerion Jolens Haus gerannt sind. Severins Großmutter war gewiss felsenfest davon überzeugt, die Zwölfgötter hätten ihr einen offenbarenden Traum geschickt, um Berengars Mörder dingfest machen zu können, der sich dann aber wohl eher als Wunschtraum entpuppte. Denn was haben wir dann im Haus des Schreibers gefunden? Einen im Sterben liegenden Mann, dem man sogar versucht hat, den ersten Mord anzuhängen, nachdem man ihn genau wie Severins Onkel vergiftet hatte.«

Es erfüllte mich mit Stolz und Verwunderung, dass meine bissige Rüge ihre Wirkung nicht gänzlich verfehlt hatte. »Gut aufgepasst, Susa. Und wenn wir nur ein klein wenig später gekommen und Quin nicht so aufmerksam gewesen wäre, wären wir diesem dreisten Täuschungsversuch unter Umständen sogar aufgesessen.«

»Und wenn du Holzkopf auf Lasse und mich gehört hättest, anstatt den Helden spielen zu wollen, Munter, dann hätten wir denjenigen, der den Brief an Jolens Bett hinterlassen hatte, auch geschnappt und würden hier gar nicht mehr lange herumreden müssen.« Der Spott in ihrer Stimme war weitaus weniger beißend, als ich es erwartet hätte. Im Gegenteil, es schmeichelte mir, dass sie mich dermaßen herausforderte.

»Ach, Susa«, sagte ich lächelnd, »wie gern hätte ich derlei Nettigkeiten mit dir ausgetauscht, anstatt der Totenfeier im Gedenken an meinen Onkel beiwohnen zu müssen. Wenn ich es mir recht überlege, hättest du mich unbedingt dorthin begleiten sollen, meine Teuerste. Du hättest unter den Lästermäulern der feinen Gesellschaft bestimmt rasch neue Freunde gefunden.« Ich seufzte. »Aber leider musste ich mich dort erneut mit diesem aufdringlichen Thimorn herumschlagen. Der Mann ist noch anhänglicher als Hundedreck an der Stiefelsohle.« Ich schielte zu Lasse hinüber, aber der Thorwaler zeigte trotz meiner Anspielung keinerlei Regung. »Es könnte natürlich daran liegen, dass Kerions Tod sich nahtlos in Thimorns Auffassung darüber einfügen lässt, was meine Verstrickung in diese ganze Angelegenheit angeht. Der Ermittler bezichtigte mich, ich wolle Mitwisser meines Verbrechens aus der Welt schaffen. Und ich hätte ihn wohl kaum davon überzeugen können, dass es uns beinahe gelungen wäre, jemanden im Haus des Schreibers zu stellen, der wohlweislich den wahren Mörder Onkel Berengars kennen muss – oder es vielleicht sogar selbst ist.«

»Wirklich höchst bedauerlich, dass du den Kerl, der das Schreiben auf Herrn Jolens Nachttisch hinterlassen hat, nicht gesehen hast, Severin«, murmelte der Medicus nachdenklich. »Möglicherweise hättest du ihn ja als genau den Mann erkannt, den du im Arbeitszimmer deines Onkels gestellt hattest.«

»Ich kann zumindest sagen, dass der Mann in Kerions Haus schwarze Hosen trug«, sagte Susa entschuldigend. »Wenn uns das irgendwie weiterhilft ...«

»Sicher, sicher«, grummelte Lasse. »Wir ziehen einfach los und schlagen jedem Menschen in Gareth den Schädel ein, der ein Paar schwarze Hosen sein Eigen nennt. Irgendwann ist der Richtige bestimmt dabei.«

Ich lachte verbittert auf. »Dann fang am besten schon einmal mit Harad an. Der hat scheinbar auch eine ausgeprägte Vorliebe für dunkle Gewänder. Insbesondere bei Totenfeiern. Harad muss beobachtet haben, wie Thimorn mich einzuschüchtern versuchte, denn er ist mir in den *Roten Hahn* gefolgt, um mich vor dem Einäugigen zu warnen. Harad ließ mir gegenüber durchblicken, dass nicht alle Ermittler der Criminal-Cammer so unbestechlich sind, wie sie sich gern gebärden.«

Die Söldnerin schnippte mit den Fingern. »Kann das nicht bedeuten, dass dieser komische Thimorn für die abtrünnigen Mitglieder der Phexkirche arbeitet und sie dich auf diese Weise unschädlich machen wollen, ohne sich selbst dabei die Hände schmutzig machen zu müssen?«

Ich schwieg verblüfft, was Quin nicht davon abhielt, den Einwurf unverzüglich auseinander zu nehmen. »Im Grunde kein abwegiger Einfall, Susa, mit dem kleinen Haken, dass es erst dann einen Sinn ergibt, sich Severins zu entledigen, wenn er den Fuchskopftalisman ausfindig gemacht hat. Andererseits soll Thimorn unseren Freund unter Umständen auch nur gehörig anspornen, sich voll und ganz der Suche nach dem Talisman zu widmen. Schließlich gehen die Geldgeber des Einäugigen davon aus, dass Severin hofft, mit dem Talisman auch den wahren Mörder seines Onkels zu finden. Thimorn lässt Severin nicht aus den Augen, um sofort Meldung zu machen, falls es den Anschein hat, als sei dieser fündig geworden.«

»Und sobald Meister Severin den Talisman hat, brauchen sie ihn nicht länger – Meister Severin, meine ich«, sagte Lasse finster.

»Wenn man bedenkt, wie schnell dieser zwielichtige Thimorn im *Tobrier-Hof* aufgetaucht ist, besteht kein Zweifel daran, dass er dich nicht aus den Augen lässt, Severin.« Ich war so überrascht darüber, dass Susa mich mit meinem Vornamen angesprochen hatte, dass mir fast entgangen wäre, welch bedenkliche Bedeutung ihre Worte hatten: Ich wurde vom Ermittler der Criminal-Cammer augenscheinlich nach allen Regeln der Kunst beschattet. Ich schluckte schwer, als ich begriff, dass der Einäugige vermutlich auch in diesem Augenblick genau wusste, wo ich mich aufhielt und wer meine drei Begleiter waren.

»Allen Zwölfen sei Dank hat man mich und nicht irgendeinen anderen Medicus herbeigeholt, als man die sterbende Streunerin Palinai im Süd-Quartier gefunden hatte, denn ansonsten würden wir noch viel tiefer im Dunkeln tappen, als wir es ohnehin schon tun.« Quin blickte starr auf die Flamme der Kerze vor ihm auf dem Tisch. »Ich glaube die Geschichte, die Cancuna-Catka erzählt hat. Warum hätte der Moha lügen sollen? Und vor allem, warum hätte er sonst mit seinem Leben für den an und für sich harmlosen Einbruch in Severins Haus bezahlen müssen?«

»Weil der Waldmensch den unbändigen Zorn eines Gottes herausgefordert hat, darum!« Lasse schlug mit der Faust in seine Handfläche. »Phex hat ihn gestraft, weil der Moha den Talisman des Diebs der Götter entweiht hat! Daher schickte er einen seiner unsterblichen Diener, um Vergeltung für den Frevel zu üben.«

Der Medicus räusperte sich. »Ich wäre ein Narr, würde ich behaupten, die Zwölfgötter griffen bisweilen nicht in die Geschicke der Sterblichen ein, aber wenn es sich bei … nun, sagen wir, der Gestalt … die im *Tobrier-Hof* aufgetaucht ist, um eine greifbare Verkörperung göttlichen Willens gehandelt hat, so würde mich das zutiefst befremden, Lasse.«

»Wieso, Meister Zumbel?« Der Thorwaler kniff die Augen zu schmalen Schlitzen zusammen.

»Weil eine solche Verkörperung eines göttlichen Willens meiner Ansicht nach nicht mit einem einfachen Wurfmesser töten müsste, um ihre Aufgaben zu erfüllen. Das wäre doch viel zu … gewöhnlich, meint ihr nicht?« Quin blickte mich um Unterstützung heischend an.

Ich nahm die Füße vom Tisch. »Spielt das eine Rolle, Quin? Ganz gleich, ob es Phex selbst oder einer seiner sterblichen Diener war, was ändert das daran, dass ich nur Ruhe finden kann, indem ich diesen Fuchskopftalisman in die Finger kriege? Wie soll es nun also weitergehen?«

»Du hast dir die Antwort auf diese Frage doch schon selbst gegeben«, sagte Susa und trat endlich näher an den Tisch heran. »Du musst den Fuchskopftalisman finden, Munter. Und das bedeutet, wir müssen die beiden verbliebenen Mitglieder der Einbrecherbande, die den heiligen Gegenstand allem Anschein nach immer noch in ihrem Besitz haben, ausfindig machen.«

»Eine Reise nach Rommilys, Susa?«, fragte Lasse.

»Richtig«, antwortete ihm die Söldnerin. »Und je schneller wir dorthin aufbrechen, desto besser. Sollte dieses fürchterliche Ungeheuer, das wir in der Herberge in Rosskuppel gesehen haben, uns zuvorkommen, wird von dem Gaukler und der Zwergin nicht genug übrig bleiben, um es in einem Fingerhut zurück nach Gareth zu schaffen, fürchte ich.«

Quin ließ den Blick über die Aufzeichnungen schweifen, die er im Verlauf des Gesprächs gemacht hatte. »Sie hat Recht, Severin. Ich weiß nicht, was wir noch unternehmen könnten, wenn wir hier in Gareth blieben.«

»Schön, eine Reise nach Rommilys, warum denn nicht?« Ich hätte mir zwar erfreulichere Gründe vorstellen können, die Mauern der glorreichen Kaiserstadt zum ersten Mal in meinem Leben hinter mir zu lassen, um in eine fremde Stadt zu reisen, aber ich hatte keine andere Wahl. Eine Sache allerdings gab ich meinen Gefährten noch zu bedenken: »Ich habe keinerlei Einwände gegen diesen Vorschlag, sofern mir jemand von euch dreien erklären kann, wie ich bitteschön verhindern soll, dass dieser Thimorn es erfährt, wenn ich entgegen seiner Anweisungen die Stadt verlasse.«

»Wir könnten uns einfach als gewöhnliche Handelskarawane ausgeben«, schlug der Thorwaler vor. »Nur ein Planwagen mit einer Ladung Tuch oder so. Solche Karawanen gibt es zuhauf, und niemand wird viel Aufhebens darum machen.«

Susa nickte. »Ja, eine Handelskarawane mehr, die die

Stadt verlässt, das lockt keinen Hund hinter dem Ofen hervor. Wir sollten Fuxfell fragen, ob wir einen seiner Wagen nehmen können.«

»Ach was«, blaffte der Nordmann. »Warum sollten wir die Sache noch verworrener machen, als sie derzeit ohnehin schon ist? Die Geschäfte der Munters laufen seit Meister Berengars Tod natürlich weiter, und das ist ja wohl nicht verboten. Und weshalb sollten wir Fuxfell einweihen? Je weniger Leute wissen, wo Meister Severin steckt, desto besser.«

Das Ganze ging mir ein bisschen zu schnell. »Handelskarawane hin, Handelskarawane her. Wir haben doch eben festgestellt, dass dieser vermaledeite Thimorn mich buchstäblich nicht aus dem Auge lässt. Da kann ich mich doch nicht auf einen Wagen setzen und fröhlich pfeifend aus der Stadt zuckeln, als wäre nichts gewesen. So komme ich keine hundert Schritt weit.«

»Ich habe mir schon gedacht, dass du das ansprechen würdest«, grinste Susa unverschämt. »Und ich habe schon einen Einfall, wie wir es bewerkstelligen können, dich vor Thimorns Auge aus der Stadt hinaus zu schmuggeln. Mein Einfall hat etwas mit einer roten Langhaarperücke, einer Menge Schminke und einer gründlichen Rasur zu tun – und wir werden dich nicht nur im Gesicht rasieren müssen, Munter.«

Kapitel 16

Ich muss gestehen: Ich schämte mich. Ich schämte mich sogar sehr. Und doch erschien mir der überraschende Vorschlag, den Susa gemacht hatte, vernünftig und einleuchtend genug, diese schreckliche Schmach ertragen zu können.

Als es so weit war, befürchtete ich ständig, meine Schminke könnte in der Schwüle verlaufen, und das Jucken unter der Perücke, die ich trug, könnte so unerträglich werden, dass ich mir irgendwann den roten Haarschopf vom Kopf reißen würde, um dieser an Lästigkeit kaum zu überbietenden Empfindung ein Ende zu setzen. Verglichen mit diesen Ängsten stellte das Tragen einer mir ungewohnten Gewandung – ein Kleid, ich trug doch tatsächlich ein Kleid, wie ich da im Innern des dahinholpernden Wagens unter der ockerfarbenen Plane saß – eine vernachlässigbare Unannehmlichkeit dar.

Ich hatte es nicht übers Herz gebracht – oder vielmehr, ich hatte nicht den Mut dazu gefunden –, meiner Großmutter davon zu berichten, dass ich mich als Frau verkleiden würde, um die Reise nach Rommilys in der Grafschaft Ochsenwasser unternehmen zu können. Ihr gegenüber hatte ich lediglich nebulös von einer Art Tarnung gesprochen, die ich wählen würde, um Falk Thimorn zu foppen. Ansonsten hätte meine Großmutter gewiss an meiner geistigen Gesundheit gezweifelt und mich womöglich eigenhändig bei der Criminal-Cammer verpfiffen, um mich vor mir selbst zu schützen. Obwohl die alte Dame mir gegenüber nach wie vor eine Maske der kühlen Zurückweisung trug, hatte sie mir dennoch zu verstehen gegeben, dass sie den Sinn und Zweck meines geplanten Unterfangens durchaus guthieß. Ich hatte ihr aufgetragen, sie solle einfach behaupten, ich sei des Abends nicht von meiner Arbeit im Munterschen Kontor nach Hause zurückgekehrt, falls Thimorn bei ihr auftauchte, um sich nach meinem Verbleib zu erkundigen. Ich zweifelte keinen Augenblick daran, dass der Ermittler der Criminal-Cammer in seiner penetranten Art gewiss nicht davor zurückschrecken würde, meine Großmutter erneut zu belästigen, um meine Spur wieder aufzunehmen – wer wusste schon, ob er sie nicht längst zu den Komplizen und Mitwissern des sinistren Severin Munter zählte?

Lasse hatte sich am frühen Morgen unverzüglich daran gemacht, jene Reisevorbereitungen zu treffen, die wir in der vorangegangenen Nacht, in der wir uns zu unserem verwegenen Plan hatten durchringen können, für nötig erachtet hatten. Der Thorwaler hatte ein paar Ballen feinen Tuchs und einige Säcke mit edlen Gewürzen auf einen der kleineren Planwagen verladen lassen, die zum umfangreichen Munterschen Fuhrpark gehörten, und als ich, nachdem ich mich von meiner wortkargen Großmutter verabschiedet hatte, im Kontor eintraf, blieben nur noch zwei Dinge zu tun. Zum einen übertrug ich die Geschäftsführung meines Unternehmens auf eine fünfköpfige Gruppe jener Schreiber, von denen ich in den vergangenen Praiosläufen den Eindruck gewonnen hatte, sie seien fachkundig und vernünftig genug, einer solchen Aufgabe mit Bravour gerecht zu werden. Wir hatten für unsere gesamte Reise eine Dauer von ungefähr zwölf Praiosläufen veranschlagt, vorausgesetzt, die Suche nach dem Gaukler und der Zwergin würde nicht allzu viel Zeit in Anspruch nehmen. Rommilys war schließlich um ein Vielfaches kleiner als die Kaiserstadt und bot demzufolge weitaus weniger Möglichkeiten für die von uns verfolgten Personen, Unterschlupf zu suchen. Darüber hinaus hatten sowohl Lasse als auch Susa die darpatische Stadt in der Vergangenheit schon mehrfach besucht, weshalb unsere Zuversicht recht groß war, die beiden verbliebenen Mitglieder der Einbrecherbande schnell aufspüren zu können. Und wo die Ortskenntnis der Söldner versagen sollte, da würden uns sicherlich eine Hand voll blinkender Dukaten weiterhelfen, denn ganz gleich, wohin man in der Welt auch reisen mag, so schätzen die Leute doch stets großzügige Zuwendungen, um ihre Zungen lockerer zu machen.

Zum anderen stand mir noch die wundersame Verwandlung in eine Frau bevor, die sich unter Susas geschickten Fingern überraschend schnell vollzog. Zunächst trug sie mir mit einem bösartigen Funkeln in den Augen auf, mich gründlich zu rasieren – eine Enthaarung, die nicht nur mein Gesicht, sondern auch meine Arme und Beine und die Brust mit einschloss, Stellen meines Körpers, die ich zuvor noch nie einer solchen Behandlung unterzogen hatte. Dementsprechend zerkratzt und ramponiert war ich denn auch, als ich mir den Rasierschaum vom Leib wusch. Anschließend fiel die Söldnerin wie eine Furie mit einer Vielzahl von Pasten, Pudern und Tinkturen über mich her, um jene meiner Gesichtszüge zu betonen, die ihr ohnehin als ansatzweise weiblich erschienen, wie sie mir hämisch grinsend mitteilte – meine hohen Wangenknochen, die großen Augen und die vollen Lippen. Es überraschte mich, dass eine Frau, die einem solch herben Metier wie dem Söldnerhandwerk nachging, dermaßen gut mit Schminke umzugehen wusste. Und es verwunderte mich gleichermaßen, wie sehr ich es genoss, vor ihr auf einem Stuhl zu sitzen und die zarte Berührung ihrer Finger auf meinem Gesicht zu spüren. Es erinnerte mich schmerzlich daran, wie lange ich schon nicht mehr bei einer Frau gelegen hatte. Als Krönung des gesamten Vorgangs zog Susa schließlich besagte Perücke aus einem Sack hervor, die sie selbst schon in jener Nacht getragen hatte, in der sie uns, als Hure verkleidet, schamlos den Weg in den Tempel des Schwarzen Lichts geebnet hatte – zugegebenermaßen genoss ich das damals von ihr gebotene Schauspiel immer mehr, je öfter ich daran zurückdachte. Susa schob die Perücke auf meinem Kopf hin und her, bis sie mit deren Sitz zufrieden war, hielt mir einen Handspiegel vor die Nase und sagte: »Das sieht doch gar nicht mal so hässlich aus, Frau Munter!«

Ich musterte die junge Maid, die mir aus dem Spiegel entgegenstrahlte, eingehend und musste der Söldnerin zähneknirschend beipflichten. Das blaue Kleid, das Susa für mich herausgesucht hatte, um meinen Geschlechtertausch zu vervollkommnen, war hochgeschlossen und schlicht. »Wir möchten ja auf keinen Fall, dass die Männer Gareths zu zudringlich werden und du deine Unschuld verlierst, meine Süße«, trällerte sie und half mir das beklemmende Mieder zu schnüren, das ich entgegen der landläufigen Sitte unter dem Kleid trug und nicht darüber, um zu verbergen, das die kleinen runden Brüste unter dem Stoff nicht aus Fleisch und Blut, sondern lediglich zwei wohlgeformte Äpfel waren. »Solange du dich nicht anfassen lässt oder vorhast, vor brünstigen Trunkenbolden auf irgendeinem Tavernentisch zu tanzen, wird es schon niemandem auffallen, Schätzchen«, beruhigte mich mein Kammermädchen, als sie bemerkte, wie ich unsicher an mir selbst heruntersah.

Als Quin und Lasse Susas Arbeit begutachteten, warnte ich sie mit schneidender Stimme: »Ein übler Scherz und ich schlage euch die Zähne ein, ihr Affen!«, noch ehe sie überhaupt Gelegenheit dazu hatten, in schadenfrohes Gelächter auszubrechen oder schnippisch-anzügliche Bemerkungen zu machen. Trotz – oder vielleicht gerade wegen – meiner Worte fiel es den beiden sichtlich schwer, die Fassung zu bewahren. »Darf ich den Herren Lasse und Quin die tugendhafte Selinde vorstellen?«, fragte Susa mit der Andeutung eines gefälligen Knickses.

Die grausame Söldnerin bestand darauf, dass mich fortan alle mit diesem Frauennamen ansprachen, damit die Glaubwürdigkeit meiner Verkleidung nicht durch einen Moment der Achtlosigkeit zunichte gemacht wurde – ein Einfall, den Lasse und Quin mit unverhohlenem Spott begrüßten.

Da fiel mir auf, dass sich der Medicus eine lange, geschwungene Schreibfeder hinter das Ohr gesteckt hatte, die lustig auf und ab wippte, als er mit tränenden Augen vergebens versuchte, ein lautes Prusten zu unterdrücken. Um von meinem eigenen Aussehen abzulenken, deutete ich auf die Feder und sagte herablassend: »Mich auszulachen, wenn man selbst eine so alberne Verkleidung gewählt hat, halte ich für ganz schön mutig, mein lieber Quin! Im Übrigen dachte ich, dass wir auf eine Reise gehen und nicht zu einem Maskenball.«

»Nun, ich dachte mir, wenn du dich schon tarnst, dann kann ich es dir ja gleichtun, *Selinde*«, wies mich Quin mit einer geradezu kindlichen Freude zurecht. »Allerdings habe ich befunden, dass eine Verwandlung vom Medicus zum Schreiber eher meinen Vorlieben entspricht, als sogleich vom einen Geschlecht zum anderen zu wechseln. Dafür bin ich nämlich viel zu stolz auf gewisse edle Teile meines Körpers. Ich habe allerdings schon gehört, dass manche Freier Unsummen zahlen, um sich mit Zwitterwesen wie dir durch die Kissen zu rollen. Sollten die Munterschen Handelsgeschäfte schlecht laufen, könntest du dir so sicherlich ein zweites Standbein aufbauen.«

Derartige niederträchtige Spötteleien, die sich zumeist darum drehten, welche rahjagefälligen Handlungen nun mit mir möglich wären, begleiteten mich bis zu jenem Augenblick, da Lasse die lange Peitsche knallen ließ, um den Planwagen in Bewegung zu setzen, der uns nach Rommilys bringen sollte. Danach überwog bei uns allen die Anspannung, ob es uns in der Tat gelingen sollte, die Kaiserstadt zu verlassen, ohne von der Garde oder Falk Thimorn aufgehalten zu werden. Um diese Tageszeit herrschte auf den Straßen Gareths eine beachtliche Betriebsamkeit, und das unablässige Lärmen von Mensch und Tier trug nicht gerade zu unserer Beruhigung bei. Selbst der ›Schreiber‹, der sich zu mir unter die Plane gesellt hatte, verzichtete auf eine Unterhaltung, und auch die beiden Söldner, die nebeneinander auf dem Kutschbock saßen, wechselten kaum ein Wort. Eine weitere Frage, die mir auf der Seele brannte, war, wie ich die durchdringenden Pfiffe einzuordnen hatte, mit denen mich einige meiner eigenen Untergebenen beim Einsteigen in den Wagen bedacht hatten.

Je näher wir dem Rommilyser Tor kamen, desto mehr wuchs meine Unruhe; der Thorwaler schien mich noch zusätzlich auf die Folter spannen zu wollen, da er unsere Geschwindigkeit zunehmend verringerte, bis es mir so vorkam, als bewegten wir uns überhaupt nicht mehr von der Stelle. Irgendwann ertrug ich es nicht mehr, beugte mich zu dem Nordmann nach vorne und raunte ärgerlich: »Spielen mir meine Sinne nur einen Streich, oder werden wir tatsächlich immer langsamer, Lasse?«

Der Thorwaler drückte Susa die Zügel in die Hand, um sich ins Wageninnere umdrehen zu können. »Das stimmt, Meister Sev… äh, Selinde, wir werden in der Tat immer langsamer. Das liegt daran, dass ich auf jemanden warte, der uns auf unserer Reise begleiten soll.«

»Du hast noch jemand anderen angeheuert, Lasse?«, wunderte sich Quin. »Das hast du aber bisher mit keinem Wort erwähnt.«

Der Söldner zuckte mit den breiten Schultern. »Ich dachte mir, ihr hättet bestimmt keine Einwände gegen ein wenig zauberkundige Unterstützung, und da habe ich meinen alten Freund Rukus gefragt, ob er nicht für uns in die Bresche springen will.«

»Bist du noch ganz bei Trost, Lasse? Irgendeinen dahergelaufenen Magier anzuheuern, ohne mich vorher zu fragen, ob ich ihn überhaupt bezahlen will?«, zischte ich und ertappte mich dabei, wie ich in einer Stimmlage sprach, die zu meinem neuen Äußeren passte wie die Faust aufs Auge.

Lasse grinste. »Ich bin selbstredend davon ausgegangen, dass eine kluge Frau wie du nicht die Absicht hat, einen Magier zu bezahlen, Selinde. Das sind doch alles schnöselige Raffzähne, die nur Ärger machen und in einem fort zetern, wie anstrengend solche Reisen sind. Sei beruhigt. Rukus wird gewiss keinen hohen Lohn fordern, denn er ist nämlich kein Magier, sondern ein Wechselbalg.«

»Ein Koboldkind«, quengelte Quin leise vor sich hin. »Mir bleibt doch auch gar nichts erspart. Wie kommst du nur auf die vollkommen abwegige Idee, ein Schelm sei weniger anstrengend als ein Magier, Lasse?«

»Schelme sind lustiger und genauso mächtig wie Magier, wenn ihr mich fragt. Rukus ist eine echte Bereicherung, ihr werdet schon sehen.« Mit diesen Worten drehte sich der Thorwaler um und übernahm wieder die Lenkung unseres Wagens.

Quin ließ aufstöhnend den Kopf gegen einen Ballen Baumwolltuch sinken und nuschelte: »Lustig, ja genau. Aber nur wenn man krank genug ist, darüber lachen zu können, was diese Spinner mit einem anstellen.«

»Woher kennst du dich denn so gut mit Schelmen aus?«, wollte ich von meinem Freund wissen.

Er seufzte traurig. »Ich habe genügend nur mäßig unterhaltsame Geschichten gehört und gelesen, in denen Schelme vorkamen. Vertrau mir, ich weiß, wovon ich rede …«

Indes war das Rommilyser Tor in Sichtweite gekommen, und ich spähte zwischen den Rücken der beiden Söldner hindurch nach den auffälligen blauen Mänteln der Stadtgardisten, die am Tor Wache hielten. Da sprang plötzlich ein Männchen in so bunter Gewandung, dass es schon fast in den Augen schmerzte, auf die breite Straße und lief hurtig auf unseren Wagen zu, ohne jedoch auf allerlei dämliche Luftsprünge und Hüpfer zu verzichten.

»Rukus!«, rief der Thorwaler fröhlich und winkte dem Schelm zu, der gerade im Begriff war, ein weiteres Rad zu schlagen. Unglücklicherweise schoss aus einer Seitengasse ein zweiachsiger Wagen mit einer irrwitzigen Geschwindigkeit hervor, dessen Lenker den Schelm offenbar übersehen haben musste. Rukus quiekte wie ein Schwein, als ihn zuerst die Apfelschimmel, die den Wagen zogen, mit Knochen brechender Wucht in den Straßenstaub trampelten und er anschließend nacheinander von zwei der vier eisenbeschlagenen Räder überrollt wurde, in deren Speichen seine Glieder sich verfingen und wie eine grausige Girlande aufgezogen wurden.

»Bei allen Zwölfen!«, entfuhr es mir in weibischem Gekreisch. »Der arme Mann! Welch grausiges Schicksal!«

Lasse blieb von all dem ungerührt und steuerte weiter auf das Tor zu. »Nun erschreck dich doch nicht so, Selinde! Das war doch nur ein Streich.«

»Schöner Streich! Alle Achtung«, sagte Susa anerkennend und blickte zurück zum Ort des scheinbaren Unglücks. »Sieht so aus, als wüsste dein Schelmenfreund, wie man sich von einem Wagen in zwei Hälften zerteilen lassen kann. Großartige Leistung!«

»Spar dir deinen unnötigen Spott, Susa. Ich bin mir ganz sicher, dass es nur ein Streich gewesen ist.« Der Thorwaler deutete zu den Stadtgardisten hinüber, die ihren Posten am Tor verließen, um mit wehenden Mänteln zu der Menschentraube zu eilen, die sich um den Verunglückten gebildet hatte. »Er schafft nur eine Ablenkung, damit wir leichter aus der Stadt herauskommen. So wie du vor dem Tempel des Schwarzen Lichts, Susa. Nur, dass er sich dafür nicht verkleiden muss, da seine Zauberkraft ausreicht, die Sinne der Menschen zu täuschen.«

»Na ja, ich halte meinen Auftritt vor dem Borontempel für weniger würdelos als dieses Gehampel mit anschließendem Schlachtfest«, entgegnete ihm die Söldnerin.

»War das abgemacht? Wo treffen wir diesen Rukus denn wieder?«, erkundigte sich Quin.

»Ach, Rukus holt uns schon wieder ein. Er ist ziemlich flink auf den Beinen. Macht euch da mal keine Sorgen. Er wird schon bald neben euch im Wagen sitzen und euch Gesellschaft leisten und mit allerlei Schabernack zu unterhalten wissen«, sagte Lasse zuversichtlich.

»Ich kann es kaum erwarten. Ich sitze förmlich auf glühenden Kohlen, Lasse«, nörgelte Quin. »Doch wenn es wirklich ein Streich war, dann kann ich nur sagen: Hut ab!«

Und so begab es sich – dank der durch den Menschenauflauf verursachten Ablenkung –, dass wir ohne die geringsten Schwierigkeiten Gareth verließen und die Reichsstraße gen Rommilys hinunterfuhren. Als wir die Reise geplant hatten, hatten wir uns darauf geeinigt, dass ich meine lächerliche Maskerade nur einen Praioslauf lang aufrechterhalten müsste, bis wir uns des Abends in einem der zahlreichen kleinen Gasthäuser einquartierten, die diesen viel befahrenen Handelsweg säumten. Bis es so weit war, musste ich allerdings noch allerhand Spott über mich ergehen lassen. Gern wäre ich vorne auf dem Kutschbock mitgefahren, um mich an der malerischen Landschaft zu erfreuen, aber meine Mitreisenden hielten es für besser, dass ich unter der Plane verweilte, denn noch konnten wir nicht mit Sicherheit wissen, ob uns nicht vielleicht doch Verfolger auf den Fersen waren.

Nach einer Weile tauschten Quin und Susa die Plätze, nachdem der Medicus die Söldnerin höflich darum gebeten hatte, da ihm der Einfall gekommen war, unsere Reise in Skizzen festzuhalten – auf einem ruckeligen Planwagen bei allen Zwölfen kein leichtes Unterfangen. Um sich die Zeit zu vertreiben, begann Susa erneut, mich wegen meines Aufzugs zu necken, ungeachtet der Tatsache, dass sie es war, die die eigentliche Verantwortung für mein Erscheinungsbild trug. Sie räkelte sich auf den Stoffballen wie eine Katze und warf mir Nettigkeiten an den Kopf, von denen manche recht harmlos, andere jedoch fast schon beleidigend waren.

»Man könnte sich fast an diesen hübschen Anblick gewöhnen!«, schmeichelte sie mir. »Du scheinst ja richtig Gefallen an deiner Rolle zu finden, oder etwa nicht?«, versuchte sie, mich aus der Reserve zu locken. »Du könntest bestimmt einen guten Mann finden oder auf der Straße einen ganzen Haufen Geld verdienen – oder möchtest du vielleicht lieber doch eine viel versprechende Laufbahn im Rahjatempel einschlagen?«, zeigte sie mir die Vielzahl an Möglichkeiten auf, die mir meine neue Rolle eröffnete.

Ich beschloss, Gleiches mit Gleichem zu vergelten; überdies hatte ich mittlerweile Gefallen daran gefunden, mich mit der Söldnerin auf derartige Scheingefechte einzulassen, die sie selbst so gern mit spitzer Zunge austrug. »Auf die Worte einer Frau, die sich verkauft – und wenn es nur ihr Waffenarm ist –, gebe ich nicht viel«, teilte ich ihr mit. »Du bist doch nur verbittert, weil dir bis heute noch kein Mann begegnet ist, der deinen hohen Ansprüchen gerecht werden konnte«, unterstellte ich ihr. »Vielleicht solltest du dir ein paar Haare wachsen lassen und dich als Leibwächterin irgendeines aufgeblasenen Garether Kaufmanns verdingen lassen, denn an dessen Seite würdest du mit deinen Lästereien gut aufgehoben sein, und nebenher würde er dich bestimmt auch mal an seinem Pfeffersäckchen lutschen lassen«, riet ich ihr.

Nach einiger Zeit fiel mir auf, dass auch Quin und Lasse indes in ein Streitgespräch verwickelt waren. Der Medicus klärte mich im Nachhinein darüber auf, wie es dazu gekommen war. Lasse hatte die Befürchtung geäußert, Quins Skizzen könnten großes Unglück über unsere Reisegruppe bringen. Der Thorwaler behauptete, irgendwann irgendwo einmal von irgendwem gehört zu haben, dass Zeichnungen die Seele des abgebildeten Gegenstands einfingen. Nun hatte er Angst davor, Quin könne einen Baum oder einen Bach abmalen, in dem sich ein Geist niedergelassen habe, und somit den Zorn des Geistes wecken, der uns dann verfolgen müsste, um seine Seele zurückzuerhalten.

»Die Gestalt im *Tobrier-Hof* muss zumindest ein Geist, wenn nicht gar ein Dämon gewesen sein, so schnell und stark wie sie war, Meister Zumbel«, behauptete Lasse steif und fest.

»Wenn alle Morde von Geistern, Dämonen und ähnlichem Gezücht begangen würden, dann brauchte man wohl weder Stadtgarde noch Criminal-Cammer, sondern Halbgötter. Denn wie sollten einfache Sterbliche wie wir mit derlei Dingen fertig werden?«, hielt ihm Quin entgegen.

»Die Leichenöffnung war bestimmt ein grauenhafter, unverzeihlicher Frevel. Das steht nun einmal fest, ganz gleich, was du auch behaupten magst, Meister Zumbel. Und nun müssen wir Buße für unser Vergehen tun«, klagte der Thorwaler.

»Wenn der Gott des Todes uns in seinem Zorn hätte in der Tat niederschmettern wollen, so hätte er doch schon lange Gelegenheit dazu gehabt. Und warum sollte er sich dann einen Vollstrecker seines Willens von Phex ausleihen müssen?«, versuchte ihn der Medicus vergebens zu beruhigen.

»Wenn wir scheitern, dann wird Meister Berengars ruheloser Geist furchtbare Rache an uns nehmen«, orakelte Lasse.

»Warum verflixt noch einmal sollte Berengar Munter uns etwas Böses wollen, wo wir doch nur der Gerechtigkeit zum Sieg verhelfen und seinen Mörder stellen wollen?« entgegnete ihm Quin gereizt.

So ging es an unserem ersten Reisetag ständig hin und her, zwischen Susa und mir und zwischen Quin und Lasse, und genau so sollte es auch an den anderen Praiosläufen bleiben. Der Medicus führte einen nahezu aussichtslosen Kampf gegen Lasses Aberglauben, während dieser nicht müde wurde, ein Beispiel nach dem nächsten dafür ins Feld zu führen, dass der Mensch nicht mehr als das Spielzeug höherer und vor allem eben auch finsterer Mächte sei. Derweil versuchte Susa ebenso unermüdlich, mit teils anzüglichen, teils kränkenden Bemerkungen meine Männlichkeit infrage zu stellen, selbst dann noch, als ich schon lange weder ein apfelgefülltes Kleid noch Schminke, weder rote Perücke noch schmale Stiefelchen trug. So sehr mich dies damals auch ärgerte, so sicher weiß ich heute, dass dieses Gezänk nur zwei Gründen diente: Zum einen sollte es uns davon ablenken, was uns in Rommilys erwartete, zum anderen schien es auf wundersame Weise die langen Stunden der Reise zu verkürzen.

Wenig verwunderlich also, dass ich über all diesem Geplänkel Rukus, den Schelm, schon vollends vergessen hatte, bis mir der kleine, absonderlich gewandete Mann plötzlich wieder in den Sinn kam.

»Sag, Lasse, was ist denn nun mit dem Schelm?«, fragte ich den hünenhaften Thorwaler, als wir vor einem

Gasthof hielten, während die Praiosscheibe in den schillerndsten Farben hinter dem Horizont versank.

Der Thorwaler zuckte die Achseln. »Wer weiß, Selinde … äh, Meister Severin«, grummelte er, »vielleicht hattest du Recht, und die Sache mit dem Unfall war doch keiner seiner Streiche. Erinnere mich daran, dass ich nachher einen Krug Bier auf Rukus' Wohl trinke, denn so oder so hat er unserer Sache gut gedient.«

Kapitel 17

Alles in allem bin ich nach reiflicher Überlegung zu dem Schluss gelangt, dass fremde Orte mich durchaus zu reizen wissen, aber was mich oft daran hindert, dem leisen Ruf zu folgen, sind die langen Reisen, die man auf sich nehmen muss, um diese fernen Städte und Länder zu erreichen. Ich bemerkte schon bei meinem ersten derartigen Unterfangen – unserer Fahrt nach Rommilys –, dass ich im Grunde die Annehmlichkeiten des Lebens in der Kaiserstadt nie sehr lange missen möchte.

Der Hintern schmerzte mir recht bald, ganz gleich, ob ich im Wageninneren, auf der weichen Unterlage eines Stoffballens, oder auf dem harten Holz des Kutschbocks saß. Und so spannend und aufregend es in den ersten Tagen noch gewesen sein mochte, eine Landschaft auf mich wirken zu lassen, von der ich zuvor nur gehört oder gelesen hatte – irgendwann fiel es mir schwer, beim Anblick einer malerischen Windmühle oder eines idyllischen Gehöfts an einem sanft dahinplätschernden Bächlein Begeisterung zu empfinden, da es inzwischen schon die zwanzigste Windmühle oder das hundertste Gehöft war, an dem unser Planwagen vorbeirumpelte. Zugegeben, eindringlicher war mir der Reichtum und Wohlstand der Kaisermark Gareth mit ihren goldenen Feldern und dem ockerfarbenen, fruchtbaren Ackerboden noch nie zuvor vor Augen geführt worden. Ausgedehnte Felder mit Weizen, Gerste und Baumwolle sowie sorgsam gepflegte Obst- und Gemüsegärten tanzten in einem bunten Reigen entlang der Reichsstrasse an mir vorüber, voneinander getrennt durch jene niedrigen Wälle aus Feldsteinen, die die Gemarkungen der einzelnen Höfe anzeigten. Ab und an winkten uns die braun gebrannten Knechte und Mägde mit dem sonnengebleichten Haar, die auf den Feldern arbeiteten, freundlich zu, hin und wieder trat der eine oder die andere gar an unseren Wagen heran, um uns etwas frisches Obst oder einen Krug Wasser zu reichen. Ich empfand die Freundlichkeit, mit der man dem Reisenden hierzulande begegnete, zunächst ein wenig befremdlich. Doch Lasse erklärte mir schließlich, dass die meisten Bewohner der Kaisermark zwar selbst nur höchst selten weit herumgekommene Weltenbummler waren, aber auf den vielen Reichsstrassen, die ihr Land durchzogen, Menschen aus aller Herren Länder begegnet waren, sodass sie jede Scheu oder Zurückhaltung vor Fremden schon lange verloren hatten.

Alle fünf Meilen erreichten wir eine kleine Ansiedlung, die in den meisten Fällen aus kaum mehr als einem Dutzend Höfe, einem Schrein zu Ehren Peraines und einem Wirtshaus bestand. So unbedeutend diese Weiler auch gewesen sein mochten, so vermittelten sie mir doch in regelmäßigen Abständen das beruhigende Gefühl, nie allzu fern von der nächsten weichen Schlafstatt und dem nächsten Becher kühlen Weins entfernt zu sein.

In ebensolcher Regelmäßigkeit, wenn auch weitaus weniger häufig, kamen wir an einem Lust- oder Jagdschloss der kaiserlichen Familie oder des örtlichen Adels vorbei, glanzvolle Bauten, deren Pracht weit über die Grenzen des Mittelreichs hinaus gerühmt wurde. Allerdings erblickten wir auch eine Vielzahl rauchgeschwärzter oder überwucherter Ruinen, stumme, anklagende Zeugen dafür, wie trügerisch die beschauliche Ruhe war, die uns derzeit umfing. Dieser Landstrich hatte so manchen Krieg und Plünderungszug gesehen, was man im Zuge des augenblicklich herrschenden Friedens allzu leicht verdrängen konnte. Unablässig kreisten Greifvögel über den wogenden Feldern und grünenden Gärten, als wollten sie selbst den törichtesten Narren daran gemahnen, dass die Menschen, die hier lebten, sich dieses Land hart erkämpft hatten und stets auf der Hut sein mussten, es nicht wieder an irgendwelche Eroberer zu verlieren.

Da diese Reise nun schon eine Weile zurückliegt, fällt es mir nicht leicht zu sagen, wann genau sich die Farbe der Erde von ihrem vertrauten Rotbraun hin zu einer fast schon schwärzlichen Scholle verdunkelte. Es muss wohl am zweiten oder dritten Praioslauf unserer Reise gewesen sein, als die Landschaft zunehmend waldiger wurde. Anhand der Karten, die Quin aus dem Munterschen Kontor mitgenommen hatte, erklärte der Medicus mir, dass wir uns mittlerweile wohl in der Grafschaft Hartsteen befanden, hinter der auch schon Darpatien lag. Ich hatte den Grenzstein, den es sicherlich gegeben hatte, wohl verschlafen, aber mir fiel sogleich auf, dass ich die angenehme Kühle, die von den schattigen Laubwäldchen ausging, dem unbarmherzigen Brennen der Praiosscheibe auf den Feldern der Kaisermark bei weitem vorzog.

Je weiter wir uns von der Kaiserstadt, jenem pochenden Herzen des Mittelreichs, entfernten, desto öfter war weit und breit kein anderer Reiter oder Wagen zu sehen. Dies war insofern tröstlich, als dass wir uns nun in Sicherheit wiegten, mögliche Verfolger aus Gareth endgültig abgeschüttelt zu haben.

Es dauerte nicht lange, und meine anfängliche Lust daran, nach auffälligen Unterschieden zwischen der Kaisermark und Hartsteen Ausschau zu halten, verflog ebenso schnell wieder, wie sie über mich gekommen war. Dies mochte durchaus daran liegen, dass die besagten Unterschiede letzten Endes doch von eher zweitrangigem Belang waren. Es gab in Hartsteen weniger Felder, auf denen Baumwolle angepflanzt wurde, aber dafür eine größere Zahl von Obstplantagen. Die Weiler und Höfe waren kleiner, obgleich jede nennenswerte Ansiedlung nun einen hohen Wachtturm aufwies, um das Landvolk vor unangenehmen Überraschungen zu schützen. Und wo zuvor Viehhaltung offenbar nur eine untergeordnete Rolle gespielt hatte, konnte ich nun immer häufiger Schäfer mit ihren Herden über die saftigen Wiesen ziehen sehen.

Da ich am Abend zuvor im Gasthaus dem rahjagefälligen Weingenuss alles andere als abgeneigt gewesen war, brummte mir gehörig der Schädel, sodass ich mich schließlich auf den Stoffballen im Innern unseres Wagens ausstreckte und mich vom Schaukeln und Ruckeln der Fahrt in einen sanften Schlummer wiegen ließ. In jenem geheimnisvollen Dämmerzustand zwischen Wachen und Schlafen zogen viele Gesichter an mir vorüber. Manche waren mir wohl vertraut, wie das meines Ziehvaters oder das meiner Großmutter, von anderen konnte ich lediglich erahnen, wem sie gehörten. Ich träumte von den Städten in fernen Ländern, von denen mir meine Mutter immer erzählt hatte, als sie noch Abend für Abend an meinem Bettchen gesessen hatte, und von den absonderlichen Geschöpfen, die mir mein Vater in den schillerndsten Farben geschildert hatte, wenn er mir spielerisch hatte Angst einjagen oder mich zum Lachen bringen wollen.

Ein schriller Pfiff, wie ihn die Straßenkinder Gareths lernen, sobald sie laufen und durch die Gassen und Gärten der Kaiserstadt toben und tollen können, drang in jenes feine Gespinst aus Erinnerungen vor, das mein müder Geist um meinen Verstand gewoben hatte. Ich schreckte hoch, aber ein Schleier der Schlaftrunkenheit hatte sich auch über meine Augen gelegt, sodass ich im angenehm kühlen Halbdunkel des Wagens heftigst blinzeln musste, ehe ich endlich etwas wahrnehmen konnte. Indes erklang von draußen ein Gebrüll und Geschrei wie von einer Horde betrunkener Imman-Anhänger, die den Sieg ihrer Kämpen feiern und darauf aus sind, den Gefolgsleuten der gegnerischen Truppe mit Fäusten und Fußtritten ein für allemal ihre Überlegenheit zu beweisen.

»Praios steh uns bei! Banditen!«, schrie Quin neben mir erschrocken auf und duckte sich hurtig hinter einen der prall gefüllten Gewürzsäcke im hinteren Teil des Wagens. Lasse brüllte etwas Unverständliches in der Sprache seiner nordischen Heimat und trieb die Pferde an. Der Wagen machte einen deutlichen Satz nach vorne, als die schwarzen Gäule ihre Hufe über den Staub der Straße fliegen ließen, die wie zuvor durch ein lichtes Wäldchen führte.

Ich hörte deutlich, wie erst etwas an die Seite und dann an die hintere Ladeklappe des dahinrasenden Planwagens prallte. Susa stimmte indes in Lasses Fluchen ein, und ich begriff, dass wir uns in ernsthafter Gefahr befanden, noch ehe ich den Ersten der Strauchdiebe zu Gesicht bekommen hatte.

Dies allerdings ließ nicht lange auf sich warten: Schon durchstieß eine breite Klinge den festen Stoff über der Ladeklappe und wanderte rasch nach oben. Durch den so entstandenen Spalt schoben sich geschickte Finger, die die Öffnung im Tuch durch Zerren und Reißen stetig verbreiterten, bis sie binnen weniger Wimpernschläge groß genug war, einem Menschen ohne weiteres Durchlass zu gewähren.

Die grobschlächtige Frau, die vor meinen und Quins schreckgeweiteten Augen auftauchte, trug derbe Kleidung aus festem Leder, und ihre Schultern waren fast doppelt so breit wie die des Medicus, der hinter dem Sack erbärmlich zitterte.

Ich war mir vollkommen sicher, dass die Banditin nicht den geringsten Augenblick zögern würde, uns beiden mit ihrem schartigen Dolch die Kehlen durchzuschneiden, um in den Besitz der kostbaren Wagenladung zu geraten. Kein Zweifel, jetzt galt es rasch zu handeln – jeder weitere Moment des Zauderns könnte unser letzter sein!

Mit einem wilden Aufschrei packte ich einen der fest verschnürten Stoffballen, die vor mir lagen, und stürmte auf die in den Wagen vordringende Frau zu, das Tuch wie einen schützenden Schild vor mich haltend – was sich weitaus schwieriger gestaltete, als man vielleicht annehmen könnte, denn der Wagen schwankte heftig hin und her wie eine Nussschale auf stürmischer See. Als ich mit der unverfrorenen Strauchdiebin zusammenstieß, riss mich die Wucht des Aufpralls von den Beinen, und ich schlug höchst unsanft auf den Holzplanken des Wagenbodens auf. Die Banditin taumelte rückwärts, bis sie mit den Kniekehlen gegen die Ladeklappe schlug und das Gleichgewicht verlor. Sie wäre fast rücklings aus dem Wagen gefallen, bekam jedoch im letzten Moment die flatternde Plane zu fassen und hing nun, weit hintenüber gebeugt, mit Kopf und Oberkörper aus dem dahinrasenden Wagen.

Ich packte ihre Knöchel und versuchte, sie über den Rand der Ladeklappe zu wuchten. Sie trat wild fluchend um sich wie ein Steinesel, aber als Quin seine Angst endlich besiegte und mir zu Hilfe eilte, gelang es uns, ihre Beine mit vereinten Kräften nach draußen zu befördern. Die hartnäckige Furie weigerte sich jedoch, so einfach aufzugeben, sondern krallte sich mit unverminderter Kraft an der Plane fest, an der sie nun schlackernd wie eine Lumpenpumpe umhergeschleudert wurde, während sie versuchte, ihren Dolch zwischen die Zähne zu klemmen, um beide Hände einsetzen zu können und sich wieder ins Wageninnere zu ziehen. So weit ließ ich es allerdings gar nicht erst kommen. Ich zückte meinen Dolch und stach wie von Sinnen auf ihre Hand ein. Da endlich brüllte die Strauchdiebin auf, öffnete den Griff ihrer Finger, stürzte auf die Straße und verschwand in einer dichten, wirbelnden Staubwolke, während die Pferde weiter ungezügelt voranpreschten.

Zu meiner Rechten und Linken erklang weiterer Kampfeslärm, weshalb ich mich, an Säcken und Tuchballen Halt suchend, zum Kutschbock vorkämpfte, um zu sehen, wie es den beiden Söldnern während dieses Überfalls ergangen war. Als ich das Tuch zurückschlug, welches das Wageninnere vom Kutschbock trennte, sah ich gerade noch ein wirres, schreiendes Knäuel von Armen und Beinen nach links vom Wagen fallen. Ich hörte Susa fluchen und Lasses Namen rufen, bevor sie todesmutig vom Wagen sprang, wohl um dem Thorwaler beizustehen, der soeben mit seinem Gegner vom Wagen heruntergeworfen worden war. Offenbar machte sie sich größere Sorgen um den Hünen als um den schmächtigen Banditen, der sich an das Zuggeschirr eines der Pferde klammerte und durch lautes Rufen und heftiges Zerren an den Lederriemen das Tier zu zügeln versuchte – ein tollkühnes Unterfangen bei der halsbrecherischen Geschwindigkeit, mit der der Wagen die Straße entlangraste.

Ich suchte nach irgendetwas, das ich nach dem Banditen werfen konnte, um ihn an seinem Vorhaben zu hindern – denn es gab keinen Zweifel, dass er den Wagen nur anhalten wollte, um sich unserer dann in aller Ruhe zu entledigen –, aber meine verzweifelten Blicke erhaschten nichts, was als Wurfgeschoss geeignet war. So waren mir die Hände gebunden, und schließlich zeitigten die Versuche des Strauchdiebs doch tatsächlich Erfolg. Unmittelbar am Rand des Wäldchens, wo der Baumbewuchs sanft in ein grünes Meer aus Wiesen und Weiden überging, konnte er der wilden Flucht der beiden schrill wiehernden Rappen Einhalt gebieten. Zwar tänzelten die Tiere noch immer in ihren Geschirren, scharrten gereizt mit den Hufen und schnaubten laut, weil sie der Geruch eines ihnen fremden Menschen so dicht in ihrer Nähe und das Geklirr von Waffen in ihrem Rücken, wo Lasse und Susa in ein blutiges Gefecht mit den anderen Räubern verwickelt sein mussten, immer noch verstörten; aber nichtsdestotrotz hatte der garstige Gesell es fertig gebracht, sie zu zügeln.

Keuchend wandte der Wegelagerer sich nun zu mir um, sprang wendig auf die schmale Deichsel des Wagens, zog ein breites Beil aus seinem Gürtel und rief mir mit grollender Stimme zu: »Es macht mich immer zornig, wenn ihr verfluchten Händler so sehr an euren Waren hängt. So zornig, dass ich Köpfe rollen sehen will!«

Ich erstarrte. Dann vernahm ich Hufgetrappel, das sich uns aus dem Rücken des Straßenräubers näherte, gewiss seine mordlustigen Kumpanen, die schon nach unserem Blut lechzten. Der Strauchdieb setzte zum Sprung an, und Todesangst umklammerte mein wie toll pochendes Herz. Was sollte ich nur tun? Vom Wagen springen? Zum einen war ich überzeugt, dass der schmächtige Kerl mit den funkelnden Augen durchaus etwas davon verstand, sein Beil auch als Wurfwaffe einzusetzen, zum anderen hätte ich ihm mit einem beherzten Sprung vom Wagen meinen hilflosen Freund Quin ausgeliefert.

Nur ein einziges Mal zuvor in meinem ganzen Leben hatte ich mich in einer ähnlich ausweglosen Lage befunden, und wie damals handelte ich, ohne weiter nachzudenken. Ich streckte die Hand aus, deutete mit Mittel- und Zeigefinger auf das Gesicht meines Feindes und rief mit zitternder Stimme: »Blitz dich find, werde blind!«

Ich glaube nicht, dass meine ehemaligen Mentoren an

der Akademie der Magischen Rüstung zu Gareth dieses Mal auf mich stolz gewesen wären, hätten sie mein Zauberwerk beobachtet. Denn all die Jahre über hatten sie mir und den anderen Schülern immer wieder eingebläut, von welch immenser Bedeutung es ist, die magischen Muster, die die gesamte fassbare Welt unsichtbar durchfließen, mit geschickten geistigen Fingern zu neuen Formen zu verflechten, um dem eigenen Willen in der stofflichen Wirklichkeit Gestalt zu verleihen. Mir hingegen kam es bei diesem aus der Verzweiflung geborenen magischen Akt eher so vor, als rammte ich ungestüm meine Finger in die alles durchdringenden Bahnen magischer Kraft und zerrte und risse an ihnen, bis die fassbare Welt nicht anders konnte, als meinen stummen Schrei zu erhören und meinem dringlichen Wunsch nachzukommen.

Doch wo mein Zauber vor der atemberaubenden Macht und Erfahrung eines ausgebildeten Magiers vor so vielen Jahren kläglich versagt hatte, hatte der einfache Strauchdieb, der mir nun nach dem Leben trachtete, diesem Angriff nicht das Geringste entgegenzusetzen. Mit plötzlicher Blindheit geschlagen, schrie er verwirrt auf, fasste sich ins Gesicht und kippte seitwärts von der Deichsel. Er schrie weiter, ob vor Schmerz oder Entsetzen, vermag ich nicht zu sagen, und kroch jämmerlich wie ein waidwundes Tier in das Unterholz des Wäldchens hinein.

Blut schoss mir aus Nase und Mund, als die Kraft, die ich mir eben so ungestüm zu Eigen gemacht hatte, mir unmissverständlich klar machte, dass sie es weder gewohnt war noch gutheißen konnte, wenn dermaßen nichtsnutzige Stümper wie ich sich anmaßten, sich zu ihrem Herrn aufzuschwingen. Ein stechender Schmerz zwang mich auf dem Kutschbock in die Knie. Es fühlte sich an, als fräßen sich glühend heiße Maden gierig ihren Weg aus dem Innern meines Schädels.

Wie aus unendlich weiter Ferne drang Quins besorgte Stimme zu mir und durchstieß den Schleier, der sich um meinen Geist gelegt hatte. »Severin, steh auf, da kommen noch mehr!«

Ich erinnerte mich wieder an das Hufgetrappel, das ich vernommen hatte, bevor ich den Zauber sprach.

»Wo sind Susa und Lasse?«, keuchte ich und spuckte aus, um den metallischen Geschmack meines eigenen Blutes im Mund loszuwerden.

Quin spitzelte vorsichtig um den Wagen herum. »Da hinten kommen die beiden. Lasse humpelt ein bisschen, aber ansonsten sehen sie unversehrt aus. Rondra sei Dank!«

Ich schüttelte den Kopf und wischte mir den Mund ab. Das Hufgetrappel indes war stetig näher gekommen, und nun konnte ich auch erkennen, welche Reiter sich uns da näherten. Es waren zwei Männer auf stattlichen Apfelschimmeln, die jeder, der in seinem Leben schon einmal einen Magier gesehen hatte, sofort als erfahrene Vertreter der magischen Zunft erkannt hätte. Ihr langes Haar, die spitzen Schuhe, die weiten Roben, ihre gut durchgekämmten Rauschebärte, all dies ließ nur einen einzigen Schluss zu.

Zehn Schritt vor dem Wagen zügelten die beiden Magier ihre Pferde. »Heda, Reisende!«, rief der eine – ein dickes Männlein, dessen weiße Robe sich über ein wahres Fass von Bauch spannte – mit einer wahren Kastratenstimme. »Wie es scheint, konntet Ihr den Überfall ohne unsere Hilfe überstehen.«

»Ganz recht, ganz recht, Fremder«, sagte ich nicht ohne einen deutlich hörbaren Anflug von Verachtung in der Stimme, die mich zwangsläufig überkam, als ich mich nach langen Götterläufen unvermittelt der hochmütigen Art von Magiern ausgesetzt sah. »Aber habt dennoch herzlichen Dank für Euer äußerst großzügiges Angebot.«

Der andere Magier, ein hoch gewachsener Mann mit offensichtlich geschminkten Wangen und einer warzigen Hakennase, antwortete mir mit einer unangenehm schnarrenden, harten Stimme. »Nun, es hatte nicht den Anschein, als hättet Ihr unserer Hilfe bedurft, wo Ihr doch offensichtlich selbst in den magischen Künsten bewandert seid, junger Herr.«

»Wer sind die beiden Vögel denn, Meister Severin?«, brachte Lasse zwischen fest zusammengepressten Zähnen hervor, während er neben den Kutschbock humpelte, von Susa gestützt, die keinen Kratzer davongetragen zu haben schien. Kor musste ihr in diesem Kampf wohl gesonnen gewesen sein.

»Die beiden haben sich uns noch nicht vorgestellt, Lasse«, sagte Quin wie beiläufig.

»Verzeiht unsere Unachtsamkeit«, beeilte sich der Dicke zu sagen und hob beschwichtigend eine Hand mit auffällig lackierten Nägeln; den kleinen Finger hatte er affektiert abgespreizt. »Mein Name ist Magus Gumblad Wertimol, und der ehrenwerte Herr an meiner Seite ist Magus Frumold Eslebon.« Der Große nickte grüßend und übernahm für seinen Begleiter das Wort. »Wir beide sind Vertreter der Kommission wider die Umtriebe reichsfremder Magier, die von Fürstin Irmegunde von Rabenmund, unserer Landesherrin – einer wahrhaft entzückenden, freigiebigen Person – unterstützt wird.«

Quin half dem Thorwaler dabei, ins Wageninnere zu klettern, wobei ich den Söldner murmeln hörte: »Das hat uns ja zu unserem Glück gerade noch gefehlt. Da muss man sich erst mit einem Haufen unfähiger Wegelagerer herumplagen, nur um es anschließend mit wild gewordenen Zauberern zu tun zu bekommen.« Dann ließ er sich auf einen der verbliebenen Stoffballen plumpsen und zog den Stiefel aus, um seinen angeschwollenen Knöchel näher in Augenschein zu nehmen.

Ungeachtet dessen fuhr Wertimol fort, wobei sein gewaltiger, an den Enden mit glänzendem Wachs zugespitzter Schnauzbart lustig auf und ab wippte. »Wir haben es uns zur Aufgabe gemacht, die Landesgrenzen Darpatiens sicherer zu machen, denn wie Euch vielleicht bekannt ist, stellen ruchlose Schergen, welche die ihnen von Hesinde geschenkte magische Begabung einsetzen, um allerlei Schindluder zu treiben, eine nicht zu unterschätzende Gefahr für den Landfrieden dar.«

»Und was hat das nun mit uns zu tun?«, fragte ich barsch.

Eslebon antwortete anstelle seines Begleiters, die Hände locker auf die dürren Oberschenkel gelegt. »Uns ist nicht verborgen geblieben, dass Ihr einen Zauber gesprochen habt, um Euch Eurer Haut zu erwehren, junger Herr.«

Susa, die mit einem Stück Stoff ihre Klinge säuberte, würdigte die beiden Kommissionsmitglieder keines Blickes, als sie fragte: »Das ist doch kein Verbrechen, oder irre ich mich da, Ihr hohen Herren?«

»An und für sich nicht, nein.« Wertimol rückte das goldbestickte Käppchen auf seinem Haupt zurecht. »Solange Euer Begleiter ein mittelreichisches Gildensiegel trägt, das ihn als anerkannten und geprüften Anwender der arkanen Künste ausweist, steht Eurer Weiterfahrt nicht das Geringste im Wege.«

»Zwar habe ich die Akademie der Magischen Rüstung zu Gareth besucht, aber mit einem Gildensiegel kann ich Euch dennoch nicht dienen«, setzte ich zu einer Erklärung an und zeigte den beiden Magiern meine leere rechte Handfläche. »Wie es das Schicksal so wollte, habe ich die Akademie verlassen, ohne dass meine Ausbildung ordnungsgemäß beendet werden konnte.«

Wertimol und Eslebon warfen sich einen viel sagenden Blick zu. »Nicht, dass wir Euch für einen Lügner halten würden, aber Ihr seht gewiss ein, dass es uns ungeheuer schwer fallen muss, dieser Behauptung ohne entsprechenden Beweis, der sie untermauert, Glauben zu schenken«, sagte Eslebon dann zögernd.

»An dieser Stelle vermag *ich* Euch dienlich zu sein, wenn Ihr gestattet.« Quins Kopf tauchte aus dem Wageninnern auf, wo der Medicus begonnen hatte, Lasses Knöchel zu behandeln. »Denn auch ich war dereinst ein Schüler dieser altehrwürdigen Akademie.«

»So besitzt *Ihr* denn ein Siegel der Gilde?« Wertimol zwirbelte nachdenklich seinen Schnauzbart.

Quin schürzte ertappt die Lippen. »Bedauerlicherweise ist dies nicht der Fall, aber ich gebe Euch mein Ehrenwort, dass ich die Wahrheit spreche.«

Eslebon tätschelte den Hals seines Pferdes. »Lasst mich Euch einen Vorschlag zur Güte unterbreiten, der die Sicherheit Darpatiens gewährleistet, ohne Euch allzu viel Unannehmlichkeiten zu bereiten. Ihr begleitet uns ins nächste Gasthaus, und wir werden von dort aus einen Boten zur Akademie der Magischen Rüstung zu Gareth schicken, um Eure Angaben überprüfen zu lassen. Er könnte schon in fünf oder sechs Praiosläufen wieder zurück sein, und danach steht einer Fortsetzung Eurer Reise nichts mehr im Wege. Solltet Ihr die Wahrheit gesprochen haben, wird die Kommission gern für alle anfallenden Kosten aufkommen, die Euch in der Zwischenzeit entstanden sein mögen.«

»Das kann unmöglich Euer Ernst sein«, knurrte Susa ungeduldig. »Auf uns warten dringende Geschäfte in Rommilys. Wer weiß, ob wir noch einen Käufer für unsere Waren finden, wenn wir erst so viel später dort eintreffen.«

»Ich bedauere, dass ich keine Ausnahme von der Vorgehensweise machen kann, die unsere Protokolle uns vorschreiben«, piepste Wertimol hochmütig.

»Selbst wenn ein Ermittler der Garethischen Criminal-Cammer sich bereit erklärt, uneingeschränkt für Meister Munter zu bürgen?« Die Stimme des Sprechers, der die Frage gestellt hatte, fuhr mir durch Mark und Bein. Falk Thimorn hatte uns gefunden – ja, womöglich hatten wir ihn nie abgeschüttelt.

Der Einäugige war wie ein Geist aus dem Wäldchen aufgetaucht und lenkte sein Pferd zwischen die beiden Magier der Kommission und unseren Wagen. Er hatte die rechte Faust vor der Brust erhoben, an deren Ringfinger ein auffälliges Schmuckstück prangte. »Falk Thimorn von der Garethischen Criminal-Cammer«, stellte er sich Wertimol und Eslebon vor. »Und ich hoffe, Ihr erachtet diesen Ring als untrügliches Zeichen meiner Ehrbarkeit. Oder glaubt Ihr, ich hätte ihn einer Leiche vom Finger geschnitten?«

Die Blicke, die die beiden Magier nun wechselten, zeugten von einer gewissen überraschten Ratlosigkeit. Schließlich räusperte sich Wertimol geziert und fragte: »Ihr wärt also bereit, im Namen der Institution, für die Ihr arbeitet, für das tadellose Betragen dieses jungen Mannes zu bürgen?«

Thimorn lachte. »Wenn es darum geht, dass er seine Begabung nicht einsetzt, um Euer schönes Darpatien zu verwüsten, indem er eine Horde seelenloser Dämonen heraufbeschwört, so lautet meine Antwort ohne Ausflüchte: »Ja.« Für alles andere allerdings fühle ich mich Euch weitaus weniger verpflichtet als der Cammer.«

Ich war viel zu verblüfft, um in das Gespräch zwischen den beiden Magiern und dem Ermittler einzugreifen, sondern fragte mich vielmehr, was Thimorn nun schon wieder im Schilde führte, denn ich hätte mit allem gerechnet, nur nicht damit, dass der Mann, der mich für einen skrupellosen Mörder hielt, mir hier aus der Patsche helfen würde.

Eslebon hatte mittlerweile die zuvor verlorene Fassung wieder gewonnen. »Euer Wort soll uns genügen, Herr Thimorn.«

Grußlos gab er seinem Pferd die Sporen, und sein dicker Begleiter tat es ihm gleich. Nachdem die beiden Störenfriede um die nächste Wegbiegung im Wäldchen verschwunden waren, hörte ich den Thorwaler aus dem Wageninneren gehässig murmeln: »Hoffentlich fallen die Geister der toten Banditen über diese beiden Schwachköpfe her ...«

Thimorn ritt neben den Kutschbock und sah mich mit seinem verbliebenen Auge erwartungsvoll an.

»Habt Dank, Herr Thimorn.« Die Worte kamen mir nur schwer über die Lippen.

»Ihr scheint nicht viel auf meine eindringliche Warnung gegeben zu haben, Meister Munter«, sagte er spöttisch. »Unterbrecht mich bitte, falls ich falsch liegen sollte, aber meines Wissens nach zählt man die Straße nach Darpatien nicht unbedingt zum Stadtgebiet Gareths.«

»Spart Euch Euren Spott«, knurrte ich trotzig. »Wie habt Ihr uns überhaupt gefunden?«

Thimorn schaute zum Himmel hinauf. »Dazu sage ich nur so viel, Meister Munter: Eure Großmutter ist weitaus vernünftiger, als Ihr es seid.«

»Sie hat mich tatsächlich verraten? An den Mann, der mich am liebsten am Galgen sähe?« Ich wusste nicht, ob ich lachen oder weinen sollte.

»Ich hatte ein ausgesprochen erhellendes Gespräch mit Eurer Großmutter, Meister Munter. Eine wirklich ausgezeichnete Köchin, wenn ich das noch anfügen darf. Ich frage mich selbstredend, warum *Ihr* mir nicht von Euren Erkenntnissen berichtet habt.« Thimorn seufzte. »Wahrscheinlich hieltet Ihr mich für einen engstirnigen Bluthund, der Euch ohnehin nicht geglaubt hätte.«

»Wie wahr, wie wahr«, pflichtete ich ihm bei.

»Ihr unterschätzt mich, Meister Munter, und das dauert mich. Daher habe ich beschlossen, mich Euch anzuschließen, um Euch unter Beweis zu stellen, wie sehr Ihr mich unterschätzt.« Thimorn beugte sich weit über den Hals seines Fuchses zu mir herüber. »Ihr seid schlau, Severin Munter, aber eine Lektion habt Ihr trotzdem noch nicht gelernt.«

»Und die wäre?«, fragte ich hochmütig.

»Menschen sind wie Zwiebeln. Sie bestehen aus vielen Schichten, und manchmal muss man lange und geduldig Schicht um Schicht abtragen, bis man ihr Innerstes erkennt.«

Kapitel 18

Es wäre eine schamlose Lüge, würde ich allen Ernstes behaupten, die Anwesenheit meines neuen Reisegefährten erfüllte mich mit großer Begeisterung. Andererseits war mir schmerzlich bewusst, dass jegliche Hoffnung, Falk Thimorn auf rasche, unkomplizierte Weise wieder loszuwerden, verlorene Liebesmüh war. Zugegebenermaßen hatte der Mann von der Criminal-Cammer es ermöglicht, dass wir unsere Reise ohne zeitaufwändige Belästigung von Seiten dieser sonderbaren Kommission von Magiern fortführen konnten, aber zu mehr als zähneknirschender Dankbarkeit meinerseits reichte dieser Sachverhalt noch lange nicht aus. Mochte der Einäugige noch so viel dummes Zeug über Menschen und Zwiebelschalen von sich geben, ich konnte einfach nicht so ohne weiteres vergessen, wie sehr ich mich von dem Ermittler in den vergangenen Wochen gehetzt und verfolgt gefühlt hatte. Darüber hinaus hegte ich einen gewissen Groll gegenüber meiner verflixten Großmutter, die ihren Mund nicht hatte halten können. Wahrscheinlich war sie irgendwelchen wohldosierten Schmeicheleien des Gesetzeshüters aufgesessen. Vernünftig hin, vernünftig her, mein Muttchen hätte Thimorn niemals verraten dürfen, wohin meine Begleiter und ich uns aufgemacht hatten. Ich weigerte mich weiterhin beharrlich, dem Ermittler über den Weg zu trauen, aber Anstand und Sitte geboten es mir dennoch, seine Anwesenheit stillschweigend zu dulden. Außerdem fiel mir beim besten Willen nicht ein, was ich hätte tun sollen, um seinem wachsamen Auge zu entrinnen. In mir keimte langsam der unbequeme Verdacht auf, Thimorn könnte mich womöglich von Anfang an an die Kette gelegt haben – wenn auch an eine derart lange Kette, dass ich es erst jetzt merkte. Mehr und mehr beschlich mich das unangenehme Gefühl, auch von dem Mann von der Criminal-Cammer lediglich als möglichst geschickt zu handhabendes Werkzeug gesehen zu werden, was mich in den folgenden Praiosläufen in eine höchst gereizte Stimmung versetzen sollte. Um ehrlich zu sein, hätte ich es durchaus vorgezogen, mich mit den beiden Gesandten dieser absonderlichen Kommission herumzuschlagen, als nun Falk Thimorns ständige Gegenwart zu erdulden, die mir beinahe schon körperlich spürbares Unbehagen bereitete.

Unter diesen Umständen wird man es vielleicht verstehen können, dass die Woge der Gastfreundlichkeit, die in Darpatien über uns zusammenschlug, nicht das Geringste zu einer Aufhellung meiner Stimmungslage beizutragen vermochte. Ich empfand die offene Herzlichkeit, mit der man unserer Reisegesellschaft begegnete, oftmals als aufdringliche Scheinheiligkeit, was ich auch lautstark beklagte. Die beiden Söldner indes wurden nicht müde, mir zu versichern, dass die mannigfaltigen Angebote der darpatischen Bauern und Dörfler an uns, die Nacht nicht in irgendeinem Gasthaus, sondern in ihren eigenen Behausungen zu verbringen, einer tiefen Verehrung für Travia, der Göttin des Herdfeuers, entsprangen. All ihre Versuche, die Darpatier vor meiner ungemein schlechten Laune in Schutz zu nehmen, stießen jedoch auf taube Ohren, weshalb wir nach wie vor die Herbergswirte an der Reichsstraße mit unserer Anwesenheit beglückten, anstatt eine der Einladungen des Landvolks anzunehmen. Als Vorwand nannte ich meine mangelnde Lust, mir in einer schäbigen Bauernkate irgendwelches Ungeziefer einzufangen. Es war mir gleich, ob ich damit drastisch mit den Sitten und Gebräuchen dieses überfreundlichen Landstrichs brach, denn ich war schon mehr als unzufrieden mit der Tatsache, den Garetischen Gepflogenheiten genüge tun und Falk Thimorns selbstgefälliges Grinsen ertragen zu müssen, ohne den Verstand zu verlieren und dem Einäugigen meinen Dolch in die Brust zu rammen.

Die weiten Wiesen und Weiden Darpatiens mit ihrem satten Grün schafften es noch um einiges schneller, eine ungehaltene Langeweile in mir auszulösen, als es die Felder und Obstgärten der Goldenen Au getan hatten. In stetig zunehmendem Maße wurde mir bewusst, dass ich das Stadtleben mit seinen abwechslungsreichen Annehmlichkeiten allen landschaftlichen Reizen vorzog, die sich einem Reisenden auf dem Weg von einer Stadt zur nächsten offenbaren mochten. Grünenden Hügel um grünenden Hügel hinter sich lassend, rollte unser Planwagen weiter auf Rommilys zu. Ich konnte es kaum noch erwarten, endlich wieder eine Ortschaft zu betreten, in der ich Menschen sehen würde, von denen ich überzeugt sein konnte, dass ihr Stammbaum aus mehr als nur einem kahlen Stamm ohne jegliche Äste und Zweige bestand. In den kleinen Ansiedlungen, in denen wir bisher genächtigt hatten, gewann ich für meinen Geschmack zu häufig den Eindruck, die Leute seien näher miteinander verwandt, als es die althergebrachten Regeln und Gesetze des Traviabunds eigentlich erlaubten – und das in einer Gegend, in der der Göttin der Familie und der ehelichen Liebe solch große Verehrung zuteil wurde.

Des Weiteren trugen auch die berittenen Hirten, die ihre vielköpfigen Rinderherden für mein unbedarftes Verständnis von der Viehzucht sinn- und zwecklos kreuz und quer übers Land trieben, keineswegs dazu bei, meine Laune zu verbessern. Mir stellte sich nämlich die drängende Frage, ob ich überhaupt in der Lage wäre, einen solchen Trupp darpatischer Hirten rechtzeitig von einer darpatischen Räuberbande zu unterscheiden, falls wir mit einem neuerlichen Überfall durch Wegelagerer zu rechnen hätten. Je länger ich darüber nachdachte, desto mehr versteifte ich mich darauf, dass ich die einheimischen Räuber wohl oder übel daran würde erkennen müssen, dass sie eben keine Rinder vor sich her trieben, denn die Bewaffnung der hiesigen Hirten erschien mir durchaus bedrohlich genug, um die eigene Sicherheit gefährdet zu sehen: Schwere Dolche baumelten an ihren Gürteln, Kurzbogen und Schleuder waren ebenfalls keine Seltenheit, und jeder von ihnen trug ein Wurfseil und einen Stoßspeer mit abgerundeter Spitze bei sich. Als ich gegenüber Lasse und Susa meine Bedenken bezüglich der Redlichkeit der finsteren Gestalten mit ihren breitkrempigen Hüten äußerte, wurden die beiden Söldner wiederum nicht müde, wortreich zu beteuern, dass sie bei all ihren vielen Reisen nach Darpatien noch nie mit einem Hirten aneinandergeraten waren. Aber ich vertrat felsenfest die Auffassung, dass es wohl für jedes Verbrechen auf Dere ein erstes Mal gäbe. Noch heute bin ich meinen nachsichtigen Gefährten dankbar dafür, dass sie meine ausgesprochen verbohrte Haltung und das höchst unangemessene Betragen, das ich auf diesem Abschnitt unserer gemeinsamen Reise an den Tag legte, ohne Murren und Knurren erduldeten.

Als schließlich die fernen, wolkenverhangenen Gipfel der Trollzacken am Horizont sichtbar wurden und sich Stückchen für Stückchen weiter drohend aufzurichten schienen, kam eine merkwürdige Form der Furcht über mich: So weit entfernt die Berge auch waren und obschon ich wusste, dass wir sie nicht überqueren mussten, so änderte dies nicht das Geringste daran, dass ich ihren Anblick als beengend und bedrückend empfand. Ich schrieb dies der Tatsache zu, dass ich in meinem ganzen Leben noch nie in die Verlegenheit gekommen war, mich an eine Bergkette am Horizont gewöhnen zu müssen. Irgendwann wurden Quin und Susa die häufigen, sorgenvollen Blicke, die ich mit den Augen eines furchtsamen Kaninchens über die Bergrücken schweifen ließ, dann doch zu lästig, und sie legten mir nahe, meine Reise im Innern des Wagens fortzusetzen, bis wir die Provinzhauptstadt Darpatiens erreicht hätten.

So begab es sich, dass ich mehr oder minder unfreiwillig Lasse viele Stunden lang Gesellschaft leistete. Der Thorwaler hatte sich bei seinem Sturz vom Wagen den rechten Knöchel so schwer verstaucht, dass der Medicus ihm geraten hatte, den Fuß weitestgehend zu schonen, weshalb der Söldner es sich auf den weichen Stoffballen gemütlich gemacht hatte und uns oft mit zotigen Liedern und Anekdoten aus seiner kalten Heimat unterhielt.

Und tatsächlich lenkten mich die lebhaft-derben Schilderungen des Nordmannes, wie es Susa und ihm während des Kampfs gegen die Strauchdiebe ergangen war, von meinen sauertöpfischen Grübeleien ab.

»Dieser hinterfotzige Darpatochse hat sich mit seinen Wichsgriffeln so fest in meiner Seite verkrallt, dass wir einfach von diesem Dreckswagen runtergepurzelt sind wie zwei Mehlsäcke«, erzählte Lasse. »Swafnir sei Dank sind wir nicht unter die Scheißräder gekommen. Das hätte mir gerade noch gefehlt, mir den Arsch abfahren zu lassen wie dieser arme Trottel Rukus. Als ich mich wieder aufrappeln wollte, um dem dahergelaufenen Hurensohn ordentlich die blöde Fresse zu polieren, fuhr mir der Schmerz wie ein glühendes Eisen in meinen verfluchten Knöchel hinein. Da bin ich einfach sitzen geblieben und habe das Sackgesicht gewürgt, bis ihm die schielenden Augen vorstanden wie einem Frosch, den man mit einem Strohhalm durch den Hintern aufpustet, Meister Severin.«

Ich musste unwillkürlich lachen, obwohl ich die Geschichte nun schon mindestens zum dritten Mal – und in der dritten blumigen Ausführung – zu hören bekam. »Und dann? Wie ging es weiter, Lasse?«, spornte ich den Thorwaler an.

Der Nordmann riss die Augen weit auf. »Und dann habe ich gedacht, jetzt ist es aus mit mir. Denn gerade als der erste Räuber fast schon seinen letzten Furz gelassen hatte, tauchten aus dem Unterholz noch zwei weitere dieser arschgeborenen Strauchdiebe auf. Mit langen Messern stürzten sie brüllend wie die Sumpfranzen auf mich zu.« Die Länge der Messer, die Lasse mit ausgebreiteten Armen anschaulich darstellte, hätte jedem Langschwert zur Ehre gereicht. »Da kam Susa die Straße hinunter auf uns zugerannt, wobei sie noch viel lauter brüllte als die Räuber. Meister Severin, du bist im Grunde deines Herzens noch ein junger, unschuldiger Mann, weshalb ich dir nicht zumuten kann mit anzuhören, was Susa diese jämmerlichen Gestalten alles hieß, aber bei den meisten Verwünschungen ging es um die Mütter der Räuber und mit welchem Viehzeug sich diese gepaart haben mussten, um solche Missgeburten in die Welt zu setzen. Da sind meine Worte dagegen rein und klar wie der Ewige Ozean.« Lasses gewaltiger Brustkasten hob und senkte sich wie ein Blasebalg, als der Kampf in allen Einzelheiten vor seinem Geist vorüberzog. »Susas Klinge glänzte blutrot, und sie kam über die Furchenscheißer wie eine Bärin, die ihr Junges verteidigt. Es war alles schnell vorbei. Eben standen die beiden noch, und schon lagen die Mistkerle in ihrem Blut, das der durstige Staub der Straße begierig verschlang. Susa macht niemals halbe Sachen, lass dir das gesagt sein, Meister Severin.«

»Ich hätte nichts anderes von ihr erwartet, mein Freund«, sagte ich mit unverhohlener Bewunderung. Unvermittelt kam mir ein Gedanke. »Sag an, Lasse, was hat dich eigentlich aus dem hohen Norden hierher ins Mittelreich verschlagen?«

Der Thorwaler schaute mich überrascht an. »Warum ich nach Gareth gekommen bin, willst du wissen?« Er atmete schwer. »Das ist eine ziemlich lange Geschichte. Besser, ich erzähle sie dir ein anderes Mal, wenn wir mehr Zeit haben.«

»Wenn wir mehr Zeit haben?«, wunderte ich mich. »Komm schon, Lasse, ich sitze mitten im Nirgendwo zwischen Gareth und Rommilys, wo die Menschen merkwürdige Trachten tragen, die ich kaum einen Wimpernschlag lang anschauen kann, ohne laut loszuprusten, und du sitzt neben mir mit einem angeschlagenen Knöchel, sodass du dich nicht richtig rühren kannst. Wann sollten wir denn jemals mehr Zeit haben als genau jetzt?«

Der Söldner ließ den Kopf auf den Stoffballen sinken und starrte an die gewölbte Plane der Wagendecke. »Du willst es also wirklich wissen, Meister Severin, auch auf die Gefahr hin, dass die Geschichte nicht so lustig ausfallen wird wie die mit den Räubern?«

»Ja, ich denke, ich würde sie schon ganz gerne hören.« Lasses ungewöhnliche Warnung hatte mich eher neugierig gemacht, als dass sie mich hätte abschrecken können.

»Na gut, Meister Severin, na gut. Vor vielen, vielen Götterläufen lebte ich hoch im Norden Aventuriens in einem kleinen Dorf an der Küste Thorwals. Jeden Abend wiegte mich das sanfte Säuseln der Wellen in den Schlaf, und jeden Morgen wachte ich glücklich auf, geweckt vom Lärmen meiner spielenden Brüder und Schwestern und dem Duft frischer Mehlwürste, die meine Mutter briet. Es gab nichts, worüber ich mir Sorgen hätte machen müssen – nicht einmal über meine unmittelbar bevorstehende Ottajara, die Mannbarkeitsprüfung meines Volkes –, und mein stolzer Vater war sich sicher, dass ich eines Tages mit einer mächtigen und gefürchteten Ottajasko über die Meere segeln würde, bereit, die Ehre unserer Familie willig mit meinem Blut zu verteidigen. Am liebsten vertrieb ich mir die Zeit damals mit der Jagd, denn den Fischfang empfand ich eher als dröge Betätigung, und meine Streifzüge führten mich ab und an sehr weit von meinem Heimatdorf weg in die umliegende Wildnis. Je weiter man sich von den Ansiedlungen entfernte, desto wahrscheinlicher kehrte man mit einer Beute heim, die die anderen schwer beeindruckte. Und je älter ich wurde und je näher meine Ottajara rückte, desto wichtiger war es mir, die anderen jungen Leute im Dorf zu beeindrucken.« Er schwieg versonnen.

»Und dann hast du dich eines Tages in der Wildnis verlaufen und dein Dorf nicht mehr wieder gefunden, weil du dich zu weit hinaus gewagt hast?«, fragte ich mit einem leichten Lächeln, da ich dachte, der Söldner verspürte gerade in jenem Augenblick einen schmerzlichen Anflug von Heimweh nach dem hohen Norden, das ich durch meine freundliche Spöttelei zu lindern versuchte.

»Wenn es doch nur so gewesen wäre, Meister Severin, wenn es doch nur so gewesen wäre«, entgegnete der Thorwaler mit einer überwältigenden Traurigkeit in der Stimme, die mich fast zurückschrecken ließ. »In einem hast du allerdings Recht. Ich war wirklich weit entfernt vom Dorf, als ich den seltsam stechenden Geruch in der sonst so angenehm salzigen Luft bemerkte. Es stank nach Feuer, nach Tod und nach Schrecken. Als ich die Rauchsäule in der Ferne aufsteigen sah, wollte ich nicht glauben, dass es mein Dorf sein könnte, das da in Flammen stand. Ich rannte den ganzen Weg zurück, irr vor Angst und Verzweiflung. Irgendwann war ich so nahe an meinem Ottaskin, dass der Wind Schreie an mein Ohr trug, Meister Severin, und ich schwöre dir bei Swafnir, niemals in meinem ganzen Leben habe ich wieder ein solch grässliches Geräusch gehört. Am Waldrand angekommen, konnte ich das Ausmaß des Unheils genau erkennen. Die brennenden Langhäuser, in denen Menschen schrien, als die Flammen sie bei lebendigem Leibe auffraßen. Die entstellten Leichen meiner Familie, die in ihrem eigenen Blut überall verstreut am Boden lagen, niedergemetzelt wie Schlachtvieh. Männer, Frauen und Kinder, mit denen ich ein paar Stunden zuvor noch gescherzt und gestritten hatte. Und ich sah die fremde Ottajasko, deren Mitglieder wie hungrige Wölfe über meine Heimat gekommen waren. Ich habe nie erfahren, welchen Groll diese Familie gegen die meine hegte, aber er muss so groß gewesen sein, dass sie alles abstreiften, was menschlich an ihnen war. Die Gräuel, die sie begingen, sind unaussprechlich, Meister Severin. Sie schändeten die Ehre der Toten …« Lasses Stimme zitterte, und ich fürchtete, der Hüne werde in Tränen ausbrechen, aber dann strafften sich seine Gesichtszüge plötzlich, er richtete sich auf und sah mir fest in die Augen. »Dann bin ich weggelaufen, Meister Severin, geflohen vor den Schrecken, die sich vor meinen Augen abspielten, geflüchtet vor der Verantwortung, Vergeltung für meine Familie zu üben. Ich hätte meine Axt gegen die Mörder erheben müssen, selbst wenn es mich das eigene Leben gekostet hätte, aber ich war zu feige, schlicht und ergreifend zu feige. Tagelang irrte ich durch die Wildnis, wie Treibgut in stürmischer See, Swafnir unablässig um Vergebung für meine Feigheit bittend, bis mich eine Gruppe Händler auflas, die auf dem Weg zurück ins Mittelreich war. Ich erzählte ihnen, ich sei ein einfacher, abenteuerlustiger junger Mann, der nur darauf warte, sein bisheriges Leben auf dem Meer hinter sich zu lassen, um in die Welt hinauszuziehen. Da ich damals schon fast so kräftig gebaut war, wie ich es heute bin, heuerten die Kaufleute mich gern als Begleitschutz für ihre Handelsgüter an. So kam ich schließlich bis nach

Gareth. Ehrlos, feige und mit verdunkeltem Herzen. Seitdem kenne ich keine Ehre mehr, Meister Severin, sondern verkaufe meinen Waffenarm an den Meistbietenden wie eine Hure ihren Leib, betäube mich mit allem, was das Leben als Söldner zu bieten hat – aber die verzweifelten Schreie sind nie ganz verstummt …« Der Söldner ließ sich zurück auf den Stoffballen sacken und drehte mir den Rücken zu.

Mir fehlten die Worte, und ich dachte mir, es sei besser, den Mund zu halten, als meiner Betroffenheit in leeren Floskeln Luft zu machen. Daher beschloss ich, dem Thorwaler Zeit zu geben, die verlorene Fassung wiederzuerlangen, denn ich konnte mir nur allzu gut vorstellen, dass es ihm nicht leicht gefallen war, über sein grauenhaftes Erlebnis zu sprechen. Ich fragte mich, ob Quin und Susa mit angehört hatten, wie Lasse mir sein Herz geöffnet hatte, und warf einen verstohlenen Blick in Richtung Kutschbock.

Die Erzählung des Nordmanns musste mich mehr gefesselt haben, als es mir bewusst gewesen war, denn zu meiner Überraschung saß nicht der Medicus neben der Söldnerin auf der schmalen Bank, sondern Falk Thimorn.

Ich spähte durch eine kleine Ritze in der Plane und sah Quins Oberschenkel im Sattel von Thimorns Fuchs. Offensichtlich hatten mein Freund und der Ermittler irgendwann die Plätze getauscht. Später am Abend sollte Quin mir berichten, dass er dem Einäugigen diesen Vorschlag unterbreitet hatte, um seine Reitkünste ein wenig aufzufrischen – was ich, um ehrlich zu sein, nicht glauben konnte: Mir kam Thimorns Fuchs wie der sanftmütigste Warunker vor, den ich jemals zu Gesicht bekommen hatte, und ich konnte mir nicht vorstellen, wie es Quins Reittalent schulen sollte, auf dem breiten Ross gemächlich neben der Kutsche herzuschaukeln. Genauso gut hätte ich behaupten können, es wäre mir möglich gewesen, meinen Hang zum Glücksspiel gemeinsam mit meiner Großmutter auszuleben, nur weil die alte Dame wusste, dass sie die Karten so halten musste, dass ich nicht in ihr Blatt schauen konnte …

Jedenfalls saß nun der Einäugige neben Susa. Die beiden schienen ins Gespräch vertieft, so sehr, dass ich rasch ausschließen konnte, dass sie Lasses Ausführungen mit angehört hatten. Dazu lachten sie viel zu laut und viel zu oft. Nachdem ich sie eine Weile belauscht hatte, stellte ich verdutzt fest, dass der Gesetzeshüter und die Söldnerin eine Unterredung führten, die den Kabbeleien zwischen Susa und mir nicht unähnlich war, wobei es allerdings einen entscheidenden Unterschied gab: Während das Scherzhafte in den Kabbeleien zwischen der Söldnerin und meiner Wenigkeit zumeist eher ein Unterton war, der hin und wieder zwischen gehässigen Äußerungen und verächtlichem Grimassenschneiden erklang, schien Susas Wortwechsel mit dem Einäugigen tatsächlich eine höfliche, unterhaltsame Plauderei zu sein.

»So vorzüglich kann die Arbeit, die die Criminal-Cammer leistet, ja wohl nicht sein, Falk, wenn man bedenkt, dass sie anscheinend heimtückische Giftmorde nicht einmal als solche erkennt«, warf Susa dem Einäugigen lächelnd vor und legte ihm spöttisch tröstend eine Hand auf die Schulter.

»Ich kann verstehen, dass eine Frau wie du sich sehr um die Sicherheit auf den Straßen der glorreichen Kaiserstadt sorgt, aber ich kann dich beruhigen, liebe Susa. Wenn auch auf Umwegen, so ist die Cammer am Ende zumeist doch auf der richtigen Fährte, so wie in diesem Fall«, beschwichtigte sie Thimorn und tätschelte ihr behutsam das nackte Knie.

»Ach, Schluss mit diesem Mumpitz! Seien wir doch lieber ehrlich zueinander! Die Cammer ist nichts anderes als ein nützliches Werkzeug für die Reichen und

Schönen Gareths, mit dem sie die Armen und Bedürftigen im Zaum und im Auge zu behalten gedenken.« Mit gespielter Strenge zog die Söldnerin Thimorn am Ohrläppchen.

Der Einäugige packte ihr Handgelenk, aber sein Griff war zart. »Du weißt genau, dass manche dieser ach so bemitleidenswerten Armen und Bedürftigen gewiss im Auge behalten werden müssen, weil sie bereit sind, alles zu tun, um nicht länger arm und bedürftig zu bleiben, und dabei auf etwas derart Läppisches und Abgeschmacktes wie Gesetze pfeifen.«

Susa schüttelte geziert den Kopf. »Ein stattlicher Mann mit deinen ausgeprägten Talenten, Falk, sollte nicht als Bluthund enden, den man gelegentlich von der Kette lässt, damit er nicht tollwütig wird oder anfängt, seinem eigenen Schwanz hinterher zu jagen.«

»Was soll ich denn dann deiner Auffassung nach werden, teuerste Susa?«, fragte der Ermittler lachend. »Etwa ein Söldner, der sich an reiche Händler verkauft, die so dick und so rund sind wie Marzipanschweine?«

Susa beantwortete diese Frage mit glockenhellem Gelächter und einem mit der Handfläche angedeuteten Schwerthieb in der Höhe von Thimorns Hals. Das Ganze machte mich sprachlos und auf eine merkwürdig unfassbare Art ärgerlich und traurig zugleich. Es wurmte mich, wie schnell die beiden dazu übergegangen waren, sich in höchst vertrautem Ton zu unterhalten. Sie nannten einander ja sogar schon bei ihren Vornamen. Bei dieser Gelegenheit fiel mir ein, dass ich nicht einmal wusste, wie Susas Nachname lautete – falls sie überhaupt einen hatte, denn ich hatte ja überdies keinen blassen Schimmer, ob die Söldnerin nicht vielleicht aus einer Gegend stammte, in der Nachnamen eher ungebräuchlich waren. Nicht, dass ich mir bis zu diesem Augenblick Gedanken über Lasses Nachnamen gemacht hätte. Doch Lasse war auch nicht so … wichtig für mich wie Susa. Und ganz besonders wichtig war es, dass sie sich nun mit Falk Thimorn, diesem furchtbaren Menschen, abgab. Schlimmer noch, sie mochte den Einäugigen offenbar gut leiden, und dies versetzte meine gesamte Gefühlswelt in hellen Aufruhr. Ich wollte nicht, dass sie über seine müden, einfallslosen Scherze lachte. Ich wollte nicht, dass sie sich von ihm anfassen ließ. Ich wollte nicht, dass sie mit ihm sprach. Ich wollte nicht, dass er neben ihr saß. Ich wollte, dass sie über *meine* geistreichen, vor Witz nur so sprühenden Bemerkungen lachte, bis ihr der Bauch wehtat. Ich wollte, dass sie sich von *mir* anfassen ließ, und vor allem, dass sie *mich* anfasste. Ich wollte, dass sie ihre ungeteilte Aufmerksamkeit *mir* – und nur *mir* allein – widmete. *Ich* wollte neben ihr auf dem Kutschbock sitzen, weil ich das Gefühl hatte, wenn jemand dort hingehörte, dann sei *ich* das – oder Lasse, wenn mich meine zugegebenermaßen miese Laune der letzten Praiosläufe wieder einmal ins Wageninnere getrieben hatte. Oh, wie groß war meine Bestürzung, als ich erkannte, dass es die Eifersucht war, die mich dermaßen in Wallung versetzte, aber bei näherer, kühler Betrachtung der Lage gab es keine andere Deutung: Ich war eifersüchtig auf diesen Thimorn. Aber weshalb? Konnte es denn wirklich sein, dass ich nun nicht einmal mehr meinem eigenen Herzen vertrauen konnte? Hatte ich es tatsächlich an die raue Söldnerin verloren? Nicht, dass ich sie als wenig anziehend empfunden hätte, ganz im Gegenteil sogar. Aber die meiste Zeit über war sie schlichtweg unausstehlich, widerspenstig und eigensinnig. Grummelnd schlang ich die Arme um die Knie und gestand mir selbst die Möglichkeit ein, dass es vielleicht gerade diese Eigenschaften waren, die sie für mich fremdartig und damit reizvoll und liebenswert erscheinen ließen. Und nun kam dieser einäugige Süßholzraspler daher und drängte mich von ihrer Seite weg.

Ich dachte an eine Weisheit, die mir ein alter, zahnloser Zocker in einer schummrigen Spelunke hatte zuteil werden lassen, nachdem ich ihm zuvor von meiner ersten verflossenen Liebe – der Tochter eines meiner Mentoren an der Akademie – berichtet hatte: »Mit der Liebe ist es wie mit dem Kartenspiel«, hatte er damals speichelfeucht genuschelt. »Wenn man sein Blatt erst einmal auf der Hand hat, Kleiner, dann muss man es auch spielen.«

Kapitel 19

Meine missmutigen Grübeleien darüber, was in meinem Herzen und in meinem Leben vor sich ging, verflogen rasch, als wir uns endlich Rommilys so weit genähert hatten, dass ich tatsächlich glauben konnte, die Strapazen der Reise bald hinter mir zu haben – zumindest vorerst. Da es nun keinen Grund mehr gab, meine Person vor fremden Blicken zu schützen, bestand ich darauf, bei unserer Ankunft in Rommilys vorn auf dem Kutschbock zu sitzen, um möglichst viel von der ureigenen Stimmung der fremden Stadt, ihren Geräuschen und Gerüchen in mich aufzunehmen. Selbstredend hatte ich überdies gehofft, mich selbst wie einen vor Charisma und Witz sprühenden, lebendigen Keil zwischen Susa und den Einäugigen zu treiben, denn in mir war der feste Entschluss gereift, mich dem Kampf gegen den Ermittler um die Gunst der Söldnerin zu stellen. Bedauerlicherweise entzog sich Thimorn meiner unterschwelligen Herausforderung, indem er von Quin seinen angestammten Platz im Sattel seines Warunker-Fuchses zurückverlangte.

»Auf der Reichsstrasse mögt Ihr vielleicht tadellos mit meinem Pferd zurechtgekommen sein, Meister Zumbel, aber das Menschengewühl in einer Stadt wie Rommilys ruft nach einem geübten Reiter, fürchte ich«, unterband er freundlich jeglichen Versuch des Medicus, sich gegen diese Maßnahme zur Wehr zu setzen. So kehrte Thimorn also auf den Rücken seines Pferdes zurück, während Quin mit Lasse auf der Ladefläche fuhr.

Immerhin blieb damit der von mir so begehrte Platz auf dem Kutschbock neben Susa für mich frei, aber leider verspürte die Söldnerin nicht die rechte Lust, unseren üblichen zänkischen Wortwechsel fortzuführen, obwohl ich mein Bestes gab, einen solchen in Gang zu bringen. Vielmehr maßregelte sie mich, es gäbe weitaus Wichtigeres zu tun, als sich in sinnlosem Geplapper zu ergehen, nun, da wir der Lösung des Rätsels, das uns zusammengeführt hatte, so nahe gekommen waren. Diese schroffe Zurückweisung traf mich wie ein derber Schlag in die Magengrube, weil ich nicht wusste, womit ich die Abfuhr verdient hatte. Schließlich war wohl zweifelsohne ich derjenige, der am meisten zu verlieren hatte, sollten wir daran scheitern, den wahren Mörder Onkel Berengars zur Rechenschaft zu ziehen.

Um neuerliche trübselige Überlegungen in mir gar nicht erst aufkommen zu lassen, machte ich nun aus dem fadenscheinigen Vorwand, mit dessen Hilfe ich dem langweiligen Wageninneren entkommen war, tatsächlich meine Hauptbeschäftigung: Ich blickte mich neugierig um.

Zuvörderst muss ich schamhaft eingestehen, dass mich die Größe Rommilys' erschreckte – wenn der Begriff ›Größe‹ hier überhaupt angebracht ist –, denn ich war für den Augenblick regelrecht entsetzt darüber, wie klein das angebliche Herz Darpatiens doch war. Die Köpfe seiner Bewohner zählten nicht einmal ein Zehntel der glorreichen Kaiserstadt, meiner geliebten und mir zu diesem Zeitpunkt unendlich fern erscheinenden Heimat. Langsam dämmerte mir, was es mit dem Wort ›Provinz‹ auf sich hatte, und ebenso langsam wuchs in mir die für mich überraschende Erkenntnis, wie sehr mich mein bisheriges Leben in der größten Metropole Aventuriens geprägt hatte. Eines jedoch konnte man Rommilys nicht vorwerfen: Die Stadt war alles andere als hässlich; vielmehr trug allein schon ihre reizvolle

Lage zu ihrer Schönheit bei. Der Darpat, jener erhaben dahinströmende, glitzernde Fluss, der dem gesamten Landstrich seinen Namen gegeben hatte, schmiegte sich an Rommilys wie ein silberner Haarreif an eine makellose Stirn. Selbst die Trollzacken, die sich majestätisch am Horizont erhoben, erschienen mir nun nicht mehr bedrohlich wie zuvor, sondern fügten sich nahtlos in das idyllische Bild ein, das sich meinem Auge darbot. Dies lag vielleicht daran, dass der Gebirgszug nun nicht mehr wie ein unüberwindlicher Felswall vermeintlich aus dem Nichts auftauchte, sondern dass ich nun den Übergang vom Flusstal zu den Gipfeln auf höchst erbauliche Weise studieren konnte. Sanfte Hügel brandeten wie grüne Wogen an den Fuß der Berge, ein bemerkenswerter Anblick, der durch das Brausen der nahe gelegenen Ochsenwasserfälle eindrucksvoll untermalt wurde. Auf einem der höheren Hügel der Stadt thronte der prunkvolle Palast der Fürstin Irmegunde von Rabenmund, von dem aus die Provinzherrin gewiss oft den Blick über ihre Besitztümer schweifen ließ, so wie eine pflichtbewusste Mutter über ihre spielenden Kinder wacht. Gleichermaßen beeindruckt zeigte ich mich vom gewaltigen Friedenskaiser-Yulag-Tempel, in dem der Heilige Federkiel und der Kessel der Göttin Travia verwahrt lagen, die Mittelpunkt der Travia-Verehrung im gesamten Reich waren. Nichtsdestotrotz gab es auch in dieser Stadt, die zunächst so gastfreundlich und beschaulich wirkte, einige Viertel, in denen großes Elend unter der Bevölkerung herrschte. In einem solchen Viertel vermuteten wir auch den derzeitigen Aufenthaltsort Connar Drabens, jenes Gauklers und Einbrechers, dessen Spur wir aus Gareth bis hierher gefolgt waren.

Ich musterte die Menschen auf den belebten Straßen, lächelte über ihre in meinen Augen sonderbaren Trachten und bestaunte insbesondere die Zwerge, die hier in Rommilys in weitaus größerer Zahl vertreten waren als in der Kaisermetropole. Die klein gewachsenen Höhlenbewohner mit ihren breiten Schultern und den kurzen, kräftigen Beinen stellten eine beachtenswerte Minderheit innerhalb der Rommilyser Bürger dar. So sehr war ich von ihrem ungewöhnlichen Äußeren gefesselt, dass ich die Entscheidung, wo wir uns einquartieren sollten, fast meinen Begleitern überlassen hätte. Glücklicherweise drangen die Worte ›preiswerte Unterkunft‹ an mein Ohr und schafften es tatsächlich, meine stillen Fragen, die sich allesamt um die Zwerge drehten – *Wohnen sie hier in der Stadt in Häusern? Müssen sich ihre Frauen die Bärte rasieren? Wachsen ihren Frauen überhaupt Bärte? Haben sie Angst vor uns Menschen, weil wir doch so groß wie Riesen für sie sind? Stimmt es, dass sie sich niemals baden? Müssen sie dann nicht stinken wie die Bärenmarder?* –, zu übertönen.

»Habe ich da soeben etwas von einer preiswerten Unterkunft gehört?«, fragte ich tadelnd.

»Nun, Meister Munter, wir alle dachten, es sei das Beste, sich eine Herberge zu suchen, die in der Nähe der Viertel liegt, in denen vermutlich dieser Draben lebt«, erklärte mir Thimorn geflissentlich.

Ich winkte ab, wütend, weil Susa dem Ermittler offenbar wie selbstverständlich vom Grund unserer Reise erzählt hatte und der Einäugige sich allem Anschein nach schon als festes Mitglied unserer Gruppe betrachtete, obwohl ich ihn immer noch mehr wie ein lästiges Anhängsel empfand – fast wie ein Köttel, der in der Wolle am Hintern eines Schafes getrocknet war. »Das kommt überhaupt nicht infrage, ihr Kostverächter. Darüber lohnt es sich nicht einmal zu streiten. Ich bin nicht tagelang über Land gezuckelt, habe mir mein Hinterteil wund gesessen und in irgendwelchen drittklassigen Gasthäusern übernachtet, nur um mich am Ziel meiner Reise in einem flohverpesteten Dreckloch zu verkriechen!«

»Aber es wäre doch wirklich schlau, so nahe wie möglich an den Lump heranzukommen, den wir suchen, Meister Severin«, gab Lasse einfältig zu bedenken.

Ich würdigte den Thorwaler keines Blickes. »Ihr habt mich alle gehört, denn ich weiß, dass keiner von euch taub ist.« An Susa gewandt, fragte ich: »Welches ist das beste Haus am Platz?«

Die Söldnerin zog eine Augenbraue in die Höhe und lenkte den Planwagen geschickt an einem umgekippten Obstkarren vorbei. »Die *Darpatperle,* würde ich sagen. Feinstes Essen, feinste Zimmer, feinste Preise.«

»Das klingt doch ganz nach meinem Geschmack!«, strahlte ich übers ganze Gesicht. »Also auf zur *Darpatperle!*« Ich beugte mich halb vom Kutschbock herunter zu dem neben dem Wagen daherreitenden Einäugigen und raunte halblaut, sodass meine Gefährten es gerade noch vernehmen konnten: »Und sollte dies die bescheidenen Mittel der ehrwürdigen Criminal-Cammer zu Gareth übersteigen, so ist es mir selbstverständlich eine Ehre, auch für die Kosten Eurer Bewirtung aufzukommen, Herr Thimorn.« Danach lehnte ich mich zufrieden zurück, klatschte in die Hände und pfiff eine lustige Weise.

Meiner haltlosen Entschlossenheit hatten meine Begleiter nichts entgegenzusetzen, und so machten wir uns auf den Weg in das beste Viertel der Stadt, nach Aldeburg, das auf jenem Hügel lag, auf dem sich auch der Fürstenpalast erhob. Unterwegs fiel mir auf, dass überall in der Stadt ein angenehmer Duft herrschte, was man von meiner Heimat Gareth beim besten Willen nicht behaupten konnte. Zu Hause war es immer sehr einfach, anhand der verschiedenen Gerüche, die die Luft schwängerten, zu unterscheiden, wie reich das Stadtviertel war, in dem man sich gerade aufhielt. Dort, wo Not und Elend das tägliche Leben bestimmten, wurde das stechende Aroma von Unrat und Ausscheidungen besonders im Sommer nahezu unerträglich, während sich die Geruchsbelästigung in den feineren Gegenden in Grenzen hielt, da deren Bewohner sorgfältig darauf achteten, die Sickergruben weitestgehend so abzudichten, dass es nicht zu einer Qual wurde, an lauen Abenden einmal im Innenhof eines Patrizierhauses oder Palastes zu speisen. In Rommilys jedoch gab es keinen Unterschied zwischen Arm und Reich, den ein scharfer Geruchssinn hätte ausmachen können. Als ich die anderen auf diese Besonderheit ansprach, klärte mich Quin – der vor unserer Abreise nicht untätig geblieben war, sondern alles über unser Reiseziel gelesen hatte, was er in der recht kurzen Zeit vor unserem Aufbruch in die Finger hatte bekommen können – darüber auf, dass Rommilys über ein vorbildliches, weit verzweigtes Netz an unterirdischen Tunneln und Kanälen verfügte, das die Abwässer der Stadt schnell und unsichtbar entsorgte. Von dieser Errungenschaft der Baukunst war ich zutiefst beeindruckt, denn selbst einem unerfahrenen Jungspund wie mir blieben die vielen Vorzüge einer solchen Einrichtung nicht verborgen.

In Aldeburg selbst begann ich mich ein bisschen wie zu Hause zu fühlen. Die prunkvollen Bauten, die Schatten spendenden Bäume am Wegesrand, die geschmackvolle Kleidung der Menschen, all dies erinnerte mich auf heimelige Weise an die ruhigen Straßen Gareths, die ich kennen und lieben gelernt hatte. Und die Bewohner Aldeburgs waren bereit, sich ihre Ruhe teuer zu erkaufen, denn die hohe Zahl von Gardisten, die man überall erspähen konnte, schreckte jeden lärmenden Unruhestifter von vornherein ab.

Oh, welche Annehmlichkeiten uns in der *Darpatperle* erwarteten! Bunte Wandteppiche, die dem Auge schmeichelten, weiche Betten, saubere Zimmer, hübsche Mädchen und Jungen, die den Gästen jeden Wunsch von den Augen ablasen – sofern er nicht gegen die Sittsamkeit verstieß, will ich meinen, obschon ich nicht dazu kam, die Redlichkeit der weiblichen Bediensteten auf die Probe zu stellen –, kurzum, es gab alles, was ich auf der beschwerlichen Reise nach Rommilys so schmerzlich vermisst hatte. Besonders groß war meine Freude darüber, dass man in der *Darpatperle* nicht nur hervorragend speisen konnte, sondern dass überdies noch ein großer Salon mit zahlreichen Spieltischen darauf wartete, von mir eingehend erkundet zu werden. Zugegebenermaßen erntete unser Grüppchen zunächst einige schiefe Blicke, als wir die *Darpatperle* betraten, staubig und abgerissen wie wir waren, aber sobald ich die Dukaten im Beutel klimpern ließ und mich mit einem protzigen Auftritt einführte, der jedem Vertreter des Hochadels zur Ehre gereicht hätte, stellte man uns keine lästigen Fragen mehr, sondern machte sich eifrig daran, unseren Aufenthalt so angenehm und entspannend wie möglich zu gestalten.

Und ich kann mit Fug und Recht behaupten, dass zumindest mein Aufenthalt höchst angenehm und entspannend war. Für meine Begleiter vermag ich zwar nicht zu sprechen, doch denke ich, dass auch Quin nicht den geringsten Grund zur Klage hatte, denn er war es, der mir in den folgenden Praiosläufen – während die beiden Söldner und der aufdringliche Mann von der Criminal-Cammer sich in der Stadt nach Drabens Aufenthaltsort umhörten – Gesellschaft leistete. Noch am Tag unserer Ankunft hatten wir beschlossen, dass es am sinnvollsten wäre, wenn diejenigen von uns, die tatsächlich im Umgang mit den unbequemeren und unfeineren Elementen der mittelreichischen Gesellschaft geübt waren, versuchen sollten, die nötigen Erkundigungen einzuholen, während Quin und ich derweil in dem Luxus schwelgten, den Rommilys so zu bieten hatte – meiner Meinung nach eine äußerst angenehme und überdies meinem Stand angemessene Art und Weise, die Arbeit aufzuteilen. Zwar protestierte der Medicus zunächst, er sei alles andere als unerfahren, wenn es um das Einholen nützlicher Hinweise ging, aber seine Widerworte fielen erstaunlich halbherzig aus. Susa hingegen machte aus ihrer Erleichterung keinen Hehl, meinen Freund und mich sicher in Aldeburg zu wissen. Dabei sorgte sie sich anscheinend weniger um unser beider Wohlergehen, sondern war vor allem fest davon überzeugt, unser Verbleib in der *Darpatperle* werde ihr die Arbeit erleichtern, wie sie mich mit einem spitzen »Immerhin kannst du mir nicht wieder in die Quere kommen, wenn du dir in den Thermen die Flausen aus dem Kopf schwitzt, Munter« ungefragt wissen ließ.

Und da die Söldnerin uns schon auf die herrlichen Badeanstalten aufmerksam gemacht hatte, griffen Quin und ich ihren Vorschlag dankbar auf und verbrachten viel Zeit damit, im warmen Wasser zu dösen, bis unser beider Haut ganz runzlig geworden war. In den gefliesten Becken dümpelten breite Holzschalen mit frischem Obst vor sich hin, und die Luft war von schemenhaften Rauchschwaden durchzogen, die aus kleinen Bronzebehältnissen aufstiegen, in denen allerlei wohlriechende Kräuter und Wurzeln verbrannt wurden.

Doch trotz all dieser lange vermissten Annehmlichkeiten wollte es mir nicht gelingen, meinen Geist gänzlich von jenen Sorgen frei zu machen, die mich bedrückten, was Quins scharfem Verstand nicht lange verborgen blieb.

Am dritten Praioslauf, den wir mit Müßiggang in den Darpatthermen zubrachten, fasste sich der Medicus schließlich ein Herz und sprach mich unverblümt auf meine verdrießliche Miene an. »Ich möchte nicht in dich dringen, mein Freund, aber mir scheint, als tätest du dich schwer, die nötige Entspannung zu finden, um unsere Besuche in diesen vorzüglichen Badehäusern in vollen Zügen auszukosten.« Quin hatte lediglich sein linkes Auge geöffnet, mit dem er prüfend zu mir herüberschielte.

Gedankenversunken kratzte ich mir den nackten Oberschenkel und machte eine unentschlossene Kopfbewegung, die irgendwo zwischen einem Nicken und einem Schütteln lag. »Ach, Quin, da ist so vieles, über das ich immerzu nachdenken muss.«

Mein Freund brummte. »Heraus damit, Severin Munter, denn ich glaube fast, wenn ich dein sauertöpfisches Gesicht noch einen einzigen Praioslauf länger ertragen muss, ohne zu wissen, was in deinem Dickschädel vor sich geht, wirst du es noch schaffen, mir ebenfalls die gute Laune zu verderben.«

»Hab vielen Dank für dein überaus hohes Maß an Mitgefühl«, knurrte ich mürrisch. »Aber wenn du es schon wissen willst: Eine Sache, die mir nicht aus dem Kopf will, ist die Geschichte, die mir Lasse auf der Fahrt erzählt hat.«

»Was hat er dir denn erzählt?« Quin richtete sich ein wenig auf, bis sein langer Hals und seine schmalen Schultern ganz aus dem Wasser ragten.

»Er hat mir erzählt, was ihn hierher ins Mittelreich verschlagen hat, und mittlerweile wünsche ich mir schon, ich hätte ihn gar nicht erst gefragt, Quin. Seine ganze Familie wurde von einer anderen Sippe ausgelöscht, als er gerade auf der Jagd in der umliegenden Wildnis war. Anstatt sich den Mördern zu stellen, wie es die Ehre von ihm verlangt hätte, suchte er sein Heil in der Flucht.« Ich griff nach meinem Weinglas, das auf dem marmornen Beckenrand stand. »Und seitdem zerfleischt er sich mit Selbstvorwürfen, da er glaubt, er habe seine Ehre verloren, obwohl er damals noch ein halbes Kind gewesen sein muss …«

»Das Ehrgefühl der Thorwaler ist etwas Besonderes«, sagte der Medicus nachdenklich. »Und wenn du mich fragst, bisweilen etwas besonders Dummes, das nicht gerade von übermäßig viel Verständnis darüber zeugt, wie das Leben nun einmal so spielt. Was hätte es schon genutzt, sich den Mördern seiner Familie zu stellen? Hätte es seine toten Verwandten wieder lebendig gemacht?«

»Macht es Onkel Berengar denn wieder lebendig, wenn ich seinen Mörder finde, Quin?« Ich nahm einen Schluck vom schweren, warmen Rotwein aus dem goldrandverzierten Glas in meiner Hand. »Ich kann Lasse schon irgendwie verstehen. Zumindest kann ich verstehen, dass er sich jetzt vorwirft, damals keine Rache genommen zu haben.«

Wir schwiegen eine Weile und lauschten dem sanften Plätschern des Wassers.

»Das ist doch aber noch längst nicht alles, oder?« Mein Freund angelte sich unter Zuhilfenahme seines großen Zehs eine Schale mit frischem Obst heran, die gerade in die Reichweite seiner Steckenbeine getrieben war.

Ich trank aus, setzte das Glas ins Wasser und sah ihm dabei zu, wie es grün und schillernd vor meiner Brust auf und ab schaukelte. »Ganz recht, das ist noch nicht alles, Quin.« Ich seufzte. »Ich weiß nicht, was ich von diesem komischen Thimorn halten soll.«

»Von Falk?«, frage der Medicus verwundert. »Über den musst du dir meines Erachtens keine Gedanken mehr machen. Ich bin mir sicher, er hat mittlerweile eingesehen, dass du weder deinen Onkel noch seinen Schreiber ermordet hast.«

»Du nennst ihn also auch schon Falk? Großartig …« Ich holte tief Luft und ließ meinen Kopf unter die Wasseroberfläche sinken. Kaum hatte die angenehme Wärme mein Gesicht umhüllt, packte mich Quin an den Haaren und zog mich unsanft wieder empor.

»Was sollte das denn nun? Spielst du jetzt schon den

Eingeschnappten, nur weil ich den Mann mit seinem Vornamen anrede?« Mein Freund ließ meinen Schopf los und warf mit der anderen Hand eine Traube nach mir.

»Es hat im Grunde nichts mit dir zu tun, Quin«, gestand ich zähneknirschend ein. »Du kannst den Kerl von mir aus nennen, wie immer du willst, und wenn du Sahneschnittchen zu ihm sagst. Es geht darum, dass *Susa* ihn auch schon Falk nennt.«

Der Medicus brach in ein erleichtertes Lachen aus. »Ist da etwa jemand eifersüchtig?«

Ich funkelte ihn zornig an. »Was gibt es da zu lachen, du Holzklotz?«

Quin klatschte sich mit der nassen Hand gegen die Stirn und fuhr erbarmungslos fort: »Du bist tatsächlich eifersüchtig auf Falk! Ich hätte es wissen müssen, ich hätte es wissen müssen. Hat mir jemand in die Augen geschissen? Weiß die holde Susa denn schon von ihrem Glück?«

Ich stutzte. Ich war mir noch nicht im Mindesten darüber im Klaren, ob und wann ich der Söldnerin meine Gefühle eingestehen sollte. »Nein, das weiß sie nicht. Ich bin viel zu beschäftigt damit, meine Eifersucht zu hegen und zu pflegen, als dass ich mit Susa über mein Herzeleid sprechen könnte.«

Quin steckte sich eine dicke Traube in den Mund. »Das solltest du aber schleunigst – oder zumindest irgendwann in naher Zukunft –, wenn es dir wirklich ernst mit ihr ist.«

Diese einfache Wahrheit brachte mich eine ganze Weile zum Schweigen. War es mir wirklich ernst? Hatte ich mich tatsächlich in die Söldnerin verliebt? Oder bildete ich mir das nur ein, weil es meiner Eitelkeit zuwiderlief, dass sie den einäugigen Ermittler mehr zu schätzen schien als mich?

Ein tiefes, brummendes Räuspern riss mich aus meinen trüben Gedanken. Lasse saß in der Hocke am Beckenrand, dicke Schweißperlen auf der Stirn, und raunte uns zu: »Wir haben diesen Draben gefunden. Er ist im Paradies.«

Quin wurde kreidebleich. »Bei Boron! Heißt das, wir sind wieder zu spät gekommen? Ist er tot?«

Der Thorwaler runzelte die Stirn, und eine Schweißperle tropfte über seine buschigen Augenbrauen ins Becken. »Tot? Wie kommst du denn darauf, Meister Zumbel? Trocknet euch ab, zieht euch an, und dann zeige ich euch das Paradies, in dem dieser Draben sich verkriecht.«

Kapitel 20

Lasse hatte Quin und mir recht schnell erklärt, was es denn nun mit dem Paradies auf sich hatte, in dem Connar Draben sich aufhielt. Entgegen unserer anfänglichen Befürchtung, der Gaukler könne – wie so viele vor ihm – ins Totenreich eingegangen sein, handelte es sich beim Paradies um einen Stadtteil von Rommilys, dessen Name kaum treffender hätte gewählt sein können. Besagtes Viertel zeichnete sich nämlich durch eine unüberschaubare Vielzahl an Tavernen, Spielhallen, Bordellen und ähnlichen Stätten des ungezügelten Vergnügens aus, die allesamt dort zu finden waren. Man konnte über die hinterwäldlerischen Bewohner Darpatiens schelten, wie man wollte, aber eines musste man ihnen neidlos zugestehen: Die Bewohner ihrer Provinzhauptstadt verstanden es offenbar sehr wohl, sich so richtig zu amüsieren.

Als wir auf die breite Prachtstraße vor den Darpatthermen traten, erwartete uns im Schatten eines Baumes schon ein selbstzufrieden lächelnder Falk Thimorn. Mit einem »Ging das nicht schneller, als Ihr erwartet hättet, Meister Munter?« schlenderte er lässig zu uns herüber. Es herrschte ein nachgerade beschauliches Treiben in Aldeburg – offenbar kam es hierzulande selten vor, dass die Bewohner es bei der Ausübung ihrer Geschäfte für nötig erachteten, eine überhastete Eile an den Tag zu legen. Wären nicht die allgegenwärtigen Gardisten und sonstigen Ordnungshüter gewesen, man hätte fast meinen können, die Zwölfgötter hätten jegliche Zwietracht von Dere getilgt. Allein die prüfenden Blicke, mit denen die misstrauischen Büttel nun auch unser Grüppchen verstohlen musterten, verrieten, dass die Welt, wie wir sie kannten, eben alles andere als ein Ort vollkommener Idylle war.

Da ich mich beim letzten Teil unserer Reise schon daran gewöhnt hatte, Susa an der Seite des Einäugigen zu sehen, fiel mir die Abwesenheit der barschen Söldnerin, die es irgendwie geschafft hatte, mein Herz in Ketten zu legen, umso deutlicher auf. »Wo habt Ihr denn bloß Susa gelassen, Herr Thimorn? Ich hoffe wirklich sehr, sie ist Euch unterwegs nicht einfach verloren gegangen, oder etwa doch?«, erkundigte ich mich mit aufgesetzter Freundlichkeit bei dem Ermittler.

Thimorn zwinkerte mir mit dem verbliebenen Auge zu und winkte gelangweilt ab. »Das könnte Euch wohl so passen, was? Dann müsstet Ihr nicht ständig ihren beißenden Spott über Euch ergehen lassen. Aber seid unbesorgt, Meister Munter, sie ist alles andere als verloren gegangen. Die Gute hat darauf bestanden, vor dem Ort, an dem wir Connar Draben vermuten, Wache zu halten, damit der Gaukler uns nicht entschwindet.«

»Sehr umsichtig von ihr«, lobte ich die Söldnerin, obgleich mich allein ihre Abwesenheit noch zu einer solchen Äußerung verleiten konnte. Das flaue Gefühl in meinem Magen, das sich wie kribbelnde Ameisen beständig ausbreitete, wenn ich nur an sie dachte, ließ mir nämlich keinen Zweifel: Offenbar war meine Verliebtheit schon so weit gediehen, dass sie es mir schier unmöglich machte, in Susas Anwesenheit noch mit eben jener Unbefangenheit aufzutreten, die mir im Umgang mit Frauen sonst zu Eigen war.

Wir spazierten zurück zur *Darpatperle,* ließen die ausgeruhten Pferde vor den Wagen spannen und rollten gemächlich in Richtung Paradies. Dabei kamen wir um einiges langsamer voran, als es uns hätte lieb sein können, aber uns wäre in keinem Falle damit gedient gewesen, hätten wir durch eine tollkühne Fahrt die Aufmerksamkeit der Rommilyser Ordnungshüter auf uns gezogen.

Ich kann ruhigen Gewissens behaupten, dass das Paradies hielt, was sein Name versprach. Dies war ein Viertel ganz nach meinem Geschmack, denn es wimmelte nur so von Verlockungen aller Art, denen ich mich nur allzu gern selbstvergessen hingegeben hätte, wäre der Grund unseres Besuchs ein anderer, erfreulicherer gewesen. So sehr ich mich auch zusammenreißen musste, nicht einfach vom Planwagen zu hüpfen, um mich ins Getümmel zu stürzen, so war schon allein unsere Fahrt ein beeindruckendes, allen Sinnen schmeichelndes Erlebnis. Fröhliches Gelächter und heitere Musik drangen von überall her an mein Ohr. Nun, am frühen Abend, da die Praiosscheibe ihren Weg über das Himmelszelt schon fast beendet hatte, begann man im Paradies offenbar so vogelwild zu feiern, als ob es kein Morgen gäbe. Fremde und vertraute Düfte vermischten sich zu einem betörenden Hauch von Sinnlichkeit. Die engen Straßen quollen über vor Menschen und Zwergen, die nach Entspannung und Ausgelassenheit trachteten. An jeder Ecke schien es ein Dutzend Häuser zu geben, in denen Liebesmädchen und Lustknaben für alle noch so verschiedenen Geschmäcker ihre Dienste feilboten. Zur Rechten und zur Linken waren diese Gebäude flankiert von Tavernen und Spielhallen, an auf Freiersfüßen wandelnde Jünglinge gemahnend, die sich wohlig an den Busen ihres Liebchens schmiegten. Kein Wunsch, kein Sehnen, keine Regung der Triebe, denen man im Paradies nicht angemessen hätte gerecht werden können. Ich fühlte mich fast wie zurück in meine Heimatstadt versetzt, und die Erinnerung an die beschwerliche, gefahrvolle Reise, die uns hierher gebracht hatte, verkroch sich wie ein geprügelter Hund in die hintersten Ecken meines Geistes. Ich vergaß auch, dass mich in den letzten Praiosläufen bisweilen ein merkwürdiger Zweifel beschlichen hatte, ob ich mein Verhältnis zur Welt der Zauberei nicht noch einmal neu überdenken sollte. Denn jenes Ereignis, als ich den frechen Strauchdieb, der mir ans Leder gewollt hatte, mittels eines ›Blitz dich find‹ außer Gefecht gesetzt hatte, wollte mir nicht aus dem Sinn gehen. War die magische Kraft in mir vielleicht doch stärker, als ich mir selbst eingestehen wollte? War es ein Fehler gewesen, dass ich mich dem Druck der Magister an der Akademie der Magischen Rüstung zu Gareth, die mich zu einem Meister der arkanen Künste auszubilden versucht hatten, standhaft widersetzt hatte? Aber Trübsinn wie dieser schmolz im Paradies dahin wie Schnee unter den Strahlen der Praiosscheibe – denn wer brauchte schon Zauberei, wenn es solche Sinnesfreuden gab, wie man sie hier, an jenem zauberhaften Ort in Rommilys, so eindringlich erfahren konnte wie kaum anderswo?

Lasse brachte unseren Wagen schließlich vor einem recht großen, dreistöckigen Gebäude zum Stehen, vor dem schon einige andere Gefährte auf eigens dafür eingerichteten Plätzen abgestellt waren. Auf einem breiten Messingschild in Form einer rossigen, flammenumloderten Stute über dem Eingang prangte in roten Lettern viel versprechend der Name des Hauses: *Leib in Flammen*. In den Fenstern hingen bunte, hauchzarte Tücher, die in der sanften Brise tanzten und kaum etwas von dem verbargen, was hinter ihnen vor sich ging. Das *Leib in Flammen* konnte sich offensichtlich nicht über Besuchermangel beklagen, und die Männer und Frauen, die das Etablissement verließen, trugen jene entrückten Mienen zur Schau, die man gemeinhin mit der tiefen Befriedigung nach einem ausgedehnten Liebesspiel verbindet. Den Eingang flankierten ein halbes Dutzend junger, ausgesprochen anziehender Liebesdienerinnen und -diener, die mit einladenden Gesten und verführerisch-anzüglichen Bemerkungen immer neue Gäste hineinlockten.

»Schau an, schau an«, blökte der Einäugige unvermittelt neben mir lautstark. »Potztausend, um ein Haar hätte ich dich mit einer der Werberinnen hier verwechselt, Susa.«

Mein Rivale in Liebesdingen hatte die Söldnerin erspäht, wie sie in der Nähe des Eingangs gegen die Wand gelehnt einen jeden musterte, der seinen Bordellbesuch gerade beendet hatte. Sie streckte Thimorn die Zunge heraus und näherte sich uns gelassenen Schrittes. Die Arme vor der Brust verschränkt, blickte sie den Mann von der Criminal-Cammer herausfordernd an. »Wundert mich, dass man mit nur einem Auge so scharfsichtig sein kann, Falk. Aber womöglich kennst du dich mit Freudenmädchen besser aus als ich. Ich kenne nämlich nicht allzu viele Frauen, die aus freien Stücken mit einem haarigen Bock wie dir Rahja huldigen würden.« Dann wandte sie sich überraschend mir zu, der ich das Geschehen bis dahin schweigend verfolgt hatte. »Und was glotzt du schon wieder so, Munter? Dir fallen ja gleich die Augen aus dem Kopf! Immerhin platzt dir nicht gleich der Schritt wie deinem Quacksalberfreund! Teilst du etwa Falks Auffassung, dass man mich nur allzu leicht mit einer der ehrwürdigen Damen verwechseln könnte, die hier im Schweiße ihres Angesichts ihre Taler verdienen?«

»Nein, nein, ganz im Gegenteil«, plapperte ich verwirrt, schluckte und fügte rasch hinzu: »Es schmeichelt dir doch eher, mit solch hübschen Mädchen verglichen zu werden, oder, Susa?«

Die Söldnerin biss sich kurz auf die Unterlippe. »Wenn du gerade versucht haben solltest, mir ein Kompliment zu machen, Munter, dann würde ich dir tunlichst raten, in Zukunft lieber noch ein wenig im stillen Kämmerlein vor dem Spiegel zu üben, ehe du solch einen Unsinn daherredest. Es gibt eine ganze Menge unglückseliger Kerle in Gareth, die für kleinere Ausrutscher ihr Gehänge lassen mussten.«

Ich spürte, wie mein gesamter Unterleib sich bei dieser unverblümten Drohung unangenehm zusammenzog. Ich beschloss, meinen Mund zu halten, da es gewisse Körperteile gibt, an denen ein Mann mit jeder Faser seines Herzens hängt und die er nur höchst ungern aufs Spiel setzt.

»Müssen wir da rein?«, meldete Quin sich leise zu Wort und deutete verstohlen zum Eingang des Bordells hin. Die edle Blässe, die sein Gesicht für gewöhnlich weiß wie Kreide erscheinen ließ, war einem kräftigen Krebsrot gewichen. Offenbar hatte er in seiner Fahrigkeit sogar Susas anzügliche Anspielung überhört.

»Was ist los, Meister Zumbel?«, fragte Lasse breit grinsend. »Euch als Medicus dürfte doch eigentlich nichts fremd sein, was sich dort drinnen so abspielt.« Er legte Quin einen kräftigen, behaarten Arm um die Schultern. »Am besten wird sein, wir werfen einfach mal einen unverbindlichen Blick hinein.« Der Thorwaler schob meinen Freund wie eine Holzpuppe vor sich her durch die Eingangstür des Bordells, vorbei an den lächelnden Gesichtern der Huren und Stricher.

Die Empfangshalle des *Leib in Flammen* war im Grunde recht weitläufig, wurde jedoch durch viele Stellwände und durchscheinende Tücher ähnlich denen, die in den Fenstern wehten, in ein wahres Labyrinth aus kleinen Nischen, Kammern und Separees verwandelt. Im Innern des Gebäudes herrschte eine angenehme Kühle, die von den marmornen Fliesen des Fußbodens auszugehen schien. Das nicht fassbare Aroma unterschiedlichster Duftöle schwebte in der Luft, durchsetzt mit einem noch ganz anderen Geruch, der das Blut in Wallung brachte – dem Duft jener Körpersäfte, die vergossen werden, wenn Menschen beieinander liegen. Durch das zarte Plätschern und Tröpfeln von Wasser, das wie unbeschwerte Musik zu den wohligen Tönen miteinander verschmelzender Leiber erklang, wurde die alles durchdringende Erregung, die in diesem Haus körperlich spürbar war, noch weiter verstärkt. Die Einsichten, die sich uns eröffneten, ganz gleich, in welche Richtung wir unsere Blicke auch schweifen ließen, trugen nicht unbedingt dazu bei, Quins Gesichtsfarbe wieder zu ihrer angestammten Bleiche zurückfinden zu lassen. Zu zweit oder in kleinen Grüppchen waren die Besucher des Bordells in jenen lebensfrohen Tanz versunken, der der Göttin Rahja so gefällig ist, wenngleich man auch den einen oder anderen Gast sehen konnte, der nur zum Zuschauen gekommen war.

Noch ehe wir uns unschlüssig fragen konnten, wie nun weiter zu verfahren sei, kam mit dem leisen Tapsen nackter Sohlen auf Marmorfliesen eine atemberaubend schöne Frau auf uns zu. Mit einer angedeuteten Verbeugung, die vom kaum hörbaren Rascheln der Seidentücher begleitet wurde, mit denen sie ihre Reize eher betonte denn verhüllte, sprach uns die schwarzhaarige Schönheit an. »Willkommen im *Leib in Flammen*, werte Gäste. Mein Name ist Sylvette Sandström. Seid versichert, dass ich nichts unversucht lassen werde, Euren Aufenthalt in meinem Haus so angenehm wie möglich zu gestalten. Möchtet Ihr Euch einzeln oder als Gruppe amüsieren?«

Thimorn räusperte sich und hob beschwichtigend die Hände. »Nun, ich denke, Ihr müsst Euch nicht viel Mühe mit uns machen, Sylvette Sandström … falls das wirklich Euer richtiger Name sein sollte.«

Die Maske geschäftsfördernder Freundlichkeit auf Sylvettes Gesicht erzitterte leicht, glättete sich jedoch ebenso schnell wieder. »Ich befürchte fast, ich verstehe nicht, worauf Ihr hinauswollt«, sagte sie mit einem Hauch von Vorsicht in der Stimme.

»Wir suchen einen Eurer Freunde«, erklärte Susa und blickte Sylvette tief in die großen blauen Augen. »Einen Gaukler namens Connar Draben. Wir wissen, dass dieser Mann Euer Gast ist.«

Sylvettes volle Lippen verzogen sich zu einem gezwungenen Lächeln. »Angenommen, dem wäre tatsächlich so, welchen Grund hätte ich, ihn zu stören? Was könnte so dringlich sein, ihn aus der Umarmung einer hübschen Frau zu lösen?«

»Verzeiht uns unser taktloses Gebaren, aber bedauerlicherweise duldet die Sache keinen Aufschub. Ansonsten wäre ich nämlich in keinem Fall abgeneigt, Euer Haus ausgiebigst kennen zu lernen«, sagte ich und versuchte einen Tonfall zu treffen, der zwar entschuldigend klang, aber eine unüberhörbare Dringlichkeit ausdrückte. »Ich heiße Severin Munter, und ich bin den ganzen weiten Weg aus Gareth gekommen, um mit Herrn Draben zu sprechen. Es ist keineswegs so, dass wir ihm etwas Böses wollen. Ihr habt mein Wort darauf. Ganz im Gegenteil, wir wollen Herrn Draben schützen, ihn vor einem großen Unheil retten, das über ihn hereinzubrechen droht.«

Nachdenklich fuhr sich Sylvette mit dem langen, wohl manikürten Zeigefinger über die makellose Haut ihrer Stirn.

Den Blick fest auf seine Fußspitzen geheftet, um nicht von einem Anblick abgelenkt zu werden, der ihn vollkommen aus der Fassung hätte bringen können, erhob Quin zögernd die Stimme. »Frau Sandström, Euch muss doch aufgefallen sein, dass Herr Draben von großer Furcht ergriffen, ja förmlich gehetzt war, als er in Eurem ehrenwerten Haus eintraf.« Ein kehliges Stöhnen, gefolgt von einem beinahe tierischen Grunzen ließ den Medicus zusammenfahren.

Sylvettes Augen verengten sich zu schmalen Schlitzen. »Ihr sprecht die Wahrheit, junger Mann. Ich hätte blind sein müssen, um das nicht zu erkennen.«

»Seht Ihr, und genau aus diesem Grunde sind wir hier.« Je länger er sprach, desto fester wurde die Stimme meines Freundes. Trotzdem wollte es ihm nicht gelingen, Sylvettes Blick zu erwidern, zumal seine Augen immer wieder zu einem sich schnell hebenden und senkenden Hinterteil einer Dirne hinüberschielten, die rittlings auf dem Schoß eines Zwerges saß. »Herr Draben hat einen Gegenstand in seinem Besitz, der eine beträchtliche Gefahr für ihn darstellt. Einen Gegenstand, für den schon zwei seiner Freunde sterben mussten. Und überdies eine ganze Reihe anderer Leute, die nur am Rande in die Angelegenheit verwickelt waren, deretwegen wir nach Rommilys gekommen sind. Wir möchten lediglich, dass Herr Draben diesen Gegenstand in unsere Obhut überantwortet, damit wir ihn dorthin zurückbringen können, wo er keinen weiteren Schaden mehr anrichten kann. Auch ich gebe Euch mein Ehrenwort, dass wir ihm kein Haar krümmen werden.«

Die Bordellbesitzerin legte für einen winzigen Wimpernschlag die Stirn in Falten, rieb sich die Hände, als hätte sie soeben einen Entschluss gefasst, und nickte dann knapp. »Wohlan denn. Mag sein, dass ich diesen Entschluss schon bald bereuen werde, aber Ihr scheint Euch Eurer Sache ohnehin so sicher zu sein, dass es nur eine Frage der Zeit wäre, bis Ihr einen anderen Weg fändet, an Connar heranzukommen. Folgt mir!«

Sylvette wandte sich nach links, und wir folgten ihr durch den Irrgarten aus Stellwänden und Tüchern, bis wir in der hintersten Ecke des Raumes angekommen waren. Sie schob eines der Tücher beiseite und unterbrach das Liebesspiel eines Pärchens, das sich in der Nische dahinter vergnügt hatte, indem sie dem dicken Mann, der in seliger Verzückung die Augen geschlossen hatte, während sich ein Mädchen an seinem Schritt zu schaffen machte, eine Hand auf die mit einem feinen Schweißfilm überzogene Schulter legte.

»Ich bedauere es zutiefst, Euer göttinnengefälliges Treiben zu stören, edler Herr, aber ich muss Euch untertänigst bitten, Euer Tun in einer der anderen Nischen zu Ende zu bringen«, säuselte Sylvette. »Es soll Euer Schaden nicht sein, denn betrachtet Euch als mein persönlicher Gast für eine ganze Nacht voll sinnlicher Genüsse.«

Das Gesicht des Dicken, das sich zunächst verfinstert hatte, erstrahlte nun in einem feisten, lüsternen Grinsen. Das Mädchen an der einen Hand hinter sich herziehend und seine Kleider über den anderen Arm gelegt, schob er sich splitternackt, wie er war, an uns vorbei und verschwand mit wippender Rute in Richtung der Treppe, die hinauf in die oberen Stockwerke des Etablissements führte.

Sylvette wartete, bis ihr Gast nicht mehr zu sehen war, und trat dann um den einzigen Einrichtungsgegenstand der Nische herum – ein breites, rundes Bett mit weichen Kissen –, um es mit einem festen Ruck so geräuschlos wie eben möglich zur Seite zu schieben. Unter dem Bett kam eine kreisrunde Öffnung im Boden zum Vorschein, die mit einem Baumwolltuch abgedeckt war, das in ein Holzgestell eingespannt und mit Duftöl getränkt worden war. Nachdem Sylvette das Gestell von der Öffnung gehoben hatte, drang ein Schwall übel riechender Luft aus der Tiefe empor, der mir verriet, dass es sich offenbar um einen Zugang zum ausgedehnten Kanalisationssystem der Stadt handelte.

Sylvette rümpfte angewidert die Nase. »Schnell, schnell. Runter da, bevor mir dieser Duft die ganzen Gäste vertreibt!«

»Draben ist *da* unten? Aus freien Stücken? Oder habt Ihr ihn gefesselt dort hinuntergestoßen?«, wunderte ich mich.

Ungeduldig stampfte die schwarzhaarige Schönheit mit dem nackten Fuß auf. »Nun macht schon! Klettert an den Griffen hinunter und lauft dann den Gang nach rechts. Nach etwa zehn Schritten kommt auf der rechten Seite eine Kammer. Dort werdet Ihr Connar finden. Los jetzt!«

Die beiden an allerlei Widrigkeiten gewohnten Söldner zögerten keinen Wimpernschlag und machten sich an den Abstieg, während wir anderen noch unschlüssig auf das Loch im Boden starrten.

»Verzeiht mein Misstrauen«, wandte sich Thimorn an Sylvette, »aber werdet Ihr uns denn auch begleiten? Und falls nicht, woher sollen wir dann wissen, ob Ihr nicht versucht, uns in eine Falle zu locken? In eine wirklich übel riechende Falle noch dazu, wenn Ihr mir diese Bemerkung gestattet.«

Die Bordellbesitzerin schnaubte wutentbrannt und zischte: »Selbstredend werde ich Euch nicht dort hinunter begleiten, es sei denn, Ihr könnt mir verraten, wie ich heute Abend noch meiner Arbeit nachkommen soll, wenn ich stinke, als hätte ich in einem Pfuhlloch gebadet. Ihr werdet mir schon vertrauen müssen!«

Der Einäugige warf Quin und mir einen sorgenvollen Blick zu, zuckte mit den Schultern und folgte Lasse und Susa hinab in die Dunkelheit. »Wenn ich mir da unten bloß nicht den Kopf stoße«, grummelte der Ermittler griesgrämig.

»Aus der Kammer wird genügend Licht in den Gang fallen«, beruhigte ihn Sylvette. »Connar ist ja vieles, aber bestimmt kein Maulwurf.«

Dank der Eisengriffe, die in die Wand des Schachts eingelassen waren, war es leichter hinunterzuklettern, als ich zunächst befürchtet hatte. Schon sehr viel schwieriger war es, ob des widerwärtigen Gestanks nach menschlichen Ausscheidungen nicht umgehend das Bewusstsein zu verlieren. Was die Lichtverhältnisse im Tunnel anging, so hatte Sylvette die Wahrheit gesprochen. Aus einer viereckigen Öffnung in der Tunnelwand zu unserer Rechten fiel warmes Kerzenlicht in den Gang. Der Tunnel war gut sechs oder sieben Schritt breit, wovon aber ein Großteil nicht begehbar war, vorausgesetzt, man wollte es vermeiden, bis zu den Hüften durch eine grässliche Brühe zu waten, die sich träge in der Mitte des Gangs dahinwälzte. Ich versuchte nicht darüber nachzudenken, worum es sich bei den merkwürdig geformten Schemen handelte, die ich im Halbdunkel des Tunnels im Wasser dahintreiben sah. Wo ich wenige Tage zuvor im Tempel des Schwarzen Lichts noch gedacht hatte, in den Bauch eines gewaltigen Untiers vorzudringen, kam ich nun zu dem Schluss, dass wir es damals zumindest durch den Schlund versucht hatten, während wir nun gezwungen waren, uns durch den Hintern ins Gedärm zu zwängen.

Lasse schien meine Auffassung zu teilen, denn ich hörte ihn ärgerlich »Schlimmer kann es ja in Hranngars Arschloch auch nicht stinken!« zischeln.

Uns an der Wand entlangtastend, näherten wir uns der leuchtenden Öffnung. Ich konnte schon nach den ersten Schritten erkennen, dass sie ebenso wie das Loch im Boden, durch welches wir hierher gelangt waren, mit einem in Duftöl getränkten Tuch in einem Holzgestell abgehängt war. Vorsichtig drückte ich mich an den beiden Söldnern vorbei, stellte mich vor das Tuch und fragte laut: »Connar Draben?«

»Ja?«, erklang es aus der Kammer dahinter. »Wer ist da?«

Susa verlor die Geduld und zog das Holzgestell beiseite, sodass mir der Blick auf den darpatischen Gaukler nicht länger verwehrt blieb. Connar Draben hatte gewiss bereits dreißig Götterläufe gesehen, was auch seine jugendlich-farbenfrohe Kleidung, die aus einer aufgeplusterten Kniebundhose und einem weiten Rüschenhemd bestand, nicht überspielen konnte. Auf seinem Gesicht spiegelten sich Überraschung und Entsetzen wider, und seine Oberlippe, über der ein dichter Bart wuchs, zuckte wie das Schnäuzchen eines Stallhasen, dem gerade der Knüppel des Schlachters ins Genick fährt.

Ich machte einen schnellen Schritt in die Kammer hinein und zeigte dem Gaukler meine Handflächen, um ihm unmissverständlich klar zu machen, dass ich es nicht auf eine körperliche Auseinandersetzung mit ihm abgesehen hatte. »Habt keine Angst, Herr Draben, ich komme in Frieden«, sagte ich rasch.

Der Gaukler legte das Buch mit sinnlichen Zeichnungen, in dem er gerade geblättert hatte, neben sich auf das Bett, auf dem er sich niedergelassen hatte. »Dürfte ich wohl erfahren, wer Ihr seid?«

Als meine Gefährten hinter mir durch die Öffnung in die kleine Kammer schwärmten, klappte Draben erstaunt der Kiefer nach unten, aber kein Wort kam ihm über die Lippen. Quin war geistesgegenwärtig genug, das Holzgestell wieder vor die Öffnung zu ziehen, um den schlimmsten Gestank aus der gemauerten Kammer herauszuhalten.

Um mein Gegenüber zu beruhigen und voreiligen Schlüssen von vorneherein vorzubeugen, redete ich einfach weiter. »Mein Name ist Munter, Severin Munter. Ich weiß, dass Ihr diesen Namen kennt, weil Ihr gemeinsam mit ein paar Freunden in mein Haus, oder vielmehr das Haus meines Onkels, in Gareth eingedrungen seid, um meine Familie auszurauben. Bevor Ihr glaubt, ich sei hier, um Rache zu üben, lasst Euch gesagt sein, dass dem beileibe nicht so ist.«

»Ich habe Euren Onkel wirklich nicht getötet, Herr Munter«, platzte es sogleich aus Draben heraus.

Ich winkte geflissentlich ab. »Auch das ist mir klar. Ihr seid ein Dieb, kein heimtückischer Meuchelmörder. Ihr wurdet nur benutzt, von einer Macht, die Euch nicht wohl gesonnen ist. Und seither befindet sich etwas in Eurem Besitz, das ich gerne zurückhätte.«

Um meine Forderung zu unterstreichen, setzten Thimorn und Lasse finstere Mienen auf, während Susa laut mit den Fingerknöcheln knackte. Ich warf der Söldnerin einen strafenden Blick zu, denn wie mir Drabens gesamte Körperhaltung verriet, stellte der Gaukler keine echte Bedrohung für uns dar.

»Es handelt sich um ein Kästchen, das Ihr aus dem Arbeitszimmer meines Onkels entwendet habt«, fuhr ich fort. »Händigt es mir aus, und wir werden Euch nicht weiter belästigen. Nichtsdestotrotz tut Ihr gut daran, Euch noch eine Weile versteckt zu halten, denn der Mörder, der die Anführerin Eurer Bande getötet hat, hat ein weiteres Mal zugeschlagen.«

Draben fasste sich an den Hals. »Palinai ist tot?«

Mir fiel ein, dass Draben noch nichts davon gehört haben konnte, dass die Streunerin von dem geheimnisvollen Ungeheuer, das auch im *Tobrier-Hof* gewütet hatte, in Stücke gerissen worden war.

»Ja«, antwortete Quin für mich. »Es tut mir Leid, aber wir konnten sie und auch Euren Freund Cancuna-Catka nicht retten.«

»Der Moha auch?« Fassungslos ließ Draben die Hände in den Schoß sinken. »Habt Ihr sie umgebracht?«

Ich hatte weder Zeit noch Lust für ausschweifende Erklärungen. »Das Kästchen«, sagte ich fordernd und streckte eine Hand aus.

»Oh, keine Sorge«, plapperte Draben eilfertig, während er unter das Bett griff. »Das könnt Ihr gern zurückhaben, Herr Munter. Ihr habt Glück, denn ich wollte es schon verkaufen, aber der Krämer, bei dem ich es schätzen ließ, gab mir zu verstehen, es sei nicht viel wert.« Er kicherte verlegen, bis seine tastende Hand fand, wonach er gesucht hatte. Im flackernden Licht eines vierarmigen Kerzenständers glitzerten Schweißperlen auf Drabens fliehender Stirn, als er mir überreichte, wonach wir so lange gesucht hatten.

Der Anblick des Kästchens enttäuschte mich zutiefst. Es war kaum größer als meine Hand, aus dunklem Holz gefertigt und mit reichlich geschmacklosen Einlegearbeiten aus Perlmutt, Strasssteinen und billigem Kupfer verziert. Alles in allem hatte es bestimmt schon bessere Tage gesehen, denn es trug unzählige Kratzer wie die vernarbte Hand eines alten Kriegers.

Meine Gefährten drängten sich um mich wie eine Schar neugieriger Kinder, die das neue Spielzeug eines Freundes bestaunen. Ich hielt den Atem an, öffnete das Kästchen und erblickte – nichts! Das Kästchen war leer, und ich glaubte von der Leere in ihm verschlungen zu werden.

Da erschütterte ein krachender Donnerschlag die Luft, als wollte Rondra selbst mich verhöhnen. Irgendjemand neben mir sog pfeifend die Luft ein, während ein anderer meiner Begleiter enttäuscht aufstöhnte, als ein neuerliches Rumpeln und Grollen ertönte, das nur von dem gellenden, hellen Schrei einer Frau übertönt wurde. Da begriff ich, dass es kein von der göttlichen Löwin gesandter herannahender Gewittersturm war, der über uns tobte, sondern das Poltern und Krachen von Möbelstücken, die von einer bestialischen Kraft umgestoßen und durch die Luft geschleudert wurden. Weitere Schreie folgten dem ersten, der in der Enge der Kammer gespenstisch widerhallte.

»Sylvette!«, rief Draben entgeistert aus, griff erneut unter seine Bettstatt, zog einen schweren Dolch hervor und sprang an uns vorbei, hinaus in den stinkenden Gang, das Gestell achtlos zur Seite reißend, noch ehe sich einer von uns hätte rühren können.

»Hinterher!«, schrie Lasse und stürzte hinterdrein.

»Wo ist der Talisman?«, wunderte sich Quin, zu dem all der Tumult, der sich über unseren Köpfen abspielte, offensichtlich noch nicht vorgedrungen war.

Ich ließ das Kästchen fallen und stürmte an dem Medicus vorbei, hinter Susa und Thimorn her, die bereits aus der Kammer hinaus in den Gang gesprungen waren. Was dort draußen auf mich wartete, ließ mich sofort wünschen, ich wäre wie der Medicus in Drabens Zuflucht geblieben. Der Versuch des Gauklers, Sylvette zu Hilfe zu eilen, war von eben jener Gestalt vereitelt worden, die uns schon im *Tobrier-Hof* zu Gareth in niederhöllische Schrecken versetzt hatte. Das fürchterliche Untier hatte eine seiner Pranken um Drabens Hals geschlossen und die andere hoch erhoben, zu einem Hieb bereit, der dem Gaukler gewiss mühelos den Kopf von den Schultern gerissen hätte. Seine Klauen glitzerten feucht-schwarz, stumme Zeugen, dass das grauenhafte Ungetüm schon zuvor reichlich Opfer gefunden hatte.

Draben gurgelte erbärmlich im Griff des Fuchsmenschen und versuchte verzweifelt, dessen unerbittliche Umklammerung zu lösen. Doch so sehr er sich auch bemühte, ich bin mir sicher, dass es ihm niemals gelungen wäre, hätte sich nicht Lasse mit voller Wucht gegen den unheimlichen Gegner geworfen. Allesamt – Söldner, Gaukler und Unhold – versanken sie in den schwarzen Wassern in der Mitte des Ganges. Als mir schon angst und bange wurde, die schwarze Brühe hätte sie mit sich fortgerissen, tauchten Lasse und Draben spuckend und nach Luft ringend wieder aus der ekelhaften Suppe auf. Allein der Unhold blieb verschwunden.

»Wo ist es hin?«, brüllte Thimorn, worauf er jedoch zunächst keine Antwort erhielt. Eine Hand an die Seite gepresst, half der Thorwaler dem Gaukler mit schmerzverzerrtem Gesicht an den Rand des Fäkalienlaufs und hievte ihn hinauf, bevor er sich selbst aus den dunklen, schmierigen Fluten zog.

Da schoss mit einem Brüllen, das in der Enge des Ganges tausendfach verstärkt wurde, das entsetzliche, klauenbewehrte Halbwesen unmittelbar neben mir und Susa in die Höhe. Ich weiß nicht, woher ich den Mut nahm, aber ich war fest entschlossen, dieses blutrünstige Ding zur Strecke zu bringen. Ohne über mögliche Gefahren nachzudenken, riss ich den Dolch, der an meinem Gürtel hing, aus der Scheide und sprang auf das Furcht erregende Scheusal zu, von dem mich nur wenige Schritte trennten.

»Hier findest du nur den Tod«, rief die Söldnerin und stürzte sich ebenfalls auf unseren unheimlichen Gegner, der meinen ersten Stich mit erschreckender Leichtigkeit abwehrte und mir einen Kopfstoß versetzte, der mich zwar zurücktaumeln ließ, aber glücklicherweise nicht zu Fall brachte – wenngleich glühende Sterne vor meinen Augen tanzten, da die Schnauze der Bestie so hart war wie Stein. Susa fing mich mit einem Arm auf und hielt mit dem anderen schützend ihre Klinge vor uns, ohne das Untier aus den Augen zu lassen, das vor Wut und Enttäuschung aufheulte. »Was immer du auch wolltest, du wirst es nicht bekommen«, rief sie der finsteren Gestalt wütend zu, die Schritt um Schritt vor der zu allem entschlossenen Söldnerin zurückwich. Schließlich fauchte das Ungeheuer noch ein letztes Mal wild, warf sich herum und rannte blitzschnell durch das Meer aus Unrat, das es bis zur Hüfte umspülte, aber dennoch nicht merklich am Vorwärtskommen behinderte, den Gang hinunter. Kaum einen Lidschlag später war es in der Dunkelheit verschwunden.

»Hinterher! Es darf uns auf keinen Fall entwischen!«, hallte die Stimme Thimorns durch den Tunnel, doch bevor der Einäugige an uns vorbeihasten konnte, hielt ihn Susa mit einem scharfen »Nicht, Falk!« zurück. Während wir eiligst aus der fauligen, lauwarmen Brühe kletterten, schalt die Söldnerin den Einäugigen: »Sei kein Narr, Falk, wir würden das Ungeheuer niemals einholen. Nicht hier, in dieser Dunkelheit. Wir müssen zurück nach oben, und zwar sofort, denn mir schwant nichts Gutes.«

Kaum hatte sie diese schicksalsschwangeren Worte ausgesprochen, ertönte von oben ein weiterer Schrei, der jedoch nicht aus Schmerz oder Todesqual erwuchs, sondern Ausdruck tiefster Trauer und Verzweiflung zu sein schien.

Wir eilten zurück zum Schacht, der hinauf ins *Leib in Flammen* führte, wo Lasse sich abmühte, mit nur einer Hand die Eisenstiegen nach oben zu klettern. Die andere Hand hielt er nach wie vor an seine linke Seite gepresst, und ich war bestürzt, als ich es rot zwischen seinen mit Exkrementen verschmierten Fingern hervorquellen sah.

»Lasse, du bist getroffen!«, entfuhr es mir voller Angst.

»Lass uns vor, du Holzkopf«, fluchte Susa, »dann können wir dir leichter nach oben helfen. Wo ist eigentlich dieser nichtsnutzige Quacksalber abgeblieben?« Dann brüllte sie aus vollem Halse: »Schaff dich sofort hierher, Zumbel!«

Der Medicus lugte verschüchtert aus der kleinen Kammer heraus und flüsterte kaum hörbar: »Ist es vorbei?«

Ich lief zu meinem Freund zurück, um ihn zu beruhigen, und nachdem ich ihm mehrfach versichert hatte, dass uns im Augenblick von dem Untier keine Gefahr mehr drohte, wagte er sich aus Drabens Versteck heraus. »Du musst das verstehen, Severin«, entschuldigte er sich auf dem Weg nach oben, den Susa, Thimorn und auch der verwundete Lasse schon hinter sich gebracht hatten. »Ich bin nun einmal kein Kämpfer. Ich bin dazu da, um Kämpfer nach getaner Arbeit wieder zusammenzuflicken. Ich hatte solche Angst, es ging ja alles so schnell und dann das Geschrei und …«

Quins Geplapper brach mit einem Schlag ab, als er nun die kühlen Marmorfliesen unter den Füßen hatte und sich umschaute. Auch mir fehlten die Worte, als ich das volle Ausmaß dessen zu begreifen begann, was sich wenige Augenblicke zuvor im *Leib in Flammen* abgespielt hatte. Von der heiteren Sinnesfreude war nichts geblieben. Als ob ein Bauer eine Schneise in ein Weizenfeld geschlagen hätte, führte eine Spur der Verwüstung quer durch die gesamte große Halle. Stellwände waren umgestürzt, Tücher in Fetzen gerissen und jegliches Leben, das dem fuchsköpfigen Ungetüm in die Quere gekommen war, ausgelöscht worden. Jene Gäste des Bordells, die sich noch so glücklich schätzten, aus eigenen Kräften das Gebäude verlassen zu können, rannten schreiend hinaus auf die Straße, wobei sie über die verschandelten Leichen jener Werberinnen und Werber trampelten, die uns vor kurzem noch so verlockend zugelächelt hatten.

Die Unglückseligeren unter all jenen, die im Bordell nach Zerstreuung gesucht hatten, lagen in ihrem eigenen Blut, manche jämmerlich wimmernd, andere für immer verstummt, aber alle von grässlichen Wunden gezeichnet.

Das große, runde Bett, das zuvor als Abdeckung für den Schacht in die Tiefe gedient hatte, war zur Seite geschleudert worden.

Davor kniete mit tränenüberströmtem Gesicht der Mann, dessentwegen wir an diesen Ort gekommen waren, und wiegte den geschundenen Leib Sylvettes in den Armen, aus dem träge das Leben quoll und sich auf dem blank polierten Marmor ausbreitete wie ein Tuch von dunkelstem Rot.

»Wir müssen weg, ehe die Ordnungshüter hier aufschlagen«, drängte Thimorn. »Ich verspüre nicht die mindeste Lust, irgendjemandem zu erklären, was sich hier gerade ereignet hat.«

Susa trat zu Draben, der schluchzend Sylvettes schwarzes Haar streichelte. »Wo ist der Talisman, Draben?«

Der Gaukler sah zu ihr hoch. »Was scheren mich deine Sorgen, nun, da meine Liebste tot in meinen Armen liegt? Schlägt denn ein Herz aus Stein in deiner Brust?«

Wortlos trat die Söldnerin dem Gaukler ins Gesicht, dass ihm unter der Wucht des Trittes die Nase brach. Dann zerrte sie Draben an seinem langen, geölten Haarschopf in die Höhe und hielt ihm ihren Dolch an die Kehle.

»Bist du noch bei Sinnen, Susa?«, rief Quin mit zitternder Stimme.

Mit dem Kinn in Richtung Lasse deutend, blaffte die schrecklich-schöne Söldnerin: »Mach du deine Arbeit, Quacksalber, und ich mach meine!«

Thimorn und ich standen wie versteinert da, so sehr hatte uns Susas unvermittelter Gewaltausbruch schockiert. Die Söldnerin wandte sich nun wieder dem wimmernden Gaukler zu, der mit schreckgeweiteten Augen und blutender Nase nur einen schnellen Schnitt vom Tod entfernt war.

»Dein Gejammer wird niemanden wieder lebendig machen, Draben, aber vielleicht kannst du etwas dazu beitragen, dass nicht noch mehr Menschen sterben müssen. Wo ist das, was in dem Kästchen war? Und wage es ja nicht, mich anlügen zu wollen!«

Draben schluckte heftig und fügte sich dabei selbst eine kleine Schnittwunde am Hals zu, aus der einige Blutstropfen hervorperlten und quälend langsam die Klinge des Dolches hinabrannen.

»Angalla hat ihn mitgenommen.«

»Angalla?«, fragte die Söldnerin barsch nach. »Angalla? Wer soll das sein?«

»Die Zwergin, von der Cancuna-Catka gesprochen hat«, warf ich schnell ein, um zu verhindern, dass Susa in ihrer kalten Wut dem Gaukler tatsächlich nicht mehr gut zu machenden Schaden zufügte.

»Genau«, röchelte Draben tränenerstickt. »Die Zwergin. Sie ist zurück nach Angbar. Sie hat den merkwürdigen Stein.«

»Das reicht mir nicht«, zischte Susa gefährlich leise. »Wo will sie damit hin?«

»Angbar. Sie will nach Angbar. Sie will den Stein dem alten Glauben der Zwerge opfern, um Buße zu tun. Sie sagte etwas von einem Steinkreis, in dem sie das Ding vergraben muss. Sie hatte genauso viel Angst wie ich.« Vergebens versuchte Draben durch die Nase Luft zu holen, die von Blut und Schleim verstopft war.

»Der alte Glauben? Was soll das nun wieder sein?«, hakte Susa ungehalten nach.

»Sie hat bestimmt den Ritus gemeint, dem auch die Geoden anhängen«, sagte Quin, ohne von Lasses Wunde aufzublicken, die er behutsam mit einem Fetzen der hauchdünnen Seidentücher säuberte, die einst die Reize der Schönen verhüllt hatten.

»Wann ist sie aufgebrochen?«, wollte Susa von dem zitternden Gaukler wissen.

»Vor zwei Praiosläufen. Vor zwei Praiosläufen, glaube ich. Da unten ist es schwer, Tag und Nacht auseinander zu halten«, beteuerte Draben.

»Dann können wir sie noch einholen!« Susa versetzte dem Gaukler einen Stoß, dass er zu Boden fiel, schob ihren Dolch in die Scheide und schaute uns vorwurfsvoll an. »Was glotzt ihr denn so? Ich bin fertig. Meinethalben können wir jetzt gehen.«

Das ließen wir uns nicht zweimal sagen, und während wir die Beine in die Hand nahmen, kroch Draben zurück an die Seite seiner Geliebten, die hatte sterben müssen, um für sein Verbrechen zu büßen.

Bau

Kapitel 21

Unser Aufbruch aus Rommilys war eine recht überhastete Angelegenheit, denn die Zeit brannte uns unter den Nägeln. Die in unserer gesamten Gruppe herrschende Stimmung war eine merkwürdige Mischung aus erschöpfter Niedergeschlagenheit und fiebriger Anspannung. Wir waren allesamt einerseits enttäuscht von der ernüchternden Tatsache, dass wir eine so weite Reise auf uns genommen hatten, nur um am Ende mit leeren Händen dazustehen – noch dazu bis zu unseren Knöcheln im Blut Unschuldiger watend. Andererseits hatte uns eine ruhelose Anspannung ergriffen, da es zumindest ein neues Ziel zu verfolgen galt – ein Ziel, das sich stetig von uns entfernte, wenngleich wir zu unserem Glück genau wussten, wohin es unterwegs war.

Die pikierten Blicke der Angestellten der *Darpatperle* sprachen Bände, als wir kot- und blutbesudelt, wie wir nach dem bedauerlichen Zwischenfall im *Leib in Flammen* nun einmal waren, in unserer fürstlichen Unterkunft aufkreuzten. Aber mit der angemessenen Summe an Dukaten lässt sich jegliche Gefühlsregung rasch in emsige Betriebsamkeit verwandeln – ganz ohne Anwendung von Magie. Ich trug den plötzlich ungemein dienstbeflissenen Frauen und Männern auf, mir und meinen Gefährten ein heißes Bad einzulassen sowie unseren Planwagen gründlich von den widerwärtigen Spuren unseres Abenteuers zu säubern. Susa, die ähnlich wie Lasse ohnehin mit leichtem Gepäck reiste, erklärte sich sogleich bereit, die notwendigen Besorgungen für unsere anstehende Reise nach Angbar zu erledigen. Nach ihrer Rückkehr ließen wir unseren Wagen beladen, während uns die Söldnerin davon berichtete, dass sie neben verschiedensten Krämern auch dem *Leib in Flammen* einen weiteren Besuch abgestattet hatte. Sie hatte darauf gehofft, den um Sylvette trauernden Connar Draben dort vorzufinden, um weitere Einzelheiten über die Zwergin Angalla in Erfahrung zu bringen. Meine Überraschung hielt sich in Grenzen, als Susa uns mit verkniffener Miene eingestand, ihre Suche nach dem Gaukler sei erfolglos geblieben. Ein eher zwielichtiger Geselle wie Draben legte gewiss keinen gesteigerten Wert darauf, sich den neugierigen Fragen der Rommilyser Ordnungshüter zu stellen, die sicherlich gern gewusst hätten, was es mit dem Blutbad im Bordell auf sich hatte.

Noch am gleichen Götterlauf setzten wir uns Richtung Angbar in Bewegung. Auf der im Umland der Provinzhauptstadt viel befahrenen Reichsstraße konnte ich nicht anders, als ständig meinen Blick über jede Reisegruppe schweifen zu lassen, die uns entgegen kam. Es ließ mir einfach keine Ruhe, dass uns die zwergische Einbrecherin Angalla vielleicht schon bei unserer Hinreise begegnet war und wir nichts ahnend an ihr vorbeigefahren waren, in irgendein unsinniges Gespräch über Geister und Dämonen oder göttliche Rächer vertieft. Zu Beginn unserer Verfolgung waren wir darauf erpicht – oder schlossen jedenfalls die Möglichkeit nicht aus –, die Zwergin noch einzuholen, ehe sie Gareth passiert haben würde, obwohl uns nicht einmal bekannt war, ob sie zu Fuß, zu Pferde oder in einer Kutsche unterwegs war. Im Grunde blieb sie für uns ebenso schattenhaft wie jenes unheimliche Wesen, mit dem wir in den Gewölben unter dem Bordell nun schon zum zweiten Mal aneinander geraten waren und über dessen wahre Natur sich Quin und Lasse immer noch uneins waren. So wurden die beiden immer nicht müde, zahllose Streitgespräche zu führen, wenn der Medicus sich um die Verletzung des Thorwalers kümmerte – ein Kratzer, der rasch verheilte und sich den Zwölfen sei Dank trotz der widerlichen Dinge, die Quin aus ihm herausgewaschen hatte, auch nicht entzündete. Diese zügige Genesung sahen sowohl der Söldner als auch Quin als kleines Wunder an, wenn auch aus unterschiedlichen Gründen. Wo der Medicus unablässig davon sprach, dass die Wunde aufgrund der Umstände, unter denen sie dem Söldner zugefügt worden war, mit größter Wahrscheinlichkeit hätte brandig werden müssen, zeigte sich der Nordmann selbst eher erstaunt darüber, dass die Wunde überhaupt verheilte, wo sie ihm doch offensichtlich und unstrittig von einem grässlichen Rachegeist geschlagen worden war. Für mich zählte allein, dass wir es fertig gebracht hatten, die Kreatur in die Flucht zu schlagen, ein Verdienst, der an und für sich einzig den beiden Söldnern gebührte. Dennoch wurde Susa nicht müde, mir und Thimorn gegenüber darauf zu bestehen, sie hätte das schauderhafte Wesen womöglich gar zur Strecke bringen können, wenn sie nicht ärgerlicherweise gezwungen gewesen wäre, den Schutz meiner körperlichen Unversehrtheit zu gewährleisten – ein Vorwurf, den ich auf dieser Reise mehrfach zu hören bekam und der mir jedes Mal aufs Neue die Schamesröte ins Gesicht trieb.

Während des ersten Praioslaufs unserer neuerlichen Fahrt war der Einäugige überraschend schweigsam und augenscheinlich in Grübeleien vertieft. Schließlich eröffnete er uns, dass es seiner Ansicht nach nahezu undenkbar sei, Angalla noch auf der Straße nach Gareth einzuholen. Und selbst wenn uns dies gelänge, so gab er zu bedenken, bliebe es uns doch verwehrt, sie als die von uns Gesuchte zu erkennen – schließlich wussten wir nicht viel mehr von ihr, als dass sie dem kleinen Volk angehörte und womöglich einen hühnereigroßen und damit leicht zu übersehenden Talisman in Form eines Fuchskopfs mit sich führte. Zähneknirschend sahen wir uns gezwungen, dem Ermittler Recht zu geben. Aber noch bevor sich über diese bittere Erkenntnis Verzweiflung hätte einstellen können, erläuterte uns Thimorn den Plan, den er im zurückliegenden Praioslauf nach reiflichem Abwägen der uns offen stehenden Handlungsmöglichkeiten ausgeklügelt hatte. Die Erfahrungen aus seiner Arbeit bei der Criminal-Cammer hatten ihn zu der Auffassung gebracht, wir sollten alles daran setzen, die Zwergin nicht nur einzuholen, sondern sie vielmehr auf ihrem Weg nach Angbar zu *über*holen. Denn immerhin hatten wir eine vage Vorstellung davon, zu welchem Ort es sie in Angbar zog: zu einem Steinkreis, der noch aus der Zeit der Altvorderen stammte und wohl mit der Zaubermacht der alten Geoden errichtet worden war – jener Magietradition, die sich den Kräften Sumus und der Elemente verschrieben hatte. Laut Thimorns Ansicht hatten wir keine andere Wahl, schneller als Angalla selbst in Angbar einzutreffen, den Steinkreis ausfindig zu machen und dort auf die Ankunft der diebischen und doch anscheinend seltsam frommen Zwergin zu warten. Quin zeigte sich sehr verwundert darüber, dass Draben die ›finsteren Zwergenkulte‹ seiner Komplizin ohne das kleinste Anzeichen von Bestürzung hingenommen hatte. Mir hingegen war es völlig gleichgültig, zu welchem Gott Angalla beten mochte – solange wir nur eine Möglichkeit fanden, diesem blutigen, undurchsichtigen Abenteuer ein Ende zu bereiten.

Nachdem wir anderen das Für und Wider von Thimorns Vorschlag eingehend diskutiert hatten, beschlossen wir, seinen Plan in die Tat umzusetzen. Uns war nur allzu deutlich bewusst, dass die mit unserem Vorhaben verbundenen Anstrengungen uns und insbesondere auch den Pferden einiges abverlangen würden, aber wir waren gern bereit, auch diese Strapazen auf uns zu nehmen. Denn sonst wären wir gezwungen gewesen, wie getretene Hunde mit eingekniffenem Schwanz nach Gareth zurückzukehren, wo wir hilflos darauf hätten hoffen müssen, vor weiteren Anschlägen und Übergriffen verschont zu bleiben.

So bissen wir die Zähne zusammen, trieben die Pferde an und jagten Angbar entgegen. Auf dem ersten Abschnitt unserer Fahrt in den Kosch, die mir alles in allem noch trostloser als die Reise nach Rommilys erschien, gingen wir tatsächlich mehrfach auf die freundlichen Angebote darpatischer Bauern ein, die Nacht auf ihren Höfen zu verbringen. Auf diese Weise konnten wir jeden Tag bis weit in die Dämmerung reisen, bis die Dunkelheit zu undurchdringlich und damit gefährlich wurde, anstatt von Gasthaus zu Gasthaus zu ziehen und so wertvolle Zeit zu verlieren. Außerdem lernte ich dadurch, die Menschen dieses Landstrichs, über die ich wenige Praiosläufe zuvor noch kein einziges gutes Wort verloren oder sie gar auf übelste Weise verspottet hätte, wegen ihrer Großzügigkeit und Selbstlosigkeit zu schätzen.

Die viel gepriesene darpatische Gastfreundlichkeit blieb für mich jedoch zunächst der einzige Silberstreif am Horizont. Mich bedrückte, dass Susa und dieser verwünschte Thimorn wieder jenen zwanglosen Unterhaltungen frönten, die mein Herz schon zuvor in Aufruhr versetzt hatten. Unablässig lobte die Söldnerin den bewundernswerten Einfallsreichtum und die herausragende Weitsicht des Einäugigen, der wiederum großen Gefallen daran zu finden schien, den Löwenmut und das außergewöhnliche Kampfgeschick Susas zu preisen, unschätzbar wertvolle Tugenden, die sie auf so eindrucksvolle Art unter Beweis gestellt hatte. Wenn Susa mir Aufmerksamkeit schenkte, so geschah dies zumeist nur, um nachdrücklich zu betonen, dass ich ihr niemals so viel Sold würde zahlen können, wie sie es für ihre Anstrengungen verdient hätte, oder um mir wieder und wieder einzubläuen, ich solle mich tunlichst zurückhalten, wenn uns das nächste Mal Gefahr drohte. Diese kleinen Nadelstiche lähmten meine Zunge – und mehr als einmal war ich versucht, einfach vom Wagen zu springen und davonzulaufen, nur um dieser grausamen Marter zu entrinnen.

Als wir die Goldene Au in Richtung Gareth durchquerten, war endlich ein Entschluss in mir gereift. Es war an der Zeit, ein paar klärende Worte mit einem meiner Reisegefährten zu wechseln: Ich musste wissen, wie ernst es meinem einäugigen Rivalen mit seinen Bemühungen um die Gunst der Söldnerin war, denn als eben solche legte ich seine Plaudereien mit der Dame meines Herzens aus. Über beide Ohren verliebt, wie ich es war, ließ mein Gefühl keine andere Deutung zu, obwohl mir heute schmerzlich bewusst ist, wie töricht ich mich damals aufgeführt haben muss.

Mit einem unangenehm gärenden Gefühl im Magen nutzte ich die nächstbeste Gelegenheit, den Einäugigen unter vier – nein, halt – drei Augen zu sprechen. Gelegentlich unterbrachen wir unsere wilde Fahrt nämlich, um uns am Wegesrand zu erleichtern, denn manche Dinge lassen sich von einem dahinrumpelnden Planwagen aus schlicht und ergreifend nicht erledigen. In den meisten Fällen legten wir bei einer solchen Gelegenheit eine kurze Rast in einem kleinen Hain oder einer ähnlich geschützten Stelle ein, und nachdem ich mich erst einmal dazu durchgerungen hatte, dem Einäugigen in Sachen Susa mutig und entschlossen gegenüberzutreten, musste ich nicht lange warten, bis wir die Pferde zügelten, um unsere Notdurft verrichten zu können.

In einer anderen Lage hätte ich vermutlich über den

merkwürdigen Blick gelacht, den der Ermittler der Criminal-Cammer mir schenkte, als ich an seine Seite trat und mit gequält fester Stimme sagte: »Wir müssen reden!« Seiner Miene nach hätte man sehr wohl den Eindruck gewinnen können, ich unterbreitete ihm ein wenig schickliches Angebot, aber dennoch nickte er verdutzt und folgte mir, als ich tiefer in das kleine Wäldchen hineinging, um nicht von den anderen Mitgliedern unserer Gruppe – insbesondere Susa – belauscht zu werden.

Zu meiner Überraschung ergriff Thimorn selbst das Wort, bevor ich Gelegenheit hatte, mein eigenes Anliegen vorzubringen. »Ich bin dir dankbar für dieses Gespräch, Severin.« Dass Thimorn plötzlich einen dermaßen vertrauten Ton anschlug, überraschte mich umso mehr. »Es gibt eine Menge Dinge, die ich dir schon lange hätte sagen sollen, aber ich hatte Angst, du könntest mir noch etwas nachtragen.«

»Hätte ich denn tatsächlich einen berechtigten Grund dazu, *Falk*?« Ich gab mir alle Mühe, seinen Namen wie eine Beleidigung klingen zu lassen, und lehnte mich mit zur Schau gestellter Lässigkeit gegen einen Baum. »Wenn du damit sagen willst, ich könnte dir gegenüber einen gewissen Groll hegen, weil du mich im Verdacht hattest, skrupellos meinen eigenen Onkel beseitigt zu haben«, fuhr ich gestelzt fort, »um mittels meines Erbes meine Spielschulden zu begleichen, so muss ich dir leider eingestehen, dass ich in der Tat nicht sehr erfreut über diese unbotmäßige Unterstellung war.«

»Man kann es dir beim besten Willen nicht verdenken.« Falk kratzte sich verlegen hinter dem linken Ohr. »Es ist an der Zeit, dass ich dich aufrichtig um Verzeihung bitte.«

Ich schwieg, denn dieses Gespräch begann sich in eine gänzlich andere Richtung zu entwickeln, als ich es erwartet und beabsichtigt hatte.

Falk räusperte sich. »Es passte alles so gut zueinander. Der – mit Verlaub allem Anschein nach – nichtsnutzige Neffe schafft seinen steinreichen Onkel aus dem Weg, weil er nach dessen Dukaten giert. Das kommt immer wieder vor, bestimmt häufiger, als du glaubst. Außerdem lag mir etwas an Berengar ...«

»Ja, ja«, unterbrach ich ihn barsch, »mein Onkel war ein bedeutender Bürger Gareths, ein großer Wohltäter, ein beeindruckender Mann. Ich kann diese alte Leier nicht mehr hören.«

»Ich habe für deinen Onkel gearbeitet, Severin«, entgegnete der Einäugige ungerührt.

Ich schwieg erneut, wenn auch nicht aus Trotz, sondern aus vollkommenem Unverständnis heraus.

Offenbar deutete Falk meine Wortlosigkeit als Aufforderung, seine letzte Äußerung näher zu erläutern. »Wie du dir vielleicht vorstellen kannst, Severin, legt ein so umtriebiger, geschäftiger Mann wie Berengar großen Wert darauf, immer auf dem neuesten Stand zu sein, was die Entwicklungen in seiner Heimatstadt angeht. Insbesondere, wenn es sich um Entwicklungen handelt, die auf die eine oder andere Weise seine Geschäfte beeinflussen könnten. Männer wie Berengar sind überdies gern bereit, die Weitergabe eines solchen Wissens angemessen zu entlohnen. Und lass dir eins gesagt sein: Wenn man für die Criminal-Cammer arbeitet, erfährt man so manches, das sich leicht in bare Münze umsetzen lässt.«

»Du warst ein Spitzel meines Onkels?« Scheinbar nahmen die Überraschungen, die über mich hereinbrachen, nie ein Ende, und ehrlich gesagt war ich plötzlich sehr froh darüber, mich zuvor an den Baumstamm gelehnt zu haben.

»Spitzel ist ein ganz, ganz hässliches Wort mit einem üblen Beigeschmack von Niedertracht, Severin. Belassen wir es doch lieber dabei, dass ich deinem dahingemeuchelten Onkel den einen oder anderen Gefallen getan habe.« Der Einäugige seufzte aus tiefster Brust. »Mag sein, dass dir mein Verhalten unehrenhaft erscheint, aber ich denke nicht, dass ich jemals jemandem geschadet habe, der es nicht verdient gehabt hätte.« Ein erneuter schwerer Seufzer erklang. »Zumindest rede ich mir das gerne ein.«

Ich verzog verächtlich den Mund. »Dann hast du dich in die ganze Angelegenheit also nur eingemischt, weil durch den Tod meines Onkels ein Teil deines Verdienstes weggebrochen war, oder?«

»Wenn es mir lediglich um das Geld gegangen wäre, so hätte ich wohl kaum all die Mühsal auf mich genommen, dir kreuz und quer durchs Mittelreich zu folgen.« Sein verbliebenes Auge funkelte in einem Anflug von unverhohlenem Zorn. »Außerdem habe ich bereits versucht, mich bei dir zu entschuldigen, und ich glaube guten Gewissens sagen zu können, dass ich mich bisher als äußerst nützlicher Begleiter erwiesen habe.«

Ich ließ mich mit dem Rücken am Baumstamm in die Hocke sinken. Der verdammte Bastard hatte ja Recht! Hätte er nicht sein Wort als Ermittler der Criminal-Cammer in die Waagschale geworfen, als die beiden absonderlichen Magier dieser merkwürdigen Kommission versucht hatten, uns aufzuhalten, so hätte unsere Reise unter Umständen wesentlich früher beendet sein können, und Angalla wäre indes längst über alle Berge.

Falk musterte mich eingehend, und nach einigen Augenblicken sah ich misstrauisches Erstaunen auf seinem Gesicht. »Aber da ist doch noch irgendetwas anderes.« Der Einäugige arbeitete nicht umsonst an der Aufklärung von Verbrechen.

Ich nickte stumm.

Er klatschte sich mit der flachen Hand vor die Stirn. »Ich Tölpel! Womöglich hast du mich am Ende gar nicht hierher in die Büsche gezerrt, um mir eine Entschuldigung abzuringen?«

Ich richtete mich auf. »Nein, ich habe in der Tat keineswegs damit gerechnet, dass du dich entschuldigen würdest.« Ich holte tief Luft. »Mir ging es vielmehr darum zu wissen, wie ernst es dir mit Susa ist …«

»Was hat Susa damit zu tun?«, fragte der Einäugige verdutzt, aber bevor ich ihm antworten konnte, dämmerte es ihm, und er brach in schallendes Gelächter aus.

»Was gibt es da zu lachen?«, wollte ich wissen, während in meinem Bauch ein Knoten von Ärger und Angst platzte.

»Du glaubst also allen Ernstes, ich stelle dieser Söldnerin nach?« Falk konnte sich kaum beruhigen. »Junge, ich habe eine bildhübsche Frau und drei reizende Kinder daheim in Gareth. Da hüpfe ich doch nicht mit einer bärbeißigen, schwertschwingenden Möchtegernamazone ins Heu!«

Diese Eröffnung schlug mir ins Gesicht wie ein mit eiskaltem Wasser voll gesogener Schwamm. Nicht Falk, sondern ich war der Tölpel gewesen. »Du … du … bist den Travia-Bund eingegangen?«, fragte ich stammelnd.

»Jawohl, das bin ich«, sagte der Einäugige grinsend. »Und einen äußerst glücklichen und in jeder Hinsicht zufrieden stellenden obendrein. Ich kann dir versichern, dass mein liebes Weib alles andere als erfreut darüber war, als ich ihr sagte, ich würde mich auf unbestimmte Zeit auf Reisen begeben. Ich kam mir vor wie ein Verräter, als ich mich von ihr und meinen Kleinen verabschiedete.« Er schüttelte den Kopf. »Ich und diese Susa! Welch abwegige Vorstellung, die du da gehegt hast!«

Ich zuckte beschämt mit den Schultern. »Ich konnte ja nicht ahnen, dass dein Herz schon einer anderen Frau gehört.«

Falk trat zu mir herüber und legte mir in einer versöhnlich-vertraulichen Geste den Arm um die Schultern. »Nichts für ungut, Severin. Es ist ja nicht so, als hättest du mich der Unzucht mit Eseln bezichtigt.« Er kicherte.

»Überdies sollte man meinen, einem geübten Ermittler wie mir hätte auffallen müssen, dass du um Susas Gunst buhlst.«

Als er bemerkte, dass meine Miene sich nicht aufhellen wollte, klopfte er mir aufmunternd auf den Rücken und sagte: »Leider kann ich dir im Kampf gegen dieses Teufelsweib nicht beistehen, damit wirst du schon allein fertig werden müssen. Aber ich kann zumindest dafür sorgen, dass du dich etwas wackerer schlägst, wenn wir unserem geheimnisvollen Widersacher das nächste Mal gegenüberstehen.«

Er schob den Ärmel seines Wamses zurück und legte eine kunstvoll gearbeitete Unterarmscheide frei, die durch zwei Lederriemen an seinem haarigen Arm gehalten wurde. Aus der Scheide ragte der schwarze Griff eines Dolches. Während er die verknoteten Riemen löste, raunte er mir zu: »Diese Klinge hat mir jahrelang gute Dienste geleistet, und nun möchte ich, dass du sie trägst.«

»Ich trage doch schon einen Dolch an meiner Seite, Falk.« So sehr es mir schmeichelte, ein solches Geschenk von dem Einäugigen zu erhalten, so wenig konnte ich mir den Sinn dieser Gabe ausmalen.

»Ein kluger Mann trägt stets eine Waffe bei sich, die er vor den Augen seiner Feinde verborgen hält«, erklärte er mir, ergriff sanft meinen Arm und legte mir die Scheide an. Das Gewicht der Waffe war ungewohnt, aber nicht störend. Gebannt fuhr ich mit dem Finger an ihr entlang, von der Spitze in der Ellenbeuge bis zum Knauf knapp unterhalb des Handgelenks.

»Wie für dich gemacht, Severin«, sagte Falk leise und zog an meinem Ärmel, bis die Waffe gänzlich darunter verborgen war.

Das Knacken eines Zweiges ließ uns aufschrecken, und wie zwei Liebende, die bei einem Techtelmechtel ertappt wurden, brachten wir einen Schritt Abstand zwischen uns. Doch schon im nächsten Augenblick erkannte ich aufatmend, dass uns kein neuerlicher Überfall von Strauchdieben drohte, als Susa mit ungeduldiger Stimme nörgelte: »Ich hoffe, ich habe euch Turteltäubchen nicht gestört, aber wir würden gern weiterfahren. Wenn diese Sache erst einmal vorbei ist, könnt ihr zwei so viel in lauschigen Hainen lustwandeln, wie es euch gefällt, aber augenblicklich gibt es Dringlicheres zu tun.«

Der Einäugige betrachtete die Söldnerin von Kopf bis Fuß und schenkte mir dann einen wissenden, mitleidigen Blick. »Viel Glück, Severin, viel Glück!«

Kapitel 22

Nun, da ich den vermeintlichen Rivalen ausgestochen hatte, der lediglich meiner liebestollen, übersteigerten Vorstellungskraft entsprungen war, wäre es eine durchaus berechtigte Vermutung gewesen anzunehmen, dass mir ein zwangloserer Umgang mit Susa hätte leichter fallen sollen, aber zu meinem ausdrücklichen Bedauern war dem keineswegs so. Erst, als wir Gareth schon lange wieder hinter uns gelassen hatten, war mein Mut so sehr angewachsen, dass ich es wagte, erneut das Gespräch mit der schönen, grausamen Söldnerin zu suchen. Zu meinem Missfallen hatten wir gänzlich darauf verzichtet, auch nur einen Fuß in meine Heimatstadt zu setzen, geschweige denn gar die Nacht dort zu verbringen. Wir hatten keine Zeit zu verlieren, und darüber hinaus wollten wir unseren schattenhaften Feinden gar nicht erst die Möglichkeit bieten herauszufinden, wo wir uns gerade aufhielten. Ich musste an meine arme Großmutter denken, deren zarte Seele gewiss von Kummer und Sorge schon ganz zerfressen war. Meine Gedanken schweiften auch zu Falks Familie, und ich ertappte mich schaudernd dabei, wie ich mir ausmalte, dass ich seinem Weibe einen Besuch abzustatten hatte, um ihr vom Tod ihres geliebten Mannes zu berichten.

An jenem schicksalhaften Abend, an dem ich der holden Susa endlich meine Liebe gestehen sollte, befanden wir uns schon mitten in der Grafschaft Angbarer See. Die Äcker und Gärten, die uns hier umgaben, unterschieden sich kaum von jenen der Goldenen Au, wenn man einmal davon absah, dass scheinbar überall Gerste und Hopfen angebaut wurden, aus dem die Einheimischen ein süffiges Bier brauten, das uns allabendlich den Staub der Straße aus der Kehle spülen half.

Je näher wir dem großen See kamen, an dessen Ufern Angbar lag, desto sumpfiger wurden die Wiesen. Immer häufiger säumten Findlinge, in die die Urväter der hier lebenden Zwerge in längst vergessenen Zeiten ihre merkwürdigen Runen und unergründlichen Symbole geritzt und gemeißelt hatten, die Reichsstraße. Unglücklicherweise schienen aber auch die Menschen zunehmend dickköpfiger und halsstarriger zu werden, je höher die Berge am Horizont aufragten. Mehr als einmal mussten wir Lasse zurückhalten, wenn er drauf und dran war, über den Lenker eines Wagens herzufallen, der quälend langsam mitten auf dem Weg vor uns dahinzuckelte, ohne die geringsten Anstalten zu machen, uns an seinem Gefährt vorbeiziehen zu lassen.

Quin richtete auf diesem Abschnitt unserer Reise seine schier unerschöpfliche Neugierde auf alles, was auch nur im Entferntesten mit Zwergen zu tun hatte. Er bestaunte die Vielzahl der zwergischen Maßeinheiten ebenso wie die ersten von Hügelzwergen bewohnten Behausungen – die ich in meiner Unwissenheit zunächst für Hügel hielt, auf denen es offenbar irgendjemandem gelungen war, hier und da das feuchte Gras in Brand zu setzen, bis Lasse mir erklärte, der aufsteigende Rauch stamme aus den niemals erlöschenden Essen der zwergischen Schmieden. Selbst die wild wuchernde Haar- und Barttracht des kleinen Volkes übte auf den jungen Medicus eine schier unglaubliche Anziehungskraft aus.

Ich hingegen betrachtete finster die unzähligen Krämer, die hier herumzogen und die man aufgrund der großen Körbe, die sie auf dem Rücken trugen, Kiepenkerle nannte. Ich fragte mich, ob ich wohl ähnlich enden würde, wenn es mir nicht gelingen sollte, den Schatten, der auf mein Leben gefallen war, wieder zu vertreiben. Die verhärmten Gesichter, die knorrigen Hände, die wettergegerbte Haut, die abgetragene Gewandung, all dies erschien mir wie ein dunkler Spiegel, in dem ich in eine düstere Zukunft schauen konnte.

In einem Gasthaus – dem letzten, in dem wir nächtigen sollten, ehe wir am nächsten Morgen Angbar und damit das Ziel unserer Reise erreichten – halfen mir drei Krüge Bier dabei, mich endlich dem Unausweichlichen zu stellen. Ich schob den Teller mit köstlichem Fisch von mir, rieb mir den nun gut gefüllten Bauch und sprach Susa unvermittelt über das Gemurmel der anderen Gäste hinweg an: »Wer hätte je gedacht, dass Fisch einem so schwer im Magen liegen kann! Ich könnte jetzt einen kleinen Verdauungsspaziergang vertragen. Ich habe vorhin draußen einen dieser großen Felsen mit den sonderbaren Steinzeichen gesehen. Hättest du Lust, mich zu begleiten, Susa?« Wie gesagt, ohne den Biergenuss hätte ich diese Worte niemals über die Lippen gebracht, und ich betete inbrünstig zur schönen Göttin, dass die Söldnerin auf mein Angebot eingehen und mich nicht mit einer ihrer spitzen Bemerkungen endgültig in ein bodenloses dunkles Loch stoßen würde.

Susa setzte den Krug ab, den sie gerade an die Lippen geführt hatte, und schaute mir einen Moment lang fest in die Augen, in denen sich gewiss das Sehnen und Flehen meines Herzens widerspiegelte.

»Warum nicht.«

Ich hätte vor Freude laut jubeln können. Der erste Schritt war getan, und ich war mir sicher, dass meine Zunge nicht mehr saft- und kraftlos sein würde, wenn ich erst einmal mit ihr allein war.

»Ein großartiger Einfall, mein Freund. Lasst uns den Zwergenstein genauestens in Augenschein nehmen«, rief Quin fröhlich und wollte sich gemeinsam mit mir erheben, aber da drückte Falk ihn sanft zurück auf seinen Platz auf der Bank.

»Hier geblieben, Meister Zumbel«, sagte der Einäugige mit aufgesetzt beleidigtem Tonfall. »Wenn du glaubst, du kannst mich hier allein mit diesem sauertöpfischen Griesgram von Thorwaler zurücklassen, dann hast du dich getäuscht.«

Ich wartete gar nicht erst ab, was der Nordmann darauf erwiderte – wahrscheinlich würde er sich darüber beklagen, wie sehr die Küche seiner Heimat der hiesigen überlegen war, obgleich doch jeder wusste, dass der Rest Aventuriens thorwalsche Spezereien schlichtweg zum Speien fand –, sondern folgte der Frau, die mir das Herz geraubt hatte, in die sternenklare Nacht hinaus. Wir sprachen kein Wort, bis wir an dem knapp mannshohen Felsen angelangt waren, der gerade noch in Sichtweite des Wirtshauses lag. Gedämpft drangen die Stimmen der Gäste durch die laue Nachtluft zu uns herüber, als wir den Felsen hinaufkletterten und uns nebeneinander auf dem kühlen Stein niederließen.

»Raus mit der Sprache, Munter!«, knurrte Susa plötzlich. »Was bringt uns beide hierher? Ich bezweifle, dass es irgendetwas mit diesem Stein oder dem Fisch zu tun hat, der dir ja ach so schwer im Magen liegt. Hast du geglaubt, die reizvolle Umgebung würde es dir leichter machen, mich mit ein wenig dämlichem Gefasel zu verführen?«

Ihre Bösartigkeit fegte alle Worte aus meinem Geist, die ich mir zuvor so schön zurechtgelegt hatte. Zurück blieb nur ein grauenhaftes Gefühl der Bestürztheit und Verzweiflung, das mir schier die Tränen in die Augen trieb. »Warum?«, fragte ich verzagt, und wieder: »Warum?«

Die Söldnerin musste den Schmerz in meiner Stimme vernommen haben, denn das bleiche Mondlicht enthüllte das Unverständnis auf ihrem Gesicht.

»Warum nur?«, fragte ich erneut. »Wie kann es sein, das jemand, den ich so sehr liebe, mich doch so sehr hasst? Das ist nicht gerecht!« Ich vergrub das Gesicht in den Händen, um nicht zu schluchzen und sie nicht länger anblicken zu müssen. Und doch lauschte ich ihrem Atem, als wollte ich sie nie mehr ganz loslassen.

»Ich hasse dich nicht, Severin, ganz im Gegenteil«, sagte sie nach kurzem Schweigen. Nie zuvor hatte ich ihre Stimme so gehört, voll zärtlicher Sanftmut und einer schmerzhaften Bitterkeit. »Ich schätze dich sehr, denn du bist etwas ganz Besonderes.« Ich hielt den Atem an, als könnte jede kleinste Regung von mir diesen allerzerbrechlichsten Augenblick unwiederbringlich in tausend Scherben zerschlagen. »Du bist anders als alle anderen Männer, die mir je zuvor im Leben begegnet sind«, hörte ich Susa sagen, mit einer tonlosen Stimme, als spräche sie zu sich selbst. »Du hast dir etwas bewahrt, was die meisten rasch verlieren. Du staunst über die Welt, über die Menschen. Du begegnest ihnen wie ein Kind. Voll Unglauben. Voll Zorn. Voll Bewunderung. Darum beneide ich dich, darum bedeutest du mir so viel.« Sie seufzte, ein Laut wie von einem kleinen Vogel, der sich in dem Netz eines Vogelfängers verstrickt hat und einsehen muss, dass all seine Bemühungen vergebens sind. Wieder schwieg sie eine Weile und fuhr dann mit noch leiserer Stimme fort: »Ich habe Angst, Severin. Ich habe Angst vor dir. Ich habe Angst, dass du weggehen könntest, an einen Ort, von dem es keine Rückkehr mehr gibt. Einmal konnte ich dein Leben noch retten, aber wer weiß schon, ob es mir beim nächsten Mal gelingen mag. Bei dem, an den ich einst mein Herz verlor, ist es mir nicht gelungen. Er verblutete in meinen Armen, ohne ein Wort. Deshalb vergaß ich mich gegenüber dem Gaukler Draben, als er so dasaß. Ich habe mich selbst in ihm wiedererkannt … Gib mir Zeit, Severin. Es bricht mir zwar das Herz, ein solches Opfer von dir zu erbitten. Und dennoch – gib mir Zeit. Morgen Nacht wird die Welt vielleicht schon eine andere sein. Bis dahin kann ich dich nicht lieben, darf ich dich nicht lieben.«

Und da breitete sie ihre Arme aus, und ich sank in ihren Schoß und weinte, während sie mir über das Haar strich und immer wieder flüsterte: »Morgen Nacht wird die Welt vielleicht schon eine andere sein.«

Kapitel 23

Unsere Ankunft in Angbar erlebte ich in einem sonderbaren Zustand, zwischen Verzweiflung und Hoffnung hin und her gerissen. Ich konnte nicht einmal richtig über Quins haltlose Begeisterung lachen, als er über den Anblick von Zwergen, die in flachen Fischerkähnen hinaus auf den See fuhren, schier außer sich geriet. Zugegeben, dies war ein ungewöhnliches Spektakel, wenn man in Betracht zog, dass die Angehörigen des kleinen Volks gemeinhin als fürchterlich wasserscheu gelten, aber dennoch konnte ich dafür allenfalls ein flüchtiges Interesse aufbringen. Ich fühlte mich in einem erbarmungslosen Zwiespalt gefangen. Zum einen wusste ich nun, dass ich meiner Angebeteten alles andere als gleichgültig war, zum anderen hatte sie mir jedoch unmissverständlich zu verstehen gegeben, dass wir den Gefühlen, die wir einander gestanden hatten, erst dann würden freien Lauf lassen können, wenn die bedrohliche Lage, in der wir uns befanden, ein für allemal vorüber wäre. In tiefe Grübeleien versunken, nahm ich kaum etwas von meiner Umgebung wahr. Allein die Geräusche und Gerüche der Stadt Angbar sind in meinem Gedächtnis haften geblieben; das Hämmern und Klopfen, das Sägen und Hobeln der fleißigen Handwerker war allgegenwärtig, ebenso wie der leicht beißende Rauch der ungezählten Essen, der ab und an vom angenehmen Duft der Speisen verdrängt wurde, die die Wirte der zahlreichen Gasthäuser ihren anspruchsvollen Besuchern auftischten. Ich vernahm das laute Prasseln der ewigen Flammen, die die acht riesigen Säulen auf dem Platz vor der Ingerimmsakrale krönten. Denn hier in Angbar steht der bedeutendste Tempel des Feuergottes, in den eine scheinbar endlos lange Treppe hinabführt, und ich verspürte bei seinem Anblick ein leichtes Ziehen in meinem Herzen, als riefe die Erde nach mir, mich in ihre kühle, tröstliche Umarmung hinabzubegeben. Doch kaum hatte ich Susas Stimme vernommen, die sich mit Falk beriet, wie genau wir nun weiter vorgehen sollten, war dieser kurze Anflug auch schon vorüber. Weder Quin noch Lasse waren den beiden hierbei eine ernst zu nehmende Hilfe, denn während der eine mit weit aufgerissenen Augen jeden einzelnen Zwerg studierte, der ihm vor die Nase kam, stieß der andere einen zotigen Fluch nach dem anderen aus, weil ihn die unbegreifliche Sturheit der Einheimischen, die unser Vorankommen seiner Auffassung nach mutwillig behinderten, schier zur Weißglut brachte. Schließlich trug die Söldnerin dem Thorwaler auf, unseren Planwagen im Kreis um den Platz zu lenken, während sie in die Sakrale eilte, um Genaueres über die sagenumwobenen Lehren der Geoden in Erfahrung zu bringen, denen offensichtlich auch die von uns gesuchte Angalla anhing.

Kaum war Susa behände vom Wagen gesprungen, machte der Medicus lauthals seiner Verwunderung Luft: »Wie kommt ihr nur darauf, dass sie ausgerechnet dort unten Erkundigungen über diese zwergischen Zauberkulte einholen sollte? Schließlich ist die Sakrale ja unzweifelhaft ein Hort des reinen, unverfälschten Zwölfgötterglaubens.«

»Nun ja«, gab Falk zu bedenken. »In diesem Haupttempel des Ingerimm wird eben jener Gott verehrt, den die Zwerge als All- und Eingott anbeten. Da liegt es doch nahe, dass mancher Geweihte dort sich schon einmal mit anderen, nun sagen wir … ungewöhnlicheren

Denkschulen der zwergischen Geschichte beschäftigt hat, oder?«

Dem war nicht zu widersprechen, und so warteten wir ungeduldig auf die Rückkehr der Söldnerin. Als selbst Falk schon das Murren anfangen wollte, tauchte sie mit einem breiten Grinsen neben unserem Wagen auf. »Ich weiß zwar immer noch nicht alles, was wir wissen sollten, aber zumindest konnten die Geweihten mir verraten, an wen ich mich wenden muss, wenn ich mehr erfahren möchte. Es hat ihnen zwar nicht sonderlich geschmeckt, dass ich mich scheinbar derartig für die Lehren der Geoden begeistern kann, aber dennoch sind sie zähneknirschend auf meine Fragen eingegangen. Sie haben mich vor den Geoden gewarnt. Wenn ich sie richtig verstanden habe, ist das eine Gemeinschaft von Zaubermächtigen, die sich als Priesterschaft der Natur und Hüter der Erdkraft sieht. Jedem das seine, wenn ihr mich fragt.«

»Haben sie etwas darüber gesagt, wo man diese Möchtegernpriester finden kann?«, erkundigte sich Lasse neugierig, während er die Pferde ein wenig zügelte, damit Susa mit der Kutsche Schritt halten konnte.

Die Söldnerin nickte. »Ja, das haben sie. Und dahin werde ich mich auch unverzüglich aufmachen.«

»Ganz allein?«, fragte ich schnell.

Ruhig begegnete meine Holde meinem sorgenvollen Blick. »Allein. Ich will nicht mit einem ganzen Heer dort auftauchen. Ich schlage vor, ihr nehmt euch schon einmal ein Zimmer im Haus *Sirbensack*. Wenn man den Dienern Ingerimms Glauben schenken mag, ist das die beste Unterkunft der ganzen Stadt. Ich werde nachkommen, sobald ich herausgefunden habe, wo wir diesen Steinkreis finden, von dem Connar Draben gesprochen hat.«

Geschwind wandte sie sich um und war einen Wimpernschlag später schon in der Menge verschwunden, was wahrlich eine Kunst war, wenn man bedachte, dass sich darunter eine große Zahl von Zwergen befand, die ihr kaum bis an den Busen reichten. Und so blieben all meine sehnsüchtigen, suchenden Blicke vergebens.

Durch Susas unvermittelten Aufbruch förmlich dazu gezwungen, erkundigten wir uns bei einem der Kiepenkerle nach dem Weg zum Haus *Sirbensack*. Die Empfehlung der Ingerimmgeweihten erwies sich als wahrer Glücksgriff für meine gequälte Seele – und für meinen durch die holprige Fahrt der letzten Praiosläufe geschundenen Hintern. Nur allzu gern sank ich auf das Bett danieder, das verlockend weich meinen Namen zu säuseln schien. Ich beschloss, nur für einen winzigen Augenblick meine Lider zu schließen, und erwachte erst wieder, als Quin mich sanft an der Schulter schüttelte.

»Steh auf, alter Faulpelz«, scherzte er, und sein in fiebrigem Eifer gerötetes Gesicht verriet es mir, noch ehe er es aussprach: »Susa hat herausgefunden, wo wir den Steinkreis finden können!«

Der kurze Schlummer hatte meine Kräfte erneuert, und meine Freude darüber, dass Susa unbeschadet von ihrem Ausflug zurückgekehrt war, beflügelte mich noch mehr. Sie berichtete uns, der besagte Steinkreis, in dessen Mitte Angalla angeblich den Fuchskopftalisman vergraben wollte, läge unweit der Stadtmauern, sodass man ihn bequem zu Fuß erreichen konnte. So ließen wir den Planwagen und die Pferde beim Haus *Sirbensack* zurück und machten uns umgehend auf den Weg zu jenem schicksalhaften Ort, an dem sich unsere Lebenswege mit dem der Zwergin kreuzen sollten.

Während wir also durch Angbars Straßen hasteten, erzählte uns die Söldnerin von ihrer Begegnung mit dem Geoden, den sie als erstaunlich umgänglich und zuvorkommend beschrieb. Offenbar hatte er – ganz im Gegensatz zu den Anhängern Ingerimms – echte Freude darüber an den Tag gelegt, dass diese Menschenfrau sich für die uralten Riten der Diener Sumus begeisterte. »Ich bedauere es fast schon, ihn ein wenig angeflunkert zu haben«, gestand Susa mit einem schuldbewussten Lächeln ein, worüber wir alle herzlich lachen mussten. Überhaupt schien die Anspannung der vergangenen Wochen von uns abgefallen zu sein, als ahnten wir, dass die Lösung des Rätsels, dem wir auf der Spur waren, nicht mehr lange auf sich warten lassen würde.

Als die Praiosscheibe auf ihrer täglichen Bahn schon so weit dem Horizont entgegengesunken war, dass wir Dahineilenden lange Schatten warfen, hatten wir endlich Gelegenheit, den Steinkreis, zu dem auch Angalla hoffentlich unterwegs war, in Augenschein zu nehmen. Mich erinnerte der Ring aus behauenen und von Runen übersäten Felsen an ein Spielzeug, das ein Riese zurückgelassen hatte, nachdem er seiner müde geworden war. Nun war es dem langsamen, aber unaufhaltsamen Verfall preisgegeben, der in Form von Ranken und Büschen ein grünes Leichentuch über die Kultstätte gebreitet hatte. Doch den Steinen selbst schenkten wir zunächst nicht allzu viel Aufmerksamkeit, denn als Erstes war es wichtig herauszufinden, ob Angalla diesen Platz nicht schon vor uns aufgesucht hatte, um dem Erdboden ein Opfer darzubringen, an dem das Blut so vieler unschuldiger Menschen klebte. Ich fragte mich eine Weile ernsthaft, wie grausam ein Glaube war, dem ein solches Opfer durchaus angemessen erschien, bis mir einfiel, dass die Zwergin mit ihrem derzeitigen Wissensstand von den vielen unschuldigen Opfern gar nichts wissen konnte. Sie war lediglich davon ausgegangen, der *möglichen* Rache ihres ehemaligen Auftraggebers entronnen zu sein. Ich hätte einiges dafür gegeben, wenn auch ich von jenem namenlosen Schrecken, der mich so unnachgiebig fest in seinen Klauen hielt, so wenig geahnt hätte wie Angalla.

Rasch stellte sich heraus, dass wir der zwergischen Einbrecherin tatsächlich zuvorgekommen sein mussten, was das Hochgefühl, das von uns Besitz ergriffen hatte, noch weiter verstärkte. Wir fassten den gemeinsamen Plan, uns in einem weiten Ring in den umliegenden Büschen zu verbergen, um Angalla aufzulauern. Zu fünft sollte es uns ein Leichtes sein, sie zur Herausgabe des Fuchskopfes zu bewegen.

Gesagt, getan. Jeder suchte sich einen Platz, von dem aus er unbemerkt den Steinkreis beobachten konnte, und eine quälende Zeit des Wartens begann. Mit den unablässig wachsenden Schatten und dem anbrechenden Zwielicht der Dämmerung kehrte auch meine Anspannung zurück, bis ich glaubte, mir müssten die Augen aus dem Schädel fallen. Da hörte ich plötzlich Schritte in meinem Rücken, die stetig näher kamen. Für einen winzigen Wimpernschlag durchzuckte mich die Furcht, mein Versteck könnte schlecht gewählt sein und wer immer da auch herannahen mochte, würde mich gewiss entdecken. Doch als Angalla keine zwei Schritt von mir entfernt an mir vorübergegangen war, begriff ich, dass sie mich in der Tat nicht bemerkt hatte. Wie auch schon ihr Freund Cancuna-Catka, der sein Leben so jämmerlich auf dem Boden einer Schänke ausgehaucht hatte, sah Angalla ganz anders aus, als ich es erwartet hatte. Ich hatte damit gerechnet, dass ihre Kleidung der bäuerlichen Tracht ähnelte, die ich in den Praiosläufen zuvor schon an so vielen anderen Zwerginnen gesehen hatte. Angalla hingegen trug schwarzes Leder, das sich straff über ihre Schultern spannte, die es von der Breite her mit Lasses Maßen aufnehmen konnten. Im Vergleich zum Oberkörper waren ihre Beine erstaunlich schlank, und sie bewegte sich mit einer Anmut, wie ich sie zuvor höchstens bei meiner Herzensdame beobachtet hatte. Zufrieden stellte ich fest, dass sie keine Waffe bei sich trug – zumindest keine, die mir auf den ersten Blick aufgefallen wäre.

In der Mitte des Rings aus Felsen blieb die Zwergin stehen, kniete nieder und grub mit entschlossener Miene und kräftigen Fingern ein Loch in den weichen, grasbewachsenen Boden. Nach einer Weile schien sie mit der Tiefe des Lochs zufrieden und wischte sich die Hände an der Hose ab. Dann öffnete sie den obersten Knopf ihres Lederwamses und zog an einer Kordel, die um ihren Hals hing, jenes unscheinbare Ding hervor, das uns in wilder Hatz kreuz und quer durch Garetien geführt hatte.

Kaum einen Atemzug später war ich auch schon aufgesprungen und einige Schritte auf die Einbrecherin zugestürmt, die starr vor Schreck dastand, während überall um sie herum meine Gefährten aus den Büschen hervorbrachen und sie umringt hatten, noch ehe Angalla ihre Überraschung verwunden hatte.

»Du hast etwas, das mir gehört, Angalla.« Ich erschrak über die Kälte in meiner eigenen Stimme. »Ich hätte es gern zurück.« Ich deutete auf den kleinen Fuchskopf aus schwarzem Stein, der unschuldig an der Kordel baumelte, weder besonders schön, noch ausgesprochen hässlich, sondern schlicht … erschreckend gewöhnlich, wenn man bedachte, dass dieser Gegenstand angeblich von einem der Zwölfgötter berührt worden war.

Ein Ausdruck des Erkennens breitete sich auf Angallas Gesicht aus, das für eine Zwergin ausnehmend schmal geschnitten war, so als hätte sie in meinen Zügen die Verwandtschaft mit Onkel Berengar erkannt.

Angalla und ich sollten kein einziges Wort wechseln, denn urplötzlich ertönte ein sirrendes Pfeifen, das unvermittelt abbrach. Ein feuchtes Knirschen erklang, als aus ihrer Brust das gefiederte Ende eines daumendicken Bolzens erblühte. Die sterbende Zwergin schnappte nach Luft, ein saugendes, nasses Röcheln, ihre Augen brachen, und sie kippte nach hinten, dem schreckensstarren Quin unmittelbar vor die Stiefel.

»Ich kann es auf den Tod nicht ausstehen, wenn man sauer verdiente Dukaten für irgendwelche hirnlosen Stümper ausgibt, die nicht einmal in der Lage sind, den einfachsten Auftrag über die Bühne zu bringen.« Mir war, als würde mir der Boden unter den Füßen weggerissen.

Schwankend wandte ich mich um und flüsterte: »Harad!«

Und da stand er, ungerührt, wie das Standbild eines teuflischen, finsteren Götzen, das ebenmäßige Gesicht bar jeden Gefühls, ein gieriges Glitzern in den Augen, das mir mit einem Mal verriet, was den Händler im tiefsten Innern seiner pechschwarzen Seele antrieb, jenen Mann, den Onkel Berengar dereinst seinen Freund genannt hatte.

Und Harad war nicht allein. Zu seiner Rechten ragte das fuchsköpfige Ungeheuer auf, und das letzte Licht des sterbenden Tages reichte aus, um der Maskerade, der wir zum Opfer gefallen waren, ein für allemal ein Ende zu setzen. Im weit aufgerissenen Maul des Fuchskopfes, der nichts anderes war als ein bizarrer, aber höchst kunstvoll gefertigter, fellbespannter Helm, blitzte ein dunkles Augenpaar, das zweifelsohne einem Menschen gehörte.

Zur Linken Harads hatten sich breitbeinig vier grobschlächtige Schläger aufgereiht, wie man sie bestimmt in jeder Taverne anheuern konnte. Einer von ihnen spannte die Armbrust, mit der er soeben jäh Angallas Leben ausgelöscht hatte. Ich vermochte keine Einzelheiten mehr auszumachen, was weniger an der hereinbrechenden Nacht als vielmehr an den heißen Tränen der Enttäuschung lag, die meinen Blick verschwimmen ließen. Ich verspürte ein Grauen, das alles in den

Schatten stellte, was ich bisher in meinem Leben empfunden hatte, und wie schon in der Nacht zuvor, auf dem Stein, auf dem ich Susa meine Liebe gestanden hatte, brachte ich lediglich ein einziges Wort über die Lippen. »Warum?«

Harad faltete versonnen die Hände vor der Brust. »Eine wirklich ausgezeichnete Frage, Severin. Zwar knapp, aber treffend formuliert.« In seiner wohl tönenden Stimme schwang kein Hohn, keine Verachtung mit. »Ich wünschte, ich könnte dir eine andere Antwort geben, aber sie lautet schlicht: Gier. Gier und Neid. Dein Onkel war so unglaublich, beinahe schon unverschämt erfolgreich. Alles, was Berengar anfasste, verwandelte sich zu Gold – gleich, ob die Zeiten günstig waren, um Handel mit der Ware zu treiben, auf die er sein Augenmerk richtete, oder nicht. Jahrelang zermarterte ich mir das Hirn, wie er es fertig brachte, allen Unbilden des Händlerlebens zu trotzen. Ein beschränkter Geist hätte dem törichten Irrglauben aufsitzen können, Berengar Munter sei einfach nur ein Glückspilz gewesen. Ein göttergefälliger Tor hätte womöglich steif und fest behauptet, Berengars tiefste Ergebenheit dem Dieb der Götter gegenüber sei der Schlüssel zu seinem Erfolg gewesen. Ich jedoch wusste von Anfang an, dass es da noch etwas anderes geben musste.« Sein Blick wanderte zu dem Talisman, der harmlos neben der toten Zwergin im Gras lag. »Es war um einiges leichter herauszufinden, als ich es mir anfänglich ausgemalt hatte, dass es Berengars heilige Pflicht war, einen Talisman eben jenes Gottes zu schützen, dem wir damals noch beide anhingen. Und dann begegnete ich durch eine glückliche Fügung des Schicksals einem Mann, der mein Leben verändern sollte.«

Der Maskierte zu Harads Rechten nahm den Fuchskopf ab. Darunter kam das vernarbte, dunkelhäutige Gesicht eines kahlköpfigen Moha zum Vorschein.

»Darf ich vorstellen?«, fuhr Harad fort. »Tonku-An-He vom Stamm der Keke-Wanaq. Kaum zu glauben, aber dieser Mann nahm den ganzen weiten Weg aus den Dschungeln des Südens Aventuriens hierher ins Mittelreich auf sich, weil ihm ein Geist im Traum offenbart hatte, dass Tonku-An-He dort einen verlorenen Schatz seines Volkes finden werde. Einen Schatz, der seinem Besitzer von großem, schier unschätzbarem Nutzen ist. Einen Schatz in der Form eines Tieres, dessen Abbild im Wappen der glorreichsten, strahlendsten Stadt auf Dere prangt. Eines Tieres, dessen Namen ich trage. Es muss wahrhaft der Wille der Zwölfgötter gewesen sein, dass unsere Wege sich kreuzten. Tonku-An-He war hocherfreut, als ich ihm versicherte, ich wüsste genau, wo dieser Talisman zu finden sei – zumindest, in wessen Händen er sich befinde. Er war ganz meiner Meinung, dass es sich bei Berengar ganz offensichtlich um einen gewöhnlichen Dieb handelte, der sich den Talisman auf unrechtmäßige Art und Weise angeeignet hatte, denn immerhin war doch ich es, der das heilige Tier im Namen führte.«

»Du bist verrückt, Harad.« Die Starre war so weit von mir abgefallen, dass es mir zumindest gelang, dieses verächtliche Urteil über Harad auszustoßen, das dieser mit einem leichten Zucken um die Mundwinkel herum zur Kenntnis nahm. Ich begriff, dass er ein Lachen unterdrückte.

»Wäre ich von Sinnen, wie du behauptest, so wäre es mir wohl kaum gelungen, jenen Plan auszuhecken, der nun so saftige, köstliche Früchte trägt, Severin.« Er schluckte, als wäre ihm das Wasser im Munde zusammengelaufen.

»Wie kann das sein?« Quins Stimme klang wie die eines kleinen Jungen, der fürchtete, die schmerzhafteste Tracht Prügel einzustecken, die man sich nur vorstellen konnte. »Woher wusstet Ihr überhaupt, wo wir uns aufhielten, Fuxfell? Wohin wir gingen. Mit wem wir uns trafen. Selbst wenn Ihr uns in Gareth unter ständiger Beobachtung gehalten hättet, so wären wir Euch doch entwischt, als wir uns auf die Reise nach Rommilys machten.«

»Mir seid ihr ja auch nicht entwischt«, sagte Falk düster.

Ein schrecklicher Verdacht beschlich mich.

»Der Einäugige hat Recht. Selbstredend sah ich mich gezwungen, einen Spitzel so nah wie möglich an Berengars Seite zu bringen. Nicht zu nah, denn sonst hätte der alte Narr bestimmt Verdacht geschöpft. Da war es besser, den Spitzel auf jemand anderen anzusetzen, der wiederum Berengars uneingeschränktes Vertrauen genoss. Jemanden, der sich mit Berengars Geschäften auskannte und darüber hinaus einfältig genug war, gewisse Dinge über Berengars Gewohnheiten und dessen Leben zu verraten, ohne dass er es überhaupt bemerkte. Da kam mir dein tumber Freund aus dem Norden gerade recht, Severin. Dann hieß es warten. Es schmerzt mich zuzugeben, dass ich bisweilen daran zweifelte, ob sich meine Geduld denn am Ende auch auszahlen würde. Aber ich muss sagen, meine Erwartungen wurden bei Weitem übertroffen.«

Als der Spitzel, von dem er gesprochen hatte, sich aus unserer Gruppe löste, um sich an Harads Seite zu gesellen, wünschte ich mir, einer seiner Gefolgsleute würde die Armbrust auf mich richten und mich totschießen, denn in mir war mit einem Schlag nichts als Schwärze und unendlich weite Leere. Ich fiel auf die Knie.

»Ich hatte mir den Auftrag weitaus schwerer vorgestellt.« Susa lächelte selbstzufrieden und schenkte uns anderen einen Blick, in dem sich Mitleid, Abscheu und Spott spiegelten.

Harad löste eine pralle Geldbörse von seinem Gürtel, deren Inhalt lustig klimperte, als er sie Susa in die ausgestreckte Hand drückte. »Es war mir wie immer ein Vergnügen, meine Teuerste.«

Die Söldnerin schaute mich von oben heran ab, wie man einen siechen Bettler betrachtet, der in seinen eigenen Ausscheidungen sitzend um eine milde Gabe bittet. »Das Vergnügen war ganz meinerseits, Meister Fuxfell. Bis zum nächsten Mal.«

Mit diesen Worten verschwand sie in den Büschen und zog eine blutrote Spur aus Splittern meines gebrochenen Herzens hinter sich her.

»Nimm es nicht so schwer, Severin«, tröstete mich Harad. »Weibsbilder! Hast du denn wirklich etwas anderes erwartet?« Er machte eine Kunstpause. »Sei beruhigt … ich bin kein Unmensch. Bring mir den Talisman, und dann gehen wir gemeinsam zurück nach Gareth.«

Ich starrte ihn fassungslos an, unfähig, etwas zu erwidern.

»Du hast dich nicht verhört, mein Junge. Ich habe von Susa nur das Beste von dir gehört.« Er zählte die einzelnen Eigenschaften an seinen schlanken, geschmeidigen Fingern ab. »Du bist mutig, einfallsreich, unterhaltsam, unnachgiebig und trinkfest. Die besten Voraussetzungen für eine beeindruckende Laufbahn unter meiner Führung. Zusammen stechen wir jeden anderen Händler in ganz Aventurien aus.«

»Du hast meinen Onkel vergiftet und bietest mir ein Leben an deiner Seite an?«, brachte ich heiser hervor. Ein übler Schwindel tobte in meinem Kopf.

»Ja, ich habe Berengar bei einem gemeinsamen Essen vergiftet. Und diesen schrecklich ungepflegten Jolen übrigens auch. Ich brauche dir den Namen des Gifts nicht zu nennen, denn du kennst ihn ja bereits. Ein klein wenig davon in den Wein. Man schmeckt es nicht einmal. Ich wollte dem guten Berengar ja nicht die Henkersmahlzeit verderben. Wäre diese unfähige Bande, die ich mit dem Einbruch beauftragte, nur annähernd so verlässlich wie Susa gewesen, dann hätten wir auch nicht so unbequem kreuz und quer durch die Lande reisen müssen. Oh, ich gäbe den kleinen Finger meiner linken Hand dafür.«

»Du bist nicht nur verrückt, Harad. Du bist ein armer, kranker Mann. Warum würde es dich sonst nach einem Talisman verlangen, der dich töten könnte? Du warst es doch, der mir erzählte, das Ding sei so gefährlich. Denn wenn es einen Diener des Gierigen Feilschers in der Phexkirche gibt, dann kann es niemand anderer sein als du selbst.« Ich hatte nichts mehr zu verlieren – eine Erkenntnis, die mich alle Vorsicht vergessen ließ.

»Ich habe dir ein äußerst großzügiges Angebot unterbreitet.« Zum ersten Mal schlich sich so etwas wie eine Gefühlsregung in Harads Stimme, wobei es mir nicht gelang, mich zu entscheiden, ob es Enttäuschung oder Missbehagen war, was ich da hörte. »Setz es bitte nicht so leichtfertig aufs Spiel, mein Junge. Was die angebliche Gefährlichkeit des Talismans angeht … Sagen wir, ich sah mich leider gezwungen, dir ein kleines Ammenmärchen aufzutischen, um dich gefügiger zu machen.«

Ich schaute ihn scharf an. »Was ist mit den anderen?«

»Was soll mit ihnen sein?«, wunderte sich Harad. »Oder besser gefragt: Was sollte ich schon mit ihnen anfangen? Mit einem Quacksalber, der sich mit einem Hauch von Verruchtheit umgeben möchte, indem er sich mit dem niedersten Gesindel Gareths abgibt, mit einem Holzkopf, der zu dumm ist, um zu bemerken, dass man ihn aushorcht, und mit einem bestechlichen Krüppel, der irgendwie bei der Criminal-Cammer untergekommen ist? Wenn es dich beruhigt, so kann ich dir mein Ehrenwort geben, dass sie nicht viel spüren werden. Meine Männer hier haben beteuert, dass sie vortreffliche Schützen sind. Wahrscheinlich werden es deine Freunde nicht einmal merken, wenn sich der Bolzen zwischen ihre Augen bohrt.«

In jenem Augenblick, während mir das Blut in den Ohren rauschte und in meiner Brust, wo einst mein liebendes Herz geschlagen hatte, eine klaffende Wunde brannte, als hätte man mich auf einen glühenden Dorn gespießt, traf ich eine folgenschwere Entscheidung. Ich hieb einmal mit der Faust auf den weichen Untergrund, erhob mich und ging hinüber zu Angallas Leichnam, wobei ich tunlichst darauf achtete, den anderen nicht in die Augen zu sehen. Als ich mich zu ihr hinunterbeugte, um den kühlen Talisman zu ergreifen, bemerkte ich, dass Quins Knie schlotterten, als würden sie jeden Moment unter seinem Gewicht nachgeben.

Allein Falk fand ein paar Worte. Mit einer Gelassenheit, wie sie nur dem Tode Geweihte aufbringen können, sagte er: »Wäre ich an deiner statt, so würde ich es dir gleichtun.«

Die Welt um mich herum schrumpfte und schrumpfte, bis lediglich jener Mann verblieb, dem ich zu Hause in Gareth noch meine Sorge über die unablässige Verfolgung durch den Einäugigen anvertraut hatte, nicht ahnend, dass der ruchlose Händler mich schon lange in jenem Netz gefangen hielt, das er wie eine unermüdliche Spinne rings um meine Familie herum gesponnen hatte.

Harads Brustkorb hob und senkte sich nun wie ein Blasebalg. Er murmelte etwas Unverständliches, und ich sah Schweiß auf seiner Oberlippe glänzen. Ich hielt den Fuchskopftalisman fest in meiner Faust umklammert, sodass sich die spitzen steinernen Ohren in meine Handfläche bohrten. Ich brauchte den Schmerz, um meine rasenden Gedanken beieinander zu halten.

Harad streckte die Hand aus, als könnte er es kaum noch erwarten, endlich in Besitz zu nehmen, wonach es ihn über viele Götterläufe hinweg sehnsüchtig verlangt hatte. Heute weiß ich, dass es nicht nur der Talisman war, sondern dass Harad die vollständige Auslöschung meines Onkels im Sinn hatte, was für ihn in seinem Wahn weitaus mehr bedeutete, als nur jenen Gegenstand sein Eigen nennen zu können, dem er solch wundersame Kräfte zusprach. Nein, indem Harad mich dazu bewegt hatte, mein bisheriges Leben hinter mir zu lassen, mich von meinen Gefährten abzuwenden und sich ihm anzuschließen, schien es so, als wäre es ihm gelungen, Onkel Berengar selbst über dessen Tod hinaus weiter zu demütigen, ihn förmlich zu entmannen – denn obwohl es nicht Onkel Berengar gewesen war, der mich gezeugt hatte, so war er doch mein Vater und ich sein Sohn gewesen.

Kaum ein Schritt trennte Harad und mich noch, als ich mit kalter Entschlossenheit den verfluchten Stein zur Seite schleuderte, den verborgenen Dolch aus der Unterarmscheide riss, auf den schwarz gewandeten Teufel vor mir zusprang und wie ein Wirbelwind aus Hass und Zorn auf ihn einstach.

Da war keine Überraschung in Harads Miene, als der Dolch wieder und wieder in seinen Leib fuhr, bestenfalls ein Anflug von Verwunderung, als fragte er sich, wie es geschehen konnte, dass sein Ziel ihm nun, da er es greifbar vor Augen hatte, am Ende doch verwehrt bleiben sollte.

Es muss ein großer Lärm losgebrochen sein, als ich über Harad herfiel. Gewiss hat irgendjemand geschrien, gewiss sind Waffen aufeinander geprallt, aber ich vermag es nicht zu sagen, denn ich war viel zu gebannt von dem roten Schleier, den jeder Stich von mir nach sich zog, als ich die Klinge ungezählte Male in den Mörder Onkel Berengars hineinrammte.

Irgendwann wankte Harad und fiel, obgleich ich noch versuchte, eine Falte seines Hemdsärmels zu erhaschen, damit er mir nicht entwischte. Aber der Stoff riss, und alles, was ich in Händen hielt, als ich zwei dumpfe Schläge in meiner rechten Seite verspürte, die mich taumeln ließen, war ein blutgetränkter Fetzen schwarzer Seide.

Zwei Pranken legten sich von hinten um meinen Hals, während meine ganze rechte Seite mit einem Mal nass und klebrig war. Bunte Lichter tanzten vor meinen Augen, und meine Kräfte schwanden. Erneut sank ich auf die Knie, den keuchenden Atem meines unsichtbaren Gegners im Nacken, der unablässig Verwünschungen in einer mir fremden Zunge ausstieß. Ich ahnte, dass es Tonku-An-He war, der Harad zu rächen gedachte. Vergebens versuchte ich, die Arme zu heben, um mich aus der Umklammerung des Mohas zu loszureißen, während ich aus den Augenwinkeln sah, wie Harad einem waidwunden Tier gleich aus dem Steinkreis kroch, um irgendwo zwischen den Büschen zu verschwinden.

Plötzlich entspannten sich die Finger des Waldmenschen, und ein warmer Regen ergoss sich über meinen Rücken. Tonku-An-Hes schlaffe Arme glitten an meinen Flanken entlang, und ich hörte noch eine Stimme, die stetig leiser wurde, meinen Namen rufen, ehe mich eine tröstliche, beruhigende Schwärze umfing, um meinen Schmerz und meine erschöpfte Verzweiflung wie mit einem Grabtuch zu bedecken.

Kapitel 24

Der Rest der Geschichte ist schnell erzählt.

Zwei Tage und zwei Nächte, in denen ich trotz Quins aufopferungsvoller Pflege nicht einen Augenblick lang zu mir kam, bangten meine Freunde um mein Leben. Die beiden Wunden, die die Armbrustbolzen in meine Seite geschlagen hatten, waren grässlich tief, und ich hatte viel Blut verloren.

Nach einem ersten kurzen wachen Augenblick, an den ich mich selbst nicht erinnern kann, sollten weitere drei Praiosläufe verstreichen, bis ich so weit bei Kräften war, dass ich sprechen und mir berichten lassen konnte, wo ich mich befand und was sich genau im Steinkreis vor der Stadt zugetragen hatte.

Lasse bekräftigte immer wieder, wie mutig der Medicus und ich gehandelt hätten und dass er nun auf ewig in unserer Schuld stünde. Wäre ich nicht zum Schein auf Harads Angebot eingegangen, wäre es gewiss mit uns vorbei gewesen. Aber auch Quin hatte eindrucksvoll seinen Todesmut unter Beweis gestellt, als er auf denjenigen der Schützen zulief, der ihm am nächsten stand, um diesem die Armbrust zu entreißen, bevor der Halunke nachladen oder blank ziehen konnte. Doch damit nicht genug – vollkommen außer sich hatte er dem Schurken dann mit der eigenen Waffe den Schädel eingeschlagen, was die anderen in solch großen Schrecken versetzt hatte, dass sie Reißaus genommen hatten. Der Thorwaler in seinem unbeirrten Aberglauben vertrat ehern die Ansicht, der uralte Steinkreis selbst habe in jenem Gefecht die unbändige Kraft der Erde auf den ansonsten so harmlosen Quin übergehen lassen. Falk hatte die Verfolgung der feigen Schergen aufgenommen, und es war ihm tatsächlich gelungen, den langsamsten unter ihnen zu stellen und seiner gerechten Strafe zuzuführen. Offenbar hatte sich dieser jedoch zur Wehr gesetzt, wie die Schlinge verriet, in der Falk den linken Arm trug.

Als ich mich nach Harads Verbleib erkundigte, mussten meine Freunde eingestehen, dass sie abgesehen von einigen blutigen Stellen in der näheren Umgebung des Steinkreises keine Spur des Übeltäters gefunden hatten. Sie waren sich aber einig, dass er gewiss sein Leben ausgehaucht haben musste, denn zu schwer waren die Verletzungen, die ich ihm zugefügt hatte. Ich wollte ihnen gern glauben, aber letzte Zweifel blieben in mir bestehen.

Meine Freunde wiesen mich allerdings mit Stolz geschwellter Brust darauf hin, dass sie die Quelle aller Unbilden im Gras neben der Leiche Tonku-An-Hes, dem Lasse mit einem gewaltigen Hieb den Kopf von den Schultern getrennt hatte, gefunden hatten. Und in der Tat: Als wäre er wertloser Tand, ruhte der Talisman auf dem kleinen Schränkchen neben meinem Krankenbett. Mein Blick verweilte lange auf dem behauenen Stück Stein, bis ich mit schwacher Stimme fragte: »Und Susa?«, aber außer einem traurigen Blick des Medicus und einem Schulterzucken des Nordmanns erhielt ich keine Antwort.

Sobald ich mich vom Bett erheben konnte, machten wir uns auf die Rückreise nach Gareth. Es war kein triumphaler Einzug, aber auch nicht das beschämte Zurückschleichen, das ich mir noch vor wenigen Praiosläufen ausgemalt hatte. Was mich am meisten bestürzte, war die Tatsache, dass das Leben für alle anderen Menschen einfach weiter seinen gewohnten Gang gegangen war, obwohl wir doch so viel Leid und Verrat hatten erfahren müssen. Erst als ich meine liebe Großmutter in die Arme schloss, begriff ich, dass ich wieder zu Hause war, und die Zeit in der Fremde erschien mir ebenso wie ein langer Traum wie die Gefühle, die ich gegenüber der verräterischen Söldnerin gehegt hatte.

Und doch wusste ich, dass mir ein allerletztes Mal Besuch ins Haus stand. So erwartete ich denn das maskierte Männchen am Abend meiner Ankunft im Arbeitszimmer Onkel Berengars, dessen Tod ich hoffentlich gerächt hatte. Ich hatte den Talisman vor mir auf den Tisch gelegt und hielt die Augen geschlossen, bis ich ein leises Geräusch am Fenster vernahm.

»Nimm das Drecksding und kehr niemals wieder in dieses Haus zurück«, sagte ich ruhig und gefasst.

Ich hörte ein sachtes Schaben, als mein Besucher meiner Aufforderung nachkam. Obgleich ich dies vorgezogen hätte, konnte sich mein ungebetener Gast ein »Habt Dank, Severin Munter« nicht verkneifen, was ich mit einem verächtlichen Lachen quittierte, das erst abbrach, als ich mir sicher war, wieder allein zu sein. Ich dachte an Susa, ich dachte an Harad, ich dachte an Onkel Berengar, weinte ein paar bittere Tränen und ging zu Bett.

Und das ist genau das, was ihr jetzt auch tun werdet, denn sonst droht mir eure Mutter wieder an, mich aus dem Haus zu werfen. Es ist spät geworden, später, als ich gedacht hätte. Seid so freundlich und bringt eurem alten Großvater noch einen Schluck Wein. In letzter Zeit fällt es mir schwer, Schlaf zu finden. Euer nichtsnutziger Vater behauptet, ich fürchtete mich, womöglich nicht wieder aufzuwachen. Mag sein. Er wird noch früh genug wissen, wie es ist, wenn man feststellt, dass man die Schwingen von Borons Boten schon rauschen hört. Was? Ihr wollt wissen, was man aus meiner Geschichte lernen kann? Welch unnütze Frage! Ich habe euch das alles nur erzählt, damit ihr stillsitzt und nicht wie tobende Affen durch das ganze Haus rast. Woher wollt ihr überhaupt wissen, dass die Geschichte wahr ist? Nun schaut nicht so entsetzt, sonst muss ich euch doch noch eine weitere erzählen. Aber das machen wir morgen Abend …

Anhang

Glossar

Akademie der Magischen Rüstung zu Gareth: Diese magische Akademie bildet Magier für den Dienst im Mittelreich aus. Magierkollegen anderer Akademien würdigen zwar die durchaus profunde Ausbildung in den gesellschaftlichen Talenten, schätzen indes die Anwesenheit der häufig zu Unrecht als besserwisserisch, in der Forschung nicht sonderlich erfahrenen und als überheblich verschrienen Garether Kollegen nicht sonderlich.

Al'Anfa: Mächtigste Stadt und Reich in Südaventurien und mit rund 80 000 Einwohnern zweitgrößte Metropole Aventuriens. Nicht zu Unrecht verbindet der Mittelaventurier Al'Anfa vor allem mit Piraten und Sklaven.

Angbar: Stadt in Mittelaventurien. Sitz der Fürsten von Kosch; mit 4 500 Einwohnern größte Stadt des Fürstentums Kosch. Dreh- und Angelpunkt des menschlichen Ingerimmglaubens.

Arangen: Kleine orangenähnliche Früchte.

Aventurien: Kontinent auf der Welt Dere. Aventurien misst vom äußersten arktischen Norden bis hin zum tropischen Süden etwa 3 000 Meilen, an der breitesten Stelle beträgt die Entfernung von Küste zu Küste etwa 1 900 Meilen.

Boron: Einer der Zwölfgötter; Gott des Schlafes, des Vergessens und des Todes. Sein Symbol ist der Rabe, seine Farbe Schwarz.

Boronanger: Allgemein gebräuchliche Bezeichnung für dem Boron geweihten Boden, sprich: Friedhof.

Bosparano: Die mittlerweile außer in Kreisen des Klerus, der Magie und der Juristerei nicht mehr gebräuchliche Sprache des Alten Reiches.

Darpat: Zentral verlaufender Fluss im Mittelreich.

Darpatien: Zentral gelegenes Fürstentum im Neuen Reich.

Dere: Eine erdähnliche Welt, auf der Aventurien liegt.

Efferd: Gott des Zwölfgötter-Pantheons; Gott des Wassers, des Windes und der Seefahrt. Seine Farbe ist das Blaugrün des wogenden Meeres, sein heiliges Tier der Delfin.

Eleve: Bezeichnung für einen Schüler an einer Magierakademie.

Erzdämon: Eine jenseitige Wesenheit, die über eine Domäne der Niederhöllen herrscht. Bisweilen werden sie den Zwölfgöttern als Gegenspieler zugeordnet.

Firuns Wilde Jagd: Vom Gott des Eises gesandtes Strafgericht aus Geisterwesen, die Sünder und allzu wagemutige Reisende in den nördlichen Gefilden Aventuriens hetzen und zur Strecke bringen.

Gareth: Hauptstadt des Neuen Reiches und Sitz des Kaisers; im zentralen Königreich Garetien gelegen. Metropole mit mehr als 150 000 Einwohnern.

Geoden: Zwergische Zauberkundige. Bei diesen sehr untypischen Zwergen finden sich viele ungewöhnliche Eigenschaften (so zum Beispiel die extrem unzwergische Lebensweise in Wäldern, Hainen und natürlichen Höhlen, ferner das Ziel, Sumu zu schützen und ihr zu dienen – eine Absicht, die vielerlei Gestalt annehmen und von einem still beschaulichen Eremitendasein bis zur Bildung klösterlicher Gemeinschaften reichen kann, deren Mitglieder den Boden genauso eifrig bearbeiten wie verehren).

Gieriger Feilscher: Gebräuchlicher und gefahrlos auszusprechender Name des Erzdämons Tasfarelel, der für Hinterlist und Heimtücke, vor allem aber für Geiz und Gier steht und als solcher dem Gott Phex entgegengesetzt ist.

Gildensiegel: Auch Akademiesiegel genannt. Auf der Handfläche auf magische Weise angebrachtes Zeichen, das die Magierakademie oder den freien Lehrmeister bezeichnet, bei dem der Adept seine Ausbildung erhalten hat.

Golgari: Golgari ist der Götterbote des Totengottes. Er trägt die Seelen der Verstorbenen den langen Weg über das Nirgendmeer, um sie zu seinem Herrn zu bringen. Golgari wird stets als riesiger schwarzer Rabe dargestellt.

Golgariten: Religiöser Ritterorden, der sich Boron verschrieben hat. Die typische Tracht der Golgariten besteht aus der schwarzen Rüstung und dem langen weißen Mantel, der mit dem schwarzen Symbol des heiligen Raben bestickt ist.

Götterlauf: Bei den Zwölfgötter-Gläubigen übliche Bezeichnung für das aventurische Jahr.

Hesinde: Eine der Zwölfgötter; Göttin der Magie, des Wissens und der Künste. Ihr heiliges Tier ist die Schlange. Hesinde selbst wird häufig als barbrüstige Frau im Gewand einer Gelehrten dargestellt, die beschwörend eine Schlange gen Himmel reicht.

Hranngar: Angeblich eine große Seeschlange; mythologischer Gegner des von den Thorwalern verehrten Gottwals Swafnir.

Hügelzwerge: Ein Zwergenvolk, das in vieler Hinsicht von den üblichen Vorstellungen über Zwerge abweicht und den Menschen recht nahe steht – denn statt tief unter dem Fels leben sie lieber in Hügelhäusern halb über, halb unter der Erde und pflegen guten Kontakt zu menschlichen Nachbarn.

Imman: Aventurische Sportart, die an eine Mischung der irdischen Sportarten Rugby und Lacrosse erinnert.

Ingerimm: Einer der Zwölfgötter; Gott des Feuers und Erzes und des Handwerkes. Ihm ist kein Tier geweiht, stattdessen gelten Amboss und Hammer als seine Symbole; seine Farben sind Rot und Schwarz.

Kaiserstadt: Anderer Name für Gareth.

Kosch: Zum Mittelreich gehörendes Fürstentum.

Madamal: Der aventurische Mond.

Magister: Mitglied des Lehrkörpers an einer Magierakademie.

Maraske: Ein skorpionähnliches, hoch giftiges Monstrum.

Meile: Aventurisches Längenmaß, das dem irdischen Kilometer entspricht.

Mengbilar: Ein Giftdolch. Äußerlich kaum von einem normalen Dolch zu unterscheiden, besitzt er einen abnehmbaren Knauf, unter dem sich eine Röhre verbirgt, die mit einer Flüssigkeit – fast immer ein Gift – gefüllt werden kann und knapp unterhalb der Klingenspitze mündet.

Mittelreich: Umgangssprachlicher Name für das Neue Reich, das größte Staatsgebilde Aventuriens, das sich über die gesamte Mitte des Kontinents erstreckt.

Moha: Mit etwa 5 500 bis 6 000 Mitgliedern der größte Stamm der Waldmenschen; ihr Name wird auch gern als Synonym für alle Waldmenschen verwendet.

Ochsenwasser: 1. großer Binnensee im gleichnamigen Fürstentum. 2. Zentrale Grafschaft im Fürstentum Darpatien.

Orks: Neben Menschen, Elfen und Zwergen die wichtigste Rasse Kultur schaffender Zweibeiner in Aventurien. Orks sind ein wenig kleiner und gedrungener als Menschen, dafür meist muskulöser gebaut. Ihr gesamter Körper ist mit einem dichten schwarzen Pelz bewachsen; das Haupthaar bildet oft eine reglerechte Mähne.

Ottajara: Nach thorwalscher Sitte die Aufnahme in die Ottajasko. Wird für gewöhnlich im Alter von 15 Jahren abgelegt, umfasst Prüfungen zur Seetauglichkeit und Trinkfestigkeit und endet – traditionell – in einem großen Gelage.

Ottajasko: Die thorwalsche Schiffsgemeinschaft.

Peraine: Göttin des Zwölfgötter-Pantheons; gütige Göttin des Ackerbaus, der Pflanzen und der Heilkunst; zählt zu den am meisten verehrten Gottheiten Aventuriens. Ihr Symboltier ist der Storch, ihre heilige Farbe Grün.

Phex: Gott des Zwölfgötter-Pantheons; vielgesichtiger Gott der Diebe und der Händler. Einer der bekanntesten Zwölfgötter, der in weiten Teilen Aventuriens nur heimlich verehrt wird, da sein Kult von der Obrigkeit verboten ist: Zu sehr fürchtet man die Geweihten des Gottes und ihre berühmt-berüchtigten Diebestaten. Das heilige Tier des Phex ist der Fuchs, seine Farbe das schattenhafte Grau.

Praios: Höchster Gott des Zwölfgötter-Pantheons; Gott der Sonne, des Gesetzes und der Herrschaft; König und Herrscher der Götter. Seine Farbe ist das Gold, seine Boten und Symboltiere sind die Greifen.

Praioslauf: Bei den Zwölfgötter-Gläubigen übliche Bezeichnung für den aventurischen Tag.

Praiosscheibe: Die aventurische Sonne.

Rabenschnabel: Eine Hiebwaffe, welche die Priester des Boron zu ihrer Ritualwaffe erkoren haben: Der wie ein Rabenkopf gestaltete Schlägel kann blitzschnell heruntersausen und dem Opfer schwere Wunden zufügen. In der Hand eines Könners ist der Rabenschnabel die eleganteste aller Hiebwaffen.

Rahja: Göttin des Zwölfgötter-Pantheons, genannt die heitere Göttin; Göttin der geschlechtlichen Liebe, des Rausches und des Weines. Das heilige Tier der Rahja ist eine feurige Stute. Rahja selbst wird häufig als schöne, nackte junge Frau dargestellt, die auf einer Stute reitet. Die Farbe der Göttin ist Rot.

Regengebirge: Hochgebirge und umgebendes, bewaldetes Umland in Südaventurien. Das Regengebirge ist praktisch unerforscht.

Rommilys: Provinzhauptstadt des mittelreichischen Fürstentums Darpatien; in freundlichem Glanz erstrahlende 8 000-Einwohner-Stadt.

Rondra: Göttin des Zwölfgötter-Pantheons; Göttin des Krieges, des Gewitters und der Ehre. Ihre Farben sind Weiß und das Rot des Blutes, ihre Tiere sind Löwe und Löwin.

Schritt: Aventurisches Längenmaß, das dem irdischen Meter entspricht.

Sumu: Nach allgemeingültiger Auffassung die Urriesin, die mit dem Himmelsgott Los kämpfte und in diesem Kampf die Welt erschuf. Ihre Lebenskraft durchströmt alle bekannten Lebewesen.

Süßer Tod: Poetischer Name für die glänzend blaue Frucht des Merach-Strauchs. Sie ist zuckersüß, hoch aromatisch – und garantiert tödlich, wenn man auch nur eine Spur Alkohol im Körper hat.

Swafnir: Halbgott; Sohn der Rondra und des Efferd. Der Gottwal Swafnir wird besonders bei den Thorwalern verehrt. Er verkörpert all jene Eigenschaften, die dem Thorwaler erstrebenswert erscheinen: unbändige Kraft und stille Weisheit, tobenden, alles zerstörenden Zorn, aber auch Fürsorge für die Seinen, schlussendlich die Freiheit und den Mut, bis zum Ende und darüber hinaus zu kämpfen.

Teshkaler: Eine aventurische Pferderasse, die aus Kaltblütern gezüchtet wurde. Die Teshkaler haben meist ein schwarzes Fell und sind ein wenig kleiner und leichter gebaut als ihre Vorfahren.

Tharf: Zeremonienwein bei den Ritualen des Rahja-Kultes.

Thorwaler: Volk der Menschen; Bewohner der gleichnamigen Stadt und Landschaft in Nordwestaventurien. Von vielen anderen Völkern werden sie nur als Thorwal-Piraten bezeichnet und als blutrünstige Seeräuber, primitive Barbaren und gefürchtete Kämpfer betrachtet, die sich außer durch hervorragende Seemannschaft und Kampffertigkeit vor allem durch ungehobeltes Benehmen, übermäßiges Saufen, Jähzorn, Raubgier und Ablehnung von Recht und Ordnung auszeichnen. Dieses Bild, obwohl in manchen Aspekten für viele Thorwaler zutreffend, ist von Vorurteilen geprägt und wird den Thorwalern als Volk nicht gerecht. Die meisten Thorwaler sind im Verhältnis zu anderen Aventuriern ungewöhnlich hoch gewachsen und kräftig. Viele haben eine helle Haut und blondes oder rotes Haar.

Travia: Eine der Zwölfgötter; Göttin der Gastfreundschaft, der Treue, der ehelichen Liebe und der Familie. Ihr heiliges Tier ist die Wildgans.

Trolle: Menschenähnliche Kultur schaffende Rasse. Trolle erreichen eine Größe von vier Schritt und verfügen über enorme Körperkräfte.

Trollzacken: Gebirgszug im Osten des Mittelreichs.

Waldmenschen: Verschiedene Bewohner der südlichen Regenwälder. Die Waldmenschen sind die kleinsten unter den Menschenvölkern. Sie sind von schönem, schlankem Wuchs, gepaart mit einer spielerischen Eleganz der Bewegungen. Ein wesentliches Unterscheidungsmerkmal ist die Hautfarbe, die je nach Herkunft von Bronzebraun über Braun bis zu tiefem Ebenholzschwarz reicht. Die meisten Waldmenschen verfügen über eine große angeborene Neugier und eine entwaffnende Naivität, besonders wenn sie mit der Zivilisation zusammentreffen.

Warunker: Die weitaus häufigste aventurische Pferderasse (oder besser: eine Mischung aus vielen). Warunker haben ein durchschnittliches Stockmaß von 1,6 Schritt und weisen alle möglichen Fellfarben auf.

Zwölfe: Umgangssprachliche Bezeichnung für die Zwölfgötter.

Zwölfgötter: Vorherrschende Religion Aventuriens. Das Besondere am Zwölfgötterglauben ist, dass jede der Gottheiten dem Gläubigen ein eigenes Paradies und einen eigenen Weg dorthin verheißt. Auch wenn jeder Gläubige fast immer eine einzelne Gottheit bevorzugt, akzeptiert er doch meist alle zwölf.

Das Schwarze Auge

1. Band: Ulrich Kiesow, *Der Scharlatan* · 06/6001
2. Band: Uschi Zietsch, *Túan der Wanderer* · 06/6002
3. Band: Björn Jagnow, *Die Zeit der Gräber* · 06/6003
4. Band: Ina Kramer, *Die Löwin von Neetha* · 06/6004
5. Band: Ina Kramer, *Thalionmels Opfer* · 06/6005
6. Band: Pamela Rumpel, *Feuerodem* · 06/6006
7. Band: Christel Scheja, *Katzenspuren* · 06/6007
8. Band: Uschi Zietsch, *Der Drachenkönig* · 06/6008
9. Band: Ulrich Kiesow (Hrsg.), *Der Göttergleiche* · 06/6009
10. Band: Jörg Raddatz, *Die Legende von Assarbad* · 06/6010
11. Band: Karl-Heinz Witzko, *Treibgut* · 06/6011
12. Band: Bernhard Hennen, *Der Tanz der Rose* · 06/6012
13. Band: Bernhard Hennen, *Die Ränke des Raben* · 06/6013
14. Band: Bernhard Hennen, *Das Reich der Rache* · 06/6014
15. Band: Hans Joachim Alpers, *Hinter der eisernen Maske* · 06/6015
16. Band: Ina Kramer, *Im Farindelwald* · 06/6016
17. Band: Ina Kramer, *Die Suche* · 06/6017
18. Band: Ulrich Kiesow, *Die Gabe der Amazone* · 06/6018
19. Band: Hans Joachim Alpers, *Flucht aus Ghurenia* · 06/6019
20. Band: Karl-Heinz Witzko, *Spuren im Schnee* · 06/6020
21. Band: Lena Falkenhagen, *Schlange und Schwert* · 06/6021
22. Band: Christian Jentzsch, *Der Spieler* · 06/6022
23. Band: Hans Joachim Alpers, *Das letzte Duell* · 06/6023
24. Band: Bernhard Hennen, *Das Gesicht am Fenster* · 06/6024
25. Band: Niels Gaul, *Steppenwind* · 06/6025
26. Band: Hadmar von Wieser, *Der Lichtvogel* · 06/6026
27. Band: Lena Falkenhagen, *Die Boroninsel* · 06/6027
28. Band: Barbara Büchner, *Aus dunkler Tiefe* · 06/6028
29. Band: Lena Falkenhagen, *Kinder der Nacht* · 06/6029
30. Band: Ina Kramer (Hrsg.), *Von Menschen und Monstern* · 06/6030
31. Band: Johan Kerk, *Heldenschwur* · 06/6031
32. Band: Gun-Britt Tödter, *Das letzte Lied* · 06/6032

Das Schwarze Auge

33. Band: Barbara Büchner, *Das Galgenschloß* · 06/6033
34. Band: Karl-Heinz Witzko, *Tod eines Königs* · 06/6034
35. Band: Hadmar von Wieser, *Der Schwertkönig* · 06/6035
36. Band: Barbara Büchner, *Schatten aus dem Abgrund* · 06/6036
37. Band: Barbara Büchner, *Seelenwanderer* · 06/6037
38. Band: Hadmar von Wieser, *Der Dämonenmeister* · 06/6038
39. Band: Christel Scheja, *Das magische Erbe* · 06/6039
40. Band: Linda Budinger, *Der Geisterwolf* · 06/6040
41. Band: Momo Evers, *Und Altaia brannte* · 06/6041
42. Band: Barbara Büchner, *Blutopfer* · 06/6042
43. Band: Lena Falkenhagen, *Die Nebelgeister* · 06/6043
44. Band: Karl-Heinz Witzko, *Die beiden Herrscher* · 06/6044
45. Band: Bernhard Hennen, *Die Nacht der Schlange* · 06/6045 Hardcover
46. Band: Barbara Büchner, *Das Wirtshaus* Zum lachenden Henker · 06/6046
47. Band: Karl-Heinz Witzko, *Die Königslarve* · 06/6047
48. Band: Tobias Frischhut, *Geteiltes Herz* · 06/6048
49. Band: Hadmar von Wieser, *Erde und Eis* · 06/6049
50. Band: Britta Herz (Hrsg.), *Gassengeschichten* · 06/6050
51. Band: Heike Kamaris & Jörg Raddatz, *Sphärenschlüssel* · 06/6051
52. Band: Alexander Huiskes, *Die Hand der Finsternis* · 06/6052
53. Band: Martina Nöth, *Zwergenmaske* · 06/6053
54. Band: Gun-Britt Tödter, *Koboldgeschenk* · 06/6054
55. Band: Heike Kamaris & Jörg Raddatz, *Blutrosen* · 06/6055
56. Band: Ulrich Kiesow, *Das zerbrochene Rad: Dämmerung* · 06/6056
57. Band: Ulrich Kiesow, *Das zerbrochene Rad: Nacht* · 06/6057
58. Band: Jesco von Voss, *Der Letzte wird Inquisitor* · 06/6058
59. Band: Olaf Flatergast, *Druiden-Rache* · 06/6059
60. Band: Alexander Wichert & Christian Thon, *Blakharons Fluch* · 06/6060
61. Band: Karl-Heinz Witzko, *Westwärts, Geschuppte!* · 06/6061
62. Band: Thomas Finn, *Das Greifenopfer* · 06/6062

Das Schwarze Auge

63. Band: Alexander Lohmann, *Die Mühle der Tränen* · 06/6063
64. Band: Sarah Nick (Hrsg.), *Aufruhr in Aventurien* · 06/6064
65. Band: Thomas Baroli, *Lichter Tag* · 06/6065
66. Band: Thomas Baroli, *Die Schwärze der Nacht* · 06/6066
67. Band: Alexander Wichert, *Sand und Blut* · 06/6067
68. Band: Alexander Huiskes, *Der geheime Pfad* · 06/6068
69. Band: Markus Tillmanns, *Das Daimonicon* · 06/6069
70. Band: Martina Nöth, *Verborgene Mächte* · 06/6070
71. Band: Martina Nöth, *Die letzte Schlacht* · 06/6071
72. Band: Thomas Plischke, *Fuchsfährten* · 06/6072
73. Band: André Wiesler, *König der Diebe* · 06/6073 (in Vorb.)

Sonderausgabe des 15., 19. und 23. Romans in einem Band:
Hans Joachim Alpers, *Die Piraten des Südmeers* · 06/9185

Sonderausgabe des 12., 13. und 14. Romans in einem Band:
Bernhard Hennen, *Drei Nächte in Fasar* · 06/9197

Sonderausgabe des 24. und 45. Romans in einem Band:
Bernhard Hennen, *Im Schatten des Raben* · 06/9186

Weitere Bände in Vorbereitung